4,-

Susanne
Goga

GLASGOW GIRLS

Aufbruch in die Welt der Kunst

Roman

DIANA

Von Susanne Goga sind im Diana Verlag erschienen:
Das Leonardo-Papier
Die Sprache der Schatten
Der verbotene Fluss
Der dunkle Weg
Das Haus in der Nebelgasse
Die vergessene Burg
Das Geheimnis der Themse
Glasgow Girls

FSC www.fsc.org
MIX
Papier aus verantwortungsvollen Quellen
FSC® C014496

Penguin Random House Verlagsgruppe FSC® N001967

Originalausgabe 12/2022

in der Penguin Random House Verlagsgruppe GmbH,
Neumarkter Straße 28, 81673 München
Redaktion: Hanna Bauer, Gisela Klemt
Umschlaggestaltung: t. mutzenbach design, München
Umschlagmotiv: © Painters/Alamy Stock Foto; svekloid/Shutterstock.com
Satz: Leingärtner, Nabburg
Druck und Bindung: GGP Media GmbH Pößneck

Printed in Germany
ISBN 978-3-453-36120-1

www.diana-verlag.de

»Ich glaube, dass nichts gewöhnlich oder unrein ist: Design und Verzierung eines Pfefferstreuers sind auf ihre Weise ebenso bedeutend wie der Entwurf einer Kathedrale.«

Jessie Newbery

PROLOG: MÄRZ 1892

Sie rannte wie blind, das regennasse Pflaster unter den Füßen, während der raue Märzwind an Kleid und Haaren riss. Unter der Jacke hielt sie das Heft an sich gepresst, so fest, dass ihr Arm schon schmerzte, doch es durfte nicht in den Schmutz fallen, es war zu kostbar.

Sie war von Trauer und Zorn erfüllt, beides saß tief, durchdrang ihren ganzen Körper, trieb sie voran, nur weg vom Onslow Drive, wo Ma in der Küche weinte und Jamie ungeschickt die Hand auf ihre Schulter legte.

Als sie aufsah, erkannte sie, wohin sie die ganze Zeit gelaufen war. Jenseits der Häuser sah sie nacktes Geäst, einen ersten Hauch von Grün, darunter lockten sicher schon gelbe und violette Krokusse den Frühling. Ein Hügel mitten in der Stadt, von dem der große John Knox auf seiner Säule Glasgow überblickte. Im Sommer sah es aus, als wüchse er grau aus grünen Wipfeln empor, doch in diesem kalten März war nicht nur die Figur zu sehen, das ganze Denkmal schimmerte durch die Baumkronen.

Gleich wäre sie da, könnte eintauchen in die Wildnis der Necropolis, den verschlungenen Wegen folgen, endlich nachdenken, ohne dass die Schwere der Trauer auf ihr lastete.

Nicht mehr weit.

Und dann passierte es.

Ein Aufprall, sie stolperte, das Heft rutschte ihr aus den Händen und fiel zu Boden.

»Du hast es aber eilig.« Eine junge Männerstimme. Olivia blickte auf, die feuchten Haare im Gesicht, Schweiß mischte sich mit Tränen. Der Mann mochte Anfang zwanzig sein, mit kurzen dunklen Haaren und einem dichten Schnurrbart. Sein rechtes Auge sah ein bisschen seltsam aus, das Lid hing herunter und ließ es kleiner wirken als das linke.

Er half ihr hoch, hob dann das Heft auf und warf interessiert einen Blick aufs Titelblatt. »John MacLeod.« Er schlug es auf und deutete auf die Zeichnung eines Schrankes.

»Ein begabter Mann.«

»Er ist …« Sie schluckte und strich über ihr verschmutztes Kleid. »Er war mein Vater.«

Der Mann stutzte. »Das tut mir leid. Ist er …?«

»Letzte Nacht.« Sonderbar, dass er ihre Situation zu durchschauen schien, obwohl sie kaum etwas gesagt hatte.

Er blätterte weiter, deutete auf einige Blumenzeichnungen und sah sie fragend an. »Die hier sind aber nicht von deinem Vater, oder?«

»Nein. Ich zeichne auch.«

»Wie heißt du?«

»Olivia MacLeod.«

Der Mann gab ihr das ramponierte Heft zurück. »Hast du noch mehr davon?«

Olivia schüttelte den Kopf. Sie hatte ab und zu in Pas Heft zeichnen dürfen. Doch nun war es nass und fleckig.

»Augenblick.« Der junge Mann tastete in der Innentasche seines Mantels herum und zog ein Zeichenheft mit dunkelgrauem Umschlag hervor. »Nimm, ich habe es übrig«, sagte er beinahe barsch, als wäre ihm seine Großzügigkeit unangenehm.

Wer hatte so etwas übrig und gab es einfach her? Er war doch nicht einmal schuld an dem Zusammenprall!

Olivia wischte sich die Hand an der Jacke ab und nahm das Heft entgegen.

»Mach was draus«, sagte der Mann und ging abrupt davon. Dabei bemerkte sie, dass er hinkte.

Danach war Olivia ruhiger, sie verspürte nicht mehr den schmerzhaften Drang zu rennen. Sie wischte Pas Heft so gut sie konnte ab und ließ es vorsichtig im Wind flattern, damit es trocknete. Das neue hatte sie schützend unter ihre Jacke geschoben.

Als sie den Friedhof erreichte und zwischen die Bäume trat, konnte sie endlich durchatmen. Der Ort streckte ihr die Hand entgegen. Ausgerechnet hier, wo alles weit und windzerzaust und einsam war, fühlte Olivia sich geborgen.

Sie schaute ins Gitterwerk der Äste, das den grauen Himmel zu zerschneiden schien. Letzte Nacht war Pa gestorben, und sie hatte noch nicht geweint. Vielleicht, weil sie wütend war – nicht auf ihn, sondern auf die Fabrik, die ihn getötet hatte.

Er hatte schon lange gehustet, obwohl er gar nicht mit den Chemikalien arbeitete. Als Tischler baute er Kisten, in denen die Waren ausgeliefert wurden, und reparierte alles, was aus Holz war. Nichts war zu schwierig oder zu kaputt für seine Hände. Einen Moment lang sah Olivia sie vor sich – groß und kräftig, mit stumpfen Nägeln und so mancher Narbe, wo sich Splitter ins Fleisch gebohrt hatten oder ihm ein Werkzeug abgerutscht war.

Die Luft in der Fabrik war giftig. Wenn der Wind entsprechend stand, zog der Geruch bis nach Dennistoun herüber und nahm einem den Atem.

Olivia ging langsam weiter, bis sie die Krokusse entdeckte,

gelb und violett, so wie sie es sich ausgemalt hatte. Sie blieb stehen und betrachtete die bunt getupfte Wiese, schaute auf das Heft in ihrer Hand.

Ihre Augen brannten, blieben aber trocken.

Pa hatte in den letzten Tagen nichts mehr gesagt. Doch wenn Olivia an seinem Bett saß, hatte er ab und zu die Augen geöffnet und sie angeschaut. Sie hatte ihm von der Schule erzählt und dass sie die Krokusse zeichnen wollte, später dann Forsythien und Tulpen, Maiglöckchen und Narzissen. Er hatte zu dem Heft genickt, das auf dem Nachttisch lag. Einen Moment lang war ihr ganz warm geworden, denn er schien damit zu sagen, dass sie das Heft bekommen und noch mehr Frühlingsblumen hineinzeichnen sollte.

Ma war bei ihm, als er starb. Olivia war am Morgen ins Zimmer gegangen, um sich von ihm zu verabschieden – er war ihr schon ganz fremd, darum traute sie sich nicht, ihn anzufassen –, hatte das Heft genommen und an die Brust gedrückt.

Im nächsten Moment hatte sie ein Schmerz überkommen, der so groß war, dass es sie nicht im Haus hielt. Und so war sie nach draußen gestürmt und zur Necropolis, dem gewaltigen Friedhof der Stadt, gelaufen.

Sie war in Gedanken versunken und bemerkte kaum, dass sie bergauf ging. Nun aber stand sie oben auf dem Hügel, hinter ihr das Denkmal, unter ihr breitete sich die Stadt aus. Auf einmal wurde es hell um sie. Die Sonne hatte sich zwischen den Wolken hindurchgezwängt und ließ die Regentropfen an den Ästen wie Juwelen glitzern.

Glasgow schien von innen her zu leuchten.

Vor vier Jahren hatte Pa ihr ein besonderes Geburtstagsgeschenk gemacht – einen Besuch in der großen Ausstellung, der International Exhibition. Dort gab es auch eine Kunstschau, und Olivia war staunend von einem Bild zum anderen gewandert. Sie hatte die Farben in sich aufgesogen. Manchmal musste sie ein Stück zurücktreten, um richtig zu erkennen, was dort dargestellt war, weil die Maler die Farben ineinander verschwimmen ließen. Wie bei einem Rätsel erkannte sie erst von Weitem, was zu sehen war. Was zum Beispiel wie eine graublaue Fläche aus Strichen und Tupfen wirkte, entpuppte sich als Meer mit Schiffsmasten und mittendrin als greller Fleck die glutrote Sonne, die auf dem Wasser schimmerte.

Olivia hatte tagelang von nichts anderem gesprochen und bemerkt, wie Pa lächelte, als teilten sie ein Geheimnis.

Und nun kamen sie, die Tränen, unerwartet und überwältigend. Der Schmerz brach aus ihr heraus. Sie sank auf die Knie und weinte endlich, wie Pa es verdient hatte. Sie weinte, weil er ihr nie wieder seine Möbelentwürfe zeigen und erklären würde, wie er sie bauen wollte. Weil er nie wieder mit ihr ins Museum gehen und still zusehen würde, wie sie staunend von einem Bild zum nächsten trat.

Sie hatten ihren lieben Vater verloren, und nichts konnte ihn je zurückbringen.

TEIL 1

Anfänge

1892–1896

1

Ma und Jamie hatten ihr zum Geburtstag ein Lied gesungen. Die Augustsonne schien, es gab Drop Scones zum Frühstück, ein ungeheurer Luxus, sogar mit Butter und Marmelade, und Olivia hätte ein schlechtes Gewissen bekommen, wären sie nicht so lecker gewesen. Jamie schenkte ihr Haarbänder für die Zöpfe, er war rot im Gesicht und verlegen, weil es Mädchenkram war, und sie drückte ihren Bruder an sich. Er roch nach frischem Holz, ganz anders als Pa, bei dem der Gestank nach Chemie alles überlagert hatte.

Ma hatte ihr eine neue Schürze genäht, um das gute Kleid zu schonen, und ein Taschentuch mit ihrem Monogramm bestickt: OML. Das sah richtig elegant aus. Sie hatten zeitig gefrühstückt, da Ma ihre Näharbeiten abliefern und Jamie pünktlich in der Tischlerwerkstatt erscheinen musste.

Nur Olivia hatte den Tag für sich, weil Sommerferien waren. Sobald sie den Haushalt versorgt hatte, lockte die Freiheit: Sie konnte auf den Dachboden steigen und zeichnen oder in die Necropolis gehen und Blumen sammeln, die sie pressen und zu Mustern ordnen wollte. Oder sie konnte noch weiter nach Westen spazieren, vorbei an der Kathedrale bis in die Innenstadt mit den verlockenden Geschäften und den großen Häusern.

Sie spülte das Geschirr, fegte den Boden, räumte den Bettschrank in der Küche auf, klappte Jamies Feldbett zusammen und schob es ordentlich in eine Ecke. Die Wohnung bestand nur aus Küche und Zimmer, und sie waren zu dritt, was das Leben beengt machte.

Olivia wanderte mit dem Besen in der Hand durchs Zimmer mit dem Erker. Das große Fenster, vor dem der Nähtisch ihrer Mutter stand, machte es schön hell. Die Nachbarn hatten getuschelt, als Mary MacLeod ihr großes Ehebett an ein irisches Ehepaar verkauft hatte. Lange hatte sie nicht gewartet, Pa war erst wenige Wochen tot gewesen.

Ma hatte es beim Abendbrot verkündet. »Ich verkaufe unser Bett.«

Olivia hatte sich nichts dabei gedacht, doch Jamie war entsetzt gewesen. »An fremde Leute? Wie kannst du das tun?«

Worauf Ma ihn strafend angesehen hatte. »Weil ich dann im Bettschrank mehr Platz für die Nähsachen habe und im Zimmer vielleicht sogar Kundinnen empfangen kann. Weil ich mehr Geld verdienen muss, damit wir in Dennistoun bleiben können. Euer Vater hat in der Fabrik gearbeitet, damit wir uns hier eine Wohnung nehmen konnten. In einem anständigen Viertel. Ich weiß nun kaum, wie ich die Wohnung halten soll. Aber wenn wir das hier verlieren, enden wir in Cowcaddens oder Calton.«

Da hatte Olivia verstanden, dass man manchmal etwas opfern musste, um etwas anderes zu retten. Dass es wichtiger war, fernab der Elendsviertel zu leben, in einer Wohnung, für die Pa alles gegeben hatte, statt sich an ein übergroßes Bett zu klammern.

Sie hatte vorsichtig die Hand der Mutter berührt und gespürt, wie diese sich entspannte.

Um neun war sie mit allem fertig, der Tag lag vor ihr. Sie wusch sich am Becken in der Küche, flocht die Zöpfe und band die neuen Bänder zu Schleifen. Dann setzte sie sich an den Tisch und blätterte in dem Zeichenheft, das ihr der unbekannte Mann geschenkt hatte. Olivia verwendete es nur für ihre besten Zeichnungen, die schönsten Ideen, die sorgfältigsten Ausführungen. Wollte sie nur rasch etwas festhalten, griff sie zu Packpapier und anderen Resten.

Sie war jetzt dreizehn, nach dem Sommer begann das letzte kostenlose Schuljahr. Ma hatte mehr als einmal erwähnt, Olivia müsse allmählich nähen lernen, nicht nur Knopflöcher einfassen, sondern sich mit der Maschine vertraut machen. Sie sollte also im nächsten Jahr die Schule verlassen, dabei hatte sie bei Weitem nicht genug gelernt. Aber Ma konnte das Schulgeld nicht aufbringen. Als Witwe war sie ärmer als zuvor, nähte mehr denn je, und Jamie gab ihr fast sein ganzes Lehrgeld.

Es klopfte.

Vor der Tür stand Alistair Campbell, ihr Freund aus der Nachbarschaft, die roten Haare mit Wasser an den Kopf gekämmt, und strahlte. »Tag, Livvy.«

»Tag, Allie. Musst du nicht arbeiten?«

Er lernte Koch in einem Restaurant am Glasgow Cross. Seit er dort war, umgab ihn immer der Geruch von Fett und Zwiebeln. Heute aber hatte er sich richtig geschrubbt und hielt die Hände hinter dem Rücken.

»Muss erst um elf anfangen.« Er räusperte sich. »Herzlichen Glückwunsch zum Geburtstag.«

»Danke, wie nett, dass du dran gedacht hast.«

»Für dich.« Er zog seine Hände hervor und reichte ihr eine flache Metalldose.

Olivias Herz schlug plötzlich heftig. Allie hatte doch kein Geld, um so etwas …

»Die Dose ist gebraucht, aber ich hab alle Stifte neu gekauft.«

Sie klappte den Deckel auf. Ein Regenbogen aus zwölf farbigen Holzstiften, spitz, glänzend, noch nie benutzt. Olivia dachte an die Stummel, die sie mit einem Federmesser spitzte, die aber längst zu kurz geworden waren. Und nun hielt sie diesen Schatz in Händen.

Sie schaute Allie an, der ganz verlegen wirkte. »Wenn sie dir nicht gefallen …«

Schon hatte sie ihm die Hand auf den Mund gedrückt. »Red keinen Unsinn. Die sind wunderbar! Danke.« Sie umarmte ihn kurz und zog ihn in die Küche, wo noch ein Teller mit zwei Drop Scones stand, die Allie begehrlich ansah. Die Campbells hatten viele Kinder und wenig Essen auf dem Tisch.

»Möchtest du?«, fragte Olivia. »Als Ersatz für Kuchen.«

Schon saß er da und stopfte die Scones in sich hinein. Die kurze Befangenheit war verflogen, er war wieder Allie, mit dem sie Fangen gespielt und der sie in der Necropolis gelegentlich zu Tode erschreckt hatte, wenn er im Nebel heulend hinter einem Grabmal hervorgesprungen war.

Jetzt war er in der Lehre und somit zu alt, um mit Mädchen herumzutoben. Aber das Geschenk war mehr wert als jeder Ausflug zur Necropolis. Olivia fragte sich, wovon er es bezahlt hatte, doch Allie wäre beleidigt gewesen, wenn sie es erwähnt hätte.

Sie klappte die Dose erneut auf und strich andächtig über die Stifte. Dann nahm sie einen heraus, zog die alte Zeitung heran und zeichnete in eine unbedruckte Ecke eine Distel, wechselte rasch zwischen den Farben, schraffierte die stachelige Kugel blassgrün und setzte eine violette Blütenkrone obendrauf. Als sie fertig war, riss sie die Ecke ab und gab sie Allie.

»Für dich. Mein erstes Bild mit deinen Stiften.«

Er betrachtete es lächelnd. »Du bist wirklich gut.«

»Danke. Ich mag Disteln. Die sehen so unscheinbar und stachelig aus, aber sie haben schöne Blüten.«

Allie wischte sich den Mund am Ärmel ab und stand auf. »Ich muss los. Wenn ich zu spät komme, gibt es Ärger.«

Da kam ihr eine Idee. »Weißt du was, ich gehe mit.« Sie hatte alles erledigt und wollte ihren Geburtstag genießen.

»Na, dann los.«

Olivia legte die Dose mit den Stiften in die Schublade unter ihrem Bett und folgte Allie auf die Straße.

Seine Arbeitsstelle war fast zwei Meilen entfernt, und die musste Allie zweimal täglich laufen. Heute aber schien es ihm nichts auszumachen. Er ließ die Arme schwingen und redete munter drauflos.

»Neulich hat unsere Bedienung von einer Kunstschule erzählt, in der man malen und zeichnen und sticken lernen kann. Lauter solche Sachen. Und man kann auch abends nach der Arbeit hingehen. Ach ja, und Häuser zu bauen lernen sie da auch.«

Olivia sah ihn staunend an. »Häuser bauen? Wie ein Maurer?«

Allie schüttelte den Kopf. »Nein, die denken sich Häuser aus, richtig bauen tun sie dann andere. In diese Schule können sogar Frauen gehen.«

Etwas in Olivia wurde warm. »Was lernen sie da?«

Er zuckte mit den Schultern. »Na, zeichnen und sticken, sag ich doch. Meine älteste Schwester arbeitet als Hausmädchen für eine Familie in Dowanhill, und deren Tochter geht auf diese Schule.«

Olivia ließ den Kopf hängen. Eine Sekunde lang hatte sie sich erlaubt zu träumen, aber Dowanhill lag im Westen der Stadt, und wer dort wohnte, war reich. Kein Wunder, dass die Leute ihre Tochter zu einer Kunstschule schicken konnten. Das war etwas für diejenigen, die nicht für ihren Lebensunterhalt arbeiten mussten.

»Nun schau nicht so traurig«, sagte Allie und stieß sie mit dem Ellbogen an. Sie hatten die Ecke Gallowgate erreicht, wo sie nach rechts abbiegen mussten. Der Tag war plötzlich grauer geworden, als hätte sich eine Wolke vor die Sonne geschoben.

»Was ist denn?«

Sie wandte den Kopf ab, damit Allie ihr Gesicht nicht sah. »Nichts.« Gewiss, er hatte ihr die Stifte geschenkt, um ihr eine Freude zu machen. Aber Allie würde nicht verstehen, was seine Worte von der Schule in ihr ausgelöst hatten.

Sie gingen ein Stück schweigend, dann berührte er sie am Arm. »Livvy, du kannst so gut zeichnen. Irgendwann merken das die Leute. Dann kannst du deine Bilder verkaufen.«

»Unsinn«, sagte sie barscher als beabsichtigt, und es tat ihr sofort leid. »Es war nicht so gemeint. Aber ich kann mir nicht vorstellen, dass jemand meine Bilder kaufen möchte. Nicht, wenn es Menschen gibt, die in einer Schule richtig zeichnen lernen. Ich war mit meinem Vater vor vier Jahren in der großen Ausstellung. Da hingen Bilder von richtigen Malern. Das kann man sich nicht selbst beibringen, niemals.« Sie atmete tief durch. »Aber ich bin so froh über die Stifte, Allie! Das vergesse ich dir nie.« Sie drückte seine Hand und bewegte sich rascher und leichter, als hätte sie sich von einer Last befreit.

Am Glasgow Cross verabschiedete sie sich von Allie. Das Restaurant, in dem er arbeitete, war von außen dunkel vertäfelt und wirkte düster, war aber bei den Leuten, die in der Gegend arbeiteten, sehr beliebt. Dort gab es dicke Suppen, Haggis, Mince and Tatties und andere deftige Gerichte. Einmal hatte Allie ihr ein Stück Heidelbeerkuchen mitgebracht, den ihm der Küchenchef geschenkt hatte.

An der Kreuzung, an der fünf Straßen aufeinandertrafen, herrschte ein gewaltiges Gedränge. Pferdefuhrwerke, Omnibusse und Menschen kämpften um ihren Platz, und es war reichlich laut. Sie war noch nie allein hier gewesen und überlegte kurz, ob sie wieder nach Hause gehen sollte.

Aber nein, heute war ihr Geburtstag, und der sollte besonders sein. Er hatte gut angefangen, mit Drop Scones und neuen Buntstiften, und sie wollte nicht, dass er jetzt schon gewöhnlich wurde.

Sie schaute sich um. Gallowgate, Saltmarket, High Street, Trongate, London Street – sie hatte die Wahl. Hätte sie Allie nur gefragt, wo sich die Schule befand, von der er erzählt hatte! Olivia hätte sie wenigstens einmal anschauen können. Vielleicht gingen gerade Frauen hinein, die dort malen lernten. Wie mochten die wohl aussehen? Sicher anders als die Frauen in Dennistoun, die in Fabriken arbeiteten und nähten und versuchten, ihre Kinder sattzukriegen.

Olivia ging einfach drauflos, überquerte zwischen zwei Pferdeomnibussen die High Street. Rechts erhob sich der Uhrturm des Tolbooth, des ehemaligen Zollhauses, mit seinem hübschen blauen Zifferblatt und dem goldenen Wetterhahn. Er sah sehr alt aus, viel älter als die anderen Häuser.

Früher war sie abends oft mit Pa spazieren gegangen, und er hatte versucht, ihr alles zu erklären. Er war sehr stolz auf seine Stadt gewesen und hatte sich viel darüber beigebracht. Einen Moment lang brannten ihre Augen, und sie musste schlucken, um die Traurigkeit zu vertreiben.

Olivia ging langsam weiter, dicht an den Hausmauern entlang, um nicht mit Leuten zusammenzustoßen, die es eiliger hatten als sie. Gegenüber stand ein großes Gebäude, das Tontine Hotel, von dessen Fassade steinerne Gesichter herunterschauten, unheimlich und verlockend zugleich.

Einem Gesicht wuchs eine Pflanze oben aus dem Kopf. Der Mund war missmutig heruntergezogen. Ein anderes war von einem Kranz aus Muscheln umgeben. Olivia wollte sich die steinernen Männer einprägen und später zeichnen.

Der Heimweg ohne Allie kam ihr länger vor, aber dann dachte sie an die Stifte in ihrem Bett und das Zeichenheft, in dem noch ein paar Seiten frei waren, und schon glitt das Pflaster rascher unter ihren Füßen dahin.

2

»Es ist nicht zum Aushalten«, sagte Margaret Macdonald und sprang von ihrem Hocker auf. »Wie soll man bei diesem Licht arbeiten?« Sie lief entnervt auf und ab, soweit das in der Enge des Raums überhaupt möglich war. Ihre Aufsteckfrisur drohte sich aufzulösen, als wollte sie Margaret in ihrer Empörung beipflichten.

Ihre jüngere Schwester Frances schaute sie beschwichtigend an. »Reg dich nicht auf, Liebes, es nützt doch nichts. Das

Gebäude wurde eben nicht für diesen Zweck errichtet. Der Direktor hat erzählt, dass darin ursprünglich Leute wohnen sollten.«

»Ja, das habe ich auch gehört«, warf ihre Mitstudentin de Courcy schüchtern ein. »Eine Kunstschule müsste ganz anders gebaut sein als ein Wohnhaus.«

Doch Margaret redete sich in Rage. »Heißt das etwa, in Wohnungen kann es ruhig dunkel sein? Dass die Menschen in dämmrigen Behausungen hocken sollen, in einer Stadt, in der das Wetter ohnehin so trüb ist? Ich jedenfalls träume davon, ein großes Fenster nach Westen zu haben, damit ich den Sonnenuntergang betrachten kann!«

Frances verdrehte die Augen. Manchmal widersprach Margaret nur, um zu widersprechen. »Als die Schule hergezogen ist, gab es nur Abendkurse, Liebes. Die Schulleitung hat wohl gedacht, es sei egal, wenn das Licht schlecht ist, weil man ohnehin bei Gasbeleuchtung arbeitet.«

»Ha! Das haben sie sich schön überlegt. Das Studienjahr geht von September bis Juni, und in den Monaten, in denen es am längsten hell ist, haben wir frei. Und jetzt im Herbst kehren wir in diese muffigen, dunklen Löcher zurück.«

»Nun, da das Schuljahr begonnen hat, kann ich auch nur abends kommen«, warf de Courcy ein, die erst vierzehn war und noch zur Schule ging. »Ich wünschte, ich wäre schon so alt, dass ich nur hier studieren kann.«

»Ihr seid immer so vernünftig«, sagte Margaret und lehnte sich mit verschränkten Armen an die Fensterbank. »Man könnte glatt glauben, ihr wärt die Älteren.« Sie seufzte. »Ich wünschte, ich könnte alles um mich herum vergessen, wenn ich male, aber dann fangen die Gaslampen wieder an zu zischen, und meine Konzentration ist dahin.« Sie trat vor ihre

Staffelei und bedeutete den anderen, zu ihr zu kommen. »Seht euch das mal an – irgendetwas fehlt, ich kriege es einfach nicht richtig hin.«

De Courcy und Frances standen auf und traten neben die Staffelei. Margaret arbeitete gerade an einem Entwurf für ein Buntglasfenster, das den Herbst darstellen sollte. Sie hatte die einzelnen Glasscheiben sorgfältig mit schwarzer Tinte umrahmt und begonnen, die Zwischenräume mit Wasserfarben auszufüllen.

»Grau für den Nebel und Violett fürs Heidekraut«, sagte Frances. »Das ist wunderschön.«

De Courcy nickte. »Und du hast auf die Herbstfarben Braun und Orange verzichtet, die man eigentlich erwarten würde.«

»Bei den Glasgow Boys vielleicht«, erwiderte Margaret spitz, und die anderen lachten über den Seitenhieb auf die Gruppe junger Maler, die in den letzten Jahren an der School of Art Furore gemacht hatte. Doch sie wurde schnell wieder ernst und deutete mit dem Pinsel auf das Heidekraut-Motiv, das sie für die Mitte des Fensters entworfen hatte. »Ich suche nach etwas, und wann immer ich glaube, ich hätte es gefunden, verschwimmt es wieder.«

»Könnte es daran liegen, dass du kein Skizzenbuch benutzt?«, fragte ihre Schwester. »Du denkst immer, du könntest malen, was in deinem Kopf ist, statt das zu zeichnen, was du draußen siehst.«

»Das ist es ja gerade!«, rief Margaret und drehte sich mit erhobenen Armen zu den anderen um. »Begreift ihr denn nicht? Wir malen und zeichnen Blumensträuße und Stillleben, nach der Natur, nach der Erinnerung. Aber es ist konventionell, eine hübsche Dekoration für den Salon oder das

Esszimmer. Etwas, das dem Auge gefällig ist, aber auch nicht vom Gespräch ablenkt. Mit anderen Worten, es ist leer.«

De Courcy schaute sie beinahe erschrocken an. »Warum bist du dann hier, wo du genau solche Dinge lernst?« Im nächsten Augenblick zuckte sie zusammen, als hätte sie etwas Falsches gesagt. Immerhin war Margaret doppelt so alt wie sie.

Doch Margaret lachte nur. »Mein liebes Kind, das verstehst du falsch. Wir sind nicht hier, um zu tun, was Generationen vor uns getan haben. Wir sind hier, um etwas Neues zu erschaffen. Um die Welt anders zu sehen. Ich weiß noch nicht recht, wie ich es anstellen soll, ich bin noch ganz am Anfang mit meinen Ideen. Umso weniger darf ich jetzt aufgeben und nur gehorsam weiter meine Blumensträuße malen. Manchmal will ich am liebsten die Welt in mich aufsaugen, die Arme ausbreiten und einfach losrennen, bis ich den Boden unter den Füßen verliere.«

»Und dann fällst du hin«, warf ihre Schwester lachend ein.

»Nein«, versetzte Margaret. »Dann fliege ich. Ich möchte laufen und laufen, bis ich fliege.«

3

Der Septemberregen wollte gar nicht mehr aufhören. Olivia lief von der Küche ins Zimmer und wieder zurück, bis ihre Mutter ungehalten wurde. »Du bist wie ein Tier, das nicht aus seinem Käfig kann.«

Sie war in der Schule gewesen, hatte die Wohnung aufgeräumt, ihre Hausaufgaben gemacht, Knöpfe angenäht und lose Fäden aufgekehrt, und nun zog es sie nach draußen. Aber es regnete seit dem Morgen, und ein heftiger Wind peitschte in Böen gegen die Fensterscheiben.

Ma saß dicht bei der Lampe, eine Näharbeit vor sich auf dem Tisch. Sie beugte sich in letzter Zeit immer tiefer über den Stoff. Sicher brauchte sie eine Brille, aber es fehlte am Geld.

Olivia ließ sich auf einen Stuhl fallen und holte das Zeichenheft hervor, das ihr der Mann auf der Straße geschenkt hatte. Es waren nur noch drei Seiten frei. Die hatte sie für etwas Besonderes aufgespart, überlegte nun aber, ob sie nicht einfach drauflos zeichnen sollte, um sich glücklich zu machen. Glücklicher, als sie es gerade war. Denn der Regen, der alles vor dem Fenster verschwimmen ließ, und die feuchte Kälte, die trotz des Kaminfeuers hereindrang, breiteten sich auch in ihrem Inneren aus.

Ihr Blick fiel auf das *Young Ladies' Journal*, das Ma von einer Kundin bekommen hatte. Sie schlug es auf und blätterte gelangweilt darin: die üblichen Zeichnungen eleganter junger Damen. Einige steckten die Köpfe zusammen, andere schauten einem gut gekleideten Herrn hinterher, der grüßend den Hut hob. Die Taillen der Frauen waren schmal und die Kleiderärmel aufgebläht, als hätte man sie ausgestopft.

Ganz am Ende des Heftes entdeckte Olivia ein weihnachtliches Stickmuster für ein Platzdeckchen: ein Stechpalmenzweig mit dunkelgrünen Blättern, an denen scharfe Spitzen saßen; rote Beeren klammerten sich dicht gedrängt an den Zweig.

Sie hatte in der Schule die Grundlagen des Stickens gelernt – Vorstich, Rückstich und Plattstich –, mehr brauchte sie auch nicht. Solch ein Platzdeckchen wäre ein hübsches Geschenk für Ma. Sie musste nur ein Stückchen hellen Stoff und ein paar bunte Fäden finden.

Oder Olivia riss ein Blatt aus ihrem Rechenheft und zeichnete mit Allies Buntstiften eine Distel, ihre Lieblingsblume. Sie biss sich nachdenklich auf die Unterlippe und machte sich daran, das Bild in ein Stickmuster zu verwandeln. Als sie fertig war, schob sie es in das Zeichenheft.

Olivia lag schon im Bett, die Schranktüren einen Spalt geöffnet, damit Luft hereinkam. Außerdem gefiel es ihr, wenn der Mond durchs Küchenfenster schien und alles geisterhaft blau färbte. Ihre Mutter hatte sich nebenan schlafen gelegt, nur Jamie fehlte noch.

Sie hatte sein Feldbett aufgestellt und ihm eine Kanne Tee auf dem Herd gelassen. Auf dem Tisch wartete ein Teller mit Broten.

Irgendwann hörte sie, wie die Wohnungstür geöffnet wurde. Zwei Schuhe fielen auf den Boden, die Küchentür schwang knarrend auf. Meist bemühte sich Jamie, leise zu sein, weil sie im Bettschrank schlief.

Heute nicht. Er summte halblaut vor sich hin, nahm sich Tee und setzte sich an den Tisch. Vorsichtig drückte Olivia einen Türflügel weiter auf, worauf Jamie sich zu ihr drehte.

»Ich dachte, du schläfst.«

»Du bist spät dran«, sagte sie streng.

Er lachte verhalten auf. »Ich habe heute Abend das wunderbarste Mädchen der Welt kennengelernt.«

Sie stieg aus dem Bett, zog sich einen Stuhl heran und beugte sich interessiert vor. »Wo denn?«

»Wir hatten eine kleine Feier. Ein Kollege hat seine Schwester mitgebracht. Sie heißt Trudie und ist sehr hübsch und lustig.«

Olivia griff nach seiner Hand. »Das freut mich. Mag sie dich auch?«

Sie ahnte mehr als dass sie sah, wie er rot wurde. »Ich glaub schon. Wir haben uns für nächsten Sonntagnachmittag verabredet.«

»Das ist schön.« Sie wollte schon aufstehen und sich wieder ins Bett legen, als Jamie sie sanft am Arm festhielt. »Ich hab dir was mitgebracht. Mein Freund Colin besucht eine Abendschule, da haben sie das hier verteilt, es geht um eine Ausstellung. Auf der Einladung steht sogar mein Name. Für mich ist das nichts. Könnte dir aber gefallen.« Papier knisterte, dann drückte er ihr einen Zettel in die Hand. »Und jetzt geh schlafen.«

Jamie trat ans Spülbecken, um sich die Zähne zu putzen, und Olivia kroch in ihren Schrank. Den Zettel schob sie behutsam unters Kissen.

Am nächsten Morgen stieß sie die Schranktür weit auf, damit genügend Licht hereinfiel, sodass sie sich den Zettel ansehen konnte.

Lauter Figuren, Pflanzen, Tiere und verschlungene Linien. Links und rechts zwei Frauen in altmodischen Gewändern, neben der einen saß ein Wolf. Oder war es ein Hund? Die andere hielt ein Blatt in der Hand, auf dem eine Zeichnung zu erkennen war. Sie sah aus wie der Grundriss von einem Haus.

Auch die Schrift war seltsam, dachte Olivia und kniff die Augen zusammen, um die Wörter zu entziffern.

Im ehrlichen Fehler liegt Hoffnung,
nicht aber in der kalten Perfektion des bloßen Stilisten.

Kein Wunder, dass Jamie gesagt hatte, das sei nichts für ihn. Doch sie nahm sich vor, den Satz auswendig zu lernen und darüber nachzudenken. Irgendetwas daran faszinierte sie. Darunter stand:

Das Komitee des Glasgow School of Art Club
bittet um die Ehre der Gesellschaft von Mr. James MacLeod
in den Institute Galleries am Samstag,
den 19. November 1892.
Musik von 3 bis 5 Uhr.

Jamie hatte eine Abendschule erwähnt. Und dann hörte sie wie von fern Allies Worte: *In die Schule können sogar Frauen gehen.* Wenn es nun zufällig diese School of Art war? Und sie hatte eine Einladung zu einer Ausstellung!

Olivia schob das Blatt wieder unters Kissen und sprang leichtfüßig aus dem Bett. Etwas in ihr schwebte, drängte nach außen wie eine Luftblase.

Ihre Mutter schaute sie verwundert an, als sie den Topf mit dem Haferbrei auf den Tisch stellte. »Du siehst ja so munter aus am frühen Morgen.«

Olivia lächelte nur, weil sie fürchtete, das Glück kaputtzumachen, wenn sie darüber sprach.

Aber sie wusste, dass es sie durch den Tag tragen würde und die ganze Woche bis zum 19. November.

4

Die Musik, die im Hintergrund spielte, war kaum zu hören. Die Gäste schoben sich an den Werken vorbei und bedienten sich an den bereitstehenden Tabletts mit Getränken und kleinen Speisen.

Nachdem Jessie Newbery ein Glas erobert hatte, schaute sie sich suchend nach ihrem Mann um und entdeckte ihn – welch Wunder – inmitten einer aufgeregt diskutierenden Gruppe von Besuchern. Sie lächelte, Fra war in seinem Element. Als Direktor der School of Art kannte er halb Glasgow und versuchte unermüdlich, Geld und Unterstützung aufzutreiben.

Mit seinem dichten Schnauzbart und den gelockten Haaren, die er mit einem Mittelscheitel frisiert trug, war er kaum zu übersehen. Jessie liebte ihren Mann über alles, auch wenn sein Temperament gelegentlich mit ihm durchging. Dann polterte er drauflos, dass die Wände wackelten. Er hatte jedoch ein unbestechliches Auge für Talente, und wen er schätzte, den förderte und unterstützte er bedingungslos. Seit er vor sieben Jahren seine Stellung angetreten hatte, war in der Schule vieles anders und besser geworden. Vor allem genoss die School of Art inzwischen einen Ruf, der weit über die Grenzen Schottlands hinausging.

Sie trat dazu und grüßte die Herren, allesamt wohlhabende Bürger, von denen man sich Förderung erhoffte oder schon erhielt. »Guten Tag, meine Herren. Ist es nicht faszinierend, was unsere Schule alles zu bieten hat?« Sie deutete auf die Aquarelle, Ölgemälde, Arbeiten aus getriebenem Metall, Holzschnitzereien und Stickereien.

Fra beugte sich vor und sagte beinahe verschwörerisch in die Runde: »Meine liebe Jessie hatte sich für die Ausstellung mehr Handarbeiten gewünscht, aber wir müssen allen Künsten eine Chance bieten. Ich habe Pläne für die Zukunft, große Pläne, und Jessie ist ein wesentlicher Teil davon. Mehr darf ich nicht verraten, Sie wissen schon, das Geld muss erst her, aber dann …«

Jessie wusste, dass ihr Mann von einem eigenen Schulgebäude mit hellen Werkstätten und Ateliers träumte, mit einer Bibliothek, die ihren Namen verdiente und in der man konzentriert arbeiten konnte. Niemand vermochte zu sagen, ob es wirklich einmal dazu kommen würde, ein solcher Neubau wäre ungemein kostspielig. Aber wenn ein Mann es schaffen konnte, dann ihrer.

Sie wollte gerade weiterschlendern und Fra seinen Überzeugungskünsten überlassen, als am Eingang Unruhe entstand. Jessie stellte sich auf die Zehenspitzen, um zu sehen, was dort vorging, doch der breite Rücken eines Mannes verdeckte ihr die Sicht.

Sie ging schnurstracks hinüber, und als sie neben den Mann trat, sah sie ein Mädchen: vielleicht zwölf oder dreizehn, mit langen, hellen Zöpfen und grauen Augen, die weit aufgerissen waren, aber seltsam furchtlos blickten. Sie hielt einen Zettel in der Hand und streckte ihn dem Mann hin.

»Darf ich fragen, worum es geht?«, erkundigte sich Jessie.

Der Mann, dessen dunkelblaue Jacke an eine Uniform erinnerte, drehte sich zu ihr. »Ich bin hier für den Einlass zuständig. Das Mädchen hat eine Einladung, aber mit einem Männernamen darauf. Außerdem ist sie noch ein Kind.«

»Darf ich?« Jessie streckte die Hand aus. Die gleiche Einladung hatte sie auch erhalten, ein begabter Student hatte sie gezeichnet. In der Mitte war **Mr. James MacLeod** als Empfänger eingetragen, doch der Name war mit Bleistift durchgestrichen und durch **Miss Olivia MacLeod** ersetzt worden. Sie musste unwillkürlich lächeln, das Mädchen hatte Mumm.

»Du bist Olivia?«

Sie nickte ernst. »Mein Bruder wollte nicht kommen, darum bin ich hier. Ich interessiere mich für Kunst.«

Jessie war beeindruckt, wie ruhig die Kleine dastand und sich nicht vertreiben ließ. Dann schaute sie den Mann an. »Mr. Newbery hat sicher nichts dagegen, wenn die junge Dame sich die Ausstellung ansieht.«

»Der Direktor hat mich angewiesen, nur Personen mit einer gültigen Einladung einzulassen.«

»Die hat Miss MacLeod.«

Er wollte widersprechen, doch Jessie fügte hinzu: »Der Direktor ist übrigens mein Mann.«

Er gab sich geschlagen und trat beiseite.

Jessie lächelte freundlich. »Komm, ich führe dich herum.«

Das Mädchen warf ihr einen dankbaren Blick zu und schob die Einladung in die Manteltasche.

»Du interessierst dich also für Kunst?«, fragte Jessie. Der Mantel des Mädchens war sorgfältig gestopft, die Schuhe waren abgestoßen, aber blank geputzt.

»Ich zeichne gern«, sagte sie. »Eigentlich jeden Tag.«

»Dann bist du hier richtig. Es gibt Zeichnungen und vieles mehr zu sehen.«

Sie gingen von einem Stück zum anderen. Bei manchen verweilte Olivia länger und stellte Fragen, dann wieder, wenn etwas sie weniger zu fesseln schien, bewegte sie sich rasch weiter. Schließlich blieb sie vor einem Tisch stehen, auf dem ein Kragen aus gelber Seide lag. Er war mit zartrosa Blüten bestickt, in deren Mitte kleine Perlen aufgenäht waren. »Der ist aber schön«, sagte sie ehrfürchtig.

Jessie lächelte. »Den habe ich gemacht.«

Olivia drehte sich zu ihr und schaute sie fragend an. »Sie sind auch in dieser Schule?«

»Ich war es. Und jetzt unterrichte ich hier.«

»Sie sind also Lehrerin?«

»Ja, so kann man es nennen. Ich unterrichte Textildesign, also wie man Stickereien und ganze Kleider entwirft. Bequeme Kleider, in denen Frauen sich gut bewegen können.«

»Wir sticken in der Schule auch, aber nicht so schön. Meist nur Handtücher und Servietten mit Kreuzstich. Ich will für meine Ma eine Distel sticken. Das Muster habe ich selbst gezeichnet.«

»Das hört sich schön an. Ich wünsche dir viel Freude dabei.«

Mutig war die Kleine, dachte Jessie – allein herzukommen, wo sie niemanden kannte, sich unter Menschen zu begeben, die nicht nur erwachsen waren, sondern auch einer anderen Gesellschaftsschicht angehörten. Die gerade Haltung und der konzentrierte Blick, mit dem die junge Miss MacLeod die ausgestellten Werke betrachtete, nötigten Jessie Respekt ab.

Vor einem Aquarell blieb das Mädchen stehen und rührte sich nicht mehr. Jessie schaute von ihr zu dem Bild und lächelte. Ja, es war außergewöhnlich, sie hatte es vorhin selbst bewundert und sich inspiriert gefühlt. Es lud sie förmlich ein, ihr buntes Garn zu holen und die Farben und Formen mit ihrer Nadel nachzubilden.

»Was ist der Erntemond?«, fragte Olivia schließlich und deutete auf das Schild, das den Namen des Künstlers und den Titel des Bildes trug.

»So nennt man den Vollmond, wenn der Herbst beginnt.

Er ist besonders hell, und die Bauern können bei seinem Licht die Ernte einbringen.«

Das Mädchen schien die Farben in sich aufzusaugen und beugte sich vor, als zöge das Bild sie magisch an.

Die obere Hälfte war tiefblau, beinahe violett. In der Mitte prangte der goldene Vollmond, darin eine Frauengestalt in einem fließenden Gewand. Auf den ersten Blick hatte Jessie an einen Oktopus gedacht, weil der Stoff in langen Armen auszulaufen schien. Quer davor schwebte etwas, das auch eine Gestalt sein mochte, aber blass und verschlungen und schwer zu erkennen war.

»Wenn man lange hinschaut, entdeckt man immer mehr«, sagte das Mädchen nachdenklich. »Die bunten Flecken können Früchte sein oder Blätter oder Blumen.« Sie deutete auf die roten, schwarzen, türkisen und goldenen Tupfen, die an einem stachelbesetzten Strauch zu wachsen schienen.

»Da hast du recht. Und diese Figur hier erinnert mich an einen Nebelstreif. Aber sie hat ein Gesicht mit roten Augen, das ein bisschen unheimlich aussieht.«

Olivia nickte eifrig. »Ja, das stimmt. Und hier, der Kreis um den Mond, das könnten die Flügel dieser Frau sein, dann wäre sie ein Engel. Aber ein Engel im Mond wäre komisch, oder?«

Jessie hörte, wie eine Frauenstimme hinter ihr belustigt sagte: »Das Bild entwickelt sich ja zum Publikumsmagneten.«

Sie drehte sich um und lächelte. »Margaret, wie schön, dich zu sehen. Die junge Dame hier hat Gefallen an Mr. Mackintoshs Werk gefunden. Darf ich vorstellen, Miss Olivia MacLeod. Und das ist Miss Margaret Macdonald, Studentin an der Glasgow School of Art.«

Sie merkte, dass Olivia verlegen wurde. Vielleicht reichte

ihr Mut nur aus, um sich von Jessie herumführen zu lassen, nicht aber, um weitere Künstlerinnen kennenzulernen. Doch sie fing sich wieder.

»Gefällt dir das Bild auch so gut wie uns?«, fragte Margaret freundlich. »Ich finde es außergewöhnlich. So etwas habe ich noch nie gesehen.«

Olivia nickte. »Es ist sehr schön. Man kann sich so viel dabei denken.«

Die Musik im Hintergrund verstummte, und sie schaute sich plötzlich erschrocken um. »Wie spät ist es? Schon fünf?«

Jessie nickte.

Das Mädchen wurde sichtlich nervös. »Ich … ich muss nach Hause. Danke, dass Sie mir alles gezeigt haben. Vielen Dank. Auf Wiedersehen.«

Mit diesen Worten stürzte sie in Richtung Tür und war verschwunden.

Die Frauen sahen ihr verwundert nach.

»Hoffentlich kommt sie gut heim, es ist schon dunkel.«

Dann wurden sie abgelenkt, weil Fra Newbery zu ihnen trat, einen jungen Mann im Schlepptau. »Miss Macdonald, Jessie, darf ich euch den Künstler vorstellen, der dieses Aquarell gemalt hat? Mr. Charles Rennie Mackintosh.«

Jessie bemerkte, dass der junge Mann leicht hinkte. Er war dunkelhaarig, mit dichtem Schnurrbart, und trug weder Krawatte noch Fliege, sondern eine seidig glänzende Schleife um den Hals. Er deutete eine Verbeugung an. »Es ist mir ein Vergnügen.«

Margaret deutete auf das Bild. »Ihr *Erntemond* ist wunderbar, Mr. Mackintosh. Ein ganz neuer Stil. Sie studieren Malerei? Seltsam, dass wir uns noch nie begegnet sind. Ich bin auch an der School of Art.«

Der junge Mann neigte den Kopf. »In erster Linie bin ich Architekt.«

»Unsinn, Tosh, stellen Sie Ihr Licht nicht unter den Scheffel.« Fra deutete auf Mackintosh. »Er ist so umfassend begabt, wie ich es selten erlebt habe. Er malt und zeichnet, entwirft Häuser, aber auch die Möbel und Dekorationen, die hineingehören.«

Mackintosh wurde rot, fasste sich aber rasch. »Ich entwerfe Häuser nicht als leere Hüllen, in die man hineingießt, was einem gerade gefällt. Oder, schlimmer noch, Dinge, die gar nicht zum Haus als solchem passen.« Er wurde lebhafter. »Für mich ist ein Gebäude immer ein Gesamtwerk, in dem jedes Detail zum anderen passen muss, um ein einheitliches Bild zu schaffen.«

»Der Gedanke gefällt mir. Ich beschäftige mich auch mit der Gestaltung von Räumen«, sagte Margaret, und bald waren die beiden ins Gespräch vertieft.

Jessie lächelte bei sich. Fra liebte es, Menschen zusammenzuführen, die sich künstlerisch ergänzten. Sicher war es kein Zufall, dass er Margaret Macdonald mit dem jungen Mr. Mackintosh bekannt gemacht hatte.

5

»Olivia MacLeod!« Als Miss Baillie sie aufrief, wollte sie schon aufstehen, um sich ihr Abschlusszeugnis abzuholen. Sie trug ihr bestes Kleid und neue Schleifen in den Zöpfen, die Ma ihr aus Stoffresten genäht hatte.

Ihre Lehrerin hob lächelnd die Hand, um sie zurückzuhalten, rückte die Brille zurecht und sah sich in der kleinen Aula um. »Wie ihr wisst, vergibt unsere Schule jedes Jahr einen Preis in Höhe eines Sixpence und eine Urkunde für die beste künstlerische Arbeit. In diesem Jahr haben wir Olivias Stickarbeit ausgewählt. Sie hat unsere schottische Nationalblume dargestellt.« Sie hielt ein kleines Stickbild mit einer Distel in die Höhe, ähnlich dem, das Olivia für ihre Mutter angefertigt hatte.

Ihr Herz schlug so heftig, dass ihr beinahe schlecht wurde. Sollte sie jetzt aufstehen? Sie ging zögernd nach vorn.

Miss Baillie gab ihr lächelnd das Bild und überreichte ihr dann das Zeugnis, die handgeschriebene Urkunde und den Umschlag mit dem Geld. »Ich gratuliere dir ganz herzlich und wünsche dir für dein weiteres Leben alles Gute.«

Lehrer und Kinder klatschten, als sie an ihren Platz zurückkehrte. Einige Eltern waren da, doch Ma war nicht gekommen. Man hatte ihnen die Miete erhöht, sodass sie noch mehr Näharbeiten übernehmen musste.

Dann setzte Klaviermusik ein. Alle erhoben sich, um *All Things Bright and Beautiful* zu singen. Auf einmal brannten Olivias Augen, denn sie begriff, dass sie an diesem Julitag zum letzten Mal hier stand und sang, umgeben von den Mädchen und Jungen, mit denen sie viele Jahre zur Schule gegangen war. Die Aufregung über den Preis war verflogen, und sie spürte wieder die Angst, die seit Monaten an ihr fraß.

Ma wollte, dass sie sich in einer Teppichweberei vorstellte, die gute Löhne zahlte. Olivia mochte nicht in eine Fabrik, konnte aber auch nicht den ganzen Tag zu Hause sitzen und Ma beim Nähen helfen. Mary hatte angefangen, ihrer Tochter die Grundlagen beizubringen, und sie machte Fortschritte, auch wenn es ihr nicht so leicht von der Hand ging wie das Zeichnen und Sticken.

Seit Langem brannte in Olivia eine kleine Flamme, die zwar nur zaghaft flackerte, aber nie ganz erlosch. Sie hatte ihr an jenem Novembertag den Mut verliehen, Jamies Namen auf der Einladung durchzustreichen, durch ihren zu ersetzen und bis in die Sauchiehall Street zu laufen. Zu Hause hatte es anschließend eine gewaltige Strafpredigt gesetzt, und Ma hatte ihr drei Tage lang Zeichenverbot erteilt. Aber das war es wert gewesen, jede einzelne Minute.

Auf dem Heimweg von der Schule dachte sie nach und entschied dann, Ma nichts von dem Preis zu sagen. Eine leise Stimme mahnte sie zur Ehrlichkeit, doch die Furcht, ihre silberne Münze abgeben zu müssen, war größer.

Eine Woche später hatte Olivia ihrer Mutter immer noch nicht von dem Preis erzählt. Die leise Stimme bohrte und stichelte, wenn sie abends im Bett lag. *Du bist keine gute Tochter. Deine Ma wird sehr enttäuscht sein.*

Aber sie wehrte sich und schaffte es meist, die Stimme zu vertreiben. *Ich habe mir den Preis verdient. Es war meine Arbeit, meine Idee, mein Entwurf. Es muss doch möglich sein, dass ich etwas habe, das nur mir gehört.*

Es war, als gäbe es zwei Olivias, die in ihrem Kopf miteinander stritten und sie mal in die eine, dann in die andere Richtung zerrten.

Und dann kam der Tag, an dem Ma sie abends zu sich rief.

»Die Teppichweberei ist bereit, dich zu nehmen. Gestern habe ich mit dem Vorarbeiter Mr. Price gesprochen.«

Olivia schluckte mühsam. Sie fror und schwitzte zugleich

und konnte gar nicht richtig denken. Bilder zuckten durch ihren Kopf – die silberne Münze, der Erntemond, die freundliche, elegante Mrs. Newbery, die Besucher der Ausstellung, die alle so nach großer Welt ausgesehen hatten.

Natürlich würde sie abends nach der Arbeit zeichnen und sticken können. Doch es war, als schlüge eine Tür unwiderruflich zu, wenn sie die Stelle annahm. Sie erinnerte sich an das Kribbeln, das sie gespürt hatte, als Mrs. Newbery sie durch die Ausstellung führte.

»Livvy, was ist denn?«

»Ich … weiß nicht, ob ich in einer Fabrik arbeiten möchte.«

Ma beugte sich vor, die Hände im Schoß. Dann leuchtete ihr Gesicht auf. »Du denkst an deinen Pa, richtig?«

Das hatte sie nicht getan, aber es war eine Erklärung, die Ma zu verstehen schien. »Ja, du weißt doch, wie giftig es riecht, wenn der Wind von dort herüberweht. Und wie Pa gehustet hat, wenn er von der Arbeit kam. Ich will nicht auch so krank werden wie er.«

Ma lächelte erleichtert. »Dein Pa hat in einer Chemiefabrik gearbeitet, das hat nichts mit Teppichweben zu tun. Du arbeitest gern mit den Händen, stimmt's? Und wir brauchen dringend Geld für die höhere Miete.«

Das war verständlich, und ja, sie arbeitete gern mit den Händen, aber nicht an einer ratternden Maschine. Alles in ihr sträubte sich dagegen, mit Hunderten von Menschen in eine Fabrik zu gehen. Doch wenn sie das sagte, würde Ma glauben, sie hielte sich für etwas Besseres.

Ich bin nicht besser, aber anders, dachte Olivia. So wie ihr Pa anders gewesen war. Und doch würde sie so enden wie er: tagsüber in einer Fabrik, abends vergeblich träumend über einem Zeichenheft.

»Nächsten Montag um drei stellst du dich vor.«

Olivia erschrak. Ihr blieben nur fünf Tage, um einen Ausweg zu finden.

Am Samstag wusste Olivia noch immer nicht, was sie tun sollte. Sie hatte kaum geschlafen, weil sie sich jede Nacht Dinge ausmalte. Die Teppichweberei verwandelte sich in einen höllischen Ort, dem sie nicht entkommen konnte.

Sie erfand Wunder, die sie vor der Fabrik retten würden: eine reiche Tante, die ihr Geld vermachte. Miss Baillie, die Ma erzählte, wie schön Olivia zeichnete und stickte und dann weitere Silbermünzen hervorzauberte, damit sie – ja, was genau? An dieser Stelle hörten die Geschichten auf, denn ihre Fantasie reichte nicht aus, um für ein Mädchen aus Dennistoun eine andere Zukunft zu erfinden.

Nachdem Jamie zur Arbeit gegangen war, stand Olivia auf und deckte für sich und Ma den Tisch. Beim Frühstück wollte sie ihr endlich sagen, dass sie tatsächlich nicht in der Weberei arbeiten wollte. Sie bereitete den Porridge zu, röstete Brot und stellte Butter auf den Tisch. Als sie gerade den Tee in die Tassen eingoss, trat Ma durch die Tür.

Sie sah blass und verkniffen aus, ihre Augen waren ganz rot.

»Bist du krank?«, fragte sie besorgt.

Ma ließ sich schwer auf den Stuhl fallen und trank wortlos von ihrem Tee. Dann schaute sie Olivia an und sagte in einem Ton, als wären die Worte schwere Steine: »Du hast es mir nicht erzählt.«

Ma musste eigentlich nicht weitersprechen. Trotzdem stieß Olivia ein gepresstes »Was?« hervor.

»Du hast in der Schule einen Preis gewonnen für eine Stickarbeit. Sie haben dir einen Sixpence geschenkt, um genau zu sein.« Ihre Stimme wurde zunehmend lauter. »Du hast es nicht für nötig gehalten, mir davon zu erzählen. Dabei weißt du, wie schwer es ist, die Miete aufzubringen. Ich brauche jeden Penny. Jamie gibt mir seinen ganzen Lohn und behält nur genug, um ab und zu ein Bier trinken zu können.«

Sie beugte sich vor, die Hand so fest an der Tasse, dass sie zu zerbrechen drohte. »Du hast mich lächerlich gemacht. Gestern war ich bei den Campbells. Wir sitzen da und reden, und plötzlich gratuliert mir Lorna. Ich sehe sie dumm an und frage, wozu. Zu dem Preis, den meine Tochter gewonnen hat, weil sie so schön sticken kann. Und dass sie sogar Geld bekommen hat. Eine Nachbarin, deren Tochter in deiner Klasse ist, hat es ihr erzählt.« Mary schloss die Augen und atmete zitternd ein. »Ich habe dagesessen wie ein Dummkopf. Sie wissen, dass du mir nichts von dem Geld erzählt hast. Wie konntest du das tun?« Sie war den Tränen nahe.

»Es … tut mir leid, Ma. Ich … ich wollte … aber …« Olivia konnte nicht weitersprechen, weil alles, was sie hätte sagen können, kränkend gewesen wäre.

Sie ging wortlos zum Bettschrank und holte die Münze heraus. Sie legte sie auf den Tisch, setzte sich und bestrich sich ein Brot dünn mit Butter.

Ihre Hoffnung, Ma in Ruhe zu erklären, warum sie nicht in der Weberei arbeiten konnte, war zerstört.

Nach dem Frühstück räumte sie ab, spülte das Geschirr, zog sich an und verließ das Haus. Sie brachte es nicht über sich, ihre Mutter anzusehen.

Olivia fühlte sich allein, bis sie begriff, dass Alleinsein auch Freiheit bedeutete. Vielleicht war es der letzte Samstag, an dem sie tun und lassen konnte, was sie wollte.

Sehnsüchtig dachte sie an ihren Sixpence, von dem sie sich Zeichensachen hatte gönnen wollen. Aber sie besaß das Geld nicht mehr und musste sich damit begnügen, in die Schaufenster zu sehen.

Mit jedem Schritt, den sie sich von Dennistoun entfernte, wurde ihr Herz leichter. Sie schlenderte die High Street entlang, die älteste Straße Glasgows, wie sie aus dem Geschichtsunterricht wusste. Hübsch war sie nicht, sie sah aus, als hätte die Zeit sie vergessen. Hier gab es vor allem Lagerhäuser und enge, düstere Läden, von denen manche mit Brettern zugenagelt waren. Die Fassaden waren schmucklos und grau, und gleich vor ihr baumelten die drei goldenen Kugeln eines Pfandhauses von einer schmiedeeisernen Stange.

Dann bog sie nach rechts in die Ingram Street. Sie sah schöner aus, die Häuser waren elegant und die Gehwege breiter.

Ihr Vater hatte einmal gesagt, er liebe seine Heimatstadt, auch wenn sie eine schöne Frau mit schmutzigem Gesicht sei.

Olivia war, als ginge der Vater neben ihr her; sie spürte beinahe seine große, raue Hand in ihrer. Sie schluckte. Pa fehlte ihr, und wann immer sie an sein Heft dachte, kamen ihr die Tränen. Dann schob sie die Traurigkeit weg. Ihm würde es gefallen, dass sie hier entlang spazierte.

Sie überlegte gerade, ob sie sich von ihrem letzten Penny etwas zu essen kaufen sollte, als ihr ein angenehmer Geruch in die Nase stieg.

Es roch nach Tee, aber stärker und aromatischer als der,

den sie daheim tranken, vermischt mit dem süßen Duft von Kuchen und Gewürzen.

Olivia schaute zum Schild über dem Eingang: *Miss Cranston's Tea Rooms.* Sie trat vor das Fenster, wollte noch ein bisschen den köstlichen Geruch genießen, als ihr Blick auf einen Zettel fiel, der von innen an der Scheibe hing:

Servierhilfe für ganze Tage gesucht
Saubere und freundliche Erscheinung
Kleidung wird gestellt
Bei Eignung bieten wir die Möglichkeit, zur Kellnerin aufzusteigen
Bewerberinnen melden sich im Teesalon

Olivia spähte durch die Fensterscheibe ins Lokal, sah weiß gedeckte Tische und Stühle mit geschwungenen Lehnen, hübsche kugelförmige Lampen, die wie Blumen aus den Wänden wuchsen. An den Tischen saßen gut gekleidete Herren, eine Kellnerin trug ein Tablett mit Teekannen herein.

Die Fenster waren blitzblank, als gäbe es keinen Rauch und Straßendreck in Glasgow. Dazu die weißen Tischdecken, die Blumen und der herrliche Duft, den sie noch immer in der Nase hatte …

Sie stand wie erstarrt vor dem Fenster, die Hände zu Fäusten geballt. Dann öffnete sie entschlossen die Tür des Teesalons.

6

De Courcy warf einen Blick auf Frances' Staffelei. »Das sieht ja geradezu geisterhaft aus, und nicht nur wegen der schlechten Lichtverhältnisse«, sagte sie, trat einen Schritt zurück und kniff kritisch die Augen zusammen. Sie war selbstbewusster geworden und traute sich inzwischen, den Älteren gegenüber Meinungen zu äußern. »Interessant ist es schon, vor allem die senkrechten und waagerechten Linien, da hast du eine erstaunliche Geometrie hineingebracht.«

Margaret, die ebenfalls neben der Staffelei ihrer Schwester stand, lachte. »Erstaunliche Geometrie? Neulich kam ein Student herein, warf einen Blick auf ihre Zeichnung und sagte, wenn er Skelette sehen wolle, könne er gleich ins Anatomische Museum gehen.«

Frances warf ein zusammengeknülltes Papier nach ihr. »Ich entwickle meinen eigenen Stil, das ist mir wichtiger, als irgendwelche Erwartungen zu erfüllen. Du malst auch nicht, was sich neureiche Fabrikanten an die Wand hängen wollen.«

»Nun streitet nicht«, warf de Courcy gutmütig ein. »Ich finde dein Bild faszinierend. Die Vögel vor dem Mond, die Frau, deren Haare waagerecht hinter ihr herwehen. Bewegung und Starre zugleich. Selbst wenn andere es unerhört finden.«

»Dafür sind wir ja hier. Um etwas Unerhörtes zu schaffen, das es so noch nicht gegeben hat, und nicht um das zu malen, was alle anderen vor uns gemalt haben.«

De Courcy zog einen Stuhl heran und machte es sich darauf bequem. »Ich würde solche Motive gern für meine

Metallarbeiten verwenden. Stellt euch vor, ein Spiegel mit einem Rahmen aus getriebenem Metall. Rechts und links eine Frauengestalt, so lang gestreckt wie eure. Dazu Elemente aus der Natur.« Sie holte ein kleines Skizzenheft aus der Tasche, begann darin zu zeichnen und schaute erst hoch, als sich die Tür öffnete. Jessie Newbery kam herein und begrüßte die drei Studentinnen. Dann betrachtete sie Frances' Bild und lächelte.

»Seht euch das mal an, das hat mein Mann mir gerade gegeben.« Sie hielt ihnen ein hauchdünnes Blatt hin.

Margaret, Frances und de Courcy drängten sich darum.

»Das kann nur von Mackintosh sein!«, rief Margaret. »Seinen Stil erkenne ich sofort.«

»Es ist ein Entwurf für eine Ehrenurkunde. Und ich sehe darin eine gewisse Ähnlichkeit mit euren letzten Arbeiten.«

»Willst du behaupten, wir würden kopieren?«, fragte Frances entrüstet. »Wir sind durchaus in der Lage, eigene Ideen zu entwickeln.«

Ihre Schwester blieb gelassen. »Es war eine gute Idee von Mr. Newbery, uns zusammenzubringen. Manchmal braucht es einen Funken, um eine vorhandene Idee zu zünden. Ich gebe ganz ehrlich zu, dass mich Mackintoshs Arbeiten inspirieren.«

Frances hatte den Pinsel weggelegt und die Arme vor der Brust verschränkt. »Ich finde die Arbeiten von Herbert McNair ebenfalls anregend. Er ist ein wunderbarer Maler und so vielseitig. Er hat interessante Ideen für Buchillustrationen und Plakate und sogar Möbel.«

»Und er ist ein guter Freund und Kollege von Mackintosh«, warf Jessie ein. »Ihr vier seid dabei, einen eigenen Stil zu prägen, etwas noch nicht Dagewesenes, ist euch das klar?«

Margaret nickte. »Den Gedanken, wir könnten zusammenarbeiten, hatte ich auch schon, aber ich weiß nicht, ob es funktionieren würde. Ob wir dann noch unseren eigenen Stil bewahren könnten. Darüber muss ich erst nachdenken.«

Frances, die Stillere von ihnen, zuckte mit den Schultern. »Warum eigentlich nicht? Es fehlt oft gerade am richtigen Rat, wenn man allein arbeitet. Am Blick von außen. Darum hilft es auch, hier in der Schule zu arbeiten, weil andere da sind, die einem die Augen öffnen. Das ist es, was ich spüre, wenn ich die Arbeiten von Mackintosh und McNair sehe. Ähnlich und doch anders. Aus einer Quelle und doch eigen.«

7

Kate Cranston wachte von einer Nische aus über ihren Teesalon in der Ingram Street. Sie vertraute ihren Angestellten – alle waren von ihr persönlich eingestellt worden – , legte jedoch größten Wert darauf, alles im Auge zu behalten und sofort zu handeln, wenn etwas nicht zufriedenstellend lief.

Sie hatte bereits einen Fleck auf einem Tischtuch entdeckt und eine Kellnerin ermahnt, die mit ihrem voll beladenen Tablett zu stolpern drohte. Wer für Miss Cranston arbeitete, musste den goldenen Mittelweg zwischen Schnelligkeit und Sorgfalt finden.

Der Salon war ihr ganzer, oder besser gesagt, ihr halber Stolz, denn sie besaß zwei Etablissements in Glasgow. In diesem hier verkehrten Geschäftsleute aus den Firmen in der

Ingram Street, aber auch Damen, was ungewöhnlich war. In Pubs waren Frauen nicht zugelassen, Restaurants besuchten sie gewöhnlich nur in männlicher Begleitung.

Vor fünfzehn Jahren hatte sie ihren ersten Teesalon eröffnet, im Keller eines Hotels in der Argyle Street. Gewiss, ihr Bruder Stuart hatte die gleiche Idee gehabt und früher als sie, doch Miss Cranston hatte ihren beiden Salons einen eigenen Stempel aufgedrückt, indem sie sie sorgfältig und geschmackvoll einrichtete, um den Aufenthalt zu einem Erlebnis zu machen. Damit war sie in Glasgow zu einer Berühmtheit geworden. Teesalons gab es in der Stadt zuhauf, und man musste schon etwas Besonderes bieten, um sich von der Masse abzuheben. Das war ihr gelungen, und damit das auch so blieb, wachte sie über alle, die für sie arbeiteten.

Erst gestern hatte sie einen Zettel ins Fenster gehängt, weil sie eine neue Servierhilfe suchte. Es machte ihr Freude, wenn junge Mädchen von der Pike auf alles lernten, was für eine Stelle in ihren Teesalons wichtig war. Sie zog es vor, die Frauen selbst auszubilden, statt Kellnerinnen einzustellen, die zuvor woanders gearbeitet hatten. Sie entwickelten dadurch eine ganz andere Treue und fühlten sich für den Salon verantwortlich.

Miss Cranston entstammte einer Familie überzeugter Abstinenzler, darum wurde bei ihr grundsätzlich kein Alkohol ausgeschenkt. Angeblich gab es nirgendwo in Großbritannien mehr Trinker als in Glasgow, und sie wollte dazu beitragen, diesem Übel entgegenzutreten. Wer trinken wollte, konnte ins Pub gehen, bei ihr gab es weder Bier noch Whisky.

Jetzt bemerkte sie eine Unruhe an der Tür. Dort stand eine Kellnerin, vor ihr ein junges Mädchen mit aschblonden Zöpfen. Sie schaute schüchtern zu Boden, doch etwas an ihrer

Haltung ließ Miss Cranston aufmerken. Vielleicht, weil sie beinahe trotzig dastand, als wollte sie sich um nichts in der Welt vertreiben lassen.

»Was gibt es denn, Lucy?«

»Sie sagt, sie will sich hier vorstellen«, antwortete die Kellnerin verlegen. »Aber ich war mir nicht sicher …«

»Worüber warst du dir nicht sicher?«

Die Kellnerin zuckte mit den Schultern. »Ob sie richtig ist.«

»Das entscheide ich, nicht wahr?«

Kate Cranston schaute sich das Mädchen näher an. Ihr Kleid war ärmlich, aber sauber und gepflegt, ein kleines Loch am Saum ordentlich gestopft. Die abgetragenen Schuhe waren sorgfältig geputzt, die Strümpfe tadellos.

»Du willst dich bei uns bewerben?« Sie deutete auf den Zettel, der im Fenster hing.

Das Mädchen nickte. »Ja, Madam.«

»Wie heißt du?«

»Olivia MacLeod.«

»Komm mit.«

Sie führte das Mädchen in die Nische, in der sie gesessen hatte, und deutete auf den Stuhl gegenüber. »Setz dich.«

Die Kleine nahm Platz, faltete die Hände im Schoß und schaute sie an. Sie zitterte ein bisschen. Vermutlich hatte es sie viel Mut gekostet, sich in den Teesalon zu wagen, und doch blickten ihre grauen Augen offen.

»Ich bin Miss Cranston. Hast du schon einmal in einem Teesalon gearbeitet?«

Kopfschütteln. »Ich bin gerade erst mit der Schule fertig.«

»Und wie alt bist du?«

»Im August werde ich vierzehn.«

Das war ein gutes Alter, um als Läuferin anzufangen. Die Tätigkeit war körperlich anstrengend, die Arbeitszeiten waren lang, und wer jung und gesund war, hatte deutliche Vorteile.

»Erzähl mir, warum du hier anfangen möchtest.«

Kate sah, wie es im Gesicht des Mädchens arbeitete. Sie schien zu überlegen, was die beste Antwort wäre. Miss Cranston hielt allerdings nichts davon, wenn Leute ihr das sagten, was sie angeblich hören wollte.

»Sei ganz ehrlich.«

Olivias Schultern sanken herab, als wäre sie erleichtert. »Ich soll in einer Fabrik arbeiten, in einer Teppichweberei, aber das möchte ich nicht. Meine Ma will, dass ich mich am Montag dort vorstelle. Ich würde aber lieber in einem …« – sie schaute sich um – »in einem schönen Teesalon arbeiten.« Sie sah fragend auf, und Miss Cranston nickte, damit sie weitersprach. »Mein Freund Allie arbeitet in einem Restaurant, als Koch, aber es ist nicht halb so schön wie dieses hier. Ganz dunkel und verräuchert. Hier kann man richtig atmen.« Sie fuhr sich mit der Zunge über die Lippen. »Und es riecht so gut. Das ist mir gleich aufgefallen, als ich vorbeigegangen bin. Nach Tee und Kuchen und – überhaupt.«

Miss Cranston lachte. »Das ist eine Antwort nach meinem Herzen. Du glaubst also, dass du das hier lernen kannst? Ich verlange viel von meinen Angestellten, dafür bekommen sie eine gute und sichere Stelle. Das Allerwichtigste ist, dass sich die Gäste wohlfühlen und uns weiterempfehlen.«

Olivia holte tief Luft. »Ja, ich möchte das alles lernen.«

Miss Cranston nickte. »Eines aber sage ich dir gleich: Du kannst nicht hier arbeiten, wenn deine Mutter dagegen ist.«

Ein Schatten fiel auf das Gesicht des Mädchens.

»Sie muss den Vertrag unterschreiben. Dann kommst du wieder her, und ich führe dich herum und zeige dir, was zu tun ist.«

Olivia kämpfte mit den Tränen. Die Mutter, die Fabrik, dachte Miss Cranston. Aber sie würde nicht von ihren Prinzipien abweichen. Mit Einwilligung der Eltern oder gar nicht.

Sie kramte in einer Mappe, die auf dem Tisch lag, und zog ein Blatt hervor. Dann trug sie Olivias Namen und Adresse ein und schob ihr den Vertrag hin. »Den nimmst du mit und zeigst ihn deiner Mutter. Ich hoffe, wir sehen uns bald wieder.«

Auf dem Heimweg wäre Olivia beinahe von einem Omnibus überfahren worden, weil sie achtlos über die Straße lief und den Kopf voller wilder Gedanken hatte. Ihr Herz schlug heftig, ihre Gefühle wechselten ständig, sie spürte den knisternden Vertrag in ihrer Tasche. Gerade noch war sie stolz auf sich, dann wieder ängstlich, weil sie fürchtete, dass Ma ihr nicht erlauben würde, in einem Teesalon zu arbeiten. Sie war ohnehin schon wütend wegen des Sixpence, und nun hatte Olivia sich auch noch hinter ihrem Rücken eine Stelle gesucht.

Miss Cranston hatte eindrucksvoll gewirkt in ihrem altmodischen Kleid. Krinoline nannte sich das Gestell, über das ein weiter Rock gebreitet wurde. Sie hatte ausgesehen wie aus einer anderen Zeit, aber ihre wachen Augen verrieten, dass sie fest im Leben stand.

Olivia hatte gestaunt, dass der Teesalon einer Frau gehörte. Und während im großen Gastraum Männer saßen, hatte sie aus dem Augenwinkel bemerkt, dass es weiter hinten einen hübschen Raum für Damen gab. Sie saßen zusammen, lachten und redeten, genossen den Tee und das köstlich aussehende Gebäck.

Ma musste begreifen, wie schön dieses Lokal war und dass ihre Tochter dort besser aufgehoben wäre als in einer Fabrik!

Sie war so in Gedanken, dass sie fast mit einem Mann zusammengestoßen wäre, der auf dem Gehweg stand und rauchte.

»Was machst du denn hier?«, fragte Allie und strahlte übers ganze Gesicht.

Olivia schaute sich um und musste lachen. Sie hatte gar nicht gemerkt, dass sie am Glasgow Cross angekommen war, genau vor dem Restaurant, in dem Allie arbeitete. Und nun konnte sie ihm als Erstem von der großen Neuigkeit erzählen. »Weißt du, was? Ich habe mich in einem Teesalon vorgestellt! Als Servierhilfe. Aber Ma muss den Vertrag unterschreiben, und ich soll doch am Montag in die Teppichweberei.«

Allie hob die Hand. »Nicht so schnell. Ich komme nicht mit. Welcher Teesalon denn?«

Sie berichtete atemlos, wo sie gewesen war und wie gut ihr das elegante Lokal gefallen hat.

Sein Gesicht leuchtete auf. »Miss Cranston? Sie ist in der ganzen Stadt bekannt. Wenn du dort arbeiten könntest, wäre das großartig.«

Doch da waren auch der Streit vom Morgen und die verlorene Silbermünze.

»Was ist denn los?« Er legte behutsam einen Finger unter ihr Kinn und hob ihren Kopf.

Weil er nur eine kurze Pause hatte, berichtete Olivia eilig, was geschehen war.

»Vielleicht kann meine Ma ein gutes Wort für dich einlegen, die sind doch Freundinnen.«

Neue Hoffnung keimte in ihr auf.

»Ich arbeite bis fünf«, sagte Allie. »Danach gehe ich gleich zu Ma und erzähle ihr alles. Einverstanden?«

Olivia nickte und winkte ihm nach, als er durch die Gasse ins Restaurant verschwand.

Noch war nichts verloren, dachte sie hoffnungsvoll und ging rasch in Richtung Dennistoun.

8

Allies Mutter sprach tatsächlich mit Ma und stärkte Olivia den Rücken, wie Allie es versprochen hatte. Ma war zuerst sehr wütend gewesen, hatte noch einmal den Sixpence erwähnt und dass auf ihre Tochter kein Verlass sei und was sie denn nun Mr. Price aus der Teppichweberei sagen solle. Doch nach und nach hatte sie sich beruhigt und schließlich widerwillig den Vertrag unterzeichnet.

Olivia war jetzt seit vier Wochen im Teesalon, und es war echte Knochenarbeit. Sie blieb von sieben Uhr morgens bis sieben Uhr abends dort und hatte nur einen Tag in der Woche frei. Manchmal taten ihr die Füße so weh, dass sie sie in warmem Seifenwasser badete und gleich darauf ins Bett fiel. Doch wenn sie morgens aufwachte, spürte sie eine Kraft in sich, die sie aus dem Bett trieb.

Sie war eine Läuferin – so nannte Miss Cranston ihre Servierhilfen, die als Botinnen zwischen Kellnerinnen und Küche dienten und nicht persönlich für die Gäste zuständig waren.

Sie gab die Bestellungen weiter und lernte, wie man Brot hauchdünn schnitt und gleichmäßig mit Butter bestrich, was gar nicht so einfach war, da es immer zu zerreißen drohte. Sie reinigte das Silberbesteck, spülte es in Seifenwasser, so heiß, dass es kaum zu ertragen war, und tauchte es danach in klares, kochendes Wasser, bis man sich darin spiegeln konnte.

Lucy, die Kellnerin, die ihr alles beibrachte, band ihr auch heute wie jeden Morgen die Schleife und zupfte sie so zurecht, dass sie genau in der Mitte des unteren Rückens saß. Die ältere Kollegin arbeitete für Miss Cranston, seit diese ihren ersten Teesalon eröffnet hatte. Sie hatte Olivia erzählt, wie sehr Miss Cranston anfangs gekämpft hatte, auch gegen ihre eigene Familie, die es für unpassend hielt, dass eine unverheiratete junge Frau ein eigenes Geschäft gründete. Dann war der Erfolg gekommen, und nun besaß sie schon zwei Teesalons. Olivia liebte diese Geschichten und hörte Lucy gern zu, wenn sie nach Feierabend ein Stück gemeinsam durch die Stadt gingen.

Doch nun war keine Zeit für Träumereien. Sie musste ihre Position am Durchgang zur Küche beziehen, immer in Lucys Sichtweite.

Auf dem Weg dorthin kam sie an Miss Cranston vorbei, die in ihrer Büronische saß. »Hat sich deine Mutter damit abgefunden, dass du für mich arbeitest?«

»Nicht so ganz. Sie spricht nur das Nötigste mit mir. Aber es wird langsam besser.«

»Du machst dich gut als Läuferin. Mit der nötigen Erfahrung kannst du irgendwann Kellnerin werden. Du hast eine freundliche Art, die Gäste werden gern bei dir bestellen.« Olivia freute sich über das Lob, spürte aber Miss Cranstons eindringlichen Blick. »Wenn du wirklich gern hier arbeitest, dann lass dich nicht davon abbringen.«

Wann immer ihre Mutter sie enttäuscht ansah, dachte Olivia an Miss Cranstons Worte: *Dann lass dich nicht davon abbringen.* In der Weberei hätte sie mehr verdient, doch sie wollte den Teesalon nicht aufgeben. Vier Shilling pro Woche waren ein Anfang, und wenn sie erst Kellnerin wäre, verdiente sie mehr als das Doppelte.

Sonntags, wenn sie frei hatte, schlich sie wie früher auf den Dachboden, setzte sich auf die alte Matratze, die dort lag, über sich das kleine Fenster, durch das Tageslicht fiel, und zeichnete. Meist Blumen und andere Pflanzen, aber nun auch mal einen Hut oder eine Tasse mit einem hübschen Muster. Bilder von Menschen lagen ihr nicht, sie zeichnete, was sie in ihrem Alltag sah: glattes Porzellan, den Stoff der Tischdecken mit seiner feinen Körnung, das Silber, das unter ihren Händen wieder glänzend wurde.

Ihre Mutter mochte es nicht, wenn sie auf den Dachboden ging. Sie war die ganze Woche außer Haus und stahl sich nun auch noch sonntags davon. Olivia hätte sich gern mit ihr ausgesprochen, aber wann immer sie Ma im Zimmer sitzen sah, den unvermeidlichen Nähkorb neben sich, fand sie nicht die richtigen Worte.

Und außerdem – was wären die richtigen Worte gewesen?

Ma war von ihr enttäuscht, damit musste sie sich abfinden. Olivia bemühte sich, sie zufriedenzustellen, gab jede Woche drei Sixpence ab, den Rest durfte sie behalten.

Manchmal träumte sie davon, ein Zimmer ganz für sich zu haben, mit einem großen Fenster, durch das viel Licht drang. Aber sie musste sich mit dem Dachboden begnügen.

Olivia griff zum Zeichenheft. Es war das Erste, was sie sich von ihrem Lohn gekauft hatte. Sie zeichnete mehrere Tassen und machte sich daran, ihr Lieblingsmuster, die Distel, darauf zu übertragen. Einmal prangte eine große Pflanze mitten auf der Tasse, dann wieder tanzten winzig kleine Disteln um den Rand.

In diesen Augenblicken war sie ganz sie selbst, als würde etwas hervorsprießen, das wie ein Samenkorn tief in ihr steckte.

Auf Stoffresten probierte sie neue Stickmuster aus, meist Blumen, aber auch Wörter, die sie sorgfältig auf ihre Unterlage stickte. Ihr kamen immer neue Ideen, oft auf dem Heimweg, wenn sie mit schmerzenden Füßen nach Dennistoun marschierte. Und auch wenn es wehtat, dass diese Kälte zwischen ihr und Ma stand, hatte sie sich noch nie so lebendig gefühlt.

Es war ein stürmischer Oktobertag, der Regen peitschte fast waagerecht gegen die Fensterscheiben. Olivia war ein bisschen aufgeregt, denn heute musste sie mit Lucy im Damenzimmer bedienen, das besonders elegant eingerichtet und den weiblichen Gästen vorbehalten war. Nirgendwo waren die Regeln strenger, nirgendwo konnte man leichter Fehler machen. Erst wenn sie sich hier bewährte und Miss Cranston mit ihr zufrieden war, galt sie als fertig ausgebildete Läuferin.

Zum Glück war Lucy an ihrer Seite, von der sie sich viel abgeschaut hatte.

Olivia war gespannt, wer heute dort zu Gast sein würde. Ältere Damen waren oft sehr anspruchsvoll, das hatte sie mittlerweile gelernt. Es waren Frauen, die zu Hause Dienstboten hatten und daran gewöhnt waren, andere von oben herab zu behandeln. Einmal hatte Lucy geweint, weil eine dieser Damen sich über sie beschwert hatte, nachdem sie angeblich den Tee falsch eingegossen hatte. Miss Cranston hatte der Dame ein kostenloses Törtchen bringen lassen und Lucy danach getröstet. Dennoch hatte Olivia seitdem ein bisschen Angst, dass ihr etwas Ähnliches passieren könnte – das Brot zu dick geschnitten, die Butter ungleichmäßig, ein Fleck auf der Teekanne.

Lucy nickte ihr zu und ging in Richtung Damenzimmer. Olivia folgte in angemessener Entfernung. Sie wusste genau, wie weit sie von den Tischen entfernt stehen musste, um jeden Wink zu bemerken und rasch das Gewünschte aus der Küche zu holen.

Es war eine angenehme Überraschung, als sie den voll besetzten Sechsertisch entdeckte. Lauter junge Frauen, die wild durcheinanderredeten und sich über Blätter beugten, die auf der ganzen Tischplatte verteilt lagen. Sie sahen nett aus und ganz so, als wären sie mit wichtigeren Dingen beschäftigt als dem Glanz der Teekanne oder den Krusten an den Sandwiches. Eine warf lachend den Kopf zurück und wedelte dabei mit einem Blatt Papier.

Olivia spürte, wie etwas Warmes sie durchzuckte. Auf dem Blatt war eine Zeichnung, schwarz und weiß, mehr war von hier aus nicht zu erkennen. Sie ging unwillkürlich auf die Zehenspitzen, um besser auf den Tisch spähen zu können.

Die Bestellung lief ein wenig zäh, eine konnte sich nicht entscheiden und wechselte dreimal die Teesorte. Alle kicherten und wandten sich dann erneut den Blättern auf dem Tisch zu.

Olivia hatte wieder ihren Posten an der Tür bezogen und die Hände hinter dem Rücken verschränkt, als es passierte. Ein lauter Schrei, ein Scheppern, besorgte Frauenstimmen, Stühle, die über den Boden schabten.

Lucy war die Teekanne aus der Hand gerutscht, das heiße Getränk hatte sich über ihren Arm ergossen.

Aus dem Nebenraum kam Miss Cranston herbeigeeilt. »Olivia, du bedienst hier weiter. Ich schicke jemanden zum Aufräumen.« Sie entschuldigte sich bei den Gästen und führte die weinende Lucy in Richtung Waschraum.

Olivia eilte an den Tisch. »Verzeihen Sie, ich bringe sofort eine neue Kanne.«

Während sich ein anderes Mädchen mit Lappen und Besen ans Werk machte, besorgte sie an der Küchenklappe neuen Tee und trug das Tablett mit kerzengeradem Rücken, wie sie es gelernt hatte, an den Sechsertisch. Ihre Hand war ruhig, als sie den jungen Frauen einschenkte und dann vom Tisch zurücktrat.

Als sie hochsah, erkannte sie eine der Frauen. Sie war nicht mehr ganz jung, etwa dreißig, hatte dichte dunkle Haare und Augenbrauen und ein Gesicht, das von innen zu strahlen schien. Die Ausstellung!, dachte Olivia aufgeregt, sie waren einander dort vorgestellt worden. »Miss Macdonald?«, fragte sie schüchtern.

»Ja, die bin ich.«

Olivia wurde rot. Sicher gehörte es sich nicht, Gäste persönlich anzusprechen, doch nun war es zu spät. »Ich war im November bei der Ausstellung. Im School of Art Club. Wir haben uns das Bild vom Erntemond angesehen.«

Miss Macdonald runzelte die Stirn, und Olivia fürchtete schon, dass sie zu aufdringlich gewesen war.

»Ich überlege gerade – stimmt, Jessie Newbery hat uns bekannt gemacht, nicht wahr? Ich hoffe, es geht Ihnen gut.«

Olivia nickte und schaute verstohlen auf den Tisch, der mit Zeichnungen, Aquarellen und handgeschriebenen Seiten bedeckt war, besann sich aber sofort wieder auf ihre eigentliche Aufgabe. »Kann ich Ihnen noch etwas bringen?«

»Nein danke, wir sind versorgt«, sagte Miss Macdonald und mahnte dann ihre Freundinnen: »Wenn wir uns heute noch entscheiden wollen, sollten wir allmählich anfangen. Die Ausgabe macht sich nicht von allein.«

Olivia war erleichtert, dass Miss Macdonald ihr die Fragerei nicht übel genommen hatte. Im Gehen überlegte sie, was für eine »Ausgabe« das sein mochte und was sie mit den Bildern vorhatten. Und hoffte, dass die Frauen von nun an öfter in den Teesalon kommen würden.

9

An diesem feuchten Novembertag drang, wann immer jemand die Tür zum Teesalon öffnete, ein Wirbel aus feuchten Blättern und Papier herein, und Carrie, die jüngste Läuferin, stand bereit, um sofort alles aufzukehren.

Olivia arbeitete im Raucherzimmer, weil eine Kollegin krank geworden war. Sie war jetzt seit über einem Jahr im Teesalon und stolz, dass Miss Cranston ihr die Aufgabe zutraute, denn sie war auf sich allein gestellt. Die Herren, die sich hier trafen, benötigten weniger Aufmerksamkeit als die weiblichen Gäste, sodass nicht ständig eine Kellnerin *und* eine Läuferin anwesend sein mussten.

Diese Männer taten, als gehörte ihnen die Welt, dachte Olivia oft befremdet. Sie redeten auch anders als die Leute in Dennistoun, streuten lässige Witze und Bemerkungen ein, die nur sie zu verstehen schienen, eine Art Geheimsprache. Die

Gegend um die Ingram Street hieß nicht grundlos Merchant City, denn hier wurden Geschäfte gemacht, die viel zum Reichtum Glasgows beitrugen.

An diesem Tag schnappte Olivia jedoch eine Unterhaltung auf, die nichts mit Geschäften zu tun hatte und bei der sie hellhörig wurde.

»Unmöglich, das hat meine Frau auch gesagt«, erklärte ein massiger Herr mit rotem Gesicht und klopfte die übel riechende Zigarre im Aschenbecher ab. »Sie war geradezu entsetzt, ein Skandal! Ich verstehe nicht, wie man diese Bilder öffentlich zeigen kann. Und erst recht nicht, wenn sie von Frauen stammen.«

Sein Begleiter lächelte milde. »Es war eine Schulausstellung, Williams, davon erfährt doch niemand außerhalb von Glasgow. Als ob sich jemand für obskure Bilder mit nackten, in die Länge gezogenen Frauen interessieren würde.«

Mr. Williams schüttelte entschieden den Kopf. »Da kann ich Ihnen überhaupt nicht zustimmen, Langley. Immerhin wird diese Schule mit öffentlichen Geldern finanziert. Und dann gehen sie hin und zeigen solchen Schund. Was erwartet man denn von einer Kunstakademie? Schönheit. Landschaften. Porträts. Ein Loblied auf unsere schottische Heimat. Und stattdessen finden sich dort diese perversen Machwerke.«

Olivia versuchte, ruhig zu atmen.

Der Mann namens Langley lachte wieder. »Man hat ihnen sogar einen Namen gegeben, die ›Spook School‹, weil die Gestalten angeblich wie Gespenster aussehen. Vielleicht sollten Sie ein wenig mehr Humor und Nachsicht zeigen. Die jungen Frauen wollen sich austoben. Die Pflichten der Ehe kommen früh genug.«

»Ich würde meine Tochter jedenfalls nicht dorthin schicken«, widersprach Mr. Williams. »Wer weiß, was die da sonst noch treiben, dort werden Männer und Frauen gemeinsam unterrichtet. Was sind das für neumodische Ideen? Ich bin mir sicher, dahinter stecken diese sogenannten Neuen Frauen, von denen überall die Rede ist. Die sind mir äußerst suspekt. Ich vermute, die moralischen Maßstäbe dieser Schule lassen sehr zu wünschen übrig. Und dafür gibt man unsere Steuergelder aus?«

Olivia wusste nur zu gut, wovon die beiden sprachen, denn sie hatte vor Kurzem eins der Bilder gesehen. Einige junge Frauen von der School of Art waren wieder einmal hier gewesen, und das Bild hatte offen auf dem Tisch gelegen.

Ein Aquarell, das in blassem Violett und Türkis gehalten war. Zwei Gestalten – wohl Frauen – standen einander zugeneigt, die Gesichter vorgereckt, sodass sich die Kinne fast berührten. Ihre Hände waren seltsam gebogen wie in einem rechten Winkel. Die Haare sahen aus wie die Blumen, die im Hintergrund wuchsen, wobei Olivia nicht hätte sagen können, ob es wirklich Blumen waren, weil sie anders waren als alle, die sie kannte. Es hätten auch Ballons sein können oder Gesichter mit Mund und Augen.

Sie hatte so fasziniert daraufgestarrt, dass eine Frau, die Margaret Macdonald ein bisschen ähnlich sah, sie belustigt gefragt hatte: »Gefällt es Ihnen?«

»Passen Sie auf, was Sie sagen«, hatte Margaret eingeworfen. »Es ist von ihr.«

Olivia war rot geworden. »Es gefällt mir sehr. So etwas habe ich noch nie gesehen.«

Es machte sie wütend, wie diese Männer über die Frauen redeten, die diese Bilder malten. Wer gab ihnen das Recht, so über andere herzuziehen? Oder zu bestimmen, womit ihre

Töchter sich beschäftigten? Warum gab es solche dummen Regeln?

»Ich bitte Sie, Sir«, sagte Mr. Langley, »Sie scheinen den Werken mehr Bedeutung beizumessen, als sie verdienen. Die Tochter eines Bekannten hat auch ein wenig mit Malerei dilettiert, doch nachdem sie einen ansehnlichen Offizier aus gutem Haus kennengelernt hatte, war die Kinderei rasch vergessen.«

»Ich finde, Frauen sollten sich gar nicht erst mit solchen Dingen abgeben«, entgegnete Mr. Williams kategorisch. »Wir wissen ja, dass Künstler es mit den Anstandsregeln nicht so genau nehmen, es sind eben Bohemiens. Aber dass Frauen so etwas Abstoßendes erschaffen … Und wo kommen wir denn hin, wenn jede plötzlich Farbe auf eine Leinwand klecksen oder mit Werkzeug an Metall herumhämmern und dafür Geld verlangen kann?«

Leider hob Mr. Langley in diesem Augenblick die Hand und bestellte frischen Tee, sodass Olivia den Rest des Gesprächs nicht mitbekam. Die Kanne stellte sie danach aber energischer als unbedingt nötig auf den Tisch, sodass die Tassen der Herren hörbar klirrten.

10

Kaum zu glauben, inzwischen waren es schon zwei Jahre, die sie bei Miss Cranston arbeitete, dachte Olivia, als sie die Schürze ablegte und in den Korb im Pausenraum warf. Im August wurde sie sechzehn, dann konnte sie Kellnerin werden, würde neun Shilling pro Woche verdienen und durfte mehr Verantwortung übernehmen.

Ihre Arbeitszeiten waren lang, und am Wochenende verbrachte sie Zeit mit ihrer Mutter. Sie hatten sich endgültig versöhnt, nachdem Ma sie irgendwann beim Abendessen angeschaut und lächelnd gesagt hatte: »Ich möchte auf einen Tee vorbeikommen und dich bei der Arbeit sehen.«

Olivia hatte die Hand auf ihre gelegt. »Das würde mich freuen, Ma.«

Und so hatte Mary MacLeod an einem Zweiertisch gesessen, Tee mit Scones bestellt und ihrer Tochter stolze Blicke zugeworfen. Danach hatte sie gesagt, wie gut ihr der Teesalon gefalle, wie schön er eingerichtet sei und wie angenehm man dort als alleinstehende Frau sitzen könne. Seither war es zwischen ihnen leichter.

Allie sah Olivia selten, doch ab und an stahlen sie sich die Zeit für einen Spaziergang. Wenn sie einander trafen, war alles vertraut und wie früher, und sie hatten sich immer eine Menge zu erzählen.

Man munkelte, Miss Cranston wolle einen dritten Teesalon eröffnen. Olivia bewunderte die Frau, deren Ehrgeiz ebenso groß war wie ihre Menschenfreundlichkeit, und hoffte, dort vielleicht als Kellnerin anfangen zu können.

Sie zog den leichten Sommermantel über und verließ den Teesalon. Der Junitag war noch warm und freundlich, und ihr Gesicht verzog sich zu einem Lächeln, als sie Allie entdeckte, der an einem Laternenpfahl lehnte und jetzt auf sie zukam.

Er trug die Haare feucht und ordentlich an den Kopf gekämmt und lächelte verlegen. »Ich wusste nicht genau, wann du Feierabend hast. Also hab ich gedacht, ich versuche einfach mein Glück.« Er wippte auf den Fußspitzen. »Wollen wir spazieren gehen? Ich möchte dir was zeigen.«

Olivia schaute Allie an. Er war jetzt achtzehn und ein Mann, kein Junge mehr. Auf seiner Oberlippe wuchs ein Schnurrbart. Er hatte sich besonders sorgfältig gekleidet, und seine Hände waren ganz rot, als hätte er sie tüchtig geschrubbt. Er trug ein dunkles Jackett, und sie nahm sogar einen Hauch von Lavendel an ihm wahr.

Sie gingen die Ingram Street entlang und redeten über die Arbeit und die Nachbarschaft. Einmal berührte seine Hand die ihre, und er zog sie sofort zurück, doch kurz darauf schwang er beim Gehen seinen Arm, sodass es noch einmal passierte.

Während Olivias Mund redete, arbeitete es in ihrem Kopf. Sie und Allie waren Freunde. Schon als Kinder hatten sie zusammen gespielt. Er hatte ihr damals die Buntstifte geschenkt. Doch das hier fühlte sich anders an.

In der Brunswick Street blieb Allie unvermittelt vor einem kleinen Restaurant mit rot-weißer Markise stehen.

»Ich habe dir doch von Giovanni erzählt, dem italienischen Kellner, der mal bei uns gearbeitet hat.«

Sie nickte. Giovanni war mit seiner Familie vor einigen Jahren aus Neapel nach Schottland gekommen.

»Das hier ist seins. Er hat sich seinen großen Traum erfüllt.« Allie deutete auf die Markise, auf der in geschwungener Schrift *Giovanni e Mamma* stand. Das verstand sogar sie.

»Hier essen wir heute.«

Olivia schaute an sich hinunter. Ihr blaues Kleid war verknittert, weil sie den ganzen Tag die Schürze darüber getragen hatte. »Ich bin doch gar nicht dafür angezogen.«

Allie lachte. »Es sollte eine Überraschung sein.«

»Trotzdem würde ich gern hübsch aussehen, wenn du mich deinem Freund vorstellst. Und seiner Mama.«

Wieder trat etwas in seine Augen, das sie noch nie dort gesehen hatte. »Du siehst immer hübsch aus, Livvy. Und heute ganz besonders.«

Giovanni eilte ihnen an der Tür entgegen. Er hatte ein Geschirrtuch über dem Arm und umarmte Allie überschwänglich. Dann gab er Olivia die Hand. »Willkommen in unserem Ristorante. Allie hat schon viel erzählt von dir.«

An den Wänden hingen bunte Bilder, die wohl italienische Landschaften zeigten, blaues Meer, Ruinen mit weißen Säulen, Dörfer mit bunten Häusern. Auf Regalen standen bauchige Flaschen, jede von einer Art Korb umhüllt.

Giovanni, der kleiner und rundlicher war als Allie, führte sie zu einem Tisch am Fenster, auf dem eine Vase mit Wiesenblumen stand.

»Nachher zeige ich euch alles, aber zuerst möchtet ihr sicher essen und trinken. Wir haben einen guten offenen Rotwein.«

Olivia hatte noch nie im Leben Rotwein getrunken, nickte aber, um ihren freundlichen Gastgeber nicht zu kränken.

»Meine Mama hat wunderbares Ragù Napoletano gekocht, aber ich kann auch unsere Pizza empfehlen. Mit Tomaten, Mozzarella und Basilikum.«

Olivia schaute Allie hilfesuchend an. Zuerst Rotwein und dann auch noch diese fremd klingenden Speisen! Sie hatte noch nie von Pizza oder Mozzarella oder Basilikum gehört, aber es hörte sich verlockend an. Im Restaurant roch es wunderbar, würzig und ein bisschen scharf und fruchtig zugleich. Ganz anders als die schottischen Gerichte, mit denen sie aufgewachsen war.

»Wir nehmen eins von jedem«, sagte Allie selbstsicher. »Dann können wir es uns teilen und beides probieren.«

»Wird gemacht«, sagte Giovanni und verschwand in Richtung Küche.

»Er ist sehr nett«, sagte Olivia. »Und wenn das Essen so gut schmeckt, wie es riecht …«

Allie lachte, er wirkte jetzt gelöster als vorhin. Restaurants waren seine Welt, so wie sie, Olivia, inzwischen im Teesalon zu Hause war. »Glaub mir, niemand kocht besser als seine Mama. Als er mich das erste Mal mit zu sich genommen hat, war ich völlig überwältigt. Ich hab so viel gegessen wie noch nie im Leben. Und als ich heimkam, hat meine Mutter an mir gerochen und gesagt, ich würde stinken. Sie meinte wohl den Knoblauch. Aber er schmeckt einfach göttlich.«

Dann brachte Giovanni den Rotwein, der herrlich schimmerte, als Olivia ihr Glas vors Fenster hielt. Sie schnupperte vorsichtig. Der Wein duftete nicht nach Trauben, sondern roch schwerer und säuerlicher und …

»Auf uns«, sagte Allie, und sie stießen mit den Gläsern an.

Der Wein schmeckte, wie er roch, und rann warm durch ihre Kehle. Giovanni brachte einen Teller mit kleinen Brotstücken, die knusprig und warm und mit stark duftender Butter bestrichen waren. In einer kleinen Schale lagen schwarze, glänzende Kugeln.

»Das sind Oliven«, sagte Allie, steckte eine in den Mund und spuckte den Kern in die Hand. »Probier mal.«

Der Geschmack war schwer zu beschreiben, fremd, aber nicht unangenehm.

Allie trank einen großen Schluck, als müsste er Mut fassen,

stellte das Glas ab und faltete die Hände auf dem Tisch. »Ich verrate dir was. Es ist aber noch ein Geheimnis.«

Olivia sah ihn gespannt an.

»Giovannis Mutter Elisabetta war letztes Jahr sehr krank. Sie kann nicht mehr lange stehen und sucht darum Hilfe für die Küche.« Er beugte sich vor. »Wenn ich genug gespart habe, steige ich hier ein. Elisabetta bringt mir all ihre Gerichte bei, dann kann ich sie in der Küche ersetzen.« Seine Augen leuchteten. »Wenn es klappt, wäre ich Mitbesitzer eines Restaurants. Und Giovanni hat noch mehr Ideen. Er will auch ein italienisches Café eröffnen, mit richtigem Espresso und Cappuccino und kleinen Süßigkeiten.«

Wieder fremde Wörter, die Olivia noch nie gehört hatte, aber das war nicht wichtig. Was zählte, waren Allies große Pläne. Sie schob sich eine Olive in den Mund, spuckte den Kern aus und sagte: »Das ist wundervoll, Allie. Ein eigenes Restaurant! Und so ein schönes, gar nicht düster wie viele andere in der Stadt.«

»Und mit besserem Essen«, sagte er lächelnd. »Ich kann den Fraß, den ich jeden Tag kochen muss, kaum noch ertragen. Haggis mit Kartoffelbrei und Steckrüben, Hafergrütze, Fischeintopf. Deshalb wollen wir ganz Glasgow zeigen, wie man in Italien isst. Dass man Essen auch genießen kann. Natürlich bekommt man hier nicht alle Zutaten, aber Giovanni bestellt einiges in Italien, und Valentina, das ist Giovannis Schwester, hat angefangen, Kräuter anzupflanzen.«

Olivia konnte gut verstehen, was er meinte, denn sie empfand das Gleiche, wenn sie den Teesalon betrat. Beides waren Welten, die mit dem Glasgow da draußen wenig zu tun hatten. »Ich wünsche dir viel Glück dabei«, sagte sie und meinte es von ganzem Herzen.

Ein verstohlenes Lächeln spielte um seinen Mund, und sie fragte sich, was ihm durch den Kopf ging. Doch dann kam Giovanni mit den dampfenden Tellern, und über dem köstlichen Essen war alles andere bald vergessen.

11

Trotz des feuchtkalten Novemberwetters genoss Olivia den kurzen Spaziergang zur Buchanan Street. Miss Cranston war gerade zu einer Besprechung in dem Ladenlokal, das sie in ihren dritten Teesalon verwandeln wollte. Man hatte Olivia hingeschickt, um der Chefin auszurichten, dass die Teelieferung schon wieder verspätet war und die Vorräte zusehends schrumpften.

Von außen war das Haus nicht sonderlich eindrucksvoll, wie Olivia von einem früheren Besuch wusste. Dafür hatte Miss Cranston große Pläne, was die Innenausstattung betraf. Es sollte separate Räume für Tee, Mittagessen, ein Raucher- und ein Billardzimmer geben. Mit der Gestaltung hatte sie einen jungen Künstler namens George Henry Walton beauftragt. Er war selbstständiger Dekorateur und hatte bereits Miss Cranstons ersten Teesalon in der Argyle Street verschönert.

Olivia war gespannt auf die Räume. Im September, kurz nach ihrem sechzehnten Geburtstag, hatte Miss Cranston begonnen, sie mit Argusaugen zu beobachten. Sie war nervös gewesen, hatte sich aber bemüht, es sich nicht anmerken zu lassen, und war wenige Tage später zur Kellnerin befördert worden. Mit ihrer Erfahrung traute sie sich durchaus zu, in dem neuen Teesalon zu arbeiten, und wollte darum von Anfang an alles miterleben.

Weiterhin waren häufig Künstlerinnen und Studentinnen von der School of Art im Teesalon zu Gast. Olivia freute sich, wenn sie kamen, und verspürte dennoch einen leisen Schmerz, weil ihr bewusst war, wie weit diese Frauen, die sie inzwischen kannten und ihr immer ein besonders gutes Trinkgeld gaben, von ihrem eigenen Leben entfernt waren.

Als Olivia die Buchanan Street 91-93 erreichte, blieb sie staunend stehen. Seit ihrem letzten Besuch war ein hölzerner Bauzaun emporgewachsen, dessen triste Holzlatten mit lang gestreckten Blumenmustern und Herzen bemalt waren. Die Bilder erinnerten an die Gemälde der School of Art und kündigten zudem *Miss Cranstons neuen Lunch- und Teesalon* an.

Das war sicher Mr. Waltons Werk. Er nutzte den notwendigen, aber unschönen Bauzaun als Reklametafel. Wie klug von ihm.

»Was willst du hier, Mädchen?«, fragte ein mürrischer Handwerker, als sie eintrat.

»Ich habe eine Nachricht für Miss Cranston. Es ist wichtig.«

Er stieß seinen Kollegen an und nickte zu ihr hinüber. »Hast du das gehört, Will? Ganz schön hochnäsig, die Kleine.«

Doch Olivia ließ sich nicht mehr so leicht einschüchtern, kehrte ihm den Rücken und betrat den ersten Raum, dessen großes Bogenfenster nach draußen auf die Buchanan Street ging. Von Miss Cranston war nichts zu sehen, also schlenderte sie ins nächste Zimmer, in dem ein Mann auf dem Boden kniete und mit kleinen Nägeln eine Sockelleiste befestigte.

Dann hörte sie von oben Stimmen. Sie stieg vorsichtig die Treppe hinauf, die noch kein Geländer hatte – es wurde erst noch nach Entwürfen von Mr. Walton angefertigt. Die Stimmen kamen näher, ein Mann und eine Frau, bei der es sich unverkennbar um Miss Cranston handelte.

Der Mann sagte: »Ich verwende in jedem Stockwerk eine eigene Grundfarbe für die Schablonenmalerei, von Grün über eine Mischung aus Grau, Grün und Blau bis hin zu einem reinen Blau, um den Übergang von der Erde zum Himmel darzustellen.«

»Eine großartige Idee«, erwiderte Miss Cranston. »Ihrer Fantasie sind keine Grenzen gesetzt, Mr. Mackintosh. Nur eine Bedingung habe ich: Die Wandgestaltung muss zu Mr. Waltons Möbeln passen.«

Olivia hörte den Mann lachen. »Genau das ist meine Idee von Gestaltung: Alles muss sich harmonisch ineinanderfügen, Körper und Geist, Schönheit und Funktion. Alles wird einbezogen – die Möbel, die Dekorationsstoffe, die Wandgestaltung. Unsere Umgebung soll nicht einfach nur ein Raum sein, in der man wohnt, sondern ein Kunstwerk.«

»Wenn mir Ihre Arbeit gefällt, gibt es sicher weitere Möglichkeiten für Sie. Ich habe nicht vor, mit diesem dritten Teesalon aufzuhören. Irgendwann werde ich ein Lokal in Auftrag geben, in dem alles aus einer Hand kommt und zueinanderpasst, bis hin zu Besteck und Porzellan.«

Olivias Herz klopfte. Es kam ihr vor, als hätte sie gerade etwas sehr Bedeutendes gehört. Dann aber stutzte sie. Wie hatte Miss Cranston den Mann genannt?

Schlagartig fiel ihr das Gemälde vom Erntemond ein, den Anblick hatte sie nie vergessen. Der Maler hatte Mackintosh geheißen. Sie wusste, dass Miss Cranston sich für Kunst interessierte und gern Ausstellungen besuchte. Aber nein, das war sicher nur ein Zufall …

»Olivia, was machst du hier?«

Sie schrak zusammen, als die wogende Krinoline vor ihr auftauchte.

»Verzeihen Sie, dass ich störe, aber es gibt wieder ein Problem mit der Teelieferung, die Vorräte gehen zu Ende.«

Sie wartete geduldig, während Miss Cranston ihrem Ärger Luft machte und dabei wild mit dem Fächer wedelte.

»Soll ich ein anderes Mal wiederkommen?« Der Besucher war hinter Miss Cranston in den Flur getreten, er hinkte leicht beim Gehen.

Es war, als hätte jemand Olivia an einen anderen Ort in eine andere Zeit versetzt. Sie war wieder das Mädchen, das gerade seinen Vater verloren hatte, mit dem Skizzenheft durch die Straßen stürmte und mit einem Mann zusammenprallte. Er war schroff und doch gütig gewesen und hatte ihr ein neues Heft geschenkt.

Sie starrte ihn mit offenem Mund an, ohne zu merken, dass Miss Cranston sie verwundert musterte. Dann platzte es aus ihr heraus: »Sie waren das mit dem Heft! Es ist schon lange her, im März vor drei Jahren ist das gewesen!«

Der Mann hatte sich kaum verändert. Seine Haare waren etwas kürzer, der Anzug etwas eleganter, ansonsten sah er aus wie damals. Er legte den Kopf ein wenig schräg und runzelte die Stirn.

»Ich wollte zur Necropolis. Ich bin mit Ihnen zusammengestoßen und habe mein Zeichenheft fallen lassen. Sie haben mir ein neues geschenkt.«

Er nickte langsam. »Ja, da war etwas … das hatte ich längst vergessen.«

»Es war sehr nett von Ihnen.«

Er nickte und verschwand im Nebenraum.

Ein Räuspern. »Dürfte ich wissen, worum es hier geht?«, fragte Miss Cranston und schaute Olivia fragend an. Sie klang nicht ungehalten, eher neugierig.

Olivia berichtete kurz, was sich damals zugetragen hatte.

»Soso.« Miss Cranston sah sie durchdringend an. »Ich wusste nicht, dass du zeichnest.«

»Das habe ich schon immer gemacht. Ich zeichne und sticke nach eigenen Mustern.«

»Die solltest du mir mal zeigen, wenn du nicht gerade zu arbeiten hast«, bat Miss Cranston. »Das war übrigens Mr. Charles Rennie Mackintosh. Merk dir seinen Namen. Wir werden noch viel von ihm hören.«

12

An den Sonntagen übte Olivia eine Stunde lang Nähen. Inzwischen schaffte sie es, einfachere Stücke selbst anzufertigen. Sie musste nicht mehr auf den Dachboden gehen, um zu arbeiten, da Jamie sich in der Nähe ein Zimmer genommen hatte. Die Wohnung war einfach zu eng geworden.

Nach dieser Stunde zeichnete sie dann ganz frei Kleider, Blusen und Röcke, dazu hübsche Schals und abnehmbare Kragen, am allerliebsten jedoch Stickereien für ebendiese Kleider, Blusen, Schals und Kragen. Sie entwarf nach der Fantasie und dem, was sie in der Natur sah, holte sich aber auch Anregungen bei den Frauen von der School of Art, die in den Teesalon kamen, und dachte gern an den hübschen Kragen zurück, den Jessie Newbery bestickt hatte.

Die Kleider dienten ihr vor allem als Leinwand, auf der ihre Ideen lebendig wurden – Blüten, Ranken, Blätter, geometrische Formen, sogar Gesichter. Ein Saum war kein bloßer Saum, sondern Meereswellen, und ein Ausschnitt war nur dazu da, um ihn mit blühendem Blauregen einzufassen.

»Dir geht es gar nicht um die Kleider«, sagte Ma an diesem Sonntag. »Du könntest ebenso gut ein Tischtuch besticken.«

Olivia überlegte und schüttelte den Kopf. »Nein, Ma, das stimmt nicht. Ich fände es sehr hübsch, eine solche Bluse zu haben. Aber dafür nähe ich nicht gut genug.«

Es klopfte, worauf Ma sie lächelnd ansah. »Na, geh schon.«

Allie holte sie mittlerweile an jedem zweiten Sonntag zu einem Spaziergang ab, immer in seinem guten Anzug, die Haare sorgfältig gekämmt. Dann erzählte er von der Arbeit und wie sehr er sich darauf freute, bei Giovanni einzusteigen. Er trug ein winziges Notizbuch in der Tasche, in das er jeden Penny eintrug, den er sparte.

Aber er hörte auch aufmerksam zu, wenn Olivia vom Teesalon erzählte und von den Menschen, die dort verkehrten.

»Glasgow wird eine richtige Weltstadt«, sagte er begeistert, während sie in Richtung Kathedrale schlenderten. »Die Menschen wollen schöne neue Restaurants besuchen können wie das von Giovanni und die Teesalons von Miss Cranston. Und ich will unbedingt dazugehören.«

Seine Stimme war ein sanftes Raunen. Eigentlich sprachen sie jeden Sonntag über das Gleiche, und mit Allie zusammen zu sein war, als fiele ein warmer, vertrauter Regen auf Olivia nieder. Im Teesalon ging es oft hektisch zu, und da war es ganz angenehm, sonntags Zeit mit Allie zu verbringen, der lieb und freundlich war und gut zuhören konnte.

»... dir das vorstellen?«

Olivia schämte sich, weil Allie ihren Worten deutlich aufmerksamer lauschte als sie seinen.

»Verzeih, was hast du gesagt?«

Er blieb stehen und nahm ihre Hand. »Könntest du dir vorstellen, irgendwann bei Giovanni zu arbeiten?«

Er wusste, wie gern sie bei Miss Cranston war und dass sie hoffte, im nächsten Jahr befördert zu werden und in der Buchanan Street zu arbeiten. Darum traf die Frage sie wie aus heiterem Himmel. »Aber Allie ... ich liebe meine Arbeit im Teesalon! Es ist schön dort, und im neuen wird alles noch viel schöner. Mr. Mackintosh und Mr. Walton haben wunderbare Pläne, ich habe einen Blick auf die Zeichnungen geworfen. Es wäre ein Traum, dort zu ...«

Sie bemerkte Allies enttäuschte Miene, bevor er ihre Hand losließ und sich abwandte. »Lass uns weitergehen. Mir ist heute nach Glühwein.«

Danach schwiegen beide. Olivia ahnte, dass sie etwas Falsches gesagt hatte, spürte noch Allies Hand um ihre. Und dann begriff sie. Sie war blind gewesen, seit Monaten, vielleicht schon länger. Oder hatte es nicht sehen wollen. Ihr Herz schlug schneller, und sie überlegte, was sie sonst hätte sagen können. Nichts, dachte sie, denn was auch immer sie sagte, würde ihn verletzen.

Also schaute sie nach vorn und reckte die Nase in den rauen Wind, der erste Schneeflocken mit sich trug.

An Heiligabend, der in Schottland nicht groß gefeiert wurde, kam Jamie mit seiner Freundin Trudie, von der er Olivia damals in der Küche erzählt hatte. Ma hatte nach alter Tradition einen Ebereschenzweig besorgt, den sie feierlich verbrannte, um allen Streit aus der Familie zu vertreiben. Jamie, der nichts von solchen Bräuchen hielt, lächelte nachsichtig, denn Trudie schien es zu gefallen. Sie war es auch, die einen Glücksbringer in ihrem ungesäuerten Weihnachtsbrot fand und ihn übermütig schwenkte.

»Seht mal, ich werde 1896 nur Gutes erleben.« Dabei sah sie Jamie tief in die Augen, und er küsste sie auf die Wange. Olivia ahnte, dass er Trudie bald einen Antrag machen würde. Er war in der Fabrik befördert worden und hoffte, in den nächsten Jahren Vorarbeiter zu werden.

Dann holte Ma für jeden ein in Seidenpapier gewickeltes Päckchen. Auch Weihnachtsgeschenke waren in Schottland nicht üblich, doch bei den MacLeods hatte man es immer so gehalten, dass sich die ganze Familie an diesem Tag eine kleine Freude bereitete. Jamie bekam zwei Zigarren in einer Lederhülle, Trudie ein duftendes Stück Seife. Als Olivia ihr Geschenk auspackte, keuchte sie auf und ließ den zartblauen Stoff auseinanderfallen.

Eine Bluse, schlicht und weit, mit eckigem Ausschnitt und Manschetten, die mit einem Perlmuttknopf geschlossen wurden. Aber es war nicht irgendeine Bluse – sie war nach ihrer Zeichnung genäht und wartete nur darauf, mit ihren Stickereien verziert zu werden. Dies war ihre Leinwand, die sie mit Garn bemalen konnte!

Sie fiel Ma um den Hals und flüsterte ihr ins Ohr: »Das ist das schönste Geschenk, das ich je bekommen habe.«

Ihre Mutter wirkte verlegen angesichts der stürmischen Umarmung und stand auf. »Ich hole mal das Essen.«

Trudie betrachtete die Bluse. »Die ist … ungewöhnlich. Sie sieht ganz anders aus als alle Blusen, die ich kenne.«

»Ich habe mir überlegt, wie eine Bluse aussehen muss, in der ich mich wirklich wohlfühle«, erklärte Olivia. »Bei der Arbeit schwitzen wir oft, weil unsere so eng sitzen. Manche kneifen unter den Armen, andere an der Taille, das sagen alle Mädchen im Teesalon.«

»Und die hast du dir selbst ausgedacht?«, fragte Trudie staunend.

»Ja, ich habe ziemlich viele Zeichnungen von Kleidungsstücken, die kann ich dir gern zeigen.«

»Unbedingt! Und die Bluse musst du nachher mal anziehen. Ich will sehen, wie sie dir steht.«

Dann kam Ma mit dem Braten und den Kartoffeln, und Olivia eilte in die Küche, um Soße und Gemüse zu holen. Ihr Herz hüpfte immer noch vor Glück, und sie konnte es kaum erwarten, ihr Stickgarn zu holen und die schönsten Muster für die Bluse auszusuchen.

Im Januar ging es in den Teesalons meist ruhiger zu. Miss Cranston nutzte die Zeit, um ein Fest für ihre Angestellten zu geben, bei dem sich alle in der Ingram Street einfanden und Köstlichkeiten genossen, die sonst den Gästen vorbehalten waren. Alle durften jemanden mitbringen, und da Jamie an diesem Tag bei Trudies Eltern eingeladen war, fragte Olivia ihre Mutter.

Ma schaute von der Näharbeit auf und schüttelte lächelnd den Kopf. »Da geht man nicht mit seiner Mutter hin. Du bist doch längst sechzehn.«

Sie ahnte, woran Ma dachte. *Könntest du dir vorstellen, irgendwann bei Giovanni zu arbeiten?* Seit Allie ihr letzten Monat diese Frage gestellt und sie ablehnend geantwortet hatte, war etwas zwischen ihnen anders geworden. Er hatte ihr einmal eine hübsche Schachtel Pralinen geschenkt, sie waren spazieren gegangen, wenn es das Wetter erlaubte, aber er hatte nie wieder ihre Hand berührt. Olivia hatte getan, als wäre alles wie immer, doch wenn sie Allie zum Fest einlud, würde er sich vielleicht wieder neue Hoffnungen machen. Andererseits war er ihr Freund, und sie wollte nicht, dass etwas zwischen ihnen stand.

»Gut, ich frage ihn.«

Und natürlich strahlte Allie und sagte sofort Ja.

Der Gastraum war mit Eibenzweigen geschmückt, an denen rote Samen prangten, und auf den Tischen standen Vasen mit frühen Schneeglöckchen. Es gab ein Büfett mit warmen Gerichten und Kuchen, dazu Tee, Kaffee und sogar frischen Orangensaft, der köstlich schmeckte.

Miss Cranston thronte auf einem Platz in der Mitte des Raums, wie immer in einem rüschenverzierten Kleid mit weiter Krinoline. Olivia hatte Allie auf die ungewöhnliche Dame vorbereitet, und so verzog er keine Miene, als er sich mit einer kleinen Verbeugung vorstellte.

»Sehr erfreut, junger Mann«, sagte Miss Cranston und musterte ihn prüfend. »Hm, Sie sind kein Arbeiter. Und auch kein Handwerker, würde ich sagen. Aber Sie haben auch nicht die Haltung eines Menschen, der seine Zeit am Schreibtisch verbringt. Vorhin haben Sie einen sehr genauen Blick aufs Büfett geworfen. Entweder sind Sie ein Feinschmecker oder haben beruflich mit Essen zu tun.«

Olivia lachte leise, weil Allie so überrascht aussah. »Ja, Miss Cranston, ich bin Koch.«

»Dann bin ich gespannt, was Sie zu unseren Speisen sagen. Bitte, lassen Sie es sich schmecken.«

Olivia wollte sich gerade zum Gehen wenden, als Miss

Cranston sie zurückhielt und eingehend betrachtete. »Was trägst du da?«

»Das, oh …« Olivia sah an sich hinunter. Sie trug die Bluse, die Ma ihr genäht und die sie inzwischen fertig bestickt hatte – dunkelblaue Wellen am Saum, violetter Blauregen, der um den eckigen Ausschnitt rankte. Damit der schöne Saum zu sehen war, trug sie die Bluse über dem Rock, was sich eigentlich nicht gehörte, und hatte einen schmalen Gürtel um die Taille gelegt. Ihr grauer Tweedrock reichte bis zu den Knöcheln und bildete einen Gegensatz zu der zarten Bluse. »Ein Geschenk meiner Mutter.«

Miss Cranston wirkte nachdenklich. »Du hast neulich erzählt, dass du zeichnest und stickst.«

»Die Bluse hat meine Mutter genäht, aber die Stickereien sind von mir.« Während sie aus dem Augenwinkel sah, wie Allie genüsslich in ein Schinkensandwich biss, sprach Miss Cranston weiter.

»Sie ist wunderschön, Olivia. Ich habe selten eine so reizende Stickarbeit gesehen. Der Schnitt ist ungewöhnlich, aber sicher bequem.«

»Den habe ich mir ausgedacht«, sagte sie eifrig. »Man kann sich gut darin bewegen.«

Miss Cranston nickte. »Nun lass es dir schmecken«, sagte sie und machte eine Handbewegung in Richtung Büfett.

Doch Olivia spürte, dass sie ihr hinterhersah.

13

Olivia betrat beklommen das kleine Büro, das Miss Cranston im Keller des Teesalons eingerichtet hatte. Sie schaute nicht auf die Bilder an den Wänden oder die Vase mit dem blühenden Schwarzdornzweig, die auf dem Schreibtisch stand, sondern hielt die Augen gesenkt.

»Mach bitte die Tür hinter dir zu, Olivia. Und dann setz dich. Hast du das Heft dabei?«

Sie legte es wortlos auf den Tisch. Bevor sie gestern Abend ging, hatte Miss Cranston sie gebeten, ihr Zeichenheft mitzubringen.

Vorsichtig schaute sie auf, als Miss Cranston zu blättern begann. Ihr Gesicht blieb unbewegt und verriet nicht, ob ihr die Zeichnungen von Blumen und anderen Pflanzen, die Stickmuster und Ideen für Kleidungsstücke gefielen. Olivia war auf einmal sehr verlegen. Miss Cranston kannte Leute wie Mr. Mackintosh – richtige Künstler. Was würde sie von Olivias Versuchen halten?

»Du bist sehr begabt.« Miss Cranston klappte das Heft zu und legte die verschränkten Hände darauf. »Hör zu, ich möchte dir einen Vorschlag machen.«

Kurz darauf umklammerte Olivia die Stuhlkante mit den Händen, weil sie fürchtete, sonst hinzufallen. In ihrem Kopf drehte sich alles vor Aufregung.

»Hast du nichts dazu zu sagen?«

Miss Cranston klang ein bisschen streng. Olivia biss sich auf die Lippe und holte tief Luft. »Ich – das wäre das Schönste auf der Welt.« Sowie sie es ausgesprochen hatte, begriff sie, dass es die Wahrheit war. Sie, Olivia MacLeod, an der School of Art – als richtige Studentin! Miss Cranston würde ihr die Schulgebühren vorstrecken, und Olivia könnte weiter im Teesalon arbeiten. Einen Teil ihres Lohns würde sie Miss Cranston zurückgeben müssen, doch es bliebe genug übrig für sie und Ma. Sie kniff sich ins Bein. Träumte sie wirklich nicht?

»Ich sehe, du bist ein bisschen überwältigt.« Miss Cranston schob ihr das Heft wieder hin, notierte einen Namen und eine Adresse auf einen Zettel und deutete mit dem Zeigefinger, der aus ihrem altmodischen, fingerlosen Handschuh ragte, darauf. »Du packst deine Zeichenhefte und alles, was du je gestickt hast, in einen Karton und schickst ihn an diese Adresse. Dort wohnt Mrs. Newbery. Sie ist mit dem Direktor der School of Art verheiratet und unterrichtet Stickerei. Sie und ihr Mann werden sich deine Arbeiten ansehen und beurteilen, ob du begabt genug bist.«

Sie erinnerte sich an die freundliche Dame, die sie bei der Ausstellung herumgeführt hatte. »Und falls sie mich nehmen, kann ich dort studieren?«

»So ist es. Aber ich warne dich: Nur weil ich dich für begabt halte, heißt das nicht, dass die Newberys es genauso sehen. Die Schule genießt einen ausgezeichneten Ruf, sie ist in ganz Europa bekannt. Sie können es sich nicht leisten, jemanden aufzunehmen, dessen Talent nicht ausreicht.« Dann wurde ihre Miene weicher. »Aber ich habe deine Zeichnungen und deine Bluse gesehen und halte es für möglich. Und jetzt geh zurück an deine Arbeit.«

Olivia hatte schon die Hand am Türknauf, als sie sich noch einmal umdrehte. »Danke, Miss Cranston. Ich weiß gar nicht, was ich sagen soll, aber danke!«

Dann war sie draußen, und die Tür fiel hinter ihr ins Schloss.

Auf dem Heimweg schien Olivia zu schweben, sie spürte kaum das Pflaster unter ihren Füßen. Es war ein kalter Märztag, doch ein zarter Hauch von Frühling lag in der Luft. Oder sie bildete es sich nur ein, weil heute so ein wunderbarer Tag war. Sie war außer Atem, als sie den Onslow Drive erreichte, so schnell hatte sie den Nachhauseweg zurückgelegt.

Darum achtete sie auch nicht auf die Stimmen, die aus der Wohnung drangen, sondern stürmte einfach hinein.

»Ma, ich muss dir was erzählen!«

Es schien, als hätte ihre Mutter auf übernatürliche Weise gespürt, dass Olivia eine gute Nachricht hatte, denn sie strahlte übers ganze Gesicht.

Im Zimmer war keine Spur von Näharbeit zu sehen, alles war aufgeräumt und wirkte geradezu festlich. Am Tisch saßen Jamie und Allie, jeder mit einem Glas Bier in der Hand. Daneben stand ein drittes Glas, das von Ma sein musste. Olivia war verblüfft. Die anderen konnten doch noch gar nicht wissen, was Miss Cranston ihr angeboten hatte.

Ma schaute zu Allie. »Willst du es ihr sagen?«

Er stand auf, ganz erhitzt und aufgeregt. »Livvy, ich habe doch schon oft erzählt, dass ich bei Giovanni einsteigen möchte. Und nun ist meine Patentante gestorben und hat mir ein bisschen Geld hinterlassen.« Er fuhr sich durch die Haare. »Ich habe jetzt genug zusammen, um mich am Restaurant zu beteiligen. Ich kündige zum Monatsende und fange bei Giovanni an.«

»Herzlichen Glückwunsch«, sagte Olivia aufrichtig. »Dann hat man heute ja uns beiden den größten Herzenswunsch erfüllt.«

Allie kam strahlend und mit ausgestreckten Händen auf sie zu. »Ich bin froh, dass du so denkst wie ich. Das hatte ich gehofft. Jetzt können wir …«

Plötzlich stieg Furcht in ihr auf. Etwas stimmte nicht.

»Ich … ich habe auch Neuigkeiten«, sagte sie hastig und zog behutsam die Hände weg.

Drei Augenpaare schauten sie fragend an.

»Na los«, forderte Jamie sie auf. »Was gibt es denn?«

Und dann sprudelte es nur so aus Olivia heraus. »Stellt euch vor, ich darf mich an der School of Art bewerben! Ich kann dort studieren, wenn sie mich nehmen. Davon habe ich geträumt, seit Allie mir damals von dieser Schule erzählt hat.« Sie holte das Zeichenheft aus der Tasche. »Das habe ich Miss Cranston gezeigt, und sie sagt, ich bin begabt. Ich muss meine besten Zeichnungen zusammensuchen und alles, was ich je gestickt habe. Dann bringe ich die Sachen zu Mrs. Newbery, sie ist die Frau des Direktors, und sie sieht es sich an und – ich bin so aufgeregt!«

Erst jetzt bemerkte sie die Stille. Alle wirkten – ja, wie eigentlich? Enttäuscht? Fassungslos? Ungläubig?

»Das ist wohl ein Missverständnis. Allie ist gekommen, um dich zu bitten, deine Stelle im Teesalon aufzugeben und mit ihm im Restaurant zu arbeiten«, sagte Ma.

»Giovanni braucht Hilfe beim Bedienen«, erklärte Allie eifrig. »Ich muss ja in die Küche, um von seiner Mutter die Gerichte zu lernen. Daher würde es gut passen, wenn du dazukämst.«

Olivia war, als hätte man sie mit kaltem Wasser übergossen. Keiner reagierte auf ihre große Neuigkeit. Sie schaute Allie in die Augen. »Ich habe dir schon im Dezember gesagt, dass ich im Teesalon bleiben möchte.«

Sie las den Schmerz in seinen Augen, doch es schien, als wollte er es nicht wahrhaben. Es tat ihr weh, ihn so zu sehen.

»Ich dachte, du hättest es nur so dahingesagt. Dass du es dir anders überlegst, wenn ich Teilhaber des Restaurants werde. Stell dir vor, was wir alles machen können! Giovanni will doch ein Café eröffnen, ein italienisches Café mit richtig gutem Kaffee. Das wäre fast wie ein Teesalon. Und wir würden zusammenarbeiten, das wünsche ich mir so sehr.«

Olivia stand da und schaute auf ihre Schuhe. Allie war immer noch in sie verliebt, daran bestand kein Zweifel. Sie aber nicht in ihn. Sie hätte es ihm gern behutsam erklärt, doch nun war alles gleichzeitig passiert, und sie musste erkennen, dass ihre und Allies Träume nicht zusammenpassten. Mehr noch, sie musste ihn verletzen, während ihre Mutter und ihr Bruder dabei zusahen.

Eine Sekunde, einen winzigen Moment lang, war sie versucht, ihm nachzugeben. Sie wusste genau, wie er strahlen, ihre Hände nehmen und sie an sich ziehen würde, bis sie seinen Herzschlag spürte. Wie Ma und Jamie zufrieden dazu nicken würden. Es wäre so einfach. Einfacher als alles, was sie sich vorgenommen hatte.

Giovanni war nett, das Restaurant hatte Zukunft, sie könnten, genau wie Miss Cranston, etwas aufbauen, das Glasgow noch nicht gesehen hatte.

Doch wenn sie nachgab, würde sie Allie betrügen, weil sie ihn nicht so liebte, wie er es sich wünschte. Und auch sich selbst würde sie betrügen, denn ein Ja zu Allie wäre ein Nein zur School of Art.

»Es tut mir leid, aber das kann ich nicht.«

Allie wich zurück, sah so verletzt aus, dass Olivia es kaum ertragen konnte. »Warum denn nicht? Du möchtest in einem schönen Lokal arbeiten, und das kann ich dir bieten. Der Teesalon wird dir nie gehören, dort bleibst du immer eine Angestellte. Aber wenn du zu Giovanni gehst, und wir irgendwann …« Er verstummte.

»Denk in Ruhe nach«, sagte Ma beschwichtigend. »Solch eine Gelegenheit kommt so bald nicht wieder.«

Auf einmal spürte Olivia, wie Wut in ihr aufstieg, heiße, geradezu blendende Wut. Sie hatte den schönsten Tag ihres Lebens gehabt, und nun war alle Fröhlichkeit dahin.

»Und was ist mit der Gelegenheit, die *Miss Cranston* mir bietet? Ihr habt kein Wort dazu gesagt! Sie erfüllt mir den größten Wunsch, den ich je hatte, und ihr redet von einem blöden Restaurant!«

Sobald sie es ausgesprochen hatte und Allies Gesicht sah, überkam sie heftige Reue. Sie hatte ihm nicht wehtun wollen, alles, aber nicht das. Sie trat vor und streckte die Hand aus. »Es tut mir leid, so habe ich es nicht gemeint.«

Er wich zurück und drückte den Rücken durch. Seine Augen waren hart wie Schiefer. »O doch, du hast es genau so gemeint. Und du hast recht. Ich hätte es merken müssen, als ich zum ersten Mal davon gesprochen habe. Da war noch keine Rede von der Schule und einem Studium, und du hast trotzdem Nein gesagt. Aber ich war dumm genug, mir Hoffnungen zu machen. Das war wohl mein Fehler.«

Olivia wollte etwas sagen, doch sein Gesichtsausdruck verriet, dass es keine passenden Worte gab. Sie trat beiseite, als Allie zur Tür ging. »Danke für das Bier, Mrs. MacLeod. Mach's gut, Jamie.«

Dann war er verschwunden.

In den folgenden Tagen konnte Olivia die Spannung kaum ertragen. Wann immer die Türglocke läutete, schaute sie unwillkürlich hin. Dabei würde Mrs. Newbery wohl kaum im

Teesalon erscheinen und ihr dort verkünden, ob man sie an der Schule aufnahm.

Sie hatte ihre besten Zeichenhefte und Einzelblätter und alle Deckchen und Geschirrtücher, die sie je bestickt hatte, in einen Karton gepackt. Dazu das Distelbild, für das sie damals den Preis bekommen hatte. Zuletzt hatte sie die hellblaue Bluse behutsam glatt gestrichen und eingepackt. Sie war ihr Talisman, weil darin etwas von Ma und ihr selbst steckte. Vielleicht würde Ma irgendwann verstehen, warum sie das tun musste.

Olivia hatte sich fest vorgenommen, nicht enttäuscht zu sein, wenn man sie ablehnte. Dann würde sie eben weiter abends sticken und zeichnen und tagsüber im Teesalon arbeiten. Doch es gelang ihr nicht, sich keine allzu großen Hoffnungen zu machen. So viel hing an diesem Karton! Sie stellte sich vor, wie Mrs. Newbery ihn öffnete und hineinschaute, ihre Sachen betrachtete, sie ihrem Mann zeigte, der sie mit scharfem Blick begutachtete. Von seiner Entscheidung hing ab, ob sie in diese wunderbare Welt eintreten konnte oder ob sie ihr verschlossen blieb. Er hatte so viele Studenten, die begabt waren und Erfahrung besaßen und …

Schluss, sagte sie sich. Sie vermochte nicht mehr klar zu denken, und das war schlecht. Gerade jetzt musste sie beweisen, dass sie ihre Arbeit selbstständig und verantwortungsvoll erledigen konnte.

Miss Cranston war in letzter Zeit nur selten in der Ingram Street, da die Arbeiten am neuen Teesalon ihre Anwesenheit erforderten. Erst neulich hatte Olivia mitbekommen, wie Miss Cranston einer Bekannten von Mr. Waltons Garderobenständer vorschwärmte. »Ebenholz und Messing! Das ist kein Möbelstück, sondern ein Kunstwerk. Er spiegelt genau das, was sie jetzt den Glasgow-Stil nennen. Gerade Linien, alles strebt senkrecht nach oben. Er ist einfach schön, und Schönheit soll das wichtigste Merkmal meiner Teesalons sein.«

Während Olivia die Gäste bediente, versuchte sie, nicht an Allie zu denken. Sie hatte ihn seit dem Abend vor vier Tagen weder gesehen noch gesprochen, und das machte sie traurig, doch sie bereute nicht, dass sie seinen Vorschlag abgelehnt hatte. Gewiss, Allie wollte mit ihr gemeinsam etwas Großartiges aufbauen. Aber die meisten Frauen blieben zu Hause, sobald sie verheiratet waren. Und heiraten wollte er sie irgendwann, da war sie sicher.

Ma war enttäuscht und hätte es lieber gesehen, wenn Olivia sein Angebot angenommen hätte, während Jamie sich tunlichst heraushielt. Warum steht keiner auf meiner Seite?, dachte sie mit leiser Bitterkeit.

In diesem Augenblick hörte sie, wie Miss Cranston den Laden betrat und mit einer Kellnerin sprach. Olivia schämte sich. Natürlich gab es jemanden, der auf ihrer Seite stand, der etwas für sie getan hatte, mit dem sie nie gerechnet hatte. Einen Menschen, der nicht nur an sie glaubte, sondern sogar bereit war, Geld für sie auszugeben.

Sie atmete tief durch und warf einen Blick auf den perfekt gedeckten Tisch. Dann bezog sie ihren Platz an der Tür und wartete auf die nächsten Gäste.

14

Sie saßen auf der Terrasse, die auf den noch kahlen Garten blickte, weil Fra Newbery den Frühling ausgerufen hatte. Charles Rennie Mackintosh sah mürrisch drein.

»Das nennt ihr angenehmes Wetter? Es ist erst April und viel zu kalt und windig, da hole ich mir ja den Tod.«

Fra lächelte und riss impulsiv die Arme hoch. »Du hast doch einen warmen Schal, Tosh. Atme tief durch, das bringt frische Luft ins Gehirn. Ich kann nicht begreifen, wie du den ganzen Tag in diesem Büro hocken kannst, in dem man vor Tabakrauch kaum die Hand vor Augen sieht.«

Tosh gab sich beleidigt. »Eure Räumlichkeiten mit dem flackernden Gaslicht und der schlechten Belüftung sind nun wirklich nicht besser.«

Die Newbery-Töchter Elsie und Mary tobten durch den Garten, und wenn eine von ihnen in den Dreck fiel, lächelte ihre Mutter Jessie nur milde. Sie wusste, dass sie Kinder, Lehrtätigkeit und künstlerische Arbeit nur dann unter einen Hut bringen konnte, wenn sie gelassen blieb. Zum Glück gehörte Fra zu den Männern, die es begrüßten, wenn eine Frau sich neue Betätigungsfelder suchte, statt nur daheim zu bleiben.

»Aber da du es erwähnst, Tosh: Das Grundstück in der Renfrew Street wurde vor über einem Jahr erworben, danach hat man Geld gesammelt. Der Wettbewerb für den Entwurf des Gebäudes startet in Kürze, es dürfen bis zu acht Architekturbüros aus Glasgow teilnehmen. Man hat mich damit beauftragt, die Richtlinien für den Wettbewerb zu erarbeiten.«

Die Glasgow School of Art plante seit Längerem einen Neubau, weil bekannt war, dass sich die Räumlichkeiten einfach nicht für eine Kunstschule eigneten.

»Übrigens ist von einem ›schlichten Gebäude‹ die Rede«, fuhr Fra fort.

Tosh lachte auf. »Seid ihr verrückt? Was wollt ihr denn mit einem schlichten Gebäude? Ich finde, die School of Art hat einen besonderen Rahmen verdient. Wie soll jemand Kunst machen, wenn er in einer Scheune hockt?« Er hegte sehr eigene Vorstellungen davon, wie das Gebäude einer Kunstschule auszusehen hatte, aber das galt für alle Projekte, die er anging. Jessie hatte gehört, mit welch grenzenlosem Eifer er sich in die Arbeiten an Miss Cranstons neuem Teesalon in der Buchanan Street gestürzt hatte.

»Wir gehen davon aus, dass wir in mehreren Phasen bauen müssen. Anders ist es wohl nicht zu finanzieren.«

»Es wird also ein Wettbewerb, keine Ausschreibung?«, fragte Tosh.

»So ist es. Die Entwürfe werden anonym begutachtet.«

»Das schreckt mich nicht.«

Er schaute auf seine Hände, schien sich in sich zurückzuziehen. Manchmal verstand Jessie ihn nicht, oder besser gesagt, fragte sie sich, was in ihm vorgehen mochte. Er war ein hochbegabter Mensch, vielleicht ein Genie, doch tat er sich schwer im Umgang mit anderen. Es mochte an seiner körperlichen Ungeschicklichkeit liegen, dass er sich in seiner eigenen Haut nicht wohlzufühlen schien. Die Behinderung am Fuß tat ein Übriges. Manchmal hatte sie das Gefühl, dass er sich selbst im Weg war und sich um Möglichkeiten brachte, die ihm durchaus offengestanden hätten.

In dem Moment erhob er sich. »Ich danke für eure Gastfreundschaft, doch die Arbeit ruft. Vielleicht wird mir beim Gehen wieder warm.« Er zwinkerte ihnen zu und verließ die Terrasse in Richtung Haustür.

Als er gegangen war, klatsche Jessie in die Hände und sagte zu ihrem Mann: »Nachdem wir uns jetzt mit Tee gewärmt und über Architektur gesprochen haben, möchte ich dir etwas zeigen.« Sie verschwand kurz im Haus und kam dann mit einem Pappkarton zurück, aus dem sie Zeichenhefte, Stickarbeiten und eine Bluse herausholte. Sorgfältig breitete sie alles auf dem Tisch aus. »Schau es dir an, und sag mir, was du davon hältst.«

Fra griff nach der Bluse und schüttelte sie vorsichtig auseinander. »Eine wunderbare Arbeit. Wer immer sie entworfen hat, ist mit den Ideen der Reformkleidung vertraut, vielleicht auch mit dem Künstlerkleid.«

Dann griff er nach einem gerahmten Bild, das eine stilisierte Distel zeigte. »Das erinnert mich an deine Handschrift, Jessie. Steckt eine deiner Schülerinnen dahinter?«

»Nein. Schau weiter.«

In diesem Augenblick kamen die kleinen Mädchen angerannt und blieben schwer atmend vor ihrer Mutter stehen.

»Mama«, keuchte Elsie und deutete auf ihre Schwester. »Mary hat einen Regenwurm gegessen!«

Fra brach in Gelächter aus, Jessie verdrehte die Augen. »Eigentlich wollte ich jeder von euch einen Keks geben. Aber du bist sicher schon satt von deinem Regenwurm.«

Mary heulte los, und dann bekamen natürlich doch beide ihren Keks und rannten juchzend in den Garten zurück.

Jessie berichtete von Miss Cranstons großzügigem Angebot an die junge Frau, von der die Sachen in dem Karton stammten.

»Sie hat also gar keine künstlerische Vorbildung?«, meinte Fra ein wenig skeptisch. »Die Arbeiten sind gut, kein Zweifel, aber wenn sie die Schule als ordentliche Studentin besucht, muss sie das ganze Programm absolvieren. Malerei, Modellieren … ob sie das schafft?«

Daran hatte Jessie auch gedacht. Junge Frauen wie die Macdonald-Schwestern und sie selbst hatten schon früh Zeichnen gelernt, weil es die gesellschaftlichen Konventionen verlangten. Olivia MacLeod hatte vermutlich noch nie in Öl oder auch nur mit Wasserfarben gemalt, nie mit Ton oder anderen Materialien modelliert. Wenn sie an der School of Art studieren wollte, würde sie viel lernen müssen. Und dazu auch noch in einem Teesalon arbeiten.

»Ich weiß, was du meinst«, sagte sie nachdenklich.

Ihr Mann schaute sie verwundert an. »Aber du bist sehr angetan von ihren Arbeiten. Solltest du mich nicht überzeugen?«

Jessie warf ihm einen Blick zu. »Ich verstehe deine Vorbehalte, und ja, sie wird es nicht leicht haben. Aber sie ist vielseitig begabt und hat Durchsetzungsvermögen, sagt Kate Cranston.«

Fra nickte. »Mir scheint, das Mädchen besitzt, was ich ›Kunstinstinkt‹ nenne, ein angeborenes Talent zur Gestaltung. Sieh dir an, was sie ohne jede Anleitung schon geschaffen hat. Wäre sie nicht zu noch viel mehr fähig, wenn sie von einer Künstlerin wie dir unterrichtet würde?«

Er war der festen Überzeugung, dass Lehrerinnen und Lehrer ihre eigene künstlerische Identität entdecken mussten, bevor sie andere unterrichten konnten. Mit dieser Einstellung hatte er einiges Aufsehen erregt, genau wie mit dem Gedanken, Frauen und Männer in der Schule gleichzustellen.

»Ja, eben«, sagte Jessie eifrig. »Das denke ich auch.«

»Natürlich wird sie es schwerer haben als die meisten, weil sie Geld verdienen muss. Die Last könnte zu groß werden. Aber ich denke darüber nach.«

Es war schon eine Woche her, dass sie Mrs. Newbery ihre Arbeiten geschickt hatte, und noch immer hatte Olivia nichts gehört. Sie versuchte, sich auf eine Enttäuschung vorzubereiten, doch es war sinnlos. Sie konnte nicht aufhören zu hoffen, aber je länger sie warten musste, desto größer wurde ihre Furcht.

Sie liebte den Teesalon, doch nun hatte sich eine Tür geöffnet, einen kleinen Spaltbreit, und ihr eine Welt gezeigt, die noch verlockender war. Eine Welt, in der sie alles, was ihr durch den Kopf ging, auf Papier, Stoff und anderen Materialien lebendig werden lassen konnte. In der sie frei sein würde, den oft grauen und beschwerlichen Alltag der Menschen schöner zu gestalten. Es wäre unerträglich, wenn die Tür zufiele, bevor sie sich ganz geöffnet hatte.

Olivia kam auf dem Heimweg an dem Restaurant vorbei, in dem Allie gelernt hatte, und spürte einen leisen Schmerz. Würde er sie nie mehr zu einem Spaziergang abholen, nie wieder vertraut mit ihr reden? Der Gedanke, sie könnte ihn als Freund verloren haben, tat schrecklich weh. Vielleicht aber brauchte er nur Zeit, um seine Enttäuschung zu überwinden. Sie wünschte sich, irgendwann bei ihm und Giovanni zu essen und mit ihm zu lachen, so wie früher.

Daheim saß Ma wie immer am Fenster und nähte. Sie deutete wortlos auf den Tisch, auf dem ein großer Umschlag lag. Er sah offiziell aus, trug einen Stempel und war an »Miss Olivia MacLeod« adressiert. Daneben stand ein wohlbekannter Karton.

Ihr Herz zog sich zusammen. Sie hatten ihr die Arbeiten zurückgeschickt. Aber was hatte das zu bedeuten, was stand in dem Brief?

Mit zitternder Hand öffnete sie den Umschlag und zog ein mit der Maschine getipptes Blatt heraus, das – sie sah es sofort – von Francis H. Newbery unterschrieben war.

Sehr geehrte Miss MacLeod,
nach eingehender Prüfung Ihrer Arbeiten, die wir Ihnen anbei zum Verbleib übersenden, sind wir zu folgender Entscheidung gelangt:

Sie werden ab Dienstag, den 1. September 1896, als ordentliche Studentin an der Glasgow School of Art aufgenommen.

Alle Regelungen bezüglich der Studiengebühren werden mit Miss Kate Cranston getroffen.

Sie erhalten im Sommer Ihren Stundenplan sowie eine Liste der nötigen Arbeitsmaterialien, die Sie bitte am ersten Tag des Semesters mitbringen.

Für weitere Fragen stehen wir Ihnen jederzeit zur Verfügung.

Hochachtungsvoll,
Francis H. Newbery
Direktor

Es lag noch ein handschriftlicher Zettel dabei:

Ich freue mich sehr, Sie zu unterrichten.
Herzlich,
Jessie Newbery

TEIL 2

Die School of Art

1896–1897

15

Olivias Herz schlug ihr bis zum Hals, als sie am 1. September das Schulgebäude durch den unauffälligen Eingang in der Rose Street betrat. Sie trug eine Ledertasche mit Schulterriemen, in der sie ihre Zeichenutensilien verstaut hatte. Seit Monaten hatte sie an nichts anderes denken können, und nun, da der große Tag gekommen war, hatte sie Angst.

Es schien, als würden sich alle kennen. Junge Frauen und Männer wimmelten durch den engen Flur, begrüßten sich und winkten einander zu. Jemand rempelte sie an und entschuldigte sich, eilte aber sofort weiter. Alle schienen genau zu wissen, wohin sie gehen mussten, wirkten zielstrebig und entschlossen. Sie konnte doch nicht die einzige neue Studentin sein?

Das Treppenhaus der School of Art glich einem Flussbett, durch das Menschen hinauf- und hinunterströmten. Gern wäre Olivia stehen geblieben, um sich die Wände anzusehen, die mit gerahmten Zeichnungen geschmückt waren – manche bunt, andere in Kohle oder Bleistift –, doch die Strömung zog sie mit sich, sodass ihr keine Zeit blieb, um sie in Ruhe zu betrachten.

Dann entdeckte sie Mrs. Newbery, die oben an der Treppe stand und sich suchend umschaute. Als sie Olivia sah, winkte sie. Erleichtert drängte diese sich die Stufen hinauf und setzte sogar kurz die Ellbogen ein.

»Guten Morgen, Mrs. Newbery. Ich weiß nicht, wo ich hinmuss«, sagte sie, als den Treppenabsatz erreicht hatte.

»Kommen Sie, Olivia, ich zeige Ihnen den Weg zum Zeichensaal. Am Anfang ist alles sehr verwirrend.«

Mrs. Newbery führte sie zu einem großen Saal voller Zeichenpulte. Einige Plätze waren schon belegt. In einer Ecke stand ein älterer Mann mit gepflegtem Vollbart, der das grau melierte Haar lang und streng nach hinten gekämmt trug und der mit einem weiten Zeichenkittel bekleidet war.

»Das ist Mr. Frederick Robinson, der leitende Zeichenlehrer«, sagte Mrs. Newbery leise. »Er ist vor zwei Jahren aus London zu uns gekommen. Ein anspruchsvoller Mensch. Von ihm können Sie viel lernen.« Mit diesen Worten war sie verschwunden.

Olivia setzte sich mit klopfendem Herzen an ein freies Pult und holte ein neues Skizzenheft, Stift und Zeichenkohle heraus. Dann sah sie sich verstohlen um. Manche saßen still da, andere gaben sich selbstbewusst, als hätten sie sich nie woanders aufgehalten. Es waren viele Frauen unter ihnen, fast die Hälfte, schätzte sie. Sicherlich Mädchen aus wohlhabenden Häusern, die schon als Kind privaten Zeichenunterricht erhalten hatten, Klavier spielten, fremde Sprachen beherrschten und ins Ausland gereist waren.

Olivia schluckte nervös und dachte zurück an ihren ersten Schultag. Damals hatte sie keine Angst gehabt, weil sie die anderen Kinder kannte. Alle wohnten in der Nachbarschaft und hatten von klein auf miteinander gespielt. Als sie sich im Teesalon vorgestellt hatte, war sie schüchtern, aber entschlossen gewesen. Die Mädchen, die dort arbeiteten, waren zwar erfahrener, stammten aber aus ähnlichen Verhältnissen wie sie. Und selbst als sie sich in die Ausstellung des School of Art

Club gewagt hatte, war ihre Neugier größer gewesen als die Angst, man könne sie zurückweisen.

Hier aber hätte sie sich nicht fremder fühlen können. Sie versuchte, ganz fest an Miss Cranston und die Newberys zu denken, die von ihrem Talent überzeugt waren und ihr vertrauten.

Dann fiel ihr Blick auf eine junge Frau, die schräg vor ihr saß und ein kleines Skizzenbuch auf den Knien hielt. Ihr Stift bewegte sich rasch über das Papier, und als sie das Buch anhob, sah Olivia, dass sie Mr. Robinson gezeichnet hatte. Und zwar brillant.

Wieder wurde ihre Kehle eng. Wenn eine so begabte Studentin im Anfängerkurs saß, was hatte sie selbst dann hier verloren? Doch bevor sie in Selbstmitleid versinken konnte, ertönte eine wohlklingende Männerstimme, deren geschliffener englischer Akzent ihr fremd war.

Mr. Robinson war ans Pult getreten und schaute in die Runde. »Meine Damen und Herren, ich begrüße Sie an der Glasgow School of Art. Ich halte nichts von großen Reden, die überlasse ich lieber unserem Direktor.« In den humorvoll klingenden Worten schwang etwas mit, das Olivia nicht ganz deuten konnte – als meinte er etwas anderes, als er sagte. »Mir ist bewusst, dass nicht alle von Ihnen das Zeichnen als ihren schöpferischen Schwerpunkt betrachten. Einigen zum Beispiel juckt es in den Fingern, einen Hammer zu ergreifen und sich über ein Stück Metall herzumachen, aber glauben Sie mir, das Zeichnen ist die Grundlage für alles. Sie werden niemals Metall treiben oder Porzellan bemalen oder ein Möbelstück bauen, wenn Sie nicht zeichnen können. Ob Buchillustration oder Architektur, Stickerei oder Gipsrelief, Sie werden immer vor der Aufgabe stehen, Ihre Ideen zunächst in einer

Zeichnung festzuhalten, bevor Sie mit der Gestaltung beginnen. Manche von Ihnen werden sich wundern, weshalb wir nicht mit dem Abzeichnen anderer Werke anfangen, dem sogenannten Kopieren. Nun, unser Direktor hat diesen Kurs aus dem Curriculum gestrichen. Er vertritt die Ansicht, dass Sie zunächst Pflanzen zeichnen sollen, um ein Gefühl für die dreidimensionale Form und das natürliche Wachstum zu bekommen.« Seine Stimme verriet, dass er diese Ansicht nicht teilte, sich aber fügen musste. »Damit ich mir einen Eindruck von Ihrem Kenntnisstand verschaffen kann, beginnen Sie bitte hiermit.«

Er deutete auf eine Vase mit weißen Hortensien, die neben ihm auf einem Tischchen stand. »Kein Hintergrund, kein zusätzliches Dekor, nur Vase und Blumen. Bitte.«

Das konnte sie schaffen, dachte Olivia. Meist hatte sie zwar in der Natur gezeichnet, da sie die Pflanzen lieber abbildete, solange sie noch lebten. Doch die üppigen weißen Dolden der Hortensien schienen sie zu locken, und so schlug sie eilig das Heft auf und fing an. Sie zeichnete, wie sie es immer getan hatte, ließ sich von dem Bild leiten, das in ihrem Kopf entstanden war. Sie arbeitete so konzentriert, dass sie gar nicht merkte, wie Mr. Robinson hinter sie trat.

»Was soll das sein?«

Olivia fiel der Stift aus der Hand, und sie bückte sich rasch, um ihn aufzuheben. Sie überlegte fieberhaft, was er wohl mit der Frage meinte und wie sie darauf antworten sollte. Ihr erster Tag, und schon fiel sie unangenehm auf. Sie sah verstohlen zur Seite, bemerkte ein paar neugierige Blicke.

Mr. Robinson stand jetzt mit verschränkten Armen neben ihr. Er sah streng, wenn auch nicht unfreundlich aus, und hatte die Augen immer noch auf ihr Heft gerichtet.

»Hortensien«, sagte sie schließlich, weil ihr nichts anderes einfiel.

»Soso.« Er legte den Kopf ein wenig schräg. »Sie sollten die Vase und die Blumen zeichnen, Miss …«

»MacLeod«, sagte sie rasch.

Und dann tat er das Schlimmste, das Undenkbare – er winkte die anderen jungen Frauen und Männer herbei, bis sie einen Halbkreis um Olivia und ihr Skizzenheft bildeten. Mr. Robinson sah in die Runde.

»Schauen Sie sich Miss MacLeods Zeichnung an. Was fällt Ihnen auf?«

Zuerst herrschte Schweigen, sie hörte verlegenes Räuspern und Füßescharren. Dann hob ein junger Mann die Hand. »Sie hat nicht versucht, die Blumenvase naturgetreu wiederzugeben.«

»Bitte genauer.«

Die junge Frau, die so gut zeichnete, meldete sich zu Wort. Sie war schlank, mit einer auffallend geraden Nase und einem schmalen Mund und kaum älter als Olivia. »Sie hat einen Stil angewendet, für den unsere Schule berühmt geworden ist.«

Olivia spürte, wie sich etwas in ihr löste. Jemand hatte sie verstanden und sprach es offen aus.

Doch Mr. Robinson war nicht zufrieden. »Sie sagen es, Miss Lewthwaite Dewar.« Was für ein hochtrabender Name, dachte Olivia unwillkürlich und schämte sich sofort, denn die junge Frau hatte sie in Schutz genommen. »Nun könnte man behaupten, es sei ein Zeichen von Kreativität, wenn eine Studentin im ersten Semester den Stil beherrscht, den man selbst auf dem Kontinent mit der Glasgow School of Art verbindet. Das will ich nicht verhehlen. Aber es ging bei dieser Aufgabe nicht darum, einen Stil zu kopieren. Ich wollte lediglich sehen, wie Sie alle einen Gegenstand zeichnen, und zwar so naturgetreu und präzise wie möglich. Darum, Miss MacLeod, werden Sie noch einmal von vorn beginnen. Die anderen können wieder an ihre Plätze gehen.«

Olivia saß mit brennendem Gesicht da, den Stift umkrampft, die Lippen zusammengepresst, um nicht zu weinen. Mr. Robinson hatte sie beschuldigt, etwas zu kopieren, dabei hatte sie schon immer so gezeichnet. Sie dachte an die Distel, ihre Erfindung, für die es nie ein Vorbild gegeben hatte. Aber er würde sicher nicht zuhören, wenn sie ihm das erklärte, und sie hätte sich ohnehin nicht getraut. Sie schluckte. Wie sollte sie an der School of Art bestehen, wenn sie gleich an der ersten Aufgabe scheiterte?

Im nächsten Augenblick spürte sie eine kaum merkliche Berührung am Arm und schaute hoch. Die junge Frau von vorhin stupste sie mit ihrem Bleistift an und zwinkerte ihr ermutigend zu. Als Mr. Robinson kurz den Raum verließ, streckte sie Olivia die Hand hin.

»De Courcy Lewthwaite Dewar. Nenn mich ruhig de Courcy. Du bist neu hier?«

Olivia nickte. »Ich heiße Olivia. Olivia MacLeod.«

»Freut mich, Olivia.«

Sie warf einen Blick auf de Courcys Vase mit den perfekt gelungenen Hortensien.

»Du bist sehr gut.«

De Courcy zuckte mit den Schultern. »Ich zeichne, weil es mir nützt. Ich arbeite lieber in Emaille und Metall. An Blumenbildern bin ich eigentlich nicht interessiert.«

Olivia wollte gerade das Blatt aus ihrem Skizzenheft reißen, als sich eine Hand auf ihren Arm legte. »Mach das nicht. Weiterblättern und von vorn anfangen«, sagte de Courcy.

Olivia sah sie überrascht an und nickte. Dann machte sie sich daran, die Vase so korrekt wie möglich abzuzeichnen.

Der September wurde schwer. Olivia musste sich daran gewöhnen, von Lehrern Vorgaben zu bekommen, wo sie doch immer nur gezeichnet hatte, was ihr in den Sinn kam. An der School of Art wurden ihre Arbeiten beurteilt, es gab Kritik und gelegentlich auch Lob, doch fiel es ihr nicht leicht, mit den anderen Schritt zu halten. Vor allem Mr. Robinson war anspruchsvoll, und es schien, als legte er bei ihr höhere Maßstäbe an als bei allen anderen. Bisweilen merkte sie, dass er sie beobachtete, worauf sie gleich nervöser wurde und Fehler machte, die ihr sonst nicht passiert wären. Sie fragte sich, ob er insgeheim glaubte, dass sie nicht hierhergehörte, dass sie lieber in einer Fabrik hätte arbeiten und nur zu ihrem Vergnügen zeichnen sollen. Doch wenn sie bei diesem Gedanken angelangt war, erwachte ihr Trotz. *Du vertreibst mich nicht,* dachte sie dann, *dafür habe ich zu hart gekämpft.*

De Courcy begegnete sie gelegentlich im Flur, und dann grüßten sie einander freundlich, doch Olivia wagte nicht, ein Gespräch zu beginnen. Sie hätte sich gern mit der jungen Frau angefreundet, traute sich aber nicht. Warum, wusste sie selbst nicht so genau – vielleicht, weil de Courcy ihr einiges vorauszuhaben schien, oder weil sie schon an ihrer Aussprache gemerkt hatte, dass sie aus einer wohlhabenden Familie kam. Außerdem arbeitete sie an dreieinhalb Tagen im Teesalon und hatte ohnehin kaum Zeit, um zu Hause noch ihre Aufgaben zu erledigen. Sich mit einer Freundin zu verabreden, wäre schwierig gewesen, auch wenn sie sich von Herzen gern mit de Courcy ausgetauscht hätte.

Daheim fühlte sie sich allein. Ma ließ sie spüren, dass sie

Olivias Entscheidung noch immer nicht guthieß und es lieber gehabt hätte, wenn ihre Tochter geblieben wäre, wo sie herkam und ihrer Meinung nach auch hingehörte: nach Dennistoun. In eine Teppichweberei. In eine Zukunft mit Allie Campbell.

Wenn Olivia sich in ihre Entwürfe vertiefte, konnte sie zeitweise vergessen, wie Ma sie anschaute, wie sie schwieg. Doch sobald sie aufsah und die Gestalt erblickte, die sich still über die Näharbeiten beugte, lag ihr das Herz wie ein Stein in der Brust.

Anfangs hatte sie versucht, Ma von der School of Art zu erzählen, ihr zu beweisen, wie glücklich sie trotz aller Schwierigkeiten war, hatte es aber bald aufgegeben. Jamies Besuche waren Lichtblicke, dann wurde in der Wohnung gelacht und geredet, doch sobald er gegangen war, kehrte das Schweigen zurück.

Auch bei der Arbeit konnte sie nicht vergessen, wie trübselig die Stimmung daheim war und welch großen Anforderungen sie sich in der School of Art gegenübersah. Einmal kamen ihr im Teesalon sogar die Tränen, und sie wollte in den Pausenraum flüchten, als sie eine Stimme hinter sich hörte: »Geht es dir nicht gut, Olivia?«

Miss Cranston saß an ihrem angestammten Tisch und sah sie prüfend an. Olivia hätte gern ihr Herz ausgeschüttet, aber wie sollte sie Miss Cranston, die so viel für sie getan hatte, ins Gesicht sagen, dass sie schon nach wenigen Wochen an der School of Art den Mut zu verlieren drohte? Und dass sie niemanden hatte, mit dem sie darüber sprechen konnte?

Also holte sie tief Luft und sagte nur: »Ich fürchte, ich bin nicht gut genug. Die anderen können so viel mehr.«

Die ältere Frau schien sofort zu wissen, wovon Olivia sprach. Sie faltete die Hände in den fingerlosen Handschuhen und legte den Kopf schräg. »Stell dir ein Rennen zwischen zwei Läufern vor. Der eine ist besonders schnell, doch der andere hat hundert Fuß Vorsprung. Beide laufen gleichzeitig los. Was passiert wohl?«

»Der Langsamere liegt vorn.«

»So ist es. Und wie sieht es nach zwei Minuten aus?«

Olivia verstand, worauf Miss Cranston hinaus wollte. »Der andere holt auf und ist am Ende vielleicht sogar besser.« Sie zögerte. »Aber womöglich bin ich nicht besser. Vielleicht hole ich die anderen niemals ein.«

»Und wie findest du das heraus?« In Miss Cranstons Stimme lag nun eine gewisse Schärfe, und Olivia merkte, wie sie rot wurde.

»Indem ich es versuche?«

Miss Cranston lächelte. Damit war sie entlassen.

16

Der Brief lag auf dem Küchentisch, als Olivia von der Arbeit kam. Er war an sie gerichtet und kam von einem Mr. A.J. Hardy Moffat. Den Namen hatte sie noch nie gehört. Sie riss den Umschlag auf und überflog die wenigen Zeilen.

»Ma?«

Mary MacLeod war gerade dabei, das Zimmer für den Abend herzurichten, und sah missmutig auf. Die Stimmung zwischen ihnen war nach wie vor angespannt. »Was gibt es denn?«

Olivia hielt ihr triumphierend den Brief entgegen. »Ma, ich habe einen Auftrag!«

Glasgow, den 5. Oktober 1896

Sehr geehrte Miss MacLeod,
ich betreibe ein vegetarisches Restaurant in der Bothwell Street Nr. 17 und benötige eine ansprechend gestaltete Speisekarte. Miss Cranston hat mir empfohlen, mich an Sie zu wenden. Bei Interesse sprechen Sie bitte bei mir vor.

Hochachtungsvoll,
J. Hardy Moffat

»Was ist ein vegetarisches Restaurant?«, fragte Ma misstrauisch.

Olivia zuckte mit den Schultern. »Das sehe ich, wenn ich morgen nach der Schule hingehe.« Etwas in ihr glühte warm. Sie war nervös und erwartungsvoll zugleich. Wenn sie es schaffte, sich bei einem Wildfremden in einem »vegetarischen« Restaurant vorzustellen und einen Auftrag von ihm zu bekommen … Einen Auftrag! Nach nur einem Monat an der School of Art!

Sie hatte sich verändert, seit sie im Teesalon arbeitete. Sie war selbstbewusster geworden, als steckte tief in ihrem Inneren ein eisernes Skelett, das ihr half, sich durchzusetzen. Dass sie Ma und Allie damit wehtat, machte sie traurig. Aber es half, dass Miss Cranston ihr Dinge ermöglichte, von denen sie nie zu träumen gewagt hatte, und ihr all das zutraute.

»Na schön, aber lass dich nicht auf schmutzige Sachen ein«, sagte Ma.

»Es ist ein Restaurant, was soll da schon passieren?«

Doch Mas Blick blieb skeptisch.

»Miss Cranston sagte mir, Sie seien eine begabte Zeichnerin«, sagte Mr. Moffat, der klein und drahtig war und ständig in Bewegung, als hätte er zu viel Lebenskraft im Körper.

Das Restaurant war hell und freundlich. Sie saßen an einem Tisch mit Blick auf die Bothwell Street, umgeben von Gästen, die Suppen und Salate aßen.

Olivia war sofort aufgefallen, dass es im Garden Restaurant anders roch. Etwas Vertrautes fehlte. Und dann begriff sie – vegetarisch kam von Vegetation. Was fehlte, war der Geruch von Fleisch.

»Danke, ich habe einige Erfahrung«, sagte sie vorsichtig.

»Ich brauche eine ansprechend gestaltete Speisekarte. Sie sollte das Besondere an diesem Restaurant zeigen.«

»Dass es kein Fleisch gibt, richtig?«, fragte Olivia geradeheraus.

»So ist es. Wir Vegetarier lehnen den Verzehr von Fleisch ab. Wir halten es für gesünder, uns vorwiegend pflanzlich zu ernähren. Tiere sind unsere Freunde, wir sollten sie nicht essen.«

So etwas Verrücktes hatte sie noch nie gehört. »Sie essen also nur Gemüse?«

Er schüttelte den Kopf und nahm eine lieblos gestaltete Liste vom Nebentisch: Gemüseeintopf, Linsensuppe, Salate, Reiskrapfen, Tomatenpudding, sogar Desserts waren aufgeführt.

»Wie Sie sehen, habe ich einfach die Gerichte aufgeschrieben«, sagte Mr. Moffat. »Aber die Leute möchten in einer hübschen Umgebung essen. Und darum sollte gerade die Speisekarte ansprechend gestaltet sein.«

Das konnte Olivia nur bestätigen, wenn sie an Miss Cranston und ihre liebevoll gestalteten Teesalons dachte.

»Die Speisekarte soll Appetit machen«, sagte sie, worauf Mr. Moffat nachdrücklich nickte.

»Ich zahle Ihnen einen Shilling für den Entwurf, Miss MacLeod. Wenn er mir gefällt, lasse ich die Karten drucken und verwende Ihr Motiv eventuell auch für die Werbetafel auf der Straße. Dafür bekämen Sie noch einmal einen Sixpence. Was sagen Sie dazu?«

Olivia merkte, wie sie vor Freude ganz rot wurde. Dann gaben sie einander feierlich die Hand und besiegelten so das Geschäft.

Olivia hatte drei Abende in der Küche gesessen und gezeichnet, ausradiert, neu gezeichnet, das Papier seufzend weggeworfen, wenn es zerriss. Doch dann brachte sie endlich etwas zustande, das ihr gefiel.

Die Ränder des Entwurfs waren mit stilisierten grünen Bohnen, Erbsen, Steckrüben, Kartoffeln, Reiskörnern und Getreideähren geschmückt. In der Mitte hatte sie in der charakteristisch eckigen Schrift, die einige Künstler der School of Art verwendeten, die Speisen aufgeführt. Doch auch hier herrschte keine nüchterne Strenge, zwischen den Zeilen tanzten Äpfel, Birnen und sogar eine Ananas. Die Früchte und das Gemüse hatte Olivia jedoch möglichst klein gehalten, damit sie nicht von der Schrift ablenkten. Sie war gespannt, was Mr. Moffat dazu sagen würde.

Viel sagte er nicht, es war wohl nicht seine Art, doch er

drückte ihr einen Shilling in die Hand. »Wenn das den Leuten gefällt, liefere ich den Sixpence nach. Und empfehle Sie weiter.«

Als Olivia wieder draußen auf der Straße stand, wäre sie beinahe vor Freude gehüpft. Ihr Herz schlug so heftig, dass sie es bis in den Hals spürte. Zum ersten Mal hatte sie mit ihren Zeichnungen Geld verdient. Gewiss, da war der Sixpence, den sie damals für ihre Stickarbeit in der Schule bekommen hatte, doch das war unerwartet gewesen, eine Art Geschenk. Diesmal aber hatte man sie beauftragt, Mr. Moffat hatte ihre Arbeit für gut befunden. Miss Cranston würde sehen, dass ihr Vertrauen nicht umsonst gewesen war.

Von da an veränderte sich erneut etwas in Olivia. Sie grübelte nicht mehr ständig, was andere ihr vielleicht voraushatten. Und fand eines Tages endlich den Mut, nach dem Zeichenkurs zu warten, bis de Courcy ihre Sachen zusammengeräumt hatte. Olivia trat neben sie und holte tief Luft. »Hast du … hast du vielleicht Lust, mit mir Tee zu trinken?«

De Courcy überlegte kurz. »Meine Schwester wartet zu Hause, aber egal, Tee wäre jetzt genau richtig.«

Olivia hatte vorsichtshalber einen Teesalon in der Nähe der School of Art ins Auge gefasst. Sie wollte nicht dorthin gehen, wo sie arbeitete – nicht weil sie sich schämte, Kellnerin zu sein, ganz im Gegenteil, aber sie fühlte sich neu und mutig und wollte darum auch in einer neuen Umgebung Tee trinken.

»Ich lade dich ein«, platzte sie heraus, als sie die Straße entlanggingen, und spürte, dass de Courcy sie von der Seite ansah.

»Das musst du aber nicht.«

»Ich habe etwas zu feiern«, sagte Olivia. Auf einmal war es, als müsste sie nichts mehr zurückhalten, als könnte sie alles sagen.

De Courcy lachte. »Ich bin gespannt. Und danke für die Einladung.«

Als sie bei Tee und Scones saßen, stützte de Courcy das Kinn auf die Faust und sah sie erwartungsvoll an. »Jetzt möchte ich aber hören, was es zu feiern gibt.«

Olivia holte die gedruckte Speisekarte hervor, die Mr. Moffat ihr als »Beleg Ihrer Arbeit« mit der Post geschickt hatte, und schob sie über den Tisch.

De Courcy betrachtete sie aufmerksam und hob langsam den Kopf. »Die ist von dir?«

Sie nickte.

»Großartige Arbeit, Olivia! Du hast wirklich eine ganz eigene Bildsprache.« Dann ließ sie ihre Stimme tiefer klingen und sagte mit betont englischem Akzent: »Miss MacLeod, ich erwarte, dass Sie eine Steckrübe so zeichnen, wie sie in der Natur aussieht.«

Olivia schlug lachend die Hand vor den Mund, und auf einmal waren sie Komplizinnen, die sich über Mr. Robinson lustig machten. Sie redeten, bestellten Tee nach und redeten weiter, und es war, als hätten sie einander schon immer gekannt.

Irgendwann fasste sich Olivia ein Herz und erzählte von Miss Cranston, ihrer Großzügigkeit und dass sie neben ihrem Studium in deren Teesalon arbeitete.

De Courcy sah sie aus großen Augen an. »Das ist bestimmt anstrengend. Du musst sehr viel Kraft haben.«

Olivia zuckte mit den Schultern, ein bisschen verlegen angesichts der bewundernden Worte. »Ich will unbedingt eine

Künstlerin werden. Daher kommt wohl die Kraft. Und ich habe gelegentlich die Macdonald-Schwestern und andere Studentinnen der School of Art bedient. Die habe ich mir zum Vorbild genommen.«

De Courcy wedelte mit der Speisekarte. »Ach, und ich war nicht dabei, wie schade. Sonst wären wir uns schon früher begegnet. Aber du wirst eine Künstlerin, ganz sicher. Eigentlich bist du es schon.«

Und so kam es, dass Olivia eine Freundin an der School of Art fand. An diesem Tag kehrte sie unbeschwerter nach Dennistoun zurück.

17

Olivia ging jetzt mit neuem Selbstvertrauen in die School of Art. Sie hatte eine Freundin gefunden und einen Auftrag erhalten, und beides erfüllte sie mit einem Stolz, der sie durch den Tag zu tragen schien. Die langen Stunden im Teesalon, die schmerzenden Füße, die von den schweren Tabletts erschöpften Arme konnten ihr nichts mehr anhaben. Und wenn sie dann abends noch daheim in der Küche sitzen und zeichnen musste, tat sie auch das mit leichtem Herzen.

Was manchmal schmerzte, war das Gefühl, sie könnte etwas verpassen, weil die anderen Studentinnen ein freieres Leben führten. De Courcy wohnte mit ihrer Schwester Katie zusammen, fernab der Eltern, die eine Teeplantage in Ceylon besaßen, und musste nicht für ihren Lebensunterhalt arbeiten.

Wenn sie nicht in der School of Art war, konnte sie in Ruhe daheim in ihrem Zimmer arbeiten oder sich mit anderen Studentinnen oder Künstlerinnen treffen, die ihr Studium bereits absolviert hatten.

De Courcy hatte sie neulich eingeladen, zu ihr zum Tee zu kommen, und Olivia hatte ablehnen müssen, weil sie den restlichen Tag arbeiten musste. Danach hatte ihre Freundin nicht mehr gefragt.

Olivia versuchte, die Gedanken beiseitezuschieben. Vielleicht war es gar nicht möglich, ganz und gar glücklich zu sein. Sie hatte immerhin schon sehr viel Glück gehabt. Wenn sie jetzt trübsinnig wurde, machte sie sich alles selbst kaputt und wäre zudem undankbar.

Sie strich vor dem Spiegel ihre Schürze glatt, richtete die Haare und verließ den Pausenraum. Auf dem Weg zur Küche kam sie an Miss Cranston vorbei, die ihr zunickte. »Mr. Moffat war sehr zufrieden mit deiner Arbeit«, sagte sie.

»Noch einmal vielen Dank, dass Sie mich empfohlen haben«, erwiderte Olivia und schaute sich verstohlen um. Sie hatte versucht, das besondere Band, das zwischen der Besitzerin des Teesalons und ihr bestand, geheim zu halten. Sie fürchtete, die anderen Mädchen könnten tratschen, vielleicht auch neidisch werden. Miss Cranston schien ihre Gedanken zu lesen und sagte deutlich lauter: »Gut, heute bedienst du im Damenzimmer, dort haben wir eine größere Gesellschaft.«

Sie hörte das Stimmengewirr, bevor sie den Raum betrat, dann eine helle Stimme, die »Aber, Margaret!« rief. Olivia blieb stehen, ihr Herz schlug plötzlich wild. Das war de Courcys Stimme, ganz sicher. Olivia stand da wie ein schüchternes Kind, die Hand am Türrahmen, und spürte, wie ihr heiß wurde. Gewiss, sie hatte die jungen Künstlerinnen von der

School of Art schon öfter bedient, es damals sogar gewagt, Miss Macdonald anzusprechen, doch da war sie »nur« eine Kellnerin gewesen.

Was war sie jetzt?

Sie stand auf der Schwelle zwischen ihren beiden Leben, dachte sie und fand den Gedanken ein bisschen dramatisch, aber es stimmte auch. Dann drückte sie die Schultern durch und betrat das Damenzimmer.

Olivia hätte sich keine Sorgen machen müssen. Margaret Macdonald lächelte freundlich und sagte »Herzlich willkommen.« Sie musste verwirrt dreingeschaut haben, denn die Erklärung folgte sofort. »De Courcy hat mir erzählt, dass Sie jetzt auch zu unserem Kreis gehören. Und sie hat von Ihren Arbeiten geschwärmt.«

»Oh.« Mehr brachte Olivia nicht heraus.

»Die würde ich mir gelegentlich gern ansehen. Ach, darf ich vorstellen, meine Schwester Frances.«

Olivia schaute zu der jüngeren Frau mit dem spitzen Gesicht, deren Ähnlichkeit mit Margaret nicht zu übersehen war. »Ich erinnere mich an Ihr Aquarell, das lag mal hier auf dem Tisch«, sagte sie ein bisschen mutiger. »Es war violett und türkis, mit zwei Frauen darauf. Ich fand es sehr schön.«

»Danke, das freut mich. Ich hänge sehr an dem Bild, auch wenn manche Leute es scheußlich finden. Mir kommt es vor, als hätte ich einen wilden Traum gemalt. Und Sie sollten demnächst einmal zu uns kommen, de Courcy gibt Ihnen Bescheid.«

»Das wäre doch nett«, sagte de Courcy, »wir haben immer viel Spaß miteinander. Und über Kunst sprechen wir natürlich auch.«

Beinahe hätte Olivia vergessen, warum sie vor dem Tisch

stand, so freundlich begegneten ihr die Schwestern. »Danke, das würde ich sehr gern tun.« Sie hielt inne und warf einen Blick zur Tür. »Aber jetzt muss ich um Ihre Bestellung bitten, sonst bekomme ich Ärger.«

»Natürlich«, sagte Margaret rasch und bestellte Tee und Gebäck für alle.

Als sie mit dem Tablett zurückkam, sagte Frances: »Nächsten Monat feiern wir die Einweihung unseres Ateliers. Wir würden uns freuen, Sie dort zu sehen. Wir geben de Courcy Ihre Einladung mit.«

Olivia zeichnete Pflanzen, Marmorbüsten und Gipsabgüsse und lernte mit jedem Tag dazu. Sie konnte jetzt bewusst entscheiden, ob sie möglichst naturgetreu zeichnete oder sich an stilisierten Formen versuchte, die ihr näherlagen. In Mr. Robinsons Unterricht konzentrierte sie sich darauf, so nah wie möglich am Gegenstand zu bleiben, während sie bei Mrs. Newbery, die Handarbeiten lehrte, ihrer Fantasie freien Lauf lassen konnte. Sie variierte die Distel und entwarf Muster für Tischdecken, Servietten und Kleidungsstücke.

Allerdings verlangte Mrs. Newbery auch, dass Olivia weitere Grundlagen lernte, bevor sie ihre Ideen tatsächlich mit Nadel und Faden umsetzte. Olivia saß viele Abende lang an einem Mustertuch, auf dem alle wichtigen Stiche enthalten waren, sie stickte und trennte auf und stickte neu, bis keine Fehler mehr zu entdecken waren. Dann erst präsentierte sie ihrer Lehrerin das Tuch.

»Das ist das sorgfältigste Mustertuch, das ich je gesehen habe«, sagte Mrs. Newbery anerkennend. »Und jetzt möchte ich, dass Sie die Stiche schöpferisch einsetzen. Fangen Sie mit einer Serviette an.«

Olivia bestickte gleich zwei mit ihren Disteln, die wollte sie den Macdonald-Schwestern schenken, wenn sie das Einweihungsfest besuchte.

Kurz nachdem sie einander im Teesalon begegnet waren, hatte de Courcy die Einladung tatsächlich mit in die Schule gebracht. Sie war natürlich handgezeichnet, auf hellgrünem Papier, das mit violetten Ranken geschmückt war. Ein kleines Kunstwerk, das Olivia über ihr Bett gehängt hatte.

Und doch gab es etwas, was ihr Kopfzerbrechen bereitete. Sie brauchte ein neues Kleid, etwas Besonderes für eine besondere Gelegenheit. Im Dezember würde sie zum ersten Mal als Studentin der Glasgow School of Art zu einem Fest gehen und dort nicht nur Menschen wie de Courcy treffen, die noch studierten und so jung waren wie sie, sondern auch Künstler, die es schon zu etwas gebracht hatten.

Olivia arbeitete in jeder freien Minute an einem Entwurf und zeichnete ein wunderbares Kleid. Es sollte blasslila sein, ganz schlicht, und in der Taille von einem Gürtel zusammengehalten werden. Ohne enges Mieder, Rüschen oder andere Verzierungen. Sie würde es an Ausschnitt, Manschetten und Saum mit Disteln besticken, die allmählich ihr Erkennungszeichen wurden. Die Blüten sollten dunkelviolett sein, damit sie sich vom Stoff abhoben, für die Blätter hatte sie einen graugrünen Farbton gewählt. Olivia hatte von dem Geld, das Mr. Moffat ihr gezahlt hatte, Stoff und Stickgarn gekauft. Das Kleid würde wunderschön werden – nur gab es ein Problem.

Olivia konnte ganz passabel nähen, doch für dieses Kleid reichten ihre Fähigkeiten nicht aus. Und ihr lief die Zeit davon, es waren nur noch zwei Wochen bis zum Fest.

»Lass mal sehen.«

Die Worte kamen so unerwartet, dass Olivia zusammenzuckte. Ma stand neben dem Küchentisch und deutete auf die Entwürfe.

Sie betrachtete sie lange, griff prüfend nach dem Stoff, der gefaltet danebenlag. »Der ist gut.«

Olivia wagte kaum zu atmen, fragte sich, was Mas Worte zu bedeuten hatten. Seit über zwei Monaten hatte sie sich nicht dafür interessiert, was ihre Tochter machte, hatte sich nie ihre Zeichnungen angesehen und nie gefragt, wie es ihr an der School of Art gefiel.

»Steh auf.«

Olivia war so überrascht, dass sie sofort gehorchte. Ma ging ins Zimmer und kam mit ihrem Maßband zurück. Dann folgten knappe Anweisungen. »Arme ausstrecken. Nicht doch, zur Seite. Dreh dich um. Halt still.« Zwischendurch kritzelte sie auf ein Blatt. Als sie sich erhob und das Maßband aufrollte, schaute Olivia sie fragend an.

»In vier Tagen habe ich es fertig. Dann bleibt dir noch Zeit zum Sticken.«

Olivias Augen brannten, und sie griff nach der Hand ihrer Mutter. Die schaute sie an, lächelte nicht, doch ihr Gesicht war ein bisschen weicher geworden.

Das Kleid sah aus, als hätte eine Zauberhand es vom Papier gelöst und in Stoff verwandelt, eine perfekte Leinwand für Olivias Entwürfe. Abend um Abend saß sie da, manchmal mit schmerzendem Rücken, und malte ihre Disteln mit Nadel und Faden auf den lila Untergrund. Als es fertig war, trat sie ins Zimmer und hielt es vor sich.

»Schau nur. Es ist genau so, wie ich es mir vorgestellt habe, Ma.« Sie legte das Kleid über einen Stuhl und umarmte ihre

Mutter, die ein wenig steif blieb, aber nicht zurückwich. »Ich werde allen beim Fest erzählen, dass das Kleid von dir ist.«

Ma ergriff Olivias Oberarme und schob sie von sich weg. Sie sah ernst aus, beinahe feierlich. »Ich bin eine Handwerkerin, nichts weiter. Was an dem Kleid Kunst ist, stammt von dir.«

18

Als Olivia vor dem roten Sandsteingebäude in der Hope Street Nr. 128 ankam, in dem sich das Atelier befand, blieb sie kurz stehen und knöpfte den Wintermantel auf. Vom Gehen war ihr trotz der Dezemberkälte warm geworden.

Dann drückte sie die Tür auf und stieg die Treppen hinauf, dem Gelächter entgegen, das von oben herunterdrang. Als sie das Atelier erreichte, war sie ein wenig außer Atem und verharrte auf der Schwelle, um sich zu orientieren.

Der Raum mit den großen Fenstern war mit bunten Tüchern dekoriert, auf der Staffelei stand eine Leinwand mit zwei lang gezogenen Frauenfiguren, die ein Schild mit der Aufschrift *Willkommen im Macdonald-Reich* hielten. In einfachen Regalen drängten sich Farben, Pinsel, Werkzeuge für Metallarbeiten und Skizzenhefte, dazu gab es einen großen Arbeitstisch aus rohem Holz. An einer Wand lehnten große Rollen, die wie weiße Tapete aussahen und sicher auch als Zeichenmaterial dienten, daneben stapelten sich Stoffe und Gläser mit bunten Glasstücken. Olivia schaute sehnsüchtig hin und stellte sich unvermittelt vor, irgendwann selbst in einem eigenen Atelier zu arbeiten, das sie ganz nach ihren Vorstellungen einrichten konnte.

Auf einem Sideboard war ein Büfett aufgebaut, daneben stand eine große Schale mit Punsch. Alles, was als Sitzgelegenheit herhalten konnte, war im Raum verteilt: Truhen, Kisten, Arbeitshocker, große Kissen. In einer Ecke klimperte jemand auf der Gitarre, konnte aber kaum das Stimmengewirr im Raum übertönen.

Olivia zögerte, das Atelier zu betreten. So viele Menschen, die sie nicht kannte, die hemmungslos durcheinanderredeten, als wären sie seit Stunden hier und sowieso ganz alte Freunde …

Dann fiel ihr Blick auf einen Mann, der inmitten einer besonders lebhaften Gruppe saß. Sie schätzte ihn auf Mitte zwanzig. Er hatte wilde dunkelbraune Locken, die er mit einer anmutigen Bewegung nach hinten schob. Die Beine übereinandergeschlagen, lehnte er sich lässig auf dem Sofa zurück. Olivia hatte ihn in der Schule noch nie gesehen und wusste selbst nicht, weshalb ihre Augen ausgerechnet an ihm hängenblieben.

Da rief eine Stimme aus der Gruppe: »Olivia, wie schön, dass Sie kommen konnten! Setzen Sie sich.«

Frances Macdonald klopfte auf ein Kissen, das neben ihr auf dem Boden lag. Olivia war dankbar, dass ihr Kleid locker geschnitten war, und ließ sich vorsichtig auf dem Kissen nieder. Es war nicht sonderlich bequem, wirkte aber zwanglos und irgendwie künstlerisch, und sie hatte das Gefühl, schon ein bisschen dazuzugehören.

»Sie kennen sicher die meisten, de Courcy, Herbert NcNair, Nell Paxton Brown, die übrigens Ihre Stickarbeiten in den höchsten Tönen lobt.« Fehlte nur noch der junge Mann mit dem Lockenhaar. »Und natürlich Gabriel Jones, er kommt aus London und ist bei den Newberys zu Besuch.«

Gabriel Jones neigte den Kopf. »Nun ja, Surrey ist nicht wirklich London. Ich bin ein Junge vom Land. Mein Heimatort ist viel weniger großstädtisch als Glasgow.«

»Ich bin ein Mädchen aus der Stadt«, antwortete sie unerwartet selbstbewusst. »Olivia MacLeod aus Glasgow.«

Er legte den Kopf schräg und musterte ihr Kleid, schien jede Naht und jeden einzelnen Stich in sich aufzunehmen. »Das haben Sie selbst genäht. Sie sind mir sofort aufgefallen, als Sie in die Tür traten. Ich sehe Disteln, die schottische Nationalblume, aber in einem sehr eigenen Design. Abstrakt, ähnlich der Glasgow-Rose. Aber keine bloße Imitation.« Er schien sehr zufrieden mit seinen Schlussfolgerungen.

Umso mehr genoss es Olivia, ihm zu widersprechen. »Fast richtig, Mr. Jones. Ich habe das Kleid entworfen und bestickt, aber genäht hat es meine Mutter. Sie ist Schneiderin.« Sie hatte ihr Versprechen gehalten, selbst wenn Ma es nicht erfahren würde.

Er zog eine Augenbraue hoch, als wäre er es nicht gewöhnt, dass man ihm widersprach. Dann aber lächelte er entwaffnend. »Wie praktisch. Sie sollten gemeinsam ein Modeatelier eröffnen.«

Ein seltsamer Mensch. Nicht ohne Charme, aber wieso wollte er ihr vorschreiben, was sie zu tun hatte? Sie hatten einander doch gerade erst kennengelernt. War es nicht unhöflich, laut Dinge über sie zu sagen?

»Sie scheinen ja genau zu wissen, was richtig für mich ist.« Olivia hörte, wie Frances neben ihr kicherte.

Zum Glück wurde sie von de Courcy gerettet, die aufstand

und ihr die Hand reichte. »Du hast sicher Hunger. Und du musst den Punsch probieren.«

Die Freundin zog sie zum Sideboard mit dem Essen. Olivias Herz schlug heftig, sie war im Kopf noch bei der sonderbaren Unterhaltung von eben. Als sie mit Punsch und Sandwiches versorgt war, führte de Courcy sie in eine Ecke des Ateliers.

»Was war das denn gerade?«, fragte sie kauend.

Olivia zuckte mit den Schultern. »Ich weiß nicht, warum mich dieser Mann zum ersten Mal ansieht und dann alles über mich zu wissen glaubt.«

De Courcy warf ihr einen belustigten Blick zu. »Komisch, bis du kamst, hat er ganz normal geplaudert, von seiner Italienreise erzählt, von seinem Studium in London.«

»Was hat er denn studiert?«

»Malerei und Bildhauerei. An der Slade, die hat einen hervorragenden Ruf. Dort gibt es viele Frauen, genau wie bei uns.«

»Wenn er sich denen gegenüber auch so verhalten hat, waren die sicher froh, ihn los zu sein«, brach es aus Olivia heraus, und de Courcy lachte leise.

»Ich finde ihn ganz charmant.«

»Ist er ja auch. Und weiß es vermutlich ganz genau«, konterte Olivia und fragte sich, was mit ihr geschehen war, seit sie den Raum betreten hatte. Ihre Zunge schien ungewohnt scharf.

»Sie haben es ja lustig«, sagte eine Männerstimme. Charles Rennie Mackintosh war zu ihnen getreten, in der Hand ein volles Punschglas. »Meinen Glückwunsch zur Aufnahme in die School of Art, Miss MacLeod.«

Olivia wurde rot. Auch wenn sie ihm schon zweimal begegnet war, flößte er ihr immer eine gewisse Ehrfurcht ein. »Vielen Dank. Ich bin sehr glücklich darüber.«

»Wissen Sie schon, in welche Richtung es Sie zieht, oder probieren Sie sich erst einmal aus?«

Nun war sie schon etwas selbstsicherer. »Ich muss natürlich die Grundlagen des Zeichnens lernen, aber mir liegt die Stickerei. Das habe ich schon als Kind gern gemacht.« Sie deutete auf ihr Kleid. »Die sind von mir.«

Mackintosh nickte. »Die sind sehr gelungen. Und das Kleid ist überhaupt bemerkenswert. Sicher nicht das, was die augenblickliche Mode verlangt, aber Sie haben Ihren eigenen Stil entwickelt. Farbe, Stoff, Stickerei, alles fügt sich zu einem harmonischen Ganzen. Das versuche ich bei meiner Arbeit auch zu erreichen, nur eben bei der Gestaltung von Räumen.«

Olivia strich stolz und ein wenig verlegen über den Rock ihres Kleides. »Ich weiß, dass es nicht der Mode entspricht. Die verlangt eine schmalere Taille und aufgeplusterte Ärmel. Aber das hier ist ein Kleid, in dem ich mich gut bewegen kann. In dem ich arbeiten kann. Das sollte doch am wichtigsten sein.«

»Erstaunlich«, entgegnete Mackintosh. »Drei Monate an der School of Art, und schon haben Sie die Grundlagen verinnerlicht. Es geht nicht nur darum, sich Bilder an die Wand zu hängen und als Kunst zu betrachten. Schönheit muss überall stattfinden. Viele Menschen haben es schwer im Leben, und wenn sie sich mit schönen Dingen umgeben können, macht es ihren Alltag angenehmer. Natürlich kann sich nicht jeder ein ganzes Haus von mir einrichten lassen, aber warum sollen eine Obstschale oder ein Garderobenständer nicht auch liebevoll gestaltet sein? Und ich glaube, das lernt man nirgendwo besser als hier in Glasgow.«

Olivia nickte eifrig. *Schönheit muss überall stattfinden*, das würde sie sich merken. Vielleicht war das auch eine Idee für die Menschen in Dennistoun. Sie wollte noch etwas sagen, doch de Courcy stieß sie in die Seite. »Ich glaube, da will jemand mit dir reden«, flüsterte sie.

Olivia drehte sich um und sah sich Mr. Jones gegenüber. Sie wich einen Schritt zurück und wollte nach de Courcys Arm greifen, doch Mackintosh und ihre Freundin hatten sich seltsamerweise in Luft aufgelöst.

Jones sah nicht sie an, sondern seine Hände, in denen er einen Löffel und eine Schüssel mit Schokoladencreme hielt. Dann streckte er ihr die Schüssel entgegen wie ein Geschenk. »Man hat mich in deutlichen Worten darauf hingewiesen, dass ich unhöflich zu Ihnen war, Miss MacLeod. Dafür möchte ich mich entschuldigen und Ihnen dieses Friedensangebot überbringen.«

Ihr lagen viele Entgegnungen auf der Zunge, doch sie brachte keine davon heraus. Schlimmer noch, sie spürte, wie sich ihre Mundwinkel zu einem Lächeln verzogen. Dann nahm sie Schüssel und Löffel entgegen.

»Vielen Dank, Mr. Jones. Für das Dessert und die Entschuldigung.«

Er fuhr sich durch die Locken, die jetzt noch wilder vom Kopf abstanden. »Es ist meine Art.« Er schien nach Worten zu suchen und sah dann auf. Seine Augen waren eine schwer fassbare Mischung aus Grün, Grau und Blau. »Wenn mich jemand interessiert, kann ich mich nicht bremsen und rede drauflos. Leider ist meine Zunge manchmal schneller als mein Verstand. Aber …« Er musterte sie noch einmal von oben bis unten. »Ich werde meine Meinung nicht revidieren.«

Olivia spürte eine Unruhe tief in sich, doch sie fühlte sich anders an als der Ärger, der sie vorhin überkommen hatte. Etwas in ihr kribbelte, und sie wollte beides gleichzeitig: weglaufen und sich mit Mr. Jones unterhalten. »Welche Meinung?«

»Dass Sie mit Ihren Kleidern ein Modeatelier eröffnen sollten.«

»Ich habe gerade erst mein Studium begonnen«, sagte Olivia zögernd, obwohl es nicht das war, was ihr eigentlich durch den Kopf ging. »Außerdem möchte ich mich nicht auf eine Sache festlegen. Ich sticke für mein Leben gern, aber ich habe auch schon Ideen für Porzellan gehabt. Und eine Speisekarte entworfen.«

Er lächelte. »Sie sind vielseitig interessiert, das gefällt mir. Aber das Kleid ist wunderbar. Denken Sie drüber nach.«

Sie zögerte. Sein Lob schmeichelte ihr, doch er hatte eine Art, die sie verunsicherte, war freundlich und doch bestimmend, schwer zu fassen.

»Jetzt habe ich mich schon wieder danebenbenommen«, riss Mr. Jones sie aus ihren Gedanken, doch seine Zerknirschung wirkte nicht ganz überzeugend. »Passen Sie auf, ich habe eine Idee. Was halten Sie davon, wenn Sie mir Ihre Stadt zeigen? Ich kenne mich in Glasgow überhaupt nicht aus und bleibe auch nicht lange, aber Sie könnten mich herumführen. Wie ich hörte, arbeiten Sie in einem berühmten Teesalon.«

Olivia war völlig überrumpelt. »Ja«, stieß sie hervor, »das ist richtig. Bei Miss Cranston in der Ingram Street. Sie eröffnet demnächst noch einen dritten Salon. Mr. Mackintosh da drüben kümmert sich um die Wandgemälde.« Nun stand sie hier und redete zusammenhangloses Zeug!

Doch Mr. Jones schien beeindruckt. »Sie kennen Mackintosh?«

Olivia spürte, wie sie ruhiger wurde. »Wir sind alte Bekannte.« Das war natürlich übertrieben, aber sie genoss es, es Mr. Jones ein wenig heimzuzahlen. Die Unterhaltung fing an, ihr zu gefallen. Es kam ihr vor, als wären sie allein auf dem Fest, Gelächter und Musik rauschten unbeachtet an ihr vorbei.

»Dann lasse ich mich umso lieber von Ihnen herumführen. Hätten Sie morgen Zeit?«, fragte er hartnäckig.

Eigentlich verbrachte sie die Sonntage mit ihrer Mutter, doch dann sagte sie rasch, bevor ihr Bedenken kommen konnten: »Wie wäre es um elf Uhr an der Kathedrale?«

»Einverstanden.« Gabriel Jones reichte ihr die Hand. »Ich kann es kaum erwarten, Livia.« Er deutete eine Verbeugung an, drehte sich um und verschwand in der Menge.

Hatte er gerade etwa einen eigenen Namen für sie erfunden?

»Ich habt euch ja wirklich angeregt unterhalten«, sagte de Courcy und trat mit einem Punschglas neben sie. »Charmant ist er ja.«

Olivia spürte, wie sie rot wurde. »Er … wir haben uns für morgen verabredet. Mr. Jones möchte, dass ich ihm Glasgow zeige, weil er die Stadt noch gar nicht kennt.«

Als de Courcy auflachte, schaute sie ihre Freundin verwundert an.

»Du bist kaum auf dem Fest und schon mit dem geheimnisvollen Gast aus London verabredet? Das muss ich gleich den anderen erzählen.«

Olivia wurde vor Verlegenheit rot. Zum ersten Mal hatte sie sich mit einem anderen Mann als Allie verabredet. Wie würde Glasgow durch die Augen eines Fremden aussehen? Die Stadt war ihr so vertraut, dass sie nie darüber nachgedacht hatte, ob sie im Vergleich zu London schön oder eindrucksvoll oder enttäuschend war. London war nur eine ferne Vorstellung, ein gewaltiges, wucherndes Gebilde, auf das viele Schotten eher argwöhnisch blickten.

Sie freute sich auf den nächsten Tag, hatte aber auch etwas Angst. Hier im Atelier waren Menschen, die sie schon ein bisschen kannte, Freundinnen wie de Courcy. Morgen aber wäre sie mit Mr. Jones allein. Und obwohl er sich für sein Verhalten entschuldigt hatte, war sie sich nicht sicher, was sie von ihm halten sollte. Er wirkte sprunghaft und bildete sich rasch eine Meinung – jedenfalls über sie.

»Das Kleid ist wirklich außergewöhnlich«, sagte eine Stimme und riss sie aus ihren Gedanken. Margaret und Mackintosh waren zu ihr getreten. »Tosh hat mir davon erzählt.«

Olivia streckte die Arme aus und drehte sich langsam im Kreis. »Ich freue mich, dass es Ihnen gefällt, Miss Macdonald.«

»Margaret, bitte. Wir sind doch eine Art Schwesternschaft. Die Frauen von der School of Art.«

Olivia wurde ganz warm ums Herz. »Herzlichen Glückwunsch zum Atelier. Es muss herrlich sein, einen eigenen Raum zum Arbeiten zu haben!« Sie dachte an ihren Bettschrank und den Dachboden, den Küchentisch, an dem sie noch immer ihre Aufgaben erledigte. Das konnte sich jemand wie Margaret Macdonald sicher nicht vorstellen.

»Ja, die Räume in der Schule sind einfach nicht geeignet, zu dunkel, zu beengt. Aber das wird sich bald ändern.« Sie schaute Mackintosh an, der leicht den Kopf neigte.

»Noch ist nichts entschieden.« Als er Olivias fragenden Blick sah, fügte er hinzu: »Meine Firma hat sich am Wettbewerb für das neue Gebäude der School of Art beteiligt. Mit meinem Entwurf.«

»Er ist grandios«, flüsterte Margaret. »So etwas hat es noch nie gegeben. Aber die Einreichungen bleiben streng anonym, darum können wir nur hoffen, dass die Juroren mutig genug sind, sich für Toshs Vision zu entscheiden.«

Olivia sah die beiden an und spürte, dass da etwas war, ein tiefes Einverständnis, eine Verbindung, die über bloße Freundschaft hinausging.

Es wurde ein unvergesslicher Abend. Zum ersten Mal, seit sie an der School of Art war, gehörte sie wirklich dazu. Alle redeten und lachten und bezogen sie ganz selbstverständlich ein. Der Punsch ließ ihre Wangen glühen, und sie traute sich, lustige Geschichten aus dem Teesalon zu erzählen, die die anderen tatsächlich zum Lachen brachten. Später wurde sogar getanzt, auch wenn es nur eine Gitarre und einen Sänger gab. Die Punschschale war fast leer und die Stimmung übermütig.

Olivia bemerkte, dass Margaret bei Mackintosh sitzen blieb, der nicht gern zu tanzen schien, vielleicht wegen seines Hinkens. Gabriel Jones war offenbar gegangen, nachdem sie sich verabredet hatten, denn sie hatte ihn nicht mehr gesehen. Sie genoss das Fest, schaute aus dem großen Fenster in den klaren Abendhimmel, der mit Sternen getupft war, und hätte am liebsten die Welt umarmt.

Auf dem Heimweg spürte sie die Kälte nicht.

19

Der Sonntag war ein kalter, aber klarer Tag, was im oft nebligen Glasgow nicht selbstverständlich war. Olivia hatte schon früh wach gelegen und gegrübelt, wie sie ihrer Mutter erklären sollte, dass sie einen neuen Bekannten durch Glasgow führen wurde. Da ihr nichts Besseres einfiel, hatte sie ihr beim Frühstück einfach die Wahrheit gesagt.

»Mr. Jones war noch nie in der Stadt. Darum hat er mich gebeten, ihn ein bisschen herumzuführen. Er ist sehr nett.«

Ma schaute sie mit verkniffener Miene an. »Du hast ihn erst gestern kennengelernt.«

Olivia nickte zögernd. »Er hat übrigens mein Kleid gelobt. Ich habe ihm erzählt, dass du es genäht hast.«

Doch so leicht war Ma nicht zu beschwichtigen. »Und was ist mit der Kirche?«

»Wir haben uns an der Kathedrale verabredet. Vorher gehe ich dort in den Gottesdienst.« Das hatte sie sich schon überlegt.

»Ich weiß nicht, was ich davon halten soll, dass du an einem Sonntag mit einem fremden Mann durch Glasgow läufst.«

Nichts auf der Welt hätte Olivia davon abgebracht, sich mit Mr. Jones zu treffen, doch erschien es ihr unklug, das so offen zu sagen. »Ich zeige ihm die Stadt, daran ist doch nichts Unanständiges, Ma. Wir laufen herum und schauen uns die Sehenswürdigkeiten an. Denk nur, wie oft ich mit Allie spazieren gegangen bin.« Sowie die Worte heraus waren, bereute sie es.

»Das ist wohl kaum dasselbe.« Mas Stimme klang knapp

und kalt, und Olivia begriff, dass die Mutter ihr die Entscheidung gegen Allie und das Restaurant noch nicht ganz verziehen hatte.

Sie stand auf und schob den Stuhl an den Tisch, räumte bereitwillig den Frühstückstisch ab und spülte das Geschirr. Sie war bereits gewaschen, angezogen und frisiert, trug ein warmes grünes Wollkleid, das traditionell geschnitten war. Sie hasste das Gefühl von Wolle auf der Haut, doch sie würden lange im Freien sein, und Olivia wollte nicht frieren. Dann zog sie den Mantel über und setzte eine gestrickte Mütze auf, die sie selbst bestickt hatte.

»Machst du dich für die Kirche so hübsch oder für diesen Mr. Jones?«, fragte Ma in spitzem Ton, und Olivia ärgerte sich, weil sie rot wurde.

»Für mich selbst«, sagte sie und ging zur Tür. »Bis nachher, Ma.«

»Ich stelle dir das Essen warm«, sagte ihre Mutter, als sie schon draußen war, und da hörte Olivia die Traurigkeit in ihrer Stimme.

Zum ersten Mal aßen sie an einem Sonntag nicht gemeinsam zu Mittag, das wurde ihr erst jetzt bewusst. Manchmal kam Jamie, doch er war heute bei Trudies Eltern eingeladen, und so würde Mary MacLeod den Tag allein verbringen. War sie deswegen so feindselig gewesen? Wollte sie aus Stolz verbergen, dass sie einsam war? Mit Ma hatte Olivia noch nie gut über Gefühle sprechen können, das hatte sie eher mit Pa getan. Ihre Mutter spürte sicher, dass Olivia zunehmend auf eigenen Beinen stand, sich von ihr löste und nicht mehr fraglos alles tat, was man von ihr verlangte. Dass sie sich für die School of Art entschieden hatte, war ein deutliches Zeichen gewesen.

Olivia bekam ein schlechtes Gewissen, gab sich dann aber einen Ruck, um die traurigen Gedanken zu vertreiben. Sie arbeitete im Teesalon und studierte und half ihrer Mutter, wo es nur ging. Aber sie hatte ihr eigenes Leben, das gelebt werden wollte. Und deshalb hatte sie sich diesen einen freien Tag verdient, an dem sie etwas tun konnte, das sie noch nie getan hatte.

Während des Gottesdienstes war Olivia nicht sehr aufmerksam. Ihr Mund formte die Worte der Lieder, doch ihre Gedanken wanderten schon zu dem, was sie danach erwartete. Sie ließ die Augen durch die Kathedrale wandern und stellte sich vor, sie sähe sie zum ersten Mal. Was sollte sie Mr. Jones in Glasgow zeigen, was war besonders interessant und schön?

Dann endlich war der Gottesdienst vorbei, und sie drängte rasch zur Tür. Auf dem Vorplatz schaute sie sich um. Hätte sie ihm einen genaueren Treffpunkt nennen sollen? Doch im nächsten Moment bemerkte sie eine Gestalt in einem weiten Umhang. Der Mann kam auf sie zu, wobei sich der Umhang theatralisch blähte, und hob die grüßend die Hand. Gabriel Jones trug keinen Hut, der Wind zerzauste seine wilden braunen Locken. Seine blaugrünen Augen blitzten fröhlich.

»Guten Morgen, Miss MacLeod.«

Gestern hatte er sie beim Vornamen genannt, oder nicht? Aber das hatte sicher nichts zu bedeuten gehabt, es war bei einem Fest gewesen, und alle hatten Punsch getrunken. »Guten Morgen, Mr. Jones. Wollen wir mit der Kirche anfangen?«

Es klang ein bisschen nüchtern, als wäre sie eine bezahlte Reiseführerin, doch was sonst hätte sie sagen sollen? Sie hatten sich erst gestern Abend gesehen, seither konnte nicht viel passiert sein, zu dem sie interessiert hätte nachfragen können.

»Sehr gern.« Er warf ihr einen prüfenden Blick zu. »Es ist schön, dass Sie sich Zeit für mich nehmen.«

Bei seinen Worten spürte sie, wie ihr warm wurde. »Das macht mir Freude.«

Sie blieben neben der Tür der Kathedrale stehen und warteten, bis alle Gemeindemitglieder hinausgegangen und vom Pfarrer verabschiedet worden waren.

»Bitte nach Ihnen, Livia.«

Sie hielt inne. So hatte er sie gestern beim Abschied auch genannt. Sie lächelte verstohlen und schaute ihn von der Seite an. Er kam ihr anders vor, als hätte ihn die neue Umgebung irgendwie verwandelt. Im Atelier der Macdonalds hatte er so weltgewandt und überlegen gewirkt, dass sie sich neben ihm fast klein vorgekommen war. Doch hier vor der Kathedrale, in ihrer Welt, schien er zurückhaltender, beinahe schüchtern.

Olivia drückte die Tür auf und betrat mit ihm das Gotteshaus. Sie erklärte im Flüsterton, dass es eine von nur zwei gotischen Kathedralen in ganz Schottland sei. »Alle anderen sind während der Reformation zerstört worden.« Das hatte sie in der Schule gelernt, und Pa hatte manchmal davon gesprochen, wenn sie die Kirche besuchten.

»Was für ein Verlust, künstlerisch, meine ich«, sagte Gabriel, wie sie ihn jetzt bei sich nannte. »Ich bin nicht sonderlich religiös.«

Olivia führte ihn durch die Kirche und machte ihn auf deren Schönheiten aufmerksam. Sie blieben unter der prächtigen Holzdecke stehen und reckten die Hälse, betrachteten die bunten Wappen, die dort oben in regelmäßigen Abständen angebracht waren. Sie erhaschten einen Blick in die Sakristei, die einen herrlichen Fliesenboden und einen gewaltigen Kamin besaß.

Gabriel blieb ab und an stehen und fuhr mit den Fingern über eine alte, geschnitzte Holzbank oder eine steinerne Säule, als wollte er die besondere Atmosphäre in der Kathedrale mit den Fingerspitzen erspüren. Ihr kam der Gedanke, dass es vielleicht einen Künstler ausmachte, wenn man alle Sinne benutzte, um Eindrücke aufzunehmen. Auch sie selbst setzte nicht nur ihre Augen ein, sondern fühlte an Stoffen und Garnen, bevor sie damit stickte, roch an Pflanzen, bevor sie sie zeichnete. In diesem Augenblick spürte sie eine Verbundenheit mit Gabriel, die weit über bloßes Geplauder hinausging.

Als sie aus der Kirche traten, deutete er auf eine steinerne Brücke, die vom Vorplatz abzweigte. »Wohin führt die?«

Olivia schaute zu dem Hügel, der sich jenseits der Brücke erhob, und zu den grauen Grabsteinen, die wie alte Zähne aus dem gefrorenen Boden ragten. »Das ist die Necropolis, ein großer Friedhof. Ich habe dort schon oft gezeichnet, aber bei diesem Wetter mag ich nicht hingehen.«

Sie bemerkte seinen neugierigen Blick und zuckte mit den Schultern. »Ich kann Friedhöfe nur ertragen, wenn um die Gräber herum Leben ist. Wenn alles wächst und blüht. Im Winter sind sie mir zu tot.« Sie erwartete, er werde lachen, denn was sonst erwartete einen an dem Ort, an dem Menschen begraben wurden? Doch das Lachen kam nicht.

»Auch ich liebe den Frühling. Als Kind hat man mich gezwungen, jeden Sonntag auf den Friedhof zu gehen, ans Grab meiner Mutter.« Er klang plötzlich verbittert. »Ich habe dagestanden und auf diesen Stein geschaut und mich gefragt, was der mit meiner Mutter zu tun hat. Seither kann ich diese Symbole nicht mehr leiden.«

Sie gingen langsam die Castle Street hinunter. »Mein Pa ist im März vor vier Jahren gestorben. Und ich kann ihn auch nicht auf dem Friedhof finden. Er ist *immer* da. Ich spüre ihn vor allem, wenn ich zeichne.«

Gabriel schwieg, und Olivia fragte sich, ob sie unhöflich gewesen war, ob sie sich näher nach seiner Mutter hätte erkundigen müssen, doch dann vertrieb er diese Sorgen. »Mir ging es ähnlich. Ich habe in der Schule angefangen zu malen, was kein Vergnügen ist, wenn die anderen Jungen einem ständig das Papier zerknüllen, die Pinsel durchbrechen oder das Wasser ausschütten. Wer sich in diesem Alter mit Büchern oder Malerei abgibt, gilt als Weichling, auch bei manchen Lehrern. Aber ich habe immer wieder neu angefangen.«

»Das kann ich gut verstehen«, sagte sie eifrig und fügte hinzu, als sie seinen überraschten Blick bemerkte: »Dort, wo ich herkomme, beschäftigt man sich nicht mit Kunst. Das ist was für reiche Leute, die nichts Besseres zu tun haben.«

Er nickte und lachte leise. »Verwandte Seelen, wie mir scheint.«

Es klang so ernst, dass sie rasch das Thema wechselte und auf ein Haus an einer Straßenecke deutete, das mit Reklameplakaten regelrecht zugepflastert war. Nur wenn man zu den altertümlichen Treppengiebeln hochsah, erkannte man, wie alt es war. Vorn an der Mauer klebte ein kleiner Laden, der nur eine Tür und kein Fenster besaß. »Mr. Mortons Süßwaren. Dort hat mein Pa mir manchmal Bonbons gekauft. Es ist eines der ältesten Häuser von Glasgow, es heißt Provand's Lordship. Man wollte es schon abreißen, weil es so heruntergekommen aussieht. Ich hoffe, es wird gerettet. Es stammt noch aus dem Mittelalter.«

Gabriel trat ein Stück zurück und schaute an dem Haus

empor, kniff die Augen zusammen und nickte dann. »Wie gut, dass Sie mir das zeigen! Die alten Mauern zusammen mit den modernen Plakaten gefallen mir, wobei ich mir nicht sicher bin, ob sie sich verbinden oder einander eher widersprechen. Es ist wie ein Blick in die Geschichte.« Er holte ein Notizbuch aus seinem Umhang und schrieb etwas auf, dann warf er Olivia einen Blick zu. »Ich sammle Motive. Überall.«

Sie wäre nie auf die Idee gekommen, ein Haus zu zeichnen. Gebäude reizten sie nicht, sie zeichnete lieber belebte Dinge. Aber sie hatte in der Schule Pläne gesehen, die von Mr. Mackintosh stammten, und kannte seine Entwürfe für den neuen Teesalon. Sie konnte verstehen, dass andere sich für Gebäude und ihre Geschichte begeisterten oder davon träumten, ein ideales Haus zu bauen.

»Das ist auch die Ansicht von Mr. Mackintosh«, sagte sie. »Er fügt das Alte und das Neue zusammen und macht etwas Eigenes daraus.« Es klang beinahe, als wären sie miteinander befreundet, dabei war Olivia ihm nur wenige Male begegnet. Hoffentlich hielt Gabriel sie nicht für eine Angeberin.

»An Mackintosh kommt man in Glasgow wohl kaum vorbei«, sagte er anerkennend. »Aber mir gefallen auch die Arbeiten von Margaret und Frances Macdonald. Sie haben einen Stil entwickelt, der wahrhaft kontinental ist. Er erinnert mich an aktuelle Werke aus Belgien, Deutschland oder Österreich. Mit dem, was in London zurzeit geschieht, hat es eher wenig zu tun.«

Sie schlenderten nebeneinanderher, die Hände in den Manteltaschen, um sie vor der Kälte zu schützen, doch Olivia fror gar nicht. Ihr fiel ein, worüber sie gesprochen hatten, bevor sie ihm das Haus gezeigt hatte.

»Was für eine Schule war das, von der Sie eben sprachen?

Sie hört sich ziemlich schrecklich an.« Sie dachte an Miss Baillie, die einen immer ermutigt hatte und bei der alle Kinder die Köpfe über das Papier gebeugt und eifrig gearbeitet hatten, besser oder schlechter, ohne Angst vor einem Tadel. Sie konnte kaum glauben, dass man einen Jungen schikanierte, nur weil er gern malte.

»Oh, Livia, Sie haben ja keine Ahnung.« Einen Moment lang klang seine Stimme fast wie gestern Abend, ein bisschen überlegen, ein bisschen theatralisch. »Mein Vater hat mich ins Internat geschickt, wie man das mit einem mutterlosen Jungen aus einigermaßen gutem Hause eben macht. Solche Einrichtungen können grausam sein. Entweder man gehört dazu, oder man erlebt die Hölle auf Erden. Und wenn man lieber vor der Leinwand sitzt, als Sport zu treiben oder zu raufen, wird es schwierig. Ich habe mich lange Zeit falsch gefühlt, als gäbe es für mich nirgendwo einen Platz. Irgendwann habe ich verstanden, dass es für jeden einen Platz gibt, nur ist es manchmal nicht der, an dem man sich gerade befindet.«

Er strich sich die lockigen Haare aus dem Gesicht. Olivia spürte, dass er die Erinnerungen nicht so leichtnahm, wie er vorgab. Und es überraschte sie, dass er ihr dies anvertraute, obwohl sie einander gerade erst kennengelernt hatten. Sie hatte oft gehört, Engländer seien distanziert und gäben wenig von sich selbst preis, doch das schien bei Gabriel Jones anders zu sein. Vielleicht war er einfach kein typischer Engländer.

»Es tut mir leid«, sagte sie ernst. »Das muss schwer für Sie gewesen sein, Mr. Jones.«

»Gabriel, bitte. Und Sie brauchen mich nicht zu bemitleiden, es ist lange her. Erzählen Sie mir nicht, Sie hätten es immer einfach gehabt. Ein Kunststudium ist nicht billig, und Sie sind nicht wohlhabend.« Es klang nicht beleidigend, er stellte lediglich eine Tatsache fest.

»Ich habe eine großzügige Förderin«, sagte Olivia und musste beinahe lachen, weil es sich so hochtrabend anhörte. »Die Frau, für die ich arbeite, glaubt, dass ich Talent habe, und hat mir angeboten, meine Ausbildung zu bezahlen. Es war wie ein Traum, der in Erfüllung geht.«

Gabriel schaute sie von der Seite an. »Sie muss eine großartige Frau sein.«

»O ja, das ist sie.«

Sie waren an der High Street angelangt, und Olivia fühlte sich zunehmend unbehaglich. Die Straße wirkte schäbig und altertümlich, die Häuser grau und verwohnt. Am schlimmsten waren die engen Durchgänge, sie führten zu weiteren Behausungen, die noch elender waren als die Gebäude vorn an der Straße. Sie selbst achtete kaum noch darauf, weil ihr die Umgebung so vertraut war, dass sie ihre Hässlichkeit nicht mehr bemerkte. Doch jemand wie Gabriel musste die finsteren Hinterhöfe und Gassen abscheulich finden.

»Warum sind Sie plötzlich so still?«

Sie erklärte es ihm, und er lachte ohne eine Spur von Spott. »Erstens möchte ich mir ein umfassendes Bild von Glasgow machen, nicht nur von den vorzeigbaren Seiten. Zweitens gibt es auch in London sehr viel Elend, noch viel mehr als hier, weil die Stadt so gewaltig ist. Ich habe schon in solchen Gegenden gezeichnet und mache es bisweilen noch heute. Ein Freund von mir ist Arzt, er hat dort eine Praxis.« Gabriel räusperte sich. »Ich habe an der Slade einen Preis gewonnen, für eine Reihe von Zeichnungen aus dem Londoner Eastend. Schönheit ist nicht alles und nicht absolut.«

Mit jedem Schritt, den sie gingen, und jedem Wort, das sie sprachen, musste Olivia ihre Meinung anpassen. Gabriel Jones überraschte sie immer wieder, er war nicht zu greifen. Wann immer sie dachte, sie würde ihn jetzt besser kennen, schlug er einen Haken und entzog sich ihr.

An der nächsten Kreuzung bogen sie nach rechts in die Ingram Street. Olivia zeigte Gabriel alles, was ihr interessant erschien, doch fesselte nichts seine Aufmerksamkeit so wie Provand's Lordship. Gut, er war also wählerisch in seinen Motiven.

Vor dem Teesalon in der Nr. 209 blieb sie stehen. »Hier arbeite ich.«

Gabriel betrachtete überrascht die Fassade und sah dann zu ihr. Seine Augen schienen sie zu durchdringen. »Sie erwähnten vorhin die Frau, die Sie fördert. Gestern auf dem Fest war die Rede von einer Miss Cranston, die mehrere Teesalons besitzt. Mackintosh entwirft etwas für sie, richtig?«

Olivia nickte. »Ja, es ist dieselbe Frau. Sie ist an Kunst interessiert und legt großen Wert auf Schönheit. In ihrem neuen Salon in der Buchanan Street wird es sogar speziell für sie entworfene Wandgemälde und Möbel geben. Und ich habe gehört, dass sie diesen Teesalon hier auch irgendwann erneuern möchte. Sie ist immer in Bewegung, hat ständig neue Ideen …« Sie wurde rot. »Verzeihung, ich habe mich mitreißen lassen.«

Gabriel lächelte. »Das ist keine Schande. Tee, Livia?«

Sie war noch nie als Gast im Teesalon gewesen und fühlte sich ein bisschen unsicher, als Gabriel ihr die Tür aufhielt. Die Wärme drinnen war wohltuend, auch wenn sie während des Spaziergangs kaum gefroren hatte.

»Tag, Olivia«, begrüßte Carrie sie lächelnd. »Guten Tag, Sir. Sie gehören zusammen?«

Olivia nickte und schaute zu Boden, weil die Worte doppeldeutig klangen. »Einen Tisch für zwei, bitte.«

Carrie nahm ihre Mäntel entgegen und führte sie zu einem kleinen Tisch weiter hinten im Gastraum. Dann eilte sie davon, um die Karte zu holen, und Olivia konnte sich lebhaft ausmalen, wie nun in den hinteren Räumen getratscht wurde. Sie bereute fast, dass sie hergekommen waren, doch Gabriel riss sie aus ihrer Grübelei.

»Es ist wirklich schön hier. Haben Sie viele männliche Gäste?«

»O ja, vor allem um die Mittagszeit, hier und im Lunchroom nebenan. Es gibt auch ein Damenzimmer für Frauen, die allein kommen oder unter sich bleiben wollen. Und für jene Herren, denen es hier oben zu weiblich ist, gibt es ein Raucherzimmer im Keller«, sagte sie belustigt.

Gabriel lachte. »Dahin verirre ich mich ganz bestimmt nicht.«

Sie fragte sich flüchtig, was er damit meinte, doch dann kam Carrie an den Tisch, und sie bestellten Tee und dazu Apfelkuchen, den Olivia besonders empfehlen konnte. »Miss Cranston verzichtet auf Rezepte mit Alkohol, daher führen wir beispielsweise keinen Dundee Cake. Der ist eine schottische Spezialität, aber es gehört Whisky hinein.«

Bei Gabriel schien der Groschen zu fallen. »Ach so, das ist ein Abstinenzlerlokal!«

»Lassen Sie das nicht die Chefin hören, den Ausdruck mag sie nicht. Aber Sie haben recht. Die ganze Familie Cranston hat dem Alkohol abgeschworen.«

Er stützte den Kopf in die Hand. »Wird in Glasgow wirklich so viel getrunken, wie man sich erzählt?«

»Ja. Und deshalb heißt es, man wolle sogar verbieten, dass Frauen in Pubs bedienen. Angeblich regen sie die Männer zum Trinken an.« Olivia wurde rot, da sie natürlich noch nie ein Pub betreten hatte. »Darum sind die Teesalons so beliebt. Hier können Frauen Tee trinken, ohne dass ein Mann sie begleitet. Sie können sich mit anderen Frauen treffen, wir haben oft Studentinnen von der School of Art zu Gast. Und sie bieten gute Arbeit für Frauen.«

»Woher kennen Sie eigentlich Mackintosh?«, schlug Gabriel den nächsten Haken.

Olivia wurde ein bisschen rot. »Ach, das ist eine alte Geschichte.« Sein Blick verriet ihr, dass er es wirklich wissen wollte, und so erzählte sie, was damals geschehen war. Er hörte aufmerksam zu und rührte nachdenklich in seiner Tasse.

»Das ist eine schöne Geschichte«, sagte er. »Und kurios, dass Sie einander Jahre später wiederbegegnet sind.«

Olivia lachte. »Die Stadt ist groß, aber in gewissen Kreisen scheinen alle einander zu kennen, fast wie in einem Dorf. Und manchmal ist das Leben wie eine Kette, da führt eins zum anderen. Ich bekomme das Heft geschenkt, arbeite bei Miss Cranston, sie beauftragt Künstler wie Mackintosh, hört, dass ich zeichne, und ermöglicht mir das Studium.«

Gabriel schaute sie lange an. »Und dann werden Sie zu den Macdonald-Schwestern eingeladen, wo wir einander begegnen.«

Etwas in seiner Stimme traf sie ins Herz. Es war schmerzhaft und wunderbar zugleich, und sie fragte sich, ob sie sich etwa innerhalb weniger Stunden in Gabriel Jones verliebt hatte.

Sie war noch nie verliebt gewesen, also konnte sie eigentlich nicht wissen, wie es sich anfühlte. Bei Allie hatte sie das jedenfalls nie gespürt. Mit ihm zusammen zu sein, war warm und vertraut gewesen, sie hatte sich leicht gefühlt, als müsste sie nichts vor ihm verbergen – aber da war nicht dieser Schmerz gewesen, der schön und schrecklich zugleich war. Die Geschichten, die sich die Mädchen kichernd auf dem Schulhof erzählt hatten, verblassten vor dem, was sie gerade empfand. Kaum zu glauben, dass Gabriel ihr anfangs arrogant erschienen war.

Er stützte den Kopf in die Hände und schlug die Augen nieder. Er hatte sehr lange, dunkle Wimpern. »Hm, da habe ich wohl etwas Falsches gesagt.«

Olivias Widerspruch kam schnell, er sollte auf gar keinen Fall glauben, sie sei nicht froh, dass sie einander begegnet waren. »Das war nicht falsch.«

»Glauben Sie an Schicksal, Livia?«

»Dass alles von Gott vorherbestimmt ist, wie es die Kirche sagt?«

Er zuckte mit den Schultern. »Nein, nicht im religiösen Sinn, sondern, dass es manchen Menschen vorherbestimmt sein könnte, einander zu begegnen. Dass sie sich irgendwann treffen, auch wenn sie weit voneinander entfernt leben.«

Sie war sich nicht sicher, worauf er hinauswollte, und ihr klang das auch ein bisschen zu weltfremd. Es mochte daran liegen, dass Gabriel in einem Internat in England gewesen war, wo man solche Dinge lernte. Sie legte sich die Antwort sorgfältig zurecht, um nicht dumm zu erscheinen.

»Eigentlich glaube ich das nicht. Ich kann mir nicht vorstellen, dass schon vor unserer Geburt festgelegt ist, wem wir irgendwann einmal begegnen. Auch nicht durch Gott. Aber ich glaube an etwas anderes: Wenn ich etwas will und es mir wirklich wünsche und mich darum bemühe, kann es Wirklichkeit werden. So wie die Sache mit meinem Studium. Zum Beispiel erinnere ich mich genau, wie Allie mir zum ersten Mal von der School of Art erzählt hat. Schon damals habe ich gedacht, dass ich gern dorthin gehen würde. Nur hätte ich nie geglaubt, dass es wirklich irgendwann passiert.«

Gabriel trank seinen Tee aus. »Also halten Sie mehr vom eigenen Willen als von der Vorherbestimmung?«

»So kann man das wohl sagen.« Er packte das, was sie dachte, in schöne Worte, das gefiel ihr. Doch seine nächste Frage vertrieb die Leichtigkeit, die in ihr gewachsen war.

»Wer ist Allie?«

Olivia bereute, dass sie ihn erwähnt hatte, es war ihr einfach so herausgerutscht. Eine Sekunde spielte sie mit dem Gedanken zu lügen, aus Allie eine Freundin zu machen. Der Name verriet nicht das Geschlecht. Doch damit hätte sie den Zauber dieses Tages zerstört.

»Ein Freund aus der Nachbarschaft«, sagte sie leise. »Wir haben oft zusammen gespielt. Er ist sehr nett.« Wie hohl das klang …

Gabriel zog eine Augenbraue hoch, als merkte er, dass mehr hinter ihren Worten steckte. »Sie haben ihn gern.«

Olivia nickte. »Er hat mir Buntstifte geschenkt, als ich nichts zum Zeichnen hatte.« Wieder dachte sie an das Internat und dass es Gabriel wohl nie an etwas gefehlt hatte, was man mit Geld bezahlen konnte. Es war, als täte sich ein Abgrund zwischen ihnen auf, wo doch eigentlich nur ein Tisch war.

»Diesmal habe ich wirklich etwas Falsches gesagt.« Er senkte die Augen und berührte ihre Hand, die auf dem Tisch lag. »Es tut mir leid. Sie müssen es mir nicht erklären.« Er zögerte, bevor er weitersprach. »Ich erwähnte ja, dass meine Mitschüler nichts von meinen künstlerischen Ambitionen hielten. So etwas macht einsam. Und wenn dann jemand kommt und tief in einen hineinzuschauen scheint … ist das etwas ganz Besonderes.«

Seine Stimme zitterte ein wenig, und Olivia ahnte, dass auch er einem solchen Menschen begegnet war. Dann gab er sich einen Ruck und betätigte die Glocke, die auf dem Tisch stand, um Carrie zu rufen.

Die Kellnerin erschien sofort. »Ich hoffe, alles war zu Ihrer Zufriedenheit.«

»Ja, danke. Und ich möchte zahlen.«

Der Aufbruch kam plötzlich, dachte Olivia. War ihm die Unterhaltung zu persönlich geworden? Oder hatte er sich an etwas erinnert, das ihn düster stimmte?

Jedenfalls tat es ihr leid, denn sie hätte gern noch länger hier gesessen und mit Gabriel geredet.

Carrie zwinkerte ihr zu, nachdem sie das Geld entgegengenommen hatte. »Auf Wiedersehen, Sir, vielen Dank. Bis morgen, Olivia.«

Es war jetzt sehr kalt, und vom Himmel schwebten einzelne weiße Flocken. Sie hätte Gabriel noch einiges zeigen können, doch nach der Wärme im Teesalon empfanden sie die Kälte draußen umso bitterer.

»Ich fürchte, wir müssen die weitere Stadtführung vertagen«, sagte Gabriel, wobei sein Atem sein Gesicht umwolkte. Er hob die Hand und winkte eine Droschke herbei.

Olivia wollte sich schon verabschieden, richtete sich auf den langen, eisigen Heimweg ein, doch er griff nach ihrem Arm.

»Sie wollen doch nicht laufen, Livia! Also ehrlich, es wird Ihrem Ruf nicht schaden, wenn Sie mit mir in die Droschke steigen, es sind kaum Leute auf der Straße.«

Sie lachte laut heraus, worauf er sie verwundert ansah. »Ich bin ein Mädchen aus Dennistoun. Hier kennt mich niemand und selbst wenn, würde es die Leute nicht kümmern. Wenn man nicht vornehm ist, hat man mehr Freiheiten. Vielleicht ist das der Ausgleich dafür, dass man weniger Geld besitzt.«

Gabriels Augenbrauen wanderten in die Höhe, während sich zarte Schneeflocken in seinen Haaren verfingen. Sie verspürte den Drang, sie mit den Fingern zu berühren. Doch bevor sie etwas so Unpassendes tun konnte, trat er zurück und verschränkte die Hände vor der Brust.

»Sie sagen immer, was Ihnen gerade in den Sinn kommt, nicht?«

Olivia zuckte mit den Schultern. »Nicht immer, aber …«

»Aber was?«

»Aber bei Ihnen kommt es mir vor, als könnte ich es tun, ohne mich dafür schämen zu müssen.«

Eine Droschke rollte herbei. Er bedeutete dem Kutscher, sitzen zu bleiben, und öffnete ihr selbst die Tür.

Als sie drinnen saßen, sagte Gabriel: »Sie sollten sich niemals schämen. Scham ist ein nutzloses Gefühl. Es hilft niemandem.« In seiner Stimme schwang etwas mit, das sie nicht benennen konnte.

»Die Adresse?« Sie sagte sie ihm, und er nannte sie dem Kutscher, der auf der Straße wendete und dann nach Osten fuhr. Es war kalt im Wagen, aber nicht so eisig wie draußen, und Olivia wickelte sich fest in ihren Mantel und drückte sich in die Ecke. Sie genoss das Klappern der Hufe auf dem Pflaster, die Schneeflocken, die jetzt schräg vor dem Fenster vorbeizogen, und schloss einen Moment die Augen.

»Ich bin noch nie in einer Droschke gefahren«, sagte sie dann.

»Tatsächlich?«, fragte er.

»Ich bin immer zu Fuß gegangen oder mit der Straßenbahn gefahren, aber das nur selten.« Sie überlegte, ob sie die nächsten Worte aussprechen sollte, und erinnerte sich an Gabriels Bemerkung von vorhin: *Sie sollten sich niemals schämen.*

»Wir haben mal einen Ausflug mit der Bahn gemacht, zum Loch Lomond. Sonst habe ich noch nie etwas anderes als Glasgow gesehen.«

Er schwieg, und sie dachte schon, er werde nicht mehr antworten. »Reisen können inspirierend sein«, sagte er schließlich. »Aber man braucht sie nicht, um künstlerisch zu arbeiten. Sie können auch das malen oder sticken, was Sie in Ihrer eigenen Umgebung finden. Oder in sich selbst.«

Er weicht mir aus, dachte sie. »Sie dürfen ehrlich mit mir sein, Gabriel. Sie waren in Italien, in London, jetzt in Glasgow. Ist es nicht wichtig, Orte zu sehen, an denen man noch nie war? Die anders sind als die eigene Welt?«

Er lachte leise. »Jetzt haben Sie mich ertappt. Ja, ich war nicht ganz ehrlich, weil ich das Reisen liebe. Aber ich würde nie auf Sie hinabsehen, weil Sie keine Gelegenheit dazu hatten. Und wer weiß, was die Zukunft bringt? Mackintosh war in Italien, er hatte ein Stipendium. Vielleicht gibt es das auch einmal für Sie.«

Als die Droschke hielt, spürte sie eine leise Enttäuschung.

Gabriel hielt ihr die Tür auf und reichte ihr die Hand. »Ich danke Ihnen, Livia, es war ein wunderbarer Tag.«

»Das finde ich auch.« Sie zögerte, wollte warten, ob noch etwas käme.

Doch er stieg wieder ein und klopfte kurz ans Dach, worauf die Droschke davonrollte.

20

Die Weihnachtszeit hätte schön und friedlich sein können, doch Olivia konnte sie nicht genießen. Etwas Dunkles lag wie ein Schleier über den Tagen. Sie versuchte, fröhlich zu sein, um ihre Traurigkeit vor Ma, Jamie und seiner Verlobten Trudie zu verbergen. Die beiden wollten im Frühjahr heiraten, wenn das Wetter freundlicher war, und Olivia freute sich, in Trudie nicht nur eine Schwägerin, sondern auch eine Freundin zu bekommen. Ma hatte ihr einen hübschen Kragen genäht, den sie besticken konnte. Es gab für Olivia also viel Grund zur Freude, aber die Dunkelheit blieb, und sie trug auch einen Namen.

Von Gabriel war keine Nachricht mehr gekommen, nachdem er sie an jenem Nachmittag nach Hause gebracht hatte.

Auf Wiedersehen.

Olivia hatte die Worte wieder und wieder im Kopf gewendet. Er hätte auch *Leben Sie wohl* sagen können, das wäre ein endgültiger Abschied gewesen. So aber hatte er die kleine Möglichkeit gelassen, dass es ein Wiedersehen geben könnte. Vielleicht wollte er den Beginn des neuen Jahres abwarten?

Frances Macdonald hatte erwähnt, er sei bei den Newberys zu Besuch. Wenn sie das nächste Mal in der School of Art war, würde sie Mrs. Newbery auf ihn ansprechen, sich ganz unverfänglich erkundigen, ob ihrem Gast der Spaziergang durch die Stadt gefallen hatte. Ja, das würde sie tun, und dann würde sich gewiss alles finden.

Doch es gab noch eine andere Stimme, leiser und weniger

hoffnungsvoll, die sich immer dann meldete, wenn sie erschöpft und wehrlos war. Gabriel Jones hatte sie um eine Stadtführung gebeten, und die hatte er bekommen. Dass er sie danach noch zum Tee einlud, war wohl der Höflichkeit geschuldet, ebenso wie die Heimfahrt in der Droschke. Er hatte mit keinem Wort erwähnt, dass er den Spaziergang wiederholen wollte. Vielleicht war die Verbindung, die Olivia gespürt hatte, nur ein Wunschtraum gewesen, und sie hatte mehr in etwas hineingelesen, das bloße Freundlichkeit gewesen war.

Am letzten Tag des Jahres feierten sie mit Jamie und Trudie Hogmanay, mit dem in Schottland feierlich das alte Jahr verabschiedet wurde. 1897 stand bevor, und Olivia fragte sich, was es ihr wohl bringen mochte. Es gab wie immer Black Bun, und Allie kam für eine Stunde dazu, sprach aber meist mit Jamie und wich Olivias Blicken aus. Sie bemerkte es, dachte aber nicht weiter darüber nach. Zwischen ihnen war es nicht mehr wie früher, seit sie sich für das Studium entschieden hatte. Ihn als Freund zu verlieren hatte wehgetan, doch dieser Schmerz wurde nun von einem anderen überlagert.

Am Tag nach Neujahr stellte Ma sie zur Rede. »Setz dich, Livvy. Und dann erzählst du mir, was los ist. Glaub nicht, ich hätte nicht gemerkt, dass du seit geraumer Zeit wie sieben Tage Regenwetter ausgesehen hast. Und jetzt auch noch an Hogmanay, das du immer so gern gefeiert hast.«

Olivia schluckte und suchte nach den richtigen Worten, doch Ma war noch nicht fertig.

»Und falls dir überhaupt noch etwas an Allie liegt und du dich fragst, warum er gestern so schweigsam war: Seine

Ma hat gesehen, wie du neulich mit einer Droschke heimgekommen bist. Wie dir ein gut gekleideter Gentleman beim Aussteigen geholfen hat.«

Olivia blickte auf, las den Vorwurf in den Augen ihrer Mutter. »Ich habe dir doch erzählt, dass Mr. Jones mich nach Hause gebracht hat. Du hast selbst gesagt, es sei höflich von ihm gewesen.«

Ma verschränkte die Arme. »Das mag sein. Aber kannst du dir vorstellen, was Allie denkt, wenn er das sieht?«

»Nein. Was denn?« Ihr alter Widerspruchsgeist erwachte. »Wir sind Freunde, Ma, und das werden wir auch bleiben.«

»Seid ihr das wirklich noch? Es sieht für mich ganz anders aus. Dabei hätte alles so gut werden können für dich. Was, wenn du später von deiner Kunst nicht leben kannst? Wenn du all das lernst und dann mit leeren Händen dastehst? Ein Restaurant ist etwas Sicheres, essen müssen die Leute immer.«

Hörte der Kampf denn niemals auf? Warum musste sie sich immer wieder dafür rechtfertigen, dass sie selbst entscheiden wollte, wie sie lebte? »Ich bin glücklich an der School of Art. Und Allie ist glücklich in seinem Restaurant. Aber wir können wohl nicht am selben Ort glücklich sein.«

Ma seufzte. »Du hast es nie versucht.«

»Ich hatte nur diese eine Chance in der Schule!« Olivia war laut geworden und spürte, wie ihr Herz heftig pochte.

Ma verschränkte die Arme vor der Brust. »Warum sitzt du dann trübsinnig hier herum, wenn du so glücklich bist?«

Olivia hätte es mit einem Satz erklären können, doch sie brachte es nicht über sich. Wie sollte sie ein Gefühl beschreiben, das für sie selbst unfassbar war? Wie etwas erklären, das womöglich nur in ihrer Einbildung bestand? Aber es gab noch einen Grund – sie wollte die Stunden, die sie mit Gabriel verbracht hatte, mit niemandem teilen. Sie gehörten ihr allein.

Jessie Newbery erholte sich von einer Erkältung und war im Januar einige Tage nicht in der Schule gewesen. Olivia hatte unruhig darauf gewartet, sie endlich zu sehen, damit sie sich nach Gabriel erkundigen konnte. Als die Lehrerin an diesem Morgen den Handarbeitsraum betrat, wurde ihr Herz ein wenig leichter. Olivia wartete, bis am Ende der Stunde alle Studentinnen den Raum verlassen hatten und sie mit Mrs. Newbery allein war.

»Ich freue mich, dass es Ihnen besser geht.«

Mrs. Newbery blickte auf und lächelte. »Danke, diese Erkältung war verteufelt hartnäckig. Ich habe so gehustet, dass ich kaum den Stickrahmen halten konnte. Mein Mann hat tagelang die Mädchen gehütet, damit ich meine Ruhe hatte.«

Olivia war auf einmal so nervös, dass sie von einem Fuß auf den anderen trat. »Ich … ich möchte Sie nur kurz etwas fragen. Es geht ganz schnell, aber ich wüsste es gern und …«

Mrs. Newbery sah sie aufmunternd an. »Nur zu, heraus damit.«

»Ich wollte fragen, wie es Mr. Jones geht. Im Dezember habe ich ihn einmal durch die Stadt geführt und …« Sie wusste nicht, was sie als Nächstes sagen sollte.

»Ich nehme an, es geht ihm gut. Er ist schon vor Neujahr abgereist.« Sie sagte es freundlich und beiläufig und schien Olivias Nervosität nicht zu bemerken. Sie spürte, wie offen und verletzlich ihre Miene war, und bemühte sich um einen unverfänglicheren Ausdruck. »Das … dachte ich mir.«

»Er hat mir von Ihrem Spaziergang erzählt, den er sehr

genossen hat.« Dann schlug sich Mrs. Newbery an die Stirn. »Verzeihen Sie, mein Mann sagt immer, ich hätte ein Gedächtnis wie ein Sieb.« Sie kramte in ihrer großen Tasche, die neben dem Pult stand, und zog ein flaches Paket heraus. »Gabriel hat etwas für Sie dagelassen. Meine Erkrankung kam dazwischen, sonst hätte ich es Ihnen schon früher gegeben.« Sie hielt es Olivia hin, die es mit zitternden Fingern ergriff.

Auf das braune Packpapier hatte er *Für Livia von G.* geschrieben.

Olivia stand da, das Paket in Händen, dann sagte sie: »Vielen Dank, dass Sie es für mich aufbewahrt haben. Richten Sie Mr. Jones meine besten Grüße aus, falls Sie ihn sehen oder ihm schreiben.«

»Das mache ich«, sagte Mrs. Newbery.

Olivia ging an ihren Platz, verstaute das Paket in ihrer Umhängetasche und zog den Mantel über. »Auf Wiedersehen, Mrs. Newbery.«

Im Gehen bemerkte sie den Blick, mit dem die Lehrerin sie bedachte. Sie meinte, eine Spur von Mitgefühl darin zu lesen, doch das mochte Einbildung sein.

Olivia schaffte es bis zur nächsten Straßenecke, dann riss sie das Paket auf. Es enthielt ein Bild, etwa zehn Zoll im Quadrat, das Provand's Lordship zeigte. Das Haus war deutlich zu erkennen, obwohl es keine exakte Wiedergabe war, sondern wohl eher, was Gabriel empfunden hatte, als er davorstand. *Die alten Mauern zusammen mit den modernen Plakaten gefallen mir, wobei ich mir nicht sicher bin, ob sie sich verbinden oder einander eher widersprechen. Es ist wie ein Blick in die Geschichte.*

Das Bild war in Schwarz, Grau und Weiß gehalten, nur die zerrissenen Plakate leuchteten ihr als grelle rote und gelbe

Tupfen entgegen. Ihr kam es vor, als hielte sie Gabriels Gedanken in Händen. Und dann, als sie das Bild wieder einwickeln wollte, um es sicher nach Hause zu befördern, bemerkte sie eine kleine Figur unten links in der Ecke, kaum mehr als ein Schatten, die auf das Haus zu schauen schien.

Zu Hause legte sie das Bild in die Schublade unter ihrem Bett, auch wenn sie es gern aufgehängt hätte. Sie wusste selbst nicht recht, was sie davon abhielt, doch ihr Gefühl ließ es nicht zu. Selbst wenn sie Gabriel nie wiedersah, gäbe es dieses kleine Stück von ihm, das sie immer begleiten würde und niemanden etwas anging.

Sie war jetzt ruhiger als in den letzten Wochen, auch wenn die Traurigkeit noch da war. Gabriel hatte ihr etwas hinterlassen, also konnte sie ihm nicht ganz gleichgültig sein.

Francis Newbery lief im Wohnzimmer auf und ab, heftig gestikulierend. Jessie hütete sich, etwas zu sagen; in solchen Situationen war es besser, einfach zuzuhören, damit ihr Mann Dampf ablassen konnte.

»Es ist der beste Entwurf, ganz ohne Zweifel! Das Direktorium muss sich für ihn entscheiden, wenn wir nach der Kraft der architektonischen Vision urteilen. Außerdem ist er am besten für eine Kunstakademie geeignet und erfüllt alle Voraussetzungen. Aber ich befürchte, man wird mir Vorwürfe machen, wenn ich mich zu sehr dafür einsetze.«

Er hielt inne. Jessie legte den Stickrahmen beiseite und sah ihren Mann an. Sie liebte Fra – seine Leidenschaft, seine Impulsivität, die unbedingte Loyalität, mit der er sich für seine Studenten einsetzte. Er trug den Spitznamen »Zirkusdirektor«, was angesichts seines geliebten Zylinders und der Art und Weise, wie er die Schule regierte, durchaus passend war. Doch gelegentlich neigte er dazu, sich allzu sehr zu sorgen.

»Warum sollte man dir Vorwürfe machen? Die Entwürfe werden vom gesamten Direktorium beurteilt, und die Mehrheit entscheidet.«

Er warf die Hände in die Luft und ließ sich in einen Sessel fallen. »Ja, aber ich könnte es nicht ertragen, wenn sie sich für einen anderen Entwurf entscheiden! Also muss ich alles daransetzen, dass es dieser wird.«

Er hielt ihr eine kleine Zeichnung hin. Sie zeigte einen Kreis mit knochenähnlichen Gebilden, hinter denen zwei schwarze Wellenlinien verliefen. Jessie sah ihn fragend an.

»Damit ist der Entwurf auf der Rückseite markiert. Ich habe das Symbol abgezeichnet.«

»Von Tosh?«

Er nickte. »Der Wettbewerbsbeitrag kann nur von Honeyman & Keppie stammen, und zwar nicht von einem der Partner, sondern von Mackintosh selbst. Und er ist großartig.«

Nun verstand sie. »Du fürchtest, man könnte dir Parteilichkeit vorwerfen, weil er an der School of Art studiert hat? Weil ihr befreundet seid?«

Er zuckte mit den Schultern. »Ausgeschlossen ist es nicht.«

»Aber wenn sein Entwurf der beste ist, solltet ihr ihn nehmen, egal von wem er stammt. Außerdem ist Tosh inzwischen so bekannt, dass wohl auch andere die Zeichnung erkennen dürften, oder?«

Er atmete erleichtert aus. »Wie gut, dass ich dich habe, meine Liebe. Bei dir klingt alles so klar und überzeugend. Es wäre sein größter Auftrag bisher, und ich erwarte Bedeutendes von ihm. Hoffen wir also, dass am 13. alle für diesen Entwurf stimmen.«

Jessie seufzte leise und erleichtert auf. Nun, da er sich beruhigt hatte, würde er ihr endlich zuhören.

»Olivia MacLeod hat mich heute nach dem Unterricht angesprochen«, sagte sie.

Fra zog die Augenbrauen hoch. »Worum ging es?« Dann bemerkte er ihren Blick und schlug sich an die Stirn. »Das Paket! Du hast es ihr gegeben?«

»Ja, natürlich. Aber sie hat auch nach Gabriel gefragt, und als ich sagte, er sei längst abgereist, fiel ihr Gesicht förmlich in sich zusammen.«

Er seufzte. »Sie macht sich Hoffnungen?«

Jessie zuckte nur mit den Schultern.

»Und, was war drin in dem Paket?«, fragte ihr Mann, der konzentriert seine Pfeife stopfte.

»Glaubst du, ich hätte sie gezwungen, es vor meinen Augen auszupacken?«, fragte sie lachend, wurde aber gleich wieder ernst. »Ich fürchte, Gabriel hat sie beeindruckt. Sie schien zu hoffen, er sei noch in Glasgow.«

»Es ist besser so, Liebes. Wir kennen Gabriel gut genug, um das zu wissen.«

Jessie sah ihren Mann nachdenklich an. Vermutlich hatte er recht. Dann kam ihr ein anderer Gedanke, den sie schon länger mit sich herumtrug. »Sag mal, was hältst du davon, Olivia in den Club zu holen?«

»Ist das nicht ein bisschen früh?«, fragte er überrascht. »Sie ist im ersten Jahr.«

»Gewiss, aber ich sehe etwas in ihren Entwürfen, das mir sehr gefällt. Sie hat einen ganz eigenen Stil, noch unfertig natürlich, aber sie ist richtig bei uns.«

Fra nickte, beugte sich vor und küsste sie auf die Wange. »Ich unterwerfe mich deinem Urteil, Liebste.«

21

Olivia verspürte einen Schwung, der sie durch die anstrengenden Tage trug. Gabriels Geschenk hatte sie glücklich gemacht, und vor einigen Tagen hatte Direktor Newbery sie persönlich im Flur angesprochen.

»Ach, Olivia, Sie kommen gerade richtig.« Er war stehen geblieben und hatte sie freundlich angesehen. »Ich möchte Sie einladen, etwas beim School of Art Club einzureichen, meine Frau hat Sie empfohlen.«

Sie hatte von dem Club gehört, den Newbery persönlich gegründet hatte. Dort begegneten sich Lehrende, Absolventen und gegenwärtige Studenten, es gab Ausstellungen, Theateraufführungen und sogar Ferienprogramme, um das Zeichnen in der freien Natur zu fördern. Olivia hatte sich nie genauer damit beschäftigt, weil sie nicht im Traum daran gedacht hätte, dass sie dazugebeten werden könnte, zumindest nicht nach so wenigen Monaten an der School of Art.

»Wir versammeln uns einmal monatlich oben im Hörsaal. Dort stelle ich die eingereichten Werke persönlich vor und versuche, auf ermutigende Weise Kritik daran zu üben.«

Bei dem Gedanken war ihr ein wenig flau im Magen geworden, doch sie wusste, dass diese Einladung eine Ehre war, die sie unmöglich ablehnen konnte. »Darf ich einreichen, was ich möchte?«, hatte sie den Direktor gefragt.

»Was immer Sie wollen«, hatte Newbery fröhlich geantwortet und sich zum Gehen gewandt. »Schön, dass Sie dabei sind, Olivia. Einen angenehmen Tag wünsche ich.« Mit diesen Worten war er davongeeilt.

Sie hatte bereits angefangen, sich Gedanken zu machen, was sie einreichen wollte, und auch als sie jetzt bei Mrs. Newbery im Unterricht saß, gingen ihr die unterschiedlichsten Ideen durch den Kopf, während ihre Hände etwas völlig anderes taten. Zum Glück schien Mrs. Newbery nicht zu merken, wie abgelenkt sie war.

Als Olivia danach aus dem Unterrichtsraum trat, stand Mr. Robinson im Flur, ans Treppengeländer gelehnt, in der Hand eine Zeichenmappe. Sie fühlte sich nach wie vor nicht ganz wohl in seiner Gegenwart, grüßte und wollte rasch an ihm vorbeigehen, doch er sprach sie an.

»Miss MacLeod? Ich habe mit Ihnen zu reden. Kommen Sie in mein Büro.«

Olivia zuckte zusammen und drehte sich zögernd um. Es klang herrisch, wie er es sagte, und sie überlegte unwillkürlich, was sie wohl falsch gemacht hatte. Doch dann ärgerte sie sich über den Gedanken.

Sie folgte Mr. Robinson in den zweiten Stock, wo er ihr in seinem kleinen, zugigen Büro einen Platz anbot. Vielleicht kein schlechtes Zeichen, dachte sie, wer eine Strafpredigt bekam, musste wohl eher stehen.

Robinson verschränkte die Hände auf dem Tisch und sah sie aufmerksam an. »Sie machen Fortschritte, Miss MacLeod. Aus Ihnen wird nie eine Malerin, aber das ist auch nicht Ihr Ziel, nehme ich an. Ich habe Ihre Entwürfe für Mrs. Newbery gesehen. Mir scheint, Ihre Begabung liegt eher in den ... dekorativen Künsten.«

In seiner Stimme schwang eine gewisse Arroganz mit. Olivia hatte mittlerweile erkannt, dass die Malerei immer noch als höchste Kunst galt, auch wenn die School of Art in anderen Bereichen wohl weit größere Erfolge feierte. Doch wer Metall trieb oder Leinen bestickte, war nie ganz so angesehen wie jemand, der Öl auf Leinwand kleckste, dachte sie respektlos. Was womöglich auch damit zu tun hatte, dass es oft Frauen waren, die sich im Design, in den sogenannten dekorativen Künsten, betätigten. Aber diese Frauen waren begabt und selbstbewusst und konnten in Zukunft dafür sorgen, dass man Design als Form der Kunst betrachtete und nicht als zweitrangige Tätigkeit. Damit wusste sie allerdings noch immer nicht, was Robinson von ihr wollte.

»Ich unterhalte gute Verbindungen nach London, Glasgow und Edinburgh.« Er legte eine Pause ein. »Es gibt durchaus Leute, die an dem, was Sie zu bieten haben, interessiert sein könnten. Damit meine ich vor allem Ihre stilisierten Pflanzen. Sie verkörpern den Geist der Glasgow School of Art, möchte ich sagen, und der ist momentan gefragt, vor allem im Ausland. Kontinentaleuropa.«

Olivia konnte ihm nicht ganz folgen, es klang hochtrabend. Den Geist verkörpern? Kontinentaleuropa? Was hatte das mit ihren Disteln und Hortensien zu tun?

»Haben Sie schon etwas verkauft, Miss MacLeod?«

Endlich kam er zur Sache, dachte sie erleichtert. »Ich habe eine Speisekarte entworfen. Für ein vegetarisches Restaurant.«

»Hm, eine Speisekarte also. Wie sieht es mit Porzellan aus?«

Sie räusperte sich. »Gelegentlich habe ich Entwürfe für Geschirr gezeichnet. Mit Porzellanmalerei kenne ich mich allerdings nicht aus.«

Er hob die Hand, um sie zu unterbrechen. »Die technische Seite müssen Sie nicht kennen, es geht zunächst nur um das Dekor. Die Umsetzung erledigen Fachleute. Hätten Sie Interesse daran, einen Probeentwurf für ein Teeservice zu machen? Tassen, Untertassen und Teller?«

Olivia schluckte, ihre Kehle war ganz trocken. Ausgerechnet Mr. Robinson, der sie gleich am ersten Tag eingeschüchtert hatte, gab ihr diese Chance? Warum gerade ihr? Und schon nach wenigen Monaten Studium? Sie vermochte es kaum zu glauben und antwortete, bevor sie es sich anders überlegen konnte. »Ja, das möchte ich sehr gern.«

»Gut. Sie haben Zeit bis Anfang März, dann brauche ich die Zeichnungen.«

Anfang März?, dachte sie beklommen. Sie musste doch den Entwurf für den Club anfertigen, dazu die anderen Arbeiten für die Schule und …

»Sie werden angemessen entlohnt«, fügte er hinzu, da er ihr Schweigen wohl falsch gedeutet hatte.

»Gewiss … vielen Dank«, stotterte Olivia.

Er beugte sich vor. »Ich muss Sie allerdings um äußerste Diskretion bitten. Sie werden verstehen, dass ich nicht allen Studenten diese Möglichkeit bieten kann. Ihre Arbeiten erscheinen mir jedoch für den Zweck geeignet. Hinzu kommt, dass die Firmen sehr darauf bedacht sind, ihre Neuheiten zu schützen, wegen der Konkurrenz. Sie verstehen.«

Ganz verstand Olivia nicht, doch das war ihr egal. Mr. Robinson mochte nicht der freundlichste Mensch auf Erden sein, aber niemand außer Miss Cranston hatte ihre Arbeit je so ernst genommen. Und darauf kam es an.

Ihr blieben etwa sechs Wochen für die Entwürfe. Das war nicht viel, wenn sie gleichzeitig im Teesalon arbeiten und zu Hause ihre Aufgaben für die School of Art und den Club erledigen wollte. Aber sie musste und würde es schaffen.

Eine Woche später saß sie abends am Küchentisch, vor sich das aufgeschlagene Skizzenheft, und kaute auf dem Stift. Die

Seite blieb hartnäckig weiß, die anfängliche Begeisterung war verflogen. Es lag daran, dass sie abends oft so erschöpft aus dem Teesalon kam, dass sie es kaum über sich brachte, noch ihre Entwürfe hervorzuholen. Miss Cranston schaute sie manchmal prüfend an, als wollte sie sich vergewissern, dass Olivia alles schaffte, was sie sich vorgenommen hatte. Dabei ahnte sie natürlich nicht, dass noch zwei weitere Aufgaben hinzugekommen waren.

Olivia kam sich undankbar vor, weil sie wusste, dass diese Aufgaben sie hätten glücklicher machen müssen. Doch neben der Sorge, die viele Arbeit nicht zu bewältigen, die Erwartungen, die Robinson und die Newberys in sie setzten, nicht zu erfüllen, nagte noch etwas anderes an ihr.

Sie dachte immer wieder an das Bild, das Gabriel ihr geschenkt hatte. An manchen Abenden holte sie es heraus, betrachtete es lange und strich behutsam mit den Fingern darüber. Einerseits war es ein persönliches Geschenk, andererseits hatte er keine Nachricht dazugelegt, nicht eine einzige Zeile, nur die knappen Worte auf dem Packpapier. Wollte er ihr beweisen, wie gut er malte? Sie damit beeindrucken? Oder ihr lediglich für den Spaziergang danken? Das alles war denkbar.

Aber hätte er sie dann kaum sichtbar auf dem Bild verewigt, ein gemaltes Augenzwinkern, das nur sie beide verstanden?

Nun, sie konnte grübeln, so viel sie wollte, sie würde es nicht herausfinden.

Also gab sie sich einen Ruck, spitzte erneut den Bleistift und begann draufloszuzeichnen. Hoffentlich würde die Arbeit sie endlich von den kreisenden Gedanken ablenken.

Glasgow, im Februar 1897

Lieber Gabriel,
ich hoffe, du bist wohlauf im fernen London, und ich wünsche dir nachträglich alles erdenklich Gute für das neue Jahr. Wir erinnern uns oft und gern an deinen Besuch und hoffen, dass du bald noch einmal den Weg nach Glasgow findest. Die Mädchen vermissen dich und fragen, wann du wieder mit ihnen im Flur Dosenfußball spielst.

Ich hatte eine üble Erkältung, von der ich mich nur langsam erholt habe, bin jetzt aber wieder gesund und halte meine Studentinnen auf Trab. Fra ist beschäftigt wie immer, tanzt auf allen Hochzeiten, unterrichtet, umgarnt Gönner, von denen er sich Schenkungen an die School of Art erhofft, und nun kommt der geplante Neubau hinzu.

Stell dir vor, es gibt einen Gewinner des Wettbewerbs, und er ist ganz nach Fras Herzen! Das Büro von Honeyman & Keppie hat gewonnen, und der Entwurf stammt von Mackintosh. Er ist kühn, sagt mein Mann, etwas noch nie Dagewesenes und dem freien, aufstrebenden Geist unserer Schule angemessen.

Nach meiner Genesung konnte ich endlich dein Geschenk an Miss MacLeod übergeben. Tatsächlich kam sie zu mir und erkundigte sich nach dir, hatte wohl gehofft, du seist noch in der Stadt, und sah ein wenig enttäuscht aus, als ich verneinte. Jedoch bin ich sicher, dass der Inhalt deines Paketes sie darüber hinweg getröstet hat.

Sie macht sich übrigens ausgezeichnet, woraufhin Fra sie eingeladen hat, am nächsten Wettbewerb des Clubs teilzunehmen. Ich bin gespannt, was sie einreichen wird.

Nun weißt du, was im nebligen, rauchigen Norden passiert. Schreib bitte, wie es dir in London ergeht. Ich hoffe, Dr. Adams ist ebenfalls wohlauf.

Herzlichste Grüße
Jessie

Gabriel ließ das Blatt sinken und klopfte nachdenklich mit dem Rand an seine Lippen. In den vergangenen Wochen hatte er viel gearbeitet und die Erinnerung an jene Stunden in Glasgow erfolgreich verdrängt. Nun aber sah er wieder helle Haare und graue Augen vor sich, ein schmales, ein wenig kühles Gesicht, das von Entschlossenheit zeugte, ernst war und doch von einem Moment zum anderen aufleuchten konnte wie die Sonne.

Seine Abreise war keine Flucht gewesen, er hatte nie vorgehabt, über Weihnachten in Glasgow zu bleiben, und doch war es ihm vorgekommen, als hätte er etwas unfertig zurückgelassen. Jessie hatte ihn mehr als einmal nachdenklich betrachtet, wenn sie sich unbeobachtet glaubte, und er hatte getan, als merke er es nicht. Doch sie musste etwas gespürt haben, als er von dem Tag mit Livia – sie war vom ersten Moment an Livia für ihn gewesen – zurückgekommen war. Aber sie schien ganz in ihrer künstlerischen Arbeit aufzugehen, und das war gut so. Vergessen würde er jene Stunden in Glasgow nicht, sie würden sich ab und an in seine Erinnerung stehlen, so wie jetzt, und dann wieder versinken.

Es hatte einige Augenblicke gegeben, in denen er sich Livia sehr nah gefühlt hatte, aber nun, aus der Distanz, wurde ihm klar, dass es nur Freundschaft sein durfte. Er hatte sein eigenes, besonderes Leben, und es war besser, wenn es sich nicht mit dem von Livia überschnitt.

Er wollte das Blatt gerade weglegen, als die Tür aufgeschlossen wurde und Harry hereinkam, die Haare zerzaust, das Gesicht müde und vom Wind gerötet. Er ließ die Arzttasche neben der Tür des Ateliers fallen, kam zu Gabriel und küsste ihn auf die Stirn.

»Ich brauche jetzt einen Tee und dich.«

»In dieser Reihenfolge?«, fragte er und schob den Brief rasch in den Umschlag zurück.

22

Olivias Herz hämmerte, als sie an Mr. Robinsons Tür klopfte. Es war Ende Februar, sie hatte ihre Entwürfe fertig. Sie hatte sie immer wieder überarbeitet und war in die Bibliothek gegangen, um botanische Zeichnungen zu studieren, weil zu dieser Jahreszeit draußen kaum etwas wuchs. Sie hätte lieber nach der Natur gezeichnet, aber da wären ihr im Februar nur Ginster und Schlüsselblume geblieben. Zuerst hatte sie natürlich an die Distel gedacht, sich dann aber dagegen entschieden, weil die Blüte untrennbar mit ihren Anfängen verbunden war und nur ganz persönlichen Arbeiten vorbehalten bleiben sollte.

Schließlich hatte sie vier Entwürfe ausgewählt, die für die vier Jahreszeiten standen – eine blaue Schlüsselblume, eine rote Mohnblume, violettes Heidekraut und die Mistel mit ihren weißen Beeren. Alle Pflanzen waren auf das Wesentliche reduziert: Form und Farbe.

Olivia hätte die Zeichnungen gern de Courcy gezeigt, ihr gesagt, dass Leute demnächst vielleicht aus Tassen trinken würden, die ihre Muster trugen, aber das wagte sie nicht. Mr. Robinson hatte ihr deutlich zu verstehen gegeben, dass der Auftrag diskret behandelt werden musste, und daran hatte sie sich gehalten.

Sicher durfte sie es ihrer Freundin sagen, wenn das Teeservice tatsächlich produziert wurde, doch bis dahin war es noch ein langer Weg. Erst einmal musste Mr. Robinson die Entwürfe annehmen und dann die Firma. Und danach dann dauerte es sicher noch, bis das Porzellan hergestellt und im Geschäft zu haben wäre.

Zum Glück hatte sie sich aber mit de Courcy über den School of Art Club austauschen können. »Es ist eine große Ehre, dass sie dich gefragt haben«, hatte die Freundin gesagt und war fast noch aufgeregter als Olivia gewesen. Es war schön, wenn sich jemand so mit ihr freute.

»Herein.«

Olivia trat ein und schloss die Tür hinter sich. Mr. Robinson schaute ihr wie immer kühl entgegen, dann fiel sein Blick auf ihre Mappe.

»Sie sind ja überpünktlich, Miss MacLeod. Darf ich sehen?« Er streckte die Hand aus, und sie reichte ihm die Mappe, zögernd, als gäbe sie etwas Kostbares her. Er schlug sie auf und ordnete die vier Zeichnungen im Quadrat an. Er betrachtete sie eingehend, ohne etwas zu sagen, und Olivia stand da, mit einer Hand die Stuhllehne umkrampft. Er hatte ihr keinen Platz angeboten. Sie begann zu schwitzen, obwohl es gar nicht warm war, und spürte, wie ihre Haare im Nacken feucht wurden.

Sei nicht nervös, mahnte sie sich, du hast nichts zu verlieren. Falls Robinson die Entwürfe nicht gefielen, würde sie sich ganz dem Entwurf für den Club und ihren anderen Tätigkeiten widmen. Als sie im letzten Sommer ihre Arbeiten bei den Newberys abgegeben hatte, war es um viel mehr gegangen – um ihre Zukunft.

Doch es half nicht, sie *wollte* Erfolg haben. Sie *wollte*, dass Robinson ihre Entwürfe lobte.

»Miss MacLeod?«

Sie sah auf und merkte erst jetzt, wie fest sie die Hände um die Lehne geschlossen hatte.

Er schob die Entwürfe wieder in die Mappe und klappte sie zu. Dann strich er sich über den Bart und sah sie prüfend an. »Die sind gut.«

Ihr Herz schlug schneller. »Das freut mich, Mr. Robinson.«

»Ob sie sich wirklich für ein Teeservice eignen, entscheide nicht ich. Ich gebe sie weiter. Sie hören von mir.«

Damit war sie entlassen.

Draußen im Flur blieb Olivia stehen und atmete tief durch. Ihre Gedanken liefen durcheinander, sie wusste nicht, ob sie sich freuen oder enttäuscht sein sollte. Hatte sie mehr Anerkennung erwartet? Robinson war dafür bekannt, dass er selten lobte. Wenn er etwas für »gut« befand, bedeutete das vermutlich viel.

Jedenfalls fühlte sie sich jetzt ruhiger. Sie hatte ihr Bestes gegeben und konnte nur abwarten, ob es für die Firma gut genug war. Während sie die Treppe hinunterging, fragte sie sich flüchtig, was Gabriel Jones wohl zu ihren Entwürfen gesagt hätte, verdrängte den Gedanken aber rasch.

Der kleine Hörsaal im Dachgeschoss der School of Art war brechend voll, die Leute saßen sogar auf dem Boden und in den Gängen. Olivia hatte sich zwischen de Courcy und Annie French gequetscht, die einige Jahre älter war als sie und deren Illustrationen sie sehr bewunderte. Sie hatte einmal erzählt, dass ihr Vater es am liebsten gehabt hätte, wenn alle seine Kinder Künstler geworden wären, und Olivia hatte staunend zugehört. Was würde Pa wohl sagen, wenn er sie jetzt hier sehen könnte?

Dann wurde es plötzlich still, weil Mr. Newbery vorn ans Pult trat und die Hände hob. Olivia verspürte ein nervöses Kribbeln. De Courcy hatte gesagt, er sei stets freundlich bei diesen Veranstaltungen und würze seine Urteile mit Witzen und Ermunterungen, sodass niemand entmutigt den Raum verließ, aber Olivia war dennoch nicht ganz wohl dabei.

Als sie Mr. Robinson ihre Entwürfe gezeigt hatte, waren sie allein gewesen; hier geschah das aber vor großem Publikum, vor lauter Frauen und Männern, die etwas von Kunst verstanden, die School of Art bereits verlassen oder zumindest mehr gelernt hatten als sie selbst.

Im Februar hatte Olivia wegen der Entwürfe für Robinson keine Zeit gehabt, letzte Woche dann aber endlich eine Arbeit für den Club eingereicht. Damit hatte sie sich von der Ungeduld abgelenkt, mit der sie auf eine Nachricht von Mr. Robinson wartete. Er verhielt sich im Unterricht streng und kritisch wie immer, doch das kümmerte sie nicht. Wenn er ihr im Flur begegnete, nickte er neuerdings. Das tat gut, doch sie hätte gern gewusst, wie ihre Entwürfe angekommen waren.

Olivias Arbeit für den Club war eine Schärpe, die sie mit »ihren« Disteln bestickt hatte. Sie hatte lange vorgezeichnet und ihre früheren Muster abgewandelt, immer wieder radiert und neu angefangen, weil sie einerseits originell sein, aber auch den Stil anklingen lassen wollte, für den die Schule berühmt geworden war.

Sie hatte so manches Blatt weggeworfen, bis sie endlich zufrieden gewesen war. Sie hatte einen einfachen hellgrünen Kattunstoff gewählt, weil sie von Mrs. Newbery gelernt hatte, dass Material nicht unbedingt teuer und kostbar sein musste.

»Sie müssen lernen, auf jedem Material zu sticken, ob Seide oder Baumwollstoff. Das Material gewinnt an Wert durch die

Gestaltung, nicht durch den Preis, den man im Geschäft dafür verlangt. Stickerei sollte für alle Klassen zugänglich sein und die Ausführung nicht daran scheitern, dass eine Frau sich das Material nicht leisten kann.«

Die Worte hatten Olivia nachhaltig beeindruckt, und so hatte sie aus den Stoffresten ihrer Mutter dieses hellgrüne Stück gewählt und dazu passendes Garn ausgesucht. Die Schärpe hatte sie selbst entworfen und genäht. Sie war eine Handbreit und wurde im Rücken mit einer gedrehten violetten Kordel gebunden. An den Kanten oben und unten verliefen zwei Linien in Rückstich, auch hier hatte sie sich für die einfachste Gestaltung entschieden. Sie dienten als Rahmen für die Distelblüten, die Olivia in regelmäßigen Abständen zwischen die Linien gesetzt hatte.

Wenn sie so konzentriert arbeitete, vergaß sie manchmal sogar Gabriel. Es war fast drei Monate her, dass sie ihn gesehen hatte. Anfangs hatte sie gehofft, er werde ihr schreiben oder sie über die Newberys grüßen lassen, doch das war nicht passiert.

Mit de Courcy konnte sie ab und an über ihn sprechen, fürchtete aber immer, zu viel zu sagen. Das Gefühl, das sie im Teesalon überkommen hatte, gehörte nur ihr, war eine Erinnerung, an der sie sich wärmen konnte, auch wenn sie zunehmend verblasste.

»Kommen wir jetzt zu einer Schärpe von Miss Olivia MacLeod«, riss Newbery Olivia aus ihren Gedanken, und sie zuckte zusammen.

Annie stieß sie an. »Ich wusste gar nicht, dass du etwas eingereicht hast. Jetzt bin ich aber gespannt.«

Newbery hielt die Schärpe in die Höhe und ging damit vor dem versammelten Publikum auf und ab. »Das Material ist

Kattun und Stickwolle. Beim Verschluss wurde auf Haken und Knöpfe verzichtet, die Kordel ist selbst gedreht und lässt sich zu einer dekorativen Schleife binden, die nicht im Rücken drückt. Meine Frau hat es übrigens ausprobiert, nicht ich, auch wenn mir Ihr Gelächter verrät, dass Ihnen das gefallen hätte.« Als sich die Belustigung gelegt hatte, fuhr er fort: »Nun zur Gestaltung: Sie sehen, dass das Muster ebenso einfach wie wirkungsvoll ist. Die Stilisierung der Distelblüte erinnert an die vielfach verwendete Rose, die Sie alle kennen und die zu einem Symbol für viele Künstler dieser Schule geworden ist. Aber die Schöpferin hat sie zu etwas Eigenem gemacht, indem sie sie zwischen zwei Linien gesetzt hat, beinahe als hätte sie ein liniertes Blatt beschrieben. Während viele Arbeiten im neuen Stil auf vertikale Linien setzen, hat Miss MacLeod geschickt die Horizontalen genutzt, um die senkrechten Blüten damit zu kontrastieren. Daher lautet mein Urteil: mit einfachen Mitteln große Wirkung erzielt. Eigene Handschrift. Einige Unsauberkeiten bei der Stichführung an den Säumen, aber wer will schon kalte Perfektion?«

Es gab tatsächlich Applaus, und Olivia wurde rot vor Freude.

Es folgten Zeichnungen, einige Metallarbeiten und eine emaillierte Brosche, bis Newbery schließlich das Ergebnis verkündete. »Im Wettbewerb für den Monat März siegt Miss Olivia MacLeod mit ihrer Schärpe!«

De Courcy umarmte sie stürmisch, Annie gratulierte – und Olivia konnte ihr Glück nicht fassen.

Ma lächelte, als Olivia ihr am Abend die Urkunde zeigte. Seit sie nicht mehr über Allie sprachen, herrschte eine Art Waffenstillstand zwischen ihnen. »Das ist wunderbar! Herzlichen Glückwunsch.«

Olivia war erleichtert über das Lob und lachte auf. »Das Einzige, woran Newbery gemäkelt hat, war die nicht ganz saubere Stichführung an den Säumen.«

»Wenn etwas zu makellos ist, wirkt es nicht mehr lebendig.«

»Genau das hat er auch gesagt, nur mit anderen Worten.«

Mary MacLeod war eine Frau mit klarem Blick. »Er scheint ein kluger Mann zu sein.«

Olivia setzte sich aufs Sofa und streckte die Beine aus. »Ja, das ist er«, sagte sie beinahe verträumt. »Er ist ein wunderbarer Lehrer. Selbst wenn er eine Arbeit kritisiert, kann man immer von ihm lernen. Und er macht einem Mut.«

»Das freut mich.« Etwas am Ton ihrer Mutter ließ sie aufblicken.

Ma sah Olivia ernst an. »Vielleicht gehörst du wirklich dorthin.«

Dieser kleine Satz bedeutete Olivia mehr als jede lange Rede. Die Mutter sprach nie gern über ihre Gefühle, und Eltern baten nicht um Entschuldigung für falsche Urteile, das hatte Olivia früh gelernt. Aber es war ein Anfang.

23

Mr. Robinson ließ Olivia bis weit in den März warten. Wann immer sie sich in der School of Art begegneten, hoffte sie auf einen Wink, auf die Aufforderung, zu ihm ins Büro zu kommen, doch es passierte nicht. Sie versuchte, sich mit dem Gewinn des Wettbewerbs zu trösten. Jessie Newbery hatte die

Schärpe auch im Unterricht ausdrücklich gelobt und ihr vorgeschlagen, weiter in diese Richtung zu arbeiten, doch wenn sie abends über ihren Aufgaben saß oder im Bett lag, ließen sich die Gedanken an das Teeservice nicht verdrängen.

Hatten dem Auftraggeber die Entwürfe nicht gefallen? Aber dann hätte Robinson es ihr gesagt. Oder sie waren für seine Zwecke nicht geeignet. Dann kam ihr ein anderer Gedanke: Was, wenn Robinson mehrere Studenten gefragt hatte? Das würde auch erklären, warum sie es für sich behalten sollte. Angenommen, vier oder zehn oder zwanzig Leute hatten ihre Entwürfe eingereicht, damit sich der Porzellanfabrikant den besten aussuchen konnte?

Es ärgerte Olivia, dass ihr so viel daran lag. Ihre Schärpe war ausgezeichnet worden, alle hatten sie schön gefunden. Neulich war sie an Mr. Moffats Restaurant vorbeigekommen, wo ihre Speisekarte im Fenster hing. Den Auftrag für das Teeservice nicht zu bekommen wäre nur ein Rückschlag nach mehreren Erfolgen.

Und doch ließ es ihr keine Ruhe. Mr. Robinson war einflussreich, auch wenn er noch nicht lange an der School of Art war. Er hatte sich in London einen Namen gemacht, das wussten alle, und wenn er eine Studentin förderte, hatte sie weit bessere Aussichten. Vor allem, wenn sie wie Olivia aus einem Arbeiterviertel kam und über keinerlei gesellschaftliche Beziehungen verfügte.

Sie bemitleidete sich nicht, das war nicht ihre Art, doch sie erlebte täglich, dass andere es leichter hatten, von ihren Eltern gefördert wurden wie Annie French, sich ganz auf ihr Studium konzentrieren konnten wie de Courcy, ein eigenes Zimmer oder Atelier besaßen wie Margaret und Frances.

An diesem Sonntagnachmittag saß sie am Küchentisch und

zeichnete. Als es klingelte, zuckte sie zusammen. Wer mochte das sein? Die Nachbarn klingelten nicht, sondern klopften oder kamen einfach herein.

»Ich mache auf, Ma.«

Im nächsten Augenblick sah sich Olivia Mr. Robinson gegenüber und wich unwillkürlich einen Schritt zurück. »Sir? Ich … kommen Sie bitte herein.«

In seinem eleganten Mantel mit dem Samtkragen nahm er sich wie ein Fremdkörper in ihrem Wohnzimmer aus. Mary MacLeod sprang auf.

»Das ist meine Mutter, Mrs. MacLeod. Ma, das ist Mr. Robinson von der School of Art.«

»Bitte nehmen Sie Platz, Sir. Ich hole Tee.« Es schien fast, als wäre Olivias Mutter dankbar, den Raum rasch verlassen zu können.

Und so war Olivia mit dem Zeichenlehrer allein. Er setzte sich und schaute sich um. »Bitte verzeihen Sie, dass ich ungebeten komme, aber ich wollte die Angelegenheit nicht in der Schule besprechen.« Er zog einen braunen Umschlag hervor und legte ihn auf den Tisch. »Das ist für Sie, Miss MacLeod, von der Firma Cameron Potteries. Man hat mich beauftragt, es Ihnen zu geben. Ich arbeite in beratender Eigenschaft mit Mr. Cameron, dem Eigentümer, zusammen.« Er lehnte sich zurück und verschränkte die Arme.

Olivia schluckte und schaute auf den Umschlag. Er war zu klein für ihre Entwürfe, außerdem wäre Mr. Robinson wohl kaum zu ihr in den Onslow Drive gekommen, um sie ihr zurückzugeben. Sie fühlte sich überrumpelt. Warum hatte er sich nicht angemeldet, dann hätte sie sich vorbereiten können … Egal, dafür war es zu spät.

Sie nahm den Umschlag. Er war überraschend schwer, und

etwas rutschte darin herum. Also kein Papier. Sie öffnete die Lasche und schüttete den Inhalt auf den Tisch.

Olivia konnte gut Kopfrechnen, was im Teesalon sehr nützlich war, und erkannte sofort die Summe: ein goldenes Pfund und zwanzig silberne Shilling-Münzen, das machte zwei Pfund oder acht Crowns oder vierzig Shilling oder vierhundertachtzig Pence! Außerhalb der Arbeit hatte sie noch nie so viel Geld auf einmal gesehen.

Sie schaute Mr. Robinson fragend an.

»Ihr Honorar, Miss MacLeod. Man nahm an, dass Sie Barzahlung vorziehen.«

Olivia sammelte die Münzen ein und schob sie wieder in den Umschlag. »Man … man hat meine Entwürfe also angenommen?«, fragte sie vorsichtig.

Er nickte. »Mr. Cameron war sehr angetan. Er weiß noch nicht, ob er alle verwenden kann, aber sie gefallen ihm. Das Honorar ist äußerst großzügig, muss ich sagen, Sie sind immerhin Anfängerin.«

»Natürlich, ich bin nicht unzufrieden wegen des Geldes! Ich … hatte nur auf eine genauere Beurteilung gehofft«, sagte sie und ärgerte sich, weil es ihr schwerfiel, die richtigen Worte zu finden.

Er lächelte nachsichtig. »Ich sehe, Sie müssen sich erst daran gewöhnen, Geschäfte zu machen. Dass man bezahlt wird, ist gewöhnlich Anerkennung genug, Miss MacLeod. Wir sind hier nicht bei Direktor Newbery, der einem lang und breit erklärt, warum etwas gelungen ist oder nicht. Eines kann ich Ihnen aber sagen: Cameron ist anspruchsvoll. Wenn er mit Ihrer Arbeit zufrieden ist, sind Sie auf dem richtigen Weg.«

»Danke«, sagte Olivia erleichtert.

Es sah aus, als wollte Mr. Robinson sich erheben, schien

sich dann aber auf etwas zu besinnen. »Ach, was ich Sie schon immer fragen wollte: Sie arbeiten bei Miss Cranston, nicht wahr?«

Olivia nickte. »Ja, schon seit einigen Jahren. Sie ist sehr großzügig und unterstützt mich auch bei meinem Studium.«

»Ihre Teesalons sind ein Schmuck für Glasgow«, sagte Mr. Robinson. »Wie ich hörte, hat sie noch größere Pläne?« Er schaute sie durchdringend an.

»Ja, im Mai ist Eröffnung in der Buchanan Street«, sagte Olivia eifrig und fühlte sich geschmeichelt, dass er ausgerechnet sie danach fragte. »Dieser Teesalon wird noch wunderbarer als die beiden anderen. Ich hatte Glück und durfte während der Bauarbeiten manchmal hingehen.«

Er strich sich über den Bart. »Walton und Mackintosh machen die Innenausstattung, richtig?«

Er schien wirklich an dem neuen Teesalon interessiert zu sein, dachte Olivia und antwortete: »Ja, wobei Mr. Walton alle Möbel entwirft und Mr. Mackintosh die Wandgestaltung übernimmt. Aber die ist etwas ganz Besonderes.« Sie spürte förmlich, wie ihre Augen leuchteten, als sie von der Schablonenmalerei schwärmte.

Robinson zog die Augenbrauen hoch. »Mir scheint, Sie bewundern Mackintosh.«

Olivia senkte verschämt den Blick. »Er hat mir einmal sehr geholfen. Vor allem aber ist er ein großer Künstler.«

»Ich denke auch, wir werden noch viel von ihm hören«, sagte Mr. Robinson, wobei sie nicht ganz sicher war, wie viel Begeisterung in seinen Worten lag. »Nun aber möchte ich Sie am Sonntag nicht länger aufhalten.«

Er erhob sich gerade, als Ma mit dem Tee hereinkam. »Verzeihen Sie, Mrs. MacLeod, aber ich muss mich leider empfehlen. Ich wünsche einen guten Tag.« Im nächsten Moment war er schon zur Tür hinaus.

Ma stellte das Tablett ab und schaute Olivia neugierig an, die Arme vor der Brust verschränkt. »Dein Zeichenlehrer besucht dich zu Hause? Am Sonntag?«

Statt einer Antwort schob Olivia ihr den Umschlag hin. »Ich habe zwei Pfund verdient.« Sie schüttete die Münzen wieder auf den Tisch.

Ihre Mutter sah sie ungläubig an und ließ sich auf einen Stuhl fallen. »Er hat dir das Geld gebracht?«

Olivia nickte und erzählte, wie es dazu gekommen war. Ma hörte zu, ihre Augen wurden immer größer.

»Die vier Jahreszeiten! Und das hast du für eine Firma gemacht?«

»Ja. Sie heißt Cameron. Und die haben mir so viel dafür gezahlt.« Dann schob sie ihrer Mutter einige Münzen hin. »Für die Miete, Ma. Endlich kann ich dir mehr geben, so wie Jamie.«

Sofort legte sich eine Hand über die Geldstücke und schob sie zurück. Ma räusperte sich. »Du gibst mir schon von deinem Lohn ab. Das hier solltest du sparen.«

Ihre Worte schienen in der Luft zu schweben, als wollte sie noch etwas hinzufügen, doch es kam nichts.

»Danke.« Olivia steckte die Münzen in den Umschlag und faltete ihn sorgsam, damit nichts herausfiel.

24

An einem nebligen Nachmittag Anfang April trat Olivia mit de Courcy aus dem Nebeneingang der School of Art in der Rose Street. Sie redeten durcheinander und bogen lachend um die Ecke in die Sauchiehall Street. Olivia genoss die seltenen Tage, an denen sie nicht im Teesalon arbeiten musste – es war ein Gefühl von Freiheit, nach dem Unterricht mit einer Freundin durch die Stadt zu schlendern und einfach zu tun, wonach ihr gerade war.

Mr. Robinson hatte außerhalb des Zeichensaals nicht mehr mit ihr gesprochen, seit er ihr das Geld gebracht hatte. Olivia sorgte sich nicht deswegen; sie wurde zunehmend sicherer und konnte immerhin erste Erfolge vorweisen. Margaret Macdonald hatte ihr sogar einen kleinen Brief geschrieben, nachdem sie den Wettbewerb gewonnen hatte, ihr gratuliert und sie eingeladen, doch einmal ins Gebäude des School of Art Club am Blythswood Square zu kommen.

Der Nebel wälzte sich wie ein grauer Strom durch die Sauchiehall Street, die Straßenlaternen waren nur schemenhafte gelbe Flecken. Olivia zog den Schal enger und wünschte sich nicht zum ersten Mal, Schottland wäre ein wenig freundlicher und wärmer.

»Hast du eigentlich schon mal daran gedacht, zu Hause auszuziehen?«, fragte de Courcy unvermittelt. Tatsächlich war es Olivia schon öfter durch den Kopf gegangen, und sie hatte Sehnsucht verspürt, genau wie ihre Freundin tun und lassen zu können, was sie wollte. »Ich will mir demnächst auch ein eigenes Atelier einrichten. Wäre das nicht etwas für dich?«

Einen Moment lang fragte sich Olivia beklommen, ob de Courcy irgendwie von den zwei Pfund erfahren hatte, die sie unter ihrem Bett aufbewahrte. Wie sonst sollte sie auf den Gedanken kommen, sie könne sich ein eigenes Zimmer oder gar eine Wohnung leisten? Doch natürlich konnte sie es nicht wissen, das war unmöglich.

»Habe ich was Falsches gesagt?«, fragte de Courcy besorgt und legte die Hand auf ihren Arm.

Olivia blieb vor einem Schaufenster stehen und schob die Hände in die Manteltaschen, horchte in sich hinein, um zu ergründen, wie sie ernsthaft darüber dachte. »Ich kann es mir nicht leisten«, sagte sie dann. »Und ich weiß auch nicht, ob ich Ma das antun kann. Sie ist schon so lange Witwe, und nächsten Monat heiratet Jamie. Trudie ist ein liebes Mädchen, Ma hat sie sehr gern, aber wenn ich auch noch gehe, wäre sie ganz allein …«

De Courcy lehnte sich mit dem Rücken an das Schaufenster und sah Olivia ernst an. »Das verstehe ich. Meine Eltern leben ganz woanders, darum brauchen meine Schwestern und ich keine Rücksicht zu nehmen. Aber du wohnst wirklich weit draußen. Wenn wir abends feiern, hast du immer diesen langen, einsamen Heimweg. Es würde dir guttun, aus Dennistoun herauszukommen, mitten in die Stadt. Stell dir vor, du hättest ein Zimmer in Garnethill, dann wärst du ganz nah beim Teesalon und der Schule. Das wäre doch praktisch! Und es ist dir ernst mit dem Studium, vielleicht ernster als uns allen. Du willst doch irgendwann nicht mehr als Kellnerin arbeiten, sondern von deinen künstlerischen Arbeiten leben, oder?«

Sie gingen langsam weiter. Natürlich wollte Olivia das. De Courcy wusste gar nicht, wie recht sie mit alldem hatte. Olivia hätte ihr so gern von Mr. Robinson erzählt, konnte es aber nicht. Wenn sie es tat und er davon erfuhr, wäre es wohl ihr letzter Auftrag gewesen.

De Courcy schien ihren Zwiespalt nicht zu bemerken und plauderte eifrig weiter. »Irgendwann müssen wir uns alle entscheiden. Wo wir leben und wie wir arbeiten möchten. Es sei denn, wir heiraten, dann wird es für uns entschieden. Also für die meisten von uns. Es gibt natürlich Ausnahmen wie Mrs. Newbery.«

Olivia erwachte mit einem Ruck aus ihren Gedanken. »Das kann ich mir gar nicht vorstellen«, sagte sie heftig, »also zu heiraten.«

Ihre Freundin schien überrascht, weil es so unvermittelt aus ihr herausgebrochen war. Also erzählte Olivia von Allie, wie gern sie ihn hatte, dass sie ihn vermisste und warum sie einander so fremd geworden waren. Dass sie seine Träume nicht teilte. Sie musste laut sprechen, um den Verkehrslärm zu übertönen. Straßenbahnen, Pferdefuhrwerke, klingelnde Fahrräder, all das wandelte sich in einen Teppich aus Lärm, der schwer über der Straße hing und durch den Nebel noch dumpfer klang.

»Du hast richtig entschieden, da bin ich mir sicher«, sagte De Courcy und fügte tröstend hinzu: »Vielleicht könnt ihr irgendwann wieder Freunde sein.«

»Das hoffe ich. Aber es setzt mich auch unter Druck.« Olivia suchte nach den richtigen Worten. »Ich habe für mein Studium auf eine Zukunft mit Allie verzichtet. Es kommt mir vor, als müsste ich jetzt unbedingt Erfolg als Künstlerin haben, weil …« Sie zuckte mit den Schultern.

»Weil es nicht umsonst gewesen sein darf?«

»Ja«, sagte sie und war dankbar, dass de Courcy sie so gut verstand. »Ich suche noch nach dem richtigen Weg. Newbery hat mal gesagt: ›Im Grunde ist es der Ausdruck der künstlerischen Persönlichkeit, der den Künstler ausmacht. Kunst ist möglicherweise und sogar wahrscheinlich eine Eigenschaft, die alle Menschen besitzen, doch nur derjenige, der jene Persönlichkeit ausdrückt, ob nun in Ton, Holz, Eisen oder etwas anderem, wird auch ein Künstler.‹«

»Holla«, sagte de Courcy verblüfft. »Du kannst Newbery *zitieren*?«

Olivia lächelte verlegen. »Es hat mir gefallen, also habe ich es aufgeschrieben.«

»Aber gibt es denn überhaupt den einen richtigen Weg?«, meinte ihre Freundin. »Wir alle haben mehrere Gebiete, auf denen wir arbeiten, und suchen nach den besten Wegen für uns. Denk nur an Mackintosh. Der bemalt nicht nur Miss Cranstons Wände, sondern baut uns auch eine neue Schule.«

»Nichts gegen Wandgestaltung«, sagte Olivia, der schon wieder leichter ums Herz war. »Im Mai eröffnet übrigens der neue Teesalon, die Wandbilder sind hinreißend geworden.«

Sie hatte mit eigenen Augen gesehen, wie Miss Cranstons Traum nach und nach Wirklichkeit geworden war. George Henry Walton war es gelungen, die schwerfällige Architektur mit seinen leichten Möbeln aufzulockern, und Mackintosh hatte mit seinen Farben und Formen eine neue Welt erschaffen. Sie konnte es gar nicht erwarten, die Eröffnung mitzuerleben.

»Siehst du.« De Courcy stieß sie in die Seite.

»Ich brauche einfach Zeit«, sagte Olivia mit fester Stimme. »Das ist mein erstes Jahr, ich möchte erst einiges ausprobieren und mir dann überlegen, wo ich wohnen werde.«

De Courcy schien das akzeptieren und rief munter: »Wie

wäre es mit etwas Süßem? An der nächsten Ecke ist eine Konditorei, du bist eingeladen!«

Sie waren fast da, als ihnen auf der gegenüberliegenden Straßenseite ein Paar entgegenkam. Olivia erkannte den Mann erst, als er fast mit ihnen auf einer Höhe war. Sie blieb abrupt stehen und sah den beiden nach.

Ihre Freundin zupfte sie ungeduldig am Ärmel. »Komm schon, mir ist kalt. Was ist denn los?«

Es war Allie gewesen, den Olivia seit Wochen nicht gesehen und mit dem sie seit Monaten nicht gesprochen hatte. Er trug einen neuen Anzug und hatte eine junge Frau untergehakt, deren schwarz gelockte Haare sich unter dem Hut hervorkringelten. Sie hatte zu ihm aufgeschaut und sehr verliebt ausgesehen, das konnte selbst der dichteste Nebel nicht verbergen. Und auch Allie hatte nur Augen für sie gehabt.

De Courcy schaute dem Paar hinterher. »Kennst du sie?«

Olivia schluckte. Sie hatte Allie unglaublich gern. Er war immer für sie da gewesen und hatte früh ihr Talent bemerkt. Und doch hatte Olivia gewusst, dass sie nicht zu ihm in dieses Restaurant gehörte, hatte nie bereut, dass sie sich für die Schule entschieden hatte. Warum also tat ihr dieser Anblick jetzt so weh?

»Ein alter Freund«, sagte sie nur und drehte sich abrupt zum Schaufenster der Konditorei um. Sie zeigte auf ein Törtchen mit einer kandierten Kirsche obendrauf. »Wenn du mich einlädst, nehme ich eins von denen.«

25

Die Begegnung mit Allie und der jungen Frau ließ Olivia keine Ruhe, und so fragte sie am nächsten Tag beim Abendessen ihre Mutter: »Sag mal, Ma, hat Mrs. Campbell erwähnt, dass Allie eine Freundin hat?«

Ma wirkte sie ein bisschen verlegen. »Wie kommst du darauf?«

Olivia berichtete von der Begegnung in der Sauchiehall Street. »Ich glaube, Allie hat mich nicht gesehen. Es war sehr neblig, und er war … abgelenkt.«

Ihre Mutter legte das Messer weg und stützte den Kopf in die Hand. »Das Mädchen ist die Schwester des Italieners, mit dem er das Restaurant betreibt. Sie heißt Valentina.«

Natürlich, daher auch die schwarzen Locken, dachte Olivia sofort. Sie hatte die junge Frau nur flüchtig gesehen, doch ihre Haut war auf eine Weise gebräunt, die nichts mit dem schottischen Frühling zu tun hatte.

»Das freut mich für ihn«, sagte sie und versuchte, gleichgültig zu klingen. Mas Gesicht verriet jedoch, dass es ihr nicht ganz gelang.

»Du wolltest ihn nicht.« Es war kein Vorwurf, sie stellte eine Tatsache fest.

Olivia zeichnete mit dem Löffelstiel Kreise auf die Tischdecke. »Es klingt gemein, aber du hast recht. Trotzdem fehlt mir seine Freundschaft«, sagte sie dann.

Ma sah sie prüfend an. »Wann habt ihr zuletzt miteinander geredet?«

Olivia runzelte die Stirn und überlegte. »Das muss vor

einem Jahr gewesen sein.« War es wirklich so lange her? Aber ja, im vergangenen März hatte das alles begonnen. »Als ich beschlossen habe, auf die School of Art zu gehen.« Und das mit dem »blöden Restaurant« gesagt habe, dachte Olivia, sprach es aber nicht aus. Sie hatte die Worte oft bereut und hätte alles dafür gegeben, sie zurücknehmen zu können.

»Ihr seid beide ganz schön dickköpfig«, sagte Ma. »Lorna hat angedeutet, dass es Allie ähnlich geht, du fehlst ihm auch. Er ist sehr in Valentina verliebt, und die beiden passen gut zueinander, aber er denkt immer noch oft an dich.«

Mehr sagte sie nicht, aber das war auch nicht nötig.

Eine Woche später stand Olivia mit klopfendem Herzen vor dem Restaurant, in der Hand ein Paket, das in braunes Papier gewickelt war und keinen Namen trug, sondern die Zeichnung einer Distel. Sie holte tief Luft und drückte die Klinke. Eigentlich war es noch zu früh für einen Restaurantbesuch, doch sie hatte ihre Pause genutzt, um rasch in die Hill Street zu eilen. Giovanni schaute ihr entgegen, runzelte kurz die Stirn und lächelte, als er sie erkannte. Dann eilte er mit ausgestreckter Hand auf sie zu. »Sie waren mit Alistair hier. *Buongiorno.*«

»Ja, ich bin Olivia MacLeod. Kann ich ihn sprechen?«

In diesem Augenblick trat die junge Frau namens Valentina aus der Küche und wischte sich die Hände an der Schürze ab. Sie schaute fragend von ihrem Bruder zu Olivia, und Giovanni ergriff sanft ihren Arm und sagte etwas auf Italienisch zu ihr, worauf sie in der Küche verschwand.

Olivia sah sich um. Zum Glück war sie schon einmal hier gewesen und hatte für ihr Geschenk daher Farben gewählt, die sie sonst nicht verwendet hätte: leuchtendes Rot, Weiß und

Blau, weil es zur Einrichtung passte. Die kleinen Tischdecken waren schnell genäht gewesen. In die Mitte hatte sie Kräuter gestickt, wie sie in der italienischen Küche verwendet wurden; die Abbildungen hatte sie in der Schule nachgeschlagen. Um den Rand lief wie ein endloses Band der italienische Ausdruck für »Guten Appetit«. Die Idee hatte sie sich bei Jessie Newbery abgeschaut, die bei ihren Stickereien gern Schriften verwendete.

Dann trat Allie zu ihnen und wurde rot, als er Olivia ansah. Giovanni bemerkte wohl, wie verlegen beide waren, und sagte rasch: »Ich muss in die Küche, gleich kommen die ersten Gäste.«

Olivia streckte die Hand mit dem Päckchen aus. »Das wollte ich dir bringen. Ein verspätetes Geschenk für euer Restaurant.«

Allie nahm es und schluckte. »Danke. Möchtest du … dich setzen?«

»Nein, ich kann nicht lange bleiben. Meine Pause ist gleich vorbei.«

Er löste die Kordel und schlug das Papier auseinander, entfaltete die Deckchen. Als er hochschaute, hatte er Tränen in den Augen. »Die hast du – für uns gemacht?«

»Für euer ›blödes‹ Restaurant«, stieß Olivia mutig hervor, und als er lachte, fiel ihr ein Stein vom Herzen.

»Die machen sich wunderbar in unserem blöden Restaurant.« Er strich sie liebevoll glatt, schaute sich rasch um und küsste Olivia flüchtig auf die Wange. »Ich bin froh, dass du gekommen bist. Wir haben beide etwas gutzumachen. Ich lade dich herzlich ein, mit einer Begleitung, zum Essen. Jederzeit.«

Sie wusste, mit wem sie gern gekommen wäre, schob den

Gedanken aber energisch beiseite. »Danke, das mache ich. Und, Allie – ich wünsche dir und Valentina alles Gute.«

Danach verließ sie eilig das Restaurant.

Anfang Mai würden Jamie und Trudie heiraten. Olivia bestickte einen Bettüberwurf, den sie selbst entworfen hatte und an dem sie viele Stunden saß. Morgens fiel ihr das Aufstehen schwer.

In der Ingram Street ging es geschäftig zu wie immer. Außerdem wollten viele Gäste schon Tische für die Buchanan Street reservieren, angelockt von den begeisterten Zeitungsartikeln, die von der originellen Einrichtung und den großzügigen Räumen schwärmten. Olivia ging oft mit schmerzenden Füßen und steifem Rücken heim und beugte sich danach noch über Zeichenaufgaben und Bettüberwurf.

»Ich glaube manchmal, du nimmst dir zu viel vor«, sagte de Courcy, als sie wieder einmal gähnend im Unterricht saß.

»Aber ich kann doch kein Geschenk für Jamie und Trudie *kaufen.*« Das hätte ihr Stolz nicht zugelassen. Sie bemerkte allerdings die besorgten Blicke, mit denen ihre Freundin und auch ihre Mutter sie bedachten.

Dann war das Geschenk endlich fertig, und sie nahm es mit zu de Courcy nach Hause, wo sie den Überwurf auf dem Esstisch ausbreitete. Ihre Freundin strich über den glatten Stoff und die gestickten Blumenranken, die sich wie ein Rahmen an den Kanten entlangzogen. Olivia hatte auf eine Inschrift verzichtet und stattdessen in der Mitte zwei Herzen ineinandergefügt, umgeben von Mond und Sternen. Sie hatte darauf geachtet, dass das Muster nicht überladen wirkte und sich zu einem einheitlichen Bild fügte.

»Das ist sehr schön«, sagte de Courcy begeistert. »Dein Bruder und seine Trudie können sich glücklich schätzen, etwas so Wunderbares für ihr Heim zu bekommen.«

Am 1. Mai, der für Glasgow ungewöhnlich warm und sonnig war, wurden Jamie und Trudie in St. Aloysius getraut. Die Braut war katholisch, und die Eltern wünschten es so. Ma hatte ein wenig die Augen verdreht, da sie von Katholiken im Allgemeinen nicht viel hielt, ihre künftige Schwiegertochter aber von Herzen liebte.

Danach feierten sie bei den Eltern der neuen Mrs. MacLeod. Sie hatten das Wohnzimmer ausgeräumt und eine Tafel aufgestellt, und alle Gäste drängten sich lachend hinein. Es duftete nach Braten und Kartoffeln, und Gläser klirrten, als Wein eingeschenkt wurde.

Ma schaute sich um und sagte leise zu Olivia: »Für Katholiken sind sie wirklich nett. Bis auf das da.« Sie nickte zu einem bunten Madonnenbild, vor dem eine kleine Kerze brannte.

Olivia presste die Lippen aufeinander, um nicht zu lachen. Da kam die Braut auf sie zu, und sie fielen einander in die Arme. »Ich wünsche euch ganz viel Glück«, sagte Olivia, worauf Trudie leise schluchzte. »Jetzt habe ich einen Mann und gleichzeitig eine Schwester bekommen.«

Olivia war gerührt. Dann löste sie sich aus der Umarmung und holte ihr Geschenk, das sie in Seidenpapier gewickelt hatte.

»Für euch. Ich hoffe, es versüßt euch die Träume.«

Trudie strahlte und öffnete das Päckchen. »Ist es etwas Selbstgemachtes?«

»Was dachtest du denn?«

»Oh! Der ist wunderschön. Schau nur, Ma!« Trudie stürmte

mit dem entfalteten Überwurf zu ihrer Mutter, und bald drängten sich alle Frauen um das Geschenk. Offenbar waren sie entzückt von Olivias Werk.

Ihr wurde ganz warm vor Freude. Menschen mit ihrer Arbeit glücklich zu machen war ein unvergleichliches Gefühl. Und es gab ihr Hoffnung, dass sie irgendwann von ihrer Arbeit leben, sich ein eigenes Atelier einrichten konnte.

Jamie kam mit einem Glas Wein und wollte mit ihr anstoßen. Er küsste sie auf die Wange und flüsterte ihr ins Ohr: »Ich hoffe, du findest irgendwann jemanden, mit dem du so glücklich sein kannst wie ich mit Trudie.«

Olivia lächelte. »Ich bin sehr glücklich an der School of Art. Alles andere wird sich ergeben.«

Er wollte etwas sagen, bremste sich aber.

»Raus mit der Sprache, Bruder. Woran denkst du?«

Er zog die Schultern hoch, als fühlte er sich nicht wohl in seiner Haut. »Ich habe Allie neulich getroffen. Er heiratet im Juni.«

»Die hübsche Valentina?«

»Ja.« Jamie schaute sie unsicher an. »Ich habe es dir nicht gesagt, damit du nicht traurig bist.«

Olivia stieß ihn freundschaftlich an. »Unsinn, ich freue mich für die beiden. Sie passen gut zueinander. Und jetzt solltest du zu deiner Braut gehen, sie scheint dich schon zu vermissen.«

Der liebe Jamie, dachte sie und seufzte leise. Sie war zwar bisweilen traurig, aber das hatte nichts mit Allie zu tun. Solange sie beschäftigt war, dachte sie nicht an Gabriel. Doch wenn ihr Geist zur Ruhe kam, meist abends vor dem Einschlafen, erinnerte sie sich an jenen Dezembertag. Und dann hörte sie seine Stimme, die *Livia* zu ihr sagte.

26

Am 5. Mai 1897 wurde Miss Cranstons neuer Teesalon in der Buchanan Street eröffnet. Die Zeitungen berichteten wie von einem politischen Großereignis, und in der Ingram Street herrschte hektische Betriebsamkeit. Bis zum letzten Tag hatte Miss Cranston Anweisungen erteilt, die Feierlichkeiten vorbereitet, mit der Presse gesprochen und Mr. Mackintosh und Mr. Walton in Schach gehalten, denen immer noch etwas einfiel, mit dem sie den Räumen den allerletzten Schliff verleihen wollten.

Irgendwann war ihr der Kragen geplatzt. »Nein, Charles«, hatte sie streng gesagt, »Sie werden diesen Pfau nicht übermalen. Er ist vollkommen, das wissen Sie genau. Gehen Sie nach Hause, und legen Sie sich hin. Oder nehmen Sie Baldrian, das beruhigt die Nerven. Und George, Sie können gleich mitgehen, die Stühle bleiben, wie sie sind.«

Olivia war schon um sechs in der Buchanan Street. Miss Cranston hatte Kellnerinnen und Küchenpersonal so früh herbestellt, damit auch wirklich nichts dem Zufall überlassen blieb. Die Kellnerinnen waren neu eingekleidet worden, und sie selbst hatte die Haare besonders sorgfältig frisiert. Eigentlich hätte Olivia an diesem Tag Unterricht gehabt, doch Direktor Newbery, der natürlich von der großen Eröffnung wusste, hatte verständnisvoll reagiert, als sie darum bat, der Schule ausnahmsweise fernbleiben zu dürfen.

Miss Cranston hatte vor einigen Tagen alle Angestellten herumgeführt und ihnen den fertigen Teesalon gezeigt, da sie sich ja ab dem ersten Arbeitstag perfekt auskennen mussten.

Olivia war überwältigt, da sie wusste, welch ungeheure Arbeit in diesen Räumen steckte. Im Keller war die Küche untergebracht, auf den vier Etagen darüber die Räume für Tee und Mittagessen sowie die Rauchergalerie und das Billardzimmer für die Herren. Sensationell war nicht nur die schiere Anzahl der Räume, sondern auch die Tatsache, dass es einen Personenaufzug gab, der von einer jungen Frau in Uniform bedient wurde.

Ging man von einem Raum in den nächsten, betrat man jedes Mal eine andere Welt. Mr. Waltons Teesalon im Erdgeschoss war dunkel getäfelt, mit rustikalen Deckenbalken. Er hatte statt Stühlen hölzerne Sitzbänke eingebaut. Sie besaßen hohe, schön geschnitzte Lehnen, sodass man wie in einer privaten Nische saß. Olivia gefiel es, wie er das Nützliche mit dem Ansehnlichen verbunden hatte.

Ihr liebstes Detail aber waren die Messer, deren Griffe bunt und damit allein schon ungewöhnlich waren. Mr. Walton hatte die meisten in Grün anfertigen lassen, einige aber in Violett, um dem Raum die gewünschten Farbtupfer zu verschaffen. Vor dem dunklen Holz nahmen sie sich wie Blumen und Blätter aus.

Doch wenn Olivia ehrlich war, mochte sie die Räume mit Mackintoshs Wänden am allerliebsten. Er hatte drei Etagen gestaltet und die Wände von Grün über Grün-Grau-Gelb bis hin zu Blau bemalen lassen, damit es aussah, als stiege man von der Erde zum Himmel empor. Im Lunch Room schmückten Pfauen und Bäume die Wände, ganz oben in der Rauchergalerie hatte er sich für Formen entschieden, die an Rauchringe, Totemfiguren und abstrakte Bäume erinnerten. Man fühlte sich wie in der Natur, aber auch wieder nicht, weil er die Pflanzen und Tiere in seinem ganz eigenen Stil gemalt hatte.

Auf der Etage dazwischen befand sich die Lunch-Galerie für die Damen, Olivias Lieblingsraum. Sie hoffte inständig, dass sie hier bedienen durfte. Die Wandbilder waren so schön, dass ihr beim ersten Anblick die Tränen gekommen waren. Große, hell gekleidete Frauengestalten mit dunklem Haar, die von wuchernden Rosen und stilisierten Bäumen umschlungen wurden. Mackintosh hatte sich von seinem eigenen Aquarell *Part Seen Part Imagined* inspirieren lassen und die Frauenfiguren hier leicht verändert wiederaufgenommen. Alles war in Grün, Rot und Violett gehalten, und die weißen Tischtücher und schlichten Stühle mit den geflochtenen Sitzflächen, die Mr. Walton entworfen hatte, lenkten nicht von der Pracht der Wände ab.

Die Bilder waren mit Pappschablonen aufgebracht worden, nach Mackintoshs Entwürfen angefertigt. Einmal hatte Olivia mitbekommen, wie er mit einem der Handwerker stritt, da dieser beim Entfernen der Schablone angeblich die Farbe verschmiert hatte. Mackintosh war vor- und zurückgetreten und hatte das Bild mit zusammengekniffenen Augen kritisch betrachtet, bis er sich davon überzeugt hatte, dass alles seine Ordnung hatte.

Olivia stahl sich nach hinten zum Lichtschacht und schaute hinauf zum verglasten Dach, durch das die Morgensonne fiel. Es war ein verzauberter Anblick.

»Es ist nicht vollkommen, aber wir haben unser Bestes gegeben.«

Mackintosh war neben sie getreten, und Olivia wurde ein bisschen nervös, da sie nicht wusste, ob sie gerade Kellnerin oder Kunststudentin für ihn war.

»Ich finde es wunderschön.«

»Das ist es«, sagte er selbstbewusst und deutete nach oben.

»Aber die protzige Holzdecke und das Treppengeländer im Obergeschoss sind grauenhaft. Da hat sich der falsche Architekt ausgetobt.« Bei diesen Worten zwinkerte er ihr zu und ging weiter, und Olivia verspürte pure Freude. Damit war ihre Frage beantwortet.

Sie wusste genau, was Mackintosh meinte. Der Architekt hatte mit grober Hand gearbeitet, doch den beiden Designern war es gelungen, alles hell und leicht erscheinen zu lassen. Dies waren Räume, in denen man sich nicht nur wohlfühlte, sondern die einen für die Zeit, die man hier verbrachte, in eine sorglosere Welt versetzten. Eine Welt, die nur dazu da war, Schönheit zu verbreiten. Ein Museum, in dem man nie auf Zehenspitzen gehen musste.

Olivia eilte in den Kellerraum, in dem sich die Kellnerinnen umzogen, und band die Schürze um. Sie trat vor den kleinen Wandspiegel und strich ihre Haare glatt. Dann stieg sie die Stufen wieder hinauf und gesellte sich zu den anderen, die auf den großen Augenblick warteten.

Bevor der Teesalon die Türen öffnete, versammelte Miss Cranston ihre Mannschaft. »Ihr wisst, heute ist ein großer Tag. Dies ist der außergewöhnlichste Teesalon der Stadt. Wer hierherkommt, soll später von nichts anderem mehr sprechen. ›Ich war bei Miss Cranston in der Buchanan Street‹, werden die Leute sagen, ›und es war wie eine Reise in eine neue Welt.‹ Das kann aber nur gelingen, wenn wir gut zusammenarbeiten. Unsere Künstler haben dafür gesorgt, dass die Räume als solche ein einmaliges Erlebnis bieten. Nun ist es an euch, es den Gästen so bequem und angenehm wie möglich zu machen. Ich verlasse mich auf jede Einzelne von euch.« Sie schaute in die Runde. »Ich hoffe, dass ihr mich auf meinem weiteren Weg begleitet. Denn ich habe beschlossen, auch die Ingram

Street völlig neu zu gestalten. Und nun wünsche ich uns allen einen erfolgreichen Tag!«

Olivia bemerkte einen extravagant gekleideten Herrn, der sich im Hintergrund hielt. Nun aber trat er zu Miss Cranston und küsste sie leicht auf die Wange. Der Bruder konnte es nicht sein, denn er war ihr größter Konkurrent und würde heute gewiss nicht in ihrem neuen Teesalon erscheinen. Also musste es ihr Mann sein, den Olivia noch nie gesehen hatte. Es hieß, er halte sich aus den Geschäften seiner Frau heraus, obwohl er sie finanziell unterstützte. Ihn umwehte ein Hauch von Geheimnis, weil ihn schlicht und einfach niemand kannte. Sie beobachtete, wie freundlich die beiden miteinander umgingen und wie sehr er ihr das Rampenlicht überließ.

Eine erstaunliche Ehe, dachte sie flüchtig.

Dann aber öffneten sich die Türen, und Fotografen und Reporter kamen mit Kameras und Notizblöcken herein. Die Kellnerinnen standen an den Plätzen, die man ihnen zugewiesen hatte, die Hände verschränkt, die Köpfe leicht gesenkt. »Nicht unterwürfig, aber dekorativ«, hatte Miss Cranston gefordert. Kameras blitzten auf, Stimmengewirr breitete sich in den Räumen aus, und es war ein bisschen wie eine Entweihung, dachte Olivia. Die Räume, die bisher nur von Handwerkern und Künstlern betreten worden waren, gehörten nun der ganzen Stadt.

Erst wenn die Presse den Teesalon verlassen hatte, durfte das Publikum herein. Durchs Fenster sah sie, wie sich die Leute vor dem Eingang drängten. Seit man den Bauzaun entfernt hatte, war die Neugier noch größer. Alle Tische waren reserviert, und Miss Cranston hatte wichtige Vertreter der Stadt eingeladen. Unter den Ehrengästen waren auch Fra und Jessie Newbery.

Olivia stand geduldig da, die Augen auf den Boden geheftet. Sie hörte Stifte auf Papier kratzen, als sich die Reporter Notizen machten, und fragte sich, wie ihr Urteil ausfallen mochte. Sie selbst fand diesen Teesalon ganz wunderbar, wusste aber aus Erfahrung, dass viele in Glasgow den neuen Stil nicht schätzten. Dass sie die lang gezogenen Figuren, die auf den Werken der Macdonalds und bei Mackintosh zu sehen waren, scheußlich und furchterregend fanden und es vor allem ablehnten, dass Frauen solche Bilder schufen.

Sie dachte an Allie und fragte sich, wie ihm der Teesalon gefallen würde. Vielleicht könnte er Valentina einmal hierher ausführen. Mrs. Campbell hatte Ma erzählt, dass er selten nach Hause kam und fast die ganze Zeit bei Giovanni, Valentina und deren Mutter verbrachte. Das konnte Olivia gut verstehen, denn eines hatte sie bei Miss Cranston gelernt: Es war viel Arbeit, ein Restaurant oder einen Teesalon zu führen und alles leicht und unbeschwert aussehen zu lassen. Die Gäste durften nicht merken, wie hart im Hintergrund gearbeitet wurde.

Dann hörte sie plötzlich eine Stimme, die alle Geräusche übertönte, und drehte sich verstohlen um.

Ein Mann stand bei den Newberys, die als Vertreter der School of Art schon in den Salon gedurft hatten, und schwärmte lautstark von einem italienischen Restaurant. Sein Gesicht sagte Olivia nichts: Kneifer, dunkle Haare, tief hängender Schnurrbart, unauffällig gekleidet.

Sie horchte auf, denn sie kannte nur ein italienisches Restaurant in Glasgow. Sollte es etwa …? Olivia rückte unauffällig ein wenig näher heran. Wenn ihre Vermutung stimmte, hätte sie Allie demnächst etwas zu erzählen.

»Innen war es recht einfach gehalten, das Essen aber war durchaus ansprechend. Die Oliven waren schmackhaft eingelegt, die Nudeln ganz frisch gemacht, wie man mir versicherte. Und sie bieten belegte Teigfladen an, die sich Pizza nennen, sehr zu empfehlen«, hörte sie ihn sagen.

Oh, es konnte nur »Giovanni e Mamma« sein, von dem er da redete! Das würde Allie gefallen. Doch bei den nächsten Worten erlebte Olivia eine Überraschung.

»Was mir besonders auffiel, waren die Tischdecken, kleine Mitteldeckchen waren das. Ich hätte schwören können, dass sie aus der School of Art stammen. Ich meine sogar, Ihre Handschrift, zumindest aber Ihren Einfluss darin entdeckt zu haben, Mrs. Newbery.«

Olivias Herz schlug heftig. Er lobte ihre Arbeit und hielt sie für das Werk einer anderen. Hatte sie ungewollt ihre Lehrerin kopiert? Würde sie Ärger deswegen bekommen?

»Nein«, hörte sie Mrs. Newbery sagen. »Ich habe keine Tischdecken für ein italienisches Restaurant angefertigt. Aber es könnte eine meiner Schülerinnen gewesen sein.«

Olivia hörte beklommen zu. Sie stand hier als Kellnerin, und es gehörte sich ganz und gar nicht, die Gespräche der Gäste zu belauschen. Andererseits schien der Mann aufrichtig an den Deckchen interessiert zu sein, und sie war stolz auf ihre Arbeit. Auch waren die Newberys immer sehr freundlich zu ihr gewesen. Also nahm sie allen Mut zusammen, drehte sich um und räusperte sich.

»Verzeihung?«

Drei Augenpaare schauten sie an, und Olivia bereute, dass sie so forsch gewesen war.

»Olivia, wie schön, Sie zu sehen«, sagte Jessie Newbery freundlich.

»Die Mitteldecken sind von mir«, stieß sie hervor und schaute dann zu Boden.

Mrs. Newbery machte große Augen, damit hatte sie wohl nicht gerechnet. »Tatsächlich? Darüber möchte ich nun aber mehr erfahren.«

Olivia berichtete ein wenig stockend von Allie, ihrer langen Freundschaft und wie sie nach einem passenden Geschenk für sein Restaurant gesucht hatte. »Ich habe mir Bilder von italienischen Kräutern angeschaut und sie als Vorlage verwendet. Und den Rand habe ich mit einem Schriftzug bestickt, guten Appetit auf Italienisch. Es gefällt mir so gut, wenn Sie Buchstaben sticken. Das hat mich inspiriert.«

Bevor Mrs. Newbery etwas sagen konnte, antwortete der Mann: »Darf ich mich vorstellen? Mein Name ist Gleeson White, ich schreibe für *The Studio*.« Eine berühmte Kunstzeitschrift, die sie aus der Schulbibliothek kannte! »Ihre Deckchen gefallen mir sehr. Ich werde noch einmal in dieses Restaurant gehen und sie fotografieren. Ich plane einen Artikel über neue Künstler in Glasgow und würde gern das Bild dafür verwenden, wenn es Ihnen recht ist. Wie lautet Ihr Name?« Er hatte ein kleines Notizbuch herausgeholt und sah sie abwartend an.

Sie war so aufgeregt, dass sie kaum ein Wort herausbrachte. »Olivia«, sagte sie dann. »Olivia MacLeod.«

27

Es war ein vollkommener Julitag. Die Sonne stand hoch am Himmel, und über den Wiesen lag das Zirpen der Grillen wie ein vielstimmiges Lied. Die Luft flimmerte in der Hitze, während träge Insekten um die Blumen schwirrten. Dann und wann ließen sie sich nieder, gaben sich aber wählerisch und torkelten nektartrunken weiter, sobald die nächste Blüte lockte.

Gabriel schob sich mit dem Unterarm die Locken aus der Stirn. Natürlich war es unsinnig, um die Mittagszeit herzukommen, aber es war ebendiese sonnengesättigte Atmosphäre, die er malen wollte. Der perfekte Hintergrund für das Bild, das er im Kopf entworfen hatte.

Die weite Wiese, die verzweigten Hecken, die überhängenden Äste der großen Linde, deren Duft ihm schwer in die Nase stieg, und davor Harry im weißen Hemd, der mit dem Rücken zu ihm saß. Er hatte das linke Bein ausgestreckt, das rechte angewinkelt und den Kopf in die rechte Hand gestützt. Ein Lufthauch fuhr durch seine blonden Haare.

Wieder atmete Gabriel tief den Duft der Linden ein. Er hatte ihn schon als Kind geliebt, nichts war für ihn enger mit den Sommern in Sussex verbunden. Er sah hoch zu den gelblich weißen Blüten, die bei jedem leichten Wind noch stärker dufteten.

Dann zwang er sich, wieder auf die Leinwand zu schauen. Er hatte die Staffelei nicht den Hügel hinaufgeschleppt, um später ohne Erfolgserlebnis nach Hause zu gehen. Gabriel mischte das Grün, das die Grundfarbe der Wiese bilden sollte, und setzte den Pinsel an, hielt aber inne. Etwas störte seine

Konzentration, und er wusste auch, was es war – die Erinnerung an Augenblicke in letzter Zeit, in denen Harry ihn prüfend angesehen hatte, in denen er eine unausgesprochene Frage zu stellen schien.

Und dann, als gäbe es eine Brücke zwischen ihren Gedanken, fragte Harry: »Was ist mit dir?«

Er hatte sich nicht umgedreht, und seine Stimme war so leise, dass Gabriel sich anstrengen musste, um ihn zu verstehen. Es kam ihm vor, als hätte Harry erst jetzt, da sie einander länger nicht anschauten, den Mut gefunden, ihn das zu fragen.

»Was meinst du?«

»Du bist schon länger so seltsam, irgendwie verändert. Eigentlich seit du aus Schottland zurück bist.« Er klang ungeduldig, drehte sich aber nicht um.

Gabriel zog breite grüne Striche, aus denen er später mit einem dunkleren Ton die Struktur des Grases herausarbeiten wollte. Er versuchte, sich auf das Malen zu konzentrieren, auch wenn sein Herz heftig schlug.

»Ich verstehe immer noch nicht, was du meinst.«

»Du bist wirkst geistesabwesend, als wärst du gar nicht richtig da.«

Gabriel schüttelte den Kopf, obwohl Harry es nicht sehen konnte.

»Unsinn. Ich habe in Schottland die eine oder andere Anregung bekommen, die mich beschäftigt. Und es gibt durchaus interessante Leute an der School of Art. Aber ich wüsste nicht, weshalb es mich in irgendeiner Weise verändert haben sollte.«

»Und doch ist es so.«

»Hatte ich dir erzählt, dass es Robinson dorthin verschlagen hat? Zum Glück sind wir uns nicht begegnet. Ich weiß nicht, ob ich mich hätte beherrschen können, wenn er mir nach all der Zeit gegenübergestanden hätte. Wenn es jemanden gibt, den ich verabscheue, dann ist es dieser Mann.«

Doch Harry ließ sich nicht ablenken. »Es ist, als wärst du nicht ganz von dort zurückgekommen. Als wäre ein Teil von dir in Glasgow geblieben.«

Gabriel atmete tief durch, legte den Pinsel weg und wischte sich die Hände an der ausgebeulten Hose ab. Er griff nach der Limonadenflasche und trank einen Schluck, zündete sich eine Zigarette an. Schließlich wurde ihm klar, dass er etwas hinauszögerte, doch was das war, wusste er selbst nicht. Er ging mit der Flasche zu Harry und hielt sie ihm hin. »Limonade?«

Harry nahm sie und trank. Dann begann er, mit dem Bügelverschluss zu spielen. »Fährst du wieder hin?«

Mit dieser Frage hatte Gabriel nicht gerechnet. Er beschrieb mit der Schuhspitze einen Halbkreis im Gras. »Newbery macht eine ausgezeichnete Arbeit. Und sie wollen ein neues Gebäude für die Schule errichten. Ich habe den Architekten kurz kennengelernt. Charles Rennie Mackintosh, du hast sicher von ihm gehört, er ist ungeheuer begabt.«

Harry ließ sich nach hinten fallen und verschränkte die Hände hinter dem Kopf. Er rupfte einen Grashalm aus und steckte ihn in den Mund. »Sieht er gut aus?«

Gabriel musste lachen.

»Na, sag schon.«

»Wenn du ihm begegnet wärst, würdest du mich das nicht fragen. Er ist ein Mann, bei dem sich eine solche Frage gar nicht stellt. Außerdem scheint er großen Gefallen an seiner Künstlerkollegin Margaret Macdonald zu finden.« Er war insgeheim erleichtert, dass Harry sich auf Mackintosh gestürzt hatte. Über ihn konnte er frei und ungezwungen reden.

»Solange *du* nicht Gefallen an einer Künstlerkollegin findest, bin ich beruhigt.«

Gabriel drehte sich abrupt um und kehrte an die Staffelei zurück. »Setz dich bitte wie vorher hin«, sagte er knapp und malte weiter.

28

Anfang August gab Miss Cranston Olivia zehn Tage Urlaub. Der erste Trubel nach der Neueröffnung hatte sich gelegt, und viele Gäste verbrachten die Sommertage in den Bergen oder auf dem Land. Eigentlich hätte sie lieber während des Semesters freigehabt, um sich einmal so zu fühlen wie ihre Kommilitoninnen, vermochte Miss Cranstons großzügigen Vorschlag aber nicht abzulehnen.

Sie beschloss, das Beste daraus zu machen und in der Necropolis zu zeichnen. Sie entdeckte immer neue Pflanzen, die sie für ihre Entwürfe verwenden konnte. An diesen sonnigen Tagen machte es ihr nichts aus, stundenlang über den Friedhof zu streifen, und nach drei Tagen hatte sie schon eine ganze Mappe beisammen.

Als sie am späten Nachmittag nach Hause kam, entdeckte sie einen Brief auf dem Küchentisch. Er war für sie, von de Courcy. Olivia riss ihn auf und überflog die wenigen Zeilen.

Wir machen morgen einen Ausflug. 8.30 Uhr, Broomielaw. Das ist ein vorgezogenes Geburtstagsgeschenk.
Herzlich
De Courcy

Olivia wurde plötzlich ganz aufgeregt. In Broomielaw legten die Dampfschiffe ab, die den Clyde hinunterfuhren und Tagesausflüge nach Rothesay oder Largs anboten. An den Wochenenden drängten sich dort die Menschen.

Sie las noch einmal den letzten Satz. Natürlich hatte de Courcy den Geburtstag erwähnt, weil sie wusste, dass ihre Freundin kein Geld für Schiffsausflüge hatte, und damit jeden Widerspruch sofort erstickt.

»Ma!«, rief sie aufgeregt, »ich fahre morgen mit dem Schiff! De Courcy schenkt mir zum Geburtstag einen Ausflug!«

Am nächsten Morgen war Olivia schon um fünf Uhr hellwach und sprang aus dem Bett. Sie wusch sich, zog sich besonders sorgfältig an und machte für Ma und sich Frühstück. Sie zwang sich, reichlich zu essen, weil sie nicht wusste, wann sie das nächste Mal etwas bekäme. Schließlich konnte sie nicht erwarten, dass de Courcy neben der Schiffsfahrkarte auch noch ihre Verpflegung bezahlte. Also richtete sie einige Sandwiches her und packte zwei Äpfel und eine Tüte Kekse dazu.

»Dein Strohhut«, sagte Ma, als sie schon fast zur Tür hinaus war. »Aber halt ihn gut fest, sonst landet er im Fluss.«

Olivia ging die George Street entlang, als müsste sie zur Arbeit, bog dann aber nach links in die High Street ab, die zum Clyde hinunterführte. Die Sonne schien schon warm, und die Schatten der Häuser zeichneten gezackte Muster vor ihr auf das Pflaster. Überall waren Männer in Hemdsärmeln und Tweedmützen unterwegs zur Arbeit, Pferdefuhrwerke rollten zum Hafen hinunter. Selbst die grauen Häuser sahen im Sonnenlicht ein wenig heller aus als sonst. Zuletzt war sie mit Gabriel hier gewesen, an einem eiskalten Dezembertag, der gegen Abend Schnee gebracht hatte. Olivia straffte die Schultern, als könnte sie die Erinnerung damit verdrängen.

Sie schwang beim Gehen ihre Tasche und genoss das Gefühl, nicht zu wissen, was der Tag ihr bringen würde. Das kam schließlich selten genug vor.

Und dann dieses unerwartete Geschenk!

Fast hätte sie die Abzweigung Bridgegate verpasst und eilte rasch über die Straße. Hinunter bis zur Clyde Street, geradeaus, unter der Eisenbahnbrücke hindurch, dann war sie am Ziel.

Broomielaw war nur auf der rechten Seite bebaut, gegenüber befanden sich Lagerhäuser und die Anlegestellen der Dampfer. Die Geschäfte hatten schon die Markisen ausgefahren, die Hotels ihre Werbeschilder auf den Gehweg gestellt. Auf der Straße rollten hochbeladene Fuhrwerke, die die Waren von den Schiffen in die Stadt brachten. Ein Stück weiter ragte der runde Turm des Seemannsheims empor, von dem aus man den ganzen Hafen überblickte.

Schwarzer Qualm stieg von den Dampfern in die Höhe und verdeckte das klare Blau des Himmels, das sie vorhin noch bewundert hatte. Es roch auch nicht besonders gut, aber das trübte ihre Vorfreude nicht.

Olivia holte de Courcys Brief aus der Jackentasche. *8.30 Uhr, Broomielaw.* Sie schaute über die geschäftige Straße und fragte sich, wie sie die Freundin hier finden sollte. Vielleicht hätten sie einen genaueren Treffpunkt …

»Hier drüben! Olivia!«

De Courcy stand schräg gegenüber auf einer umgedrehten Kiste und schwenkte ihren Hut.

Sie eilte über die Straße und blieb strahlend vor der Freundin stehen. »Danke! Was für eine Überraschung!«

De Courcy zuckte mit den Schultern. »Ach, das war ganz egoistisch, ich wollte selbst gern nach Rothesay.« Ein Clyde-Dampfer konnte nicht sonderlich aufregend für eine Frau sein, die in Ceylon aufgewachsen und mit einem Ozeanschiff nach Großbritannien gekommen war, doch sie wirkte ehrlich begeistert, und das fand Olivia wunderbar.

»Na los, sonst fahren sie ohne uns.«

De Courcy zog sie am Arm zum Anleger, wo die *Marquis of Lorne* ihren Qualm in die Luft blies. Sonntags herrschte fürchterliches Gedränge, wie de Courcy atemlos erzählte, weil dann alle freihatten und über den Clyde schippern wollten. »Ein Glück, dass du nicht arbeiten musst und wir unter der Woche fahren können. So können wir uns die besten Plätze an Deck aussuchen.«

An der Gangway stand ein Mann in blauer Uniform und Schirmmütze, der sehr offiziell aussah. De Courcy zeigte die Fahrkarten vor und eilte an Deck, wo sie stehen blieb und sich im Kreis drehte. »Wir fahren in diese Richtung … also da!« Sie deutete auf eine Bank ganz vorn am Bug. Diese war aus dunklem Holz und so glatt, dass sich die Sonne darin spiegelte. »Von da aus haben wir den besten Blick.«

Die beiden jungen Frauen setzten sich. Olivia drückte den Arm ihrer Freundin. »Noch mal danke. Das ist das beste Geburtstagsgeschenk, damit hätte ich nie gerechnet.«

»Das solltest du auch nicht.«

Sie dachte flüchtig an ein anderes Geschenk, das sie vor

Jahren bekommen und das sie, wenn auch auf andere Weise, ähnlich glücklich gemacht hatte.

Offenbar hatte de Courcy ihren Gesichtsausdruck bemerkt, denn sie fragte: »Was ist denn?«

Und so erzählte Olivia ihr von Allie und den Buntstiften.

»Das war der junge Mann, den wir in der Sauchiehall Street gesehen haben, richtig?«

Sie nickte.

Dann wurde die Gangway eingezogen, und das Schiff vibrierte, als sich die Schaufelräder, die in den gewaltigen halbrunden Kästen verborgen waren, zu drehen begannen. Langsam glitt die *Marquis of Lorne* auf den Clyde hinaus, und Olivia sprang unwillkürlich auf und stellte sich ganz vorn an den spitzen Bug. Sie hatte die Stadt noch nie vom Fluss aus gesehen und staunte, wie anders Glasgow jetzt wirkte.

Der Hafen mit seinen Kränen, die wie eiserne Arme in den Himmel ragten, und den gewaltigen Docks, in denen Handelsschiffe aus aller Welt lagen, schien eine eigene Welt zu sein. An den Kais wimmelten Arbeiter, die Schiffe entluden, Karren schoben und schwere Säcke hievten. Olivia stellte sich vor, welcher Lärm dort herrschen musste, doch der Clyde schien alle Laute zu verschlucken, sodass man nur die kreischenden Möwen und das Stampfen der Maschinen hörte.

»Olivia?«

Sie drehte sich um, etwas verlegen, da sie einen Moment lang vergessen hatte, dass sie nicht allein war.

»Ich muss dir was zeigen.«

De Courcy hatte auch eine Tasche dabei, aus der sie jedoch keinen Proviant, sondern einen braunen Umschlag holte. »Schau rein.«

Olivia zog eine in hellgrünes Leinen gebundene Zeitschrift

heraus. In einem goldgeprägten Rahmen aus stilisierten Ranken stand The Studio, darunter, ebenfalls in Goldschrift, Band elf. Sie sah ihre Freundin fragend an, bevor ihr ein Gedanke kam.

Die Eröffnung des neuen Teesalons, der Kunstkritiker, ihre vorlaute Bemerkung über die Tischdeckchen. Sollte er tatsächlich …?

»Seite 86, nun mach schon«, drängte de Courcy und wackelte ungeduldig auf der Sitzbank herum.

Die Titelseite war einfach gehalten:

THE STUDIO

Eine illustrierte Zeitschrift für die schönen und angewandten Künste

Band Elf

Unten waren eine Adresse und das Jahr des Erscheinens angegeben. Olivia blätterte rasch zu Seite 86.

»Der Artikel fängt hier an, aber das Wichtige steht auf Seite 88«, sagte de Courcy.

Einige Designer aus Glasgow und ihre Arbeiten lautete die Überschrift, der Verfasser war Gleeson White. Die erste Abbildung war ein metallener Spiegelrahmen von Frances MacDonald.

Und die zweite eine ihrer Tischdecken!

Darunter stand: *»Italienische Kräuter«, Stickerei auf Leinen, Olivia MacLeod.*

»Und dort.« De Courcy zeigte auf den Text.

»Die neueste und individuellste Kunst, die man zurzeit in Glasgow sehen kann, ist zweifellos jene, die man in den Werken der Misses Macdonald, bei Mrs. F. E. Newbery, Mr. Charles Mackintosh, Mr. J. Herbert McNair und Mr. Talwin Morris sieht. Erwähnen möchte ich auch die sehr junge, aber vielversprechende Miss O. MacLeod.«

Olivia konnte es nicht glauben. Eine Fotografie ihres Deckchens, ihr Name und ein Lob dazu! Plötzlich brannten ihre Augen, und sie musste sie zukneifen, um die Tränen zu verdrängen. Eine sanfte Hand legte sich auf ihren Arm. »Gratuliere, Liebes, das freut mich so für dich.«

Sie schaute de Courcy an und las nur ehrliche Freude in ihrem Gesicht. Dann musste sie lachen.

»Was ist los?«

Olivia erzählte, wie sie sich bei der Eröffnung des Teesalons ins Gespräch gemischt hatte. »Ich wäre am liebsten im Boden versunken, als es heraus war. Es kam mir auf einmal furchtbar dreist vor.«

»Ach was! Der Mann wollte wissen, von wem die Deckchen waren, also hast du es ihm gesagt.« Dann grinste die Freundin verstohlen. »Es ist übrigens nicht ganz erlaubt, was ich hier mache. Das ist die Ausgabe der Bibliothek, gerade neu hereingekommen. Ich habe sie offiziell ausgeliehen, aber es ist nicht vorgesehen, dass man eine Schiffstour damit unternimmt.«

Olivia lächelte und reichte ihr die Zeitschrift vorsichtig zurück, strich aber noch einmal über den Einband, als könnte sie so etwas von dem Glück bewahren.

Sie schaute sich um und merkte, dass sie den Hafen hinter sich gelassen hatten. Die Häuser wurden weniger, die Landschaft grüner, aber es dauerte noch eine Weile, bis sich der Fluss öffnete und zum Firth of Clyde wurde.

De Courcy hatte eine Karte auf den Knien ausgebreitet und deutete auf die Orte, an denen sie vorbeifuhren. Sanfte Hügel, kahle Bergkuppen, die braun aus grünem Wald und Gras hervorschauten, flache Strände, die sich im Wasser verloren. Über ihnen segelten Möwen und stießen kreischend hinab, wenn sie Fische erspähten oder ein Fahrgast ein Stückchen Brot über Bord warf.

Olivia atmete tief durch. »Die Luft ist so anders als in Glasgow«, sagte sie staunend. »Es riecht nur nach – Salz?«

»Nach Meer, das klingt schöner«, meinte de Courcy. »Ich habe viele Gerüche erlebt, vor allem damals in Ceylon. Gewürze, exotische Blumen, Räucherwerk. Aber es geht nichts über das Meer in Schottland.«

»Ich habe bisher so viel versäumt«, sagte Olivia, ohne lange nachzudenken. »Ich habe so wenig gesehen.« Dann wurde sie rot, weil es sich für sie anhörte, als missgönnte sie es der Freundin, dass sie so weit herumgekommen war.

Doch de Courcy kümmerte das nicht. »Du hast noch Zeit. Nach diesem Artikel würde es mich nicht wundern, wenn man dich irgendwann ins Ausland einlädt. Stell dir vor, Wien oder Paris oder Brüssel … Wäre das nicht aufregend?«

Olivia wagte kaum, so weit in die Zukunft zu denken, nickte aber. An einem Tag wie diesem durfte sie sich einen Traum erlauben.

Sie lehnte sich zurück, nahm den Hut ab und ließ sich den Wind durch die Haare fahren.

Sie schrak zusammen, als ein Schatten über sie fiel und eine raue Männerstimme sagte: »Na, ganz allein, Ladys?«

Vor ihr stand ein junger Bursche mit sommersprossigem Gesicht, dessen breites Grinsen Zahnlücken enthüllte. Er hatte die Tweedmütze verwegen auf den Hinterkopf geschoben. Aus dem Augenwinkel sah sie, wie de Courcys Hände die Holzbank fester umfassten.

Sie selbst verschränkte die Arme und schaute den Mann gelassen an. »Ja, und das wollen wir auch bleiben.«

Ihm klappte der Mund auf. Er sah aus, als wollte er noch etwas sagen, doch Olivia fügte hinzu: »Du stehst uns in der Sonne.«

Er verschwand mit roten Ohren.

De Courcy schaute sie überrascht an. »Erstaunlich, wie du ihn abserviert hast. Ich dachte, ich wäre eine fortschrittliche Frau, nicht zuletzt deshalb, weil ich mit Metall arbeite, was lange nur für Männer vorgesehen war. Doch wenn es darum geht, einen dreisten Kerl wie den hier loszuwerden, hast du mir eindeutig etwas voraus.«

Olivia lehnte sich zufrieden zurück. Es gab Dinge, die lernte man auf dem Schulhof in Dennistoun und nicht auf einer Teeplantage in Ceylon.

29

Donald Cameron bot Mr. Robinson einen Platz und einen Whisky an. »Zigarre?«

Er nahm dankend an und neigte sich zu dem brennenden Streichholz, das ihm der Fabrikant entgegenhielt. Dann schaute er sich in der holzgetäfelten Bibliothek um, die selbstbewusste Männlichkeit ausstrahlte. Es roch nach Leder und Tabak, die Bücher wirkten eindrucksvoll, aber ungelesen mit ihren makellosen goldgeprägten Rücken. Es war ein Raum, in dem man nicht über Literatur sprach, sondern Geschäfte abschloss. Und das war ihm auch ganz recht, dafür war er schließlich hergekommen.

»Ich bin kein Freund langer Vorreden«, begann Cameron.

»Ich auch nicht.«

»Umso besser. Buchanan Street ist in aller Munde. Mein Geschmack ist es nicht, zu feminin, aber der Billardraum soll ganz ansprechend sein.«

»Das ist er in der Tat. Der Teesalon wird sehr gut angenommen, an manchen Tagen bekommt man keinen Tisch. Und wie es scheint, wird Miss Cranstons Ruhm auch über die Grenzen Glasgows hinaus wachsen. In der neuesten Ausgabe von *The Studio* beschreibt Gleeson White den Teesalon und lobt dabei Mackintoshs Arbeiten. Das wird Kunstinteressierte in die Stadt locken.«

Der Fabrikant klopfte achtlos die Zigarrenasche ab. »Robinson, Sie wissen, dass ich den schönen Künsten nicht viel abgewinnen kann. Das Einrichten überlasse ich meiner Frau, damit vertreibt sie sich die Langeweile. Aber ich erkenne eine Goldgrube, wenn ich sie sehe. Es gibt hier Teesalons wie Sand am Meer.« Er beugte sich vor. »Aber ich denke an eine Kette, die künstlerisch anmutet. Die *Four Seasons Tea Rooms*. Zunächst in Glasgow, Edinburgh und Aberdeen. Bei Erfolg expandieren wir nach England und Dublin, später vielleicht auch auf den Kontinent. Was halten Sie als Mann vom Fach davon?«

Robinson ließ sich Zeit mit der Antwort. Cameron neigte gelegentlich dazu, einen mit seinen Ideen zu überrumpeln. Die *Four Seasons Tea Rooms?*

»Darf ich fragen, wie Sie auf den Namen gekommen sind?«

»Ha, das müssten Sie eigentlich am besten wissen.« Cameron rieb sich das bärtige Kinn. »Diese Entwürfe vom März, für das Teeservice.«

»Das Sie bisher nicht produziert haben«, warf Robinson unwillig ein.

»Aus gutem Grund. Mir kam damals schon eine weit umfassendere Idee.« Er spreizte die Finger und beschrieb mit den Händen einen großen Bogen. »Aber dafür brauche ich mehr, das nach diesem Muster gestaltet ist: Servietten, Tischdecken, Bilder, meinetwegen sogar Teppiche. Etwas Großes bricht man nicht übers Knie, Robinson.«

Mr. Robinson lächelte beflissen. »Sehr vernünftig. Und dafür benötigen Sie meine Hilfe, nehme ich an.«

»So ist es. Sie haben mir die Entwürfe für das Service besorgt. Jetzt brauche ich das ganze Paket. Am besten vom selben Künstler. Sie wissen, ich bin anspruchsvoll und zahle gut.«

Robinson lehnte sich zufrieden zurück. »Das will ich hoffen. Die Künstlerin, die das Teeservice entworfen hat, wurde bereits in *The Studio* erwähnt. Sie könnte eine große Karriere vor sich haben.«

Cameron sollte wissen, dass er im Preis höher gehen musste, wenn er exklusive Entwürfe von Olivia MacLeod haben wollte, wodurch auch seine eigene Provision stiege. Doch er hütete sich, ihren Namen zu nennen, denn er wollte die einzige Verbindung zwischen ihr und Donald Cameron bleiben.

Olivia hatte immer gern kleine Dinge gezeichnet wie die Pflanzen, die sie in die Hand nehmen und aus der Nähe betrachten konnte. Doch als sie nun auf dem Dampfer fuhr und die weite Landschaft sah, die Berge und flachen Strände, die tiefen, engen Buchten, die wie ins Gestein geschnitten wirkten, kamen ihr ganz neue Ideen.

Sie holte ihr Skizzenheft aus der Tasche, wobei die Sandwiches herausfielen. »Oh, die habe ich für uns mitgebracht«, sagte sie lachend und hielt de Courcy das Päckchen hin. »Such dir eins aus.«

Ihre Freundin schaute kauend zu, wie Olivia das Heft aufschlug und auf den Knien glatt strich. »Du bist viel pflichtbewusster als ich. Ich bin gar nicht auf die Idee gekommen, meine Zeichensachen mitzunehmen.«

Sie zeichnete lächelnd weiter. »Das alles ist neu für mich. Und diesen ersten Blick möchte ich festhalten.«

Gewöhnlich machte es Olivia nervös, wenn man sie beim Zeichnen beobachtete, doch heute konnte sie nichts aus der Ruhe bringen. Falls es einen Gott gab, der die Tage erschuf – sicher war sie sich da keineswegs –, dann hatte er sich vorgenommen, diesen hier vollkommen zu gestalten.

»Robinson würde das nicht gefallen«, sagte ihre Freundin belustigt und schob sich den Rest des Sandwichs in den Mund. »›Ich wollte sehen, wie Sie einen Gegenstand zeichnen, und zwar so naturgetreu und präzise wie möglich.‹«

»Das hat er an meinem ersten Tag zu mir gesagt«, sagte Olivia, erneut auflachend. »Er fand meine Hortensien zu stilisiert.«

De Courcy deutete auf die Zeichnung. »Ich finde es faszinierend, wie du eine Landschaft in Linien verwandelst. So etwas habe ich bisher nur bei Pflanzen oder menschlichen Figuren gesehen.«

Olivia hielt das Heft ein Stück von sich und runzelte die Stirn. »Es ist nur ein Versuch. Aber ich werde daran arbeiten.« Sie spürte, wie ihre Aufregung wuchs. »Ich glaube, das könnte mein Erkennungsmerkmal werden, weißt du? Alles auf Linien zu reduzieren, auf das Wesentliche, das, was das Motiv ausmacht.«

De Courcy drückte ihren Arm. »Brauchen wir das nicht alle? Und gerade wenn sie uns in einen Topf werfen, auf dem ›Neuer Stil aus Glasgow‹ oder etwas Ähnliches steht, müssen wir versuchen, unverwechselbar zu sein.«

Genau das hatte Olivia im Sinn gehabt, als sie das Teeservice entworfen hatte. Wie gern hätte sie de Courcy davon erzählt und von der Enttäuschung, die wie ein kleiner Stachel in ihr saß. Gewiss, man hatte sie bezahlt und zwar mehr als angemessen, aber es schien, als wären ihre Entwürfe in einem schwarzen Loch verschwunden. Robinson hatte die Sache nie mehr erwähnt, dabei hatte sie davon geträumt, »ihr« Service in einem der eleganten Geschäfte in der Buchanan oder der Sauchiehall Street zu entdecken.

Aber daran wollte sie heute nicht denken, dafür war der Tag zu schön. »Unverwechselbar. Das hast du gut gesagt.«

30

An ihrem achtzehnten Geburtstag, einem Sonntag, bereitete Ma ein besonders gutes Frühstück für sie beide. Es gab gebratene Eier, Räucherhering und knusprig frisches Brot. Sie feierten am Morgen, da de Courcy Olivia für den Nachmittag zum Tee eingeladen hatte. Ma hatte es erstaunlich gelassen hingenommen, dass ihre Tochter an ihrem Geburtstag unterwegs sein würde, und ihr ein Päckchen mit besonders schönem Stickgarn neben den Frühstücksteller gelegt. Seit Olivia und Allie sich ausgesöhnt hatten, war auch ihre Mutter nachgiebiger geworden.

Am frühen Nachmittag brach Olivia auf. Sie ging ein Stück zu Fuß, nahm dann aber die Straßenbahn, weil sie gehörig ins Schwitzen kam. Es gab selten warme Sommertage in Glasgow, doch das war einer von ihnen. Sie schaute hinaus auf die Straßen, die deutlich stiller waren als sonst, und freute sich auf das Zusammensein mit de Courcy.

Da sie nur einen Tag in der Woche freihatte, versuchte sie, sonntags allen gerecht zu werden – ihrer Mutter, ihrer Freundin, Jamie und Trudie, die ihr erstes Kind erwarteten. Sie hatte aufgehört, am Sonntagmorgen in die Kirche zu gehen, was Ma nicht gefallen hatte, war aber fest geblieben. Wenn sie mit Gott sprechen wollte, konnte sie das auch draußen in der Natur oder am Küchentisch tun.

Vor dem Haus, in dem de Courcy und ihre Schwester Katie wohnten, rückte sie noch einmal ihre Haare zurecht und klingelte dann. Sofort hörte sie schnelle Schritte, und die Haustür wurde aufgerissen.

»Herzlichen Glückwunsch!« De Courcy drückte sie an sich. »Ich freue mich so, dich zu sehen. Komm, gib mir deinen Mantel.«

Sie hängte Olivias leichten Sommermantel an den Garderobenständer, auf dem sich diverse andere Mäntel, Jacken und Hüte türmten. Olivia stutzte einen Moment, fing sich dann aber. Die Schwestern kamen aus einer wohlhabenden Familie, da hatte man eben mehr als einen Mantel für jede Jahreszeit. Dann aber fiel ihr Blick auf de Courcys Gesicht.

»Du verschweigt mir irgendwas!«

»Wie kommst du denn darauf?«, fragte ihre Freundin betont unschuldig.

Olivia verschränkte die Arme vor der Brust. »Weil du so aussiehst.«

De Courcy konnte nicht länger an sich halten und prustete los. Dann ergriff sie Olivias Hand. »Komm mit!«

Sie zog sie in das große Wohnzimmer mit dem Erker, in

dem sie schon öfter beisammengesessen hatten. Zuerst bemerkte Olivia nur den gedeckten Tisch mit dem Kuchen, auf dem viele Kerzen brannten, dann fiel ihr Blick auf die Champagnergläser, die neben den Tellern standen. Fünf Teller. Sie schaute de Courcy verwundert an, wollte schon fragen …

Dann traten zwei Gestalten hinter der offenen Tür hervor und sagten wie aus einem Mund: »Herzlichen Glückwunsch!«

Margaret und Frances McDonald. Als Nächste tauchte Jessie Newbery hinter einem Regal auf. »Auch von mir die allerbesten Wünsche.«

Olivia stand da und konnte es nicht fassen. de Courcy hatte tatsächlich eine Geburtstagsfeier für sie geplant! Sie drehte sich halb im Kreis, schlug die Hände vor den Mund und brachte erst mal kein Wort heraus. Dann umarmte sie de Courcy und gab den anderen Frauen die Hand.

»Damit habe ich im Traum nicht gerechnet, vielen, vielen Dank. Und so ein schöner Kuchen.«

»Ich hätte ihn ja selbst gebacken, aber unser Mädchen wollte sich nicht davon abhalten lassen«, verkündete de Courcy.

»Das ist auch besser so. Man sollte dich von allem fernhalten, was sich nicht mit dem Hammer bearbeiten lässt«, sagte Margaret belustigt. »Ich habe schrecklichen Hunger, wollen wir uns nicht setzen?«

Olivia, die immer noch nicht wusste, wie ihr geschah, nahm an dem runden Tisch Platz. Diese Frauen waren älter und erfahrener als sie, sie standen als Künstlerinnen und Lehrerinnen schon mitten im Leben, und doch waren sie gekommen, um mit ihr zu feiern.

De Courcy öffnete mit lautem Knall eine Champagnerflasche, die in einem Kühler auf einem Beistelltisch wartete, und schenkte allen ein. Dann hoben sie die Gläser.

Jessie Newbery sagte: »Als Älteste – wenn auch nur knapp – schlage ich vor, dass wir von nun an alle du sagen. Ich trinke auf das Wohl von Olivia und ihr erstes Jahr an der Glasgow School of Art!«

Alle stießen klingend miteinander an und tranken. Olivia konnte nicht glauben, dass sie so vertraut mit diesen Frauen zusammensaß.

Der Kuchen war tatsächlich köstlich, und als alle satt und ein bisschen beschwipst waren, gab es auch noch ein Geschenk. Olivia bekam ein großes Stück wunderschönen zartgrauen Leinenstoffs, den sie mit etwas ganz Besonderem besticken würde.

Danach machten sie es sich auf Sofas und Sesseln bequem und redeten über Kunst und die Menschen an der Schule, tauschten den neuesten Klatsch aus und interessante Geschichten, und Olivia fühlte sich so angenommen und wohl wie selten in ihrem Leben. Sie musste sich wieder einmal zusammenreißen, um nicht von ihren Jahreszeiten zu erzählen, schob den unangenehmen Gedanken an Mr. Robinson jedoch sofort beiseite. Sie würde sich diese Stunden nicht verderben lassen.

»Tosh ist so beschäftigt, dass ich ihn kaum noch zu Gesicht bekomme«, sagte Margaret. »Jetzt, wo sein Entwurf gebaut wird, fängt er an, alles infrage zu stellen. Ich muss ihn ständig beruhigen und ihm sagen, dass seine Pläne ganz wunderbar sind.«

Olivia lachte. »So war es in der Buchanan Street auch. Miss Cranston musste ihn beinahe mit Gewalt davon abhalten, einen Tag vor der Eröffnung noch Veränderungen vorzunehmen.«

»Du solltest mit ihm zusammenarbeiten«, sagte Frances zu ihrer Schwester. »Dann seht ihr euch und könnt gemeinsam kreativ sein. Ich habe festgestellt, dass das mit Herbert und mir ausgezeichnet funktioniert.«

Sie war mit dem Künstler Herbert McNair befreundet, der seit einigen Jahren ein Atelier in Glasgow besaß und sich auf die Gestaltung von Möbeln, Buchillustrationen, Plakate und Aquarelle spezialisiert hatte. Es war kein Geheimnis, dass auch Margaret und Charles Rennie Mackintosh sich nähergekommen waren. Olivia fragte sich flüchtig, wie es wohl wäre, sich mit Gabriel eine Werkstatt oder ein Atelier zu teilen, in dem jeder für sich arbeitete und sie doch zusammen waren und sich austauschen konnten.

»Du schaust so wehmütig«, sagte de Courcy und zog eine Augenbraue hoch. »Denkst du an jemand Bestimmtes?«

Olivia wurde verlegen. Sah man ihr die Gedanken so deutlich an?

»Ach nein, schon gut.«

»Ich habe die Erfahrung gemacht, dass es einer Ehe nur guttun kann, wenn beide ähnliche Interessen haben«, sagte Jessie. »So haben Fra und ich immer etwas, worüber wir sprechen können, und sind nicht auf unsere Kinder und den Haushalt beschränkt.«

De Courcy lehnte sich im Sessel zurück und ließ den Champagner in ihrem Glas kreisen. »Manchmal denke ich, ich möchte gar nicht heiraten. Mir gefällt das Leben so, wie es ist. Ich kann tun und lassen, was ich will, und muss auf niemanden außer Katie Rücksicht nehmen. Und die denkt genau wie ich. Also kommen wir uns nicht in die Quere.«

Das konnte Olivia verstehen und doch – sie dachte anders. Bei dem Gedanken, sich immer mit jemandem unterhalten,

Dinge mit ihm teilen zu können, wie sie es an jenem Tag im Dezember mit Gabriel getan hatte, wurde ihr ganz wohlig zumute. Gabriel … Natürlich hätte sie Jessie fragen können, wie es ihm ging, fürchtete aber, ihre Stimme und ihr Gesicht könnten sie verraten.

»Ich glaube, das kann möglich sein, wenn man den richtigen Menschen findet«, sagte sie dann. »Aber für viele Frauen bedeutet eine Ehe doch, dass sie tun, was der Mann will. Dass sie sich unterordnen. Und das kann ich mir nicht vorstellen.«

Frances widersprach. »Man muss sich nicht unterordnen. Man sollte sich den Mann natürlich vorher genau anschauen, und wenn man eine wirkliche Seelenverwandtschaft feststellt, kann man auch als Ehefrau leben, wie man möchte.«

Die Meinungen gingen hin und her, obwohl sich im Grunde alle einig waren, dass Liebe für sie nur infrage kam, wenn sie mit der Ausübung ihrer Kunst einhergehen konnte. Jessie hatte diesen Weg genommen, Margaret und Francis würden ihr womöglich folgen. De Courcy wollte ihn keinesfalls einschlagen, und Olivia …

»Gabriel Jones hat neulich in einem Brief nach dir gefragt«, sagte Jessie unvermittelt, und Olivia zuckte zusammen. »Er wollte wissen, wann du Geburtstag hast. Also habe ich Fra gebeten, in den Schulakten nachzusehen.«

Sie hatte keine Karte und keinen Brief von ihm erhalten. Wer weiß, welche Laune ihn zu der Frage getrieben hatte. Einen Moment lang wurde der Nachmittag trotz des Sonnenscheins draußen dunkler, doch dann erzählte Margaret eine lustige Geschichte, die sie bei einer Englandreise erlebt hatte, und Olivias Missstimmung verflog.

Früh am Dienstagmorgen klopfte es. Der Postbote hielt Olivia ein Päckchen hin, das in braunes Papier geschlagen und fest mit einer Kordel verschnürt war.

Nachdem er mit einem neugierigen Blick gegangen war – Päckchen wurden in Dennistoun selten zugestellt –, schaute sie es genauer an. Die Schrift kam ihr bekannt vor. Und als sie ihren Namen las, schien der Boden unter ihren Füßen zu verrutschen.

Miss Livia MacLeod.

Niemand nannte sie so. Zumindest nicht in Glasgow.

Olivia ging in die Küche, löste die Kordel und ließ sie achtlos auf den Boden fallen. Dann schlug sie das Packpapier auseinander. Darunter kam zartes Seidenpapier zum Vorschein, und darin lag ein kleines Bild, Leinwand auf einem Rahmen von vielleicht acht Zoll im Quadrat.

Es zeigte den Zweig einer blühenden Linde, scharf und naturgetreu mit den winzigen weißgelben Blüten und den herzförmigen, gezahnten Blättern. Dahinter war nur verschwommenes Blau zu sehen, als blickte man geradewegs in den Himmel.

Es lag kein Brief dabei, nicht einmal eine kurze Nachricht.

Sie drehte das Bild um.

Für Livia von G.

Sie zuckte zusammen, als ihre Mutter gähnend hereinkam. »Wer war das denn so früh?«

Dann entdeckte sie das Bild und sah Olivia fragend an.

»Von Mr. Jones aus London.«

»Ein seltsamer Mensch«, sagte Ma sofort. »Lässt sich einmal von dir durch Glasgow führen und schenkt dir danach zwei Bilder, schreibt aber keine Briefe.«

Es war tatsächlich seltsam, dachte Olivia, aber auch verlockend. Es verlieh ihm etwas Geheimnisvolles.

Sie bückte sich und hob das Packpapier auf, strich es glatt und sah, dass keine Absenderadresse darauf stand. Sie hätte Jessie danach fragen, ihm schreiben und sich bedanken können. Aber wenn es nun Absicht gewesen war, wenn er nicht wollte, dass sie ihm schrieb, Verbindung zu ihm aufnahm? Doch warum machte er ihr dann Geschenke, und das gleich zweimal? Es konnte kaum etwas Persönlicheres geben als ein Bild, das er selbst gemalt hatte.

»Ich weiß auch nicht. Künstler sind manchmal so«, sagte Olivia leichthin, und Ma gab sich damit zufrieden.

Ende August, kurz bevor das Semester wieder begann, traf abermals Post für Olivia ein, diesmal ein Brief. Unbekannte Handschrift, eindeutig männlich und eindeutig nicht Gabriels. Das Schreiben stammte von Mr. Robinson, der sie um eine Unterredung in der School of Art bat. *Ich würde es gern in den Semesterferien erledigen, da Diskretion geboten ist.* Wie hochtrabend das klang, dachte sie und spürte gleichzeitig ein Kribbeln. Wollte er nun, fast sechs Monate später, berichten, was aus ihren Entwürfen für das Teeservice geworden war? Mit ihrem Studium konnte es nichts zu tun haben, denn dann wäre keine »Diskretion geboten«. Sie schrieb zurück und erklärte, sie könne gern am übernächsten Tag nach der Arbeit um halb drei in die Schule kommen.

Als sie zwei Tage später am Nachmittag den Teesalon verließ, bemerkte sie, dass vor dem Nachbarhaus ein Fuhrwerk stand, aus dem Handwerker Farbeimer, Leitern und anderes Gerät in das Ladenlokal trugen, in dem sich ein Kurzwarengeschäft befunden hatte. Der Besitzer war gestorben, und es hatte sich kein Nachfolger gefunden, der den Laden übernehmen wollte.

Sie hatte mitbekommen, wie sich zwei Damen beim Tee darüber unterhielten. Die eine hatte geklagt, sie wisse gar nicht, wo sie nun diese ganz besonders hübschen Perlmuttknöpfe kaufen solle, die sie für das Hochzeitskleid ihrer Tochter vorgesehen hatte.

Olivia warf einen neugierigen Blick durch die Tür, sah aber nur, dass man das Innere völlig ausgeräumt hatte. Keine Verkaufstheke, keine Schränke, keine Reklametafeln für Knöpfe, Borten, Schnallen und Stopfgarn.

Rechts von ihr wölbte sich der gewaltige gläserne Halbkreis der Queen Street Station. Sie sah auf die Bahnhofsuhr, schon Viertel nach zwei. Sie ging zügig weiter und bog nach links in die Sauchiehall Street. Als das Gebäude der School of Art auftauchte, spürte sie die gleiche Freude wie im letzten Jahr, als sie es zum ersten Mal betreten hatte. Sie nahm den Eingang in der Rose Street, dessen Tür wie immer offen stand, und stieg rasch in den zweiten Stock hinauf. Selbst im Sommer roch es muffig und feucht, und das Gebäude war insgesamt zu klein und zu dunkel. Sie freute sich wie alle auf den Neubau nach Mackintoshs Plänen, die Arbeiten sollten gegen Ende des Jahres beginnen.

Auf der Treppe war niemand zu sehen, aber sie hörte Stimmen aus den Arbeitsräumen, jemand lachte, etwas fiel zu Boden. Die School of Art machte niemals wirklich Ferien.

Olivia klopfte an Robinsons Büro und hörte sein »Herein«. Er stand hinter dem Schreibtisch, gab ihr die Hand und bot ihr einen Platz an.

»Miss MacLeod, ich hoffe, Sie hatten einen angenehmen Sommer.«

Sie war erstaunt, gewöhnlich machte er keine Konversation, sondern kam gleich zur Sache. Aber wenn er plaudern wollte …

»Ja, sehr angenehm. Miss Lewthwaite Dewar und ich haben einen Ausflug auf dem Clyde gemacht, dabei habe ich neue Ideen gesammelt.«

Er zog die Augenbrauen hoch. »Wohin sind Sie denn gefahren?«

»Nach Rothesay, es war herrlich. Wobei mir die Landschaft besser gefallen hat als der Ort, auch wenn er sehr hübsch ist. Aber die Weite, die Linien von Bergen und Küste, das war noch schöner.«

Sie konnte seinen Gesichtsausdruck nicht ganz deuten. Interesse, aber auch ein Hauch von … Herablassung? Vielleicht hatte er gemerkt, dass sie Glasgow bisher kaum verlassen hatte. Er selbst war sicher weit gereist, hatte in London gearbeitet und kannte die Welt. Sie presste den Kiefer zusammen, um sich gegen das Gefühl der Unzulänglichkeit zu wehren. Meist konnte sie es verdrängen, doch ab und zu brach es sich Bahn.

»Nun, ich hoffe, Sie widmen sich nicht nur unserer schottischen Landschaft, Miss MacLeod. Ich habe nämlich einen Vorschlag, besser gesagt, eine Anfrage.« Er legte eine Pause ein. »Ihre Entwürfe wurden, wie Sie wissen, sehr gut aufgenommen. Und man wünscht nun eine Erweiterung.« Er zog ein Blatt heran und warf einen Blick darauf. »Servietten, Tischdecken, Bilder zu Dekorationszwecken, also zum Hängen, keine Wandgemälde, und Teppiche. Alles soll das Thema Jahreszeiten widerspiegeln, das Sie in Ihren ersten Entwürfen treffend umgesetzt haben. Was halten Sie davon?«

Olivia konnte ihr Erstaunen nicht verbergen, vermutlich las er in ihrem Gesicht wie in einem Buch. Ihr Mund war ganz trocken, sie wünschte sich sehnlich ein Glas Wasser. Tausend Gedanken zuckten durch ihren Kopf. Es war ein großer

Auftrag, der viel Zeit in Anspruch nehmen würde, bei dem sie sich beweisen musste. Der aber auch …

Robinson schien ihr Zögern falsch zu deuten, denn er sagte beflissen: »Natürlich wird das Honorar diesmal höher sein. Die Rede war von fünfzehn Pfund.«

Es war, als hätte man ihr einen elektrischen Schlag versetzt und sie damit zum Leben erweckt. Fünfzehn Pfund! Damit könnte sie … Sie hatte die Idee verdrängt, doch nun tauchte sie unerbittlich wieder auf, und sie dachte an de Courcys Worte: *Stell dir vor, ein Zimmer in Garnethill, dann wärst du ganz nah bei Teesalon und Schule.*

Hier war die Chance, das alles wahr zu machen!

Doch dann kehrten die Zweifel zurück. Nächste Woche begann das neue Semester. Würde sie das alles schaffen, zusätzlich zum Studium und der Arbeit bei Miss Cranston? Andererseits hatte sie bislang alles geschafft, was sie sich vorgenommen hatte, und noch mehr.

Olivia atmete tief durch und blickte auf. »Ich nehme den Auftrag an.«

TEIL 3

Die Künstlerin

1897–1898

31

Die Wohnung in der Hill Street war klein und weit oben im Haus, man musste eine schmale Treppe hinaufsteigen, ziemlich mühsam. Eigentlich war es nur ein Raum mit einem Waschbecken und Toilette auf dem Flur, doch das große Dachfenster entschädigte Olivia für alles andere. Außerdem gab es einen Kohleofen, mit dem sie an diesen kalten Herbsttagen das Zimmer einigermaßen behaglich machen konnte und der sich auch zum Kochen eignete. Natürlich reichte die runde Fläche nur für einen Topf oder eine Pfanne, wäre aber ausreichend für Tee und Suppe. An den Arbeitstagen aß sie mittags ohnehin im Teesalon.

Sie schaute sich um, nachdem sie zusammen mit de Courcy und Jamie ihre Sachen nach oben geschleppt hatte. Ein Bekannter ihres Bruders hatte für wenig Geld sein Fuhrwerk angeboten, mit dem sie alles transportiert hatten. Sie besaß kaum Möbel, was den Vorteil hatte, dass sie nicht so viel tragen mussten. Das Bettgestell hatte Olivia vom Vormieter übernommen, ebenso einen Tisch mit drei Stühlen und einen alten Küchenschrank. Die Matratze hatte sie neu gekauft, das war der größte Luxus, den sie sich gegönnt hatte.

Sie hätte ihr Bett ohnehin bei Ma in Dennistoun gelassen. Es war ein Kompromiss. »So kann ich immer zu dir kommen und über Nacht bleiben«, hatte sie gesagt und die Hand ihrer Mutter gedrückt.

Jamie hatte das angebotene Bier abgelehnt und sich verzogen – angeblich, weil er das Fuhrwerk dringend zurückgeben musste. Olivia vermutete jedoch, dass er keine Lust auf sogenannte Frauengespräche hatte.

Trudie saß am Küchentisch und wischte sich mit dem Handrücken über die Stirn. Man sah ihr die Schwangerschaft jetzt an, und sie hatte die Kisten ausgepackt und das Schleppen den anderen überlassen. »Herzlichen Glückwunsch, Livvy, ich bin stolz auf dich.«

De Courcy ließ sich auf das durchgesessene Sofa fallen, das Trudies Eltern Olivia überlassen hatten, und schaute zur Decke. »Das Licht ist hervorragend, ich beneide dich.«

Olivia kochte Tee und stellte drei Tassen auf den Tisch.

Ihre Schwägerin sagte: »Ein bisschen Ruhe und Tee werden der Kleinen guttun.«

De Courcy sah sie überrascht an. »Sie wissen schon, was es wird?«

Trudie lachte. »Ich nicht, aber meine Mutter und sämtliche weiblichen Verwandten und Nachbarinnen. Sie begutachten regelmäßig die Form meines Bauchs und haben über meine Morgenübelkeit Buch geführt. Sie alle sind sicher, dass wir im neuen Jahr mit Catriona MacLeod rechnen können.« Sie verschränkte die Arme und sah Olivia lächelnd an. »Ich finde es wunderbar, dass du dich so entschieden hast.« Sie deutete auf den Raum. »Nichts geht über das Gefühl, ein Zimmer für sich allein zu haben, in dem man einfach die Tür zumacht und von niemandem gestört wird. Für Leute wie uns ist das was ganz Besonderes.«

Olivia schaute zu de Courcy, dachte an ihre wohlhabende Familie mit der Teeplantage und ihre zweite Schwester Margaret, die vor drei Jahren als eine der ersten Frauen in Glasgow ihr Medizinstudium abgeschlossen hatte. Das alles war weit von ihrem und Trudies Leben entfernt, doch de Courcy ließ sich nie anmerken, wie anders sie aufgewachsen war.

Plötzlich wurde Olivia ernst, weil sie an ihre Mutter denken musste. Die Freundinnen schienen es zu bemerken.

»Wie steht es mit deiner Ma?«, wollte Trudie wissen, die eine Art sechsten Sinn besaß.

Ihr Leben hatte sich im letzten Jahr gründlich verändert; sie konnte einfach nicht mehr in der engen Wohnung mit dem Bettschrank leben. Es Ma beizubringen, war allerdings nicht einfach gewesen.

»Wir haben es doch gut hier«, hatte Ma gesagt, als Olivia ihr Anfang September von ihren Plänen erzählt hatte. Robinsons neuer Auftrag hatte sie darin bestärkt, nach Garnethill zu ziehen. »Jamie ist verheiratet, er hat natürlich eine eigene Wohnung, aber du bist alleinstehend. Und wovon willst du das bezahlen?«

Olivia hätte gern verraten, dass man ihr eine beachtliche Geldsumme angeboten hatte, doch Robinson hatte auch diesmal Verschwiegenheit verlangt. Sie sei erst seit einem Jahr an der Schule, es könne ihn und sie in eine heikle Situation bringen, wenn andere behaupteten, er bevorzuge sie. Also hatte sie ihre Zweifel verdrängt und an das Geld gedacht und die Freiheit, die es für sie bedeutete.

»Jamie wird dich unterstützen«, hatte sie zu ihrer Mutter gesagt. »Er verdient inzwischen so gut, dass er dir helfen kann. Und sobald ich genug verdiene, gebe ich dir auch etwas.«

Ma hatte sie empört angesehen. »Dein Bruder hat eine Frau und bald Familie. Und er soll mir weiterhin Geld geben, weil du nur an dich denkst?«

Erst als Jamie mit ihrer Mutter gesprochen hatte, hatte sich deren Meinung geändert. Olivia ahnte, dass Trudie daran nicht unbeteiligt war. Was genau Jamie zu Ma gesagt hatte, wusste sie nicht und würde sie wohl nie erfahren, doch ihre Mutter hatte nachgegeben und ihr sogar einige Teile aus ihrer Aussteuer geschenkt, die Olivia besticken wollte.

»Nachdem Jamie mit ihr geredet hatte, wurde es besser«, antwortete sie. »Und dafür wollte ich Danke sagen, Trudie, auch wenn du sicher behaupten wirst, er sei ganz von allein drauf gekommen.«

Ihre Schwägerin grinste, sagte aber nichts.

Sie tranken ihren Tee, und de Courcy schaute wieder hoch zum Fenster. »Ich würde mir eine Liege genau hier hinstellen. Dann kannst du geradewegs in den Himmel sehen.«

»So wie ich Glasgow kenne, schaue ich wohl eher auf prasselnden Regen.«

»Nun sei nicht so prosaisch.« De Courcy benutzte öfter solche Wörter, die Olivia sich aufschrieb und in der Bibliothek nachschlug. Dadurch lernte sie immer etwas Neues. »Regen kann sehr schön sein.«

Olivia legte sich auf den Boden unter das Dachfenster und streckte entspannt Arme und Beine aus. Der Boden war ein bisschen hart, aber eine Liege an dieser Stelle … Wie aufs Stichwort fing es an zu regnen, und als sie sah, wie die Tropfen zerplatzten und den grauen Himmel verschwimmen ließen, kam ihr eine Idee. Sie würde eine Straßenszene oder einen Garten zeichnen, in dem alles zerfloss, als betrachtete man ihn durch eine regennasse Fensterscheibe. Es würde anders sein als alles, was sie bisher gemacht hatte.

Sie sprang auf und kramte ein Notizbuch hervor, um den Gedanken festzuhalten. Er musste warten, denn sie war noch mit Robinsons Auftrag beschäftigt. Die Entwürfe für Servietten und Tischdecken waren fertig; sie hatte Musterstücke bestickt, weil sie diesmal nicht nur die Zeichnungen liefern wollte. Mit Teppichen hatte sie gar keine Erfahrung, doch ihr waren einige gute Zeichnungen gelungen. Was noch fehlte, waren die Bilder zu den Jahreszeiten, die als Wandschmuck dienen sollten.

»… als wären wir gar nicht da.«

Gelächter.

Sie drehte sich zu den Freundinnen um. De Courcy stieß Trudie an und deutete auf Olivia. »Sie ist so versunken, dass sie nicht einmal gehört hat, was Sie gesagt haben.«

»Doch«, verteidigte sie sich, »etwas wie ›als wären wir gar nicht da.‹«

Die beiden lachten noch lauter.

»Du hattest eine Idee, oder?«, fragte Trudie. »Ich weiß noch, wie du neulich bei uns zum Essen warst und gar nicht gemerkt hast, dass dein Suppenteller leer war. Du hast mit dem Löffel auf dem Boden gekratzt und dich schließlich gewundert, warum nichts drauf war.«

Olivia wurde rot. Trudie hatte recht, genau in jenem Augenblick war ihr eine Idee für die Servietten gekommen, und sie hatte befürchtet, sie zu vergessen. Also hatte sie sich bildlich vorgestellt, was sie machen wollte, und dabei die Augen geschlossen. »De Courcy, du müsstest eigentlich wissen, wie das ist, wenn man plötzlich Ideen hat.«

Ihre Freundin nickte. »Wir lachen dich nicht aus, es ist nur reizend, wenn du so versunken bist.«

Als die beiden gegangen waren, setzte Olivia sich auf das alte Sofa und legte den Kopf an die abgenutzte Lehne. Sie horchte, hörte Schritte im Treppenhaus, dann wurde es wieder still. In Dennistoun hatten sie zu viert gewohnt, dann zu dritt, schließlich zu zweit. Selbst in ihrem Bettschrank war sie nie ganz für sich gewesen, weil immer jemand in die Küche kam, um Wasser oder Essen zu holen oder sich zu waschen. Zum ersten Mal hatte sie nun ein Zimmer ganz für sich, musste niemanden um Erlaubnis fragen oder um Ruhe bitten, konnte aufräumen oder ihre Sachen verstreuen, wie es ihr gefiel.

Würde sie hier konzentriert arbeiten können? Oder würden ihr die alltäglichen Geräusche eines anderen Menschen fehlen, der mit ihr zusammenlebte? Olivia verspürte ein Kribbeln, war aufgeregt, ängstlich und froh zugleich.

Entschlossen wühlte sie in einem Karton, bis sie ein Skizzenheft gefunden hatte, setzte sich an den Tisch und zeichnete drauflos. Sie teilte das Bild in vier Quadrate: Schlüsselblume, Mohn, Heidekraut und Mistel. Sie variierte die Entwürfe, die sie für das Teeservice verwendet hatte, blieb aber der Grundform treu, damit sich später alles zu einem Ganzen fügte. Natürlich war es unwahrscheinlich, dass jemand Porzellan, Servietten, Tischdecken und Bilder im selben Raum verwendete, doch der Gedanke an ein Erkennungsmerkmal ließ sie nicht los. Sie wollte nicht ganz hinter ihren Arbeiten verschwinden; die Leute sollten ruhig wissen, von wem sie stammten. Vielleicht nicht jetzt, aber irgendwann, wenn sie ihr Studium beendet und sich einen Namen gemacht hatte. Denn das war ihr geheimer Ehrgeiz – irgendwann Aufträge zu bekommen, weil Olivia MacLeod für etwas Gutes, Schönes stand.

Dann räumte sie die Zeichnungen weg. Sie hatte gemerkt, dass sie selbstkritischer war, wenn sie einige Tage abwartete und sie sich dann noch einmal anschaute, ganz als müssten die Entwürfe reifen.

Olivias Blick fiel auf die kahlen Wände. Sie stand entschlossen vom Tisch auf, holte Hammer und Nägel, die Jamie ihr dagelassen hatte, und machte sich ans Werk.

Sie hatte die Stelle sorgfältig gewählt, eine, auf die lange das Licht fiel. Sie trat zurück, kaute auf dem Daumennagel und schaute nachdenklich auf die beiden Bilder, die jetzt nebeneinander, aber höhenversetzt über ihrem Bett hingen. Provand's Lordship und der Lindenzweig.

Seit dem vergangenen Frühjahr hatte Miss Cranston Olivia einmal im Monat zu sich bestellt, damit sie über ihre Fortschritte an der School of Art berichten konnte. Anfangs hatte sie sich ein wenig davor gefürchtet, weil es ihr vorkam, als müsste sie beweisen, dass sich Miss Cranstons Investition – auch dieses Wort hatte sie von de Courcy gelernt – in sie gelohnt hatte. Es klang, als wäre sie ein Geschäft, das Gewinn abwerfen sollte, was natürlich Unsinn war, aber es hatte gedauert, bis sie sich von dieser Angst befreien konnte. Inzwischen ging Olivia ruhiger dorthin, nahm manchmal einige Entwürfe mit, um sie Miss Cranston zu zeigen, doch meist erzählte sie einfach, was ihr durch den Kopf ging und welche neuen Ideen sie hatte.

Und so saß sie nun an einem grauen Novembertag in dem kleinen Büro, das Miss Cranston sich in der Buchanan Street eingerichtet hatte, und erzählte von der Idee zu den Regenbildern, die ihr neulich gekommen war. »Als würde man durch eine regennasse Fensterscheibe schauen. Draußen verschwimmt alles, Menschen, die Zweige der Bäume, eine Brücke. Allerdings habe ich nur ein Dachfenster, darum habe ich mit einer Ansicht des Himmels angefangen. Mehr kann ich von meiner Wohnung aus nicht sehen.«

Miss Cranston hob erstaunt die Hand. »Du lebst nicht mehr bei deiner Mutter?«

Olivia hatte Miss Cranston gegenüber nicht erwähnt, dass sie umgezogen war, der Gedanke war ihr gar nicht gekommen. Sie räusperte sich. »Ich habe jetzt eine kleine Wohnung in Garnethill, ganz nah bei der Schule. Dort habe ich einfach mehr Ruhe zum Arbeiten.«

Die ältere Frau saß ruhig da, nicht einmal der Kopf mit dem altmodischen Hut bewegte sich. Olivia spürte, dass es eine Missstimmung gab, doch sie verstand nicht …

»Nun, wenn du mit deinem Geld auskommst.«

Oh. Olivia wäre nie auf den Gedanken gekommen, dass man ihr die Wohnung als Verschwendung auslegen könnte, da sie ja das großzügige Honorar erhalten hatte. Doch davon wusste Miss Cranston nichts und sollte es auch nicht erfahren. Ihr wurde heiß, und sie suchte verzweifelt nach den richtigen Worten.

»Ja, ich bin sparsam. Und ich habe etwas zurückgelegt.« Das war nicht gelogen, dennoch klopfte ihr Herz heftig.

»Verstehe. Mir geht es aber auch darum, dass du dich nicht übernimmst. Ich brauche deine Arbeitskraft hier im Teesalon. Niemand hat etwas davon, wenn du womöglich am Essen oder anderen notwendigen Dingen sparst. Es ist nicht schlimm, als junges, alleinstehendes Mädchen daheim zu wohnen.«

Olivia nickte, ihr Gesicht war rot geworden. »Bitte glauben Sie mir, ich komme zurecht. Und übernehme mich nicht.«

Miss Cranston schwieg einen Moment, griff nach einer Ausgabe von *The Bailie* und wechselte abrupt das Thema. »Hör dir das an! Hier schreibt jemand, in Glasgow werde das ›gute alte Pint Bitter mit einem nett angerichteten Steak‹ durch

Kuchen und eimerweise Tee verdrängt. Die Teesalons würden Lüstlinge anlocken, würden Büroangestellte, die sich gern zu Künstlern stilisieren, durch eine Mischung aus Tee, Tabak, Gerede und hübschen Kellnerinnen verderben.«

Erleichtert sah Olivia, wie Miss Cranston die Augenbrauen hochzog und dann lachte. »Was sagst du dazu?«

»Derjenige hat wohl nicht verstanden, dass eine neue Zeit angebrochen ist. Es gibt immer noch genügend Gasthäuser, in denen er sein Steak mit Bitter bekommt, aber die Teesalons sind neu und aufregend. Und bei uns verkehren viele Künstler, weil sie einen Blick für das Schöne haben. Das ist nicht verwerflich.«

Miss Cranston nickte, dass die Hutdekoration wippte. »Sehr richtig. Und darum werde ich den Weg, den ich eingeschlagen habe, auch weitergehen. Auch mein Bruder wird übrigens nächstes Jahr einen neuen Teesalon eröffnen.«

Olivia hörte gespannt zu, obschon sie sich wunderte, dass Miss Cranston so vertraulich mit ihr sprach. Vor allem aber war sie froh, dass es nicht mehr um sie selbst und ihre Wohnung ging.

»Stuart fehlt es jedoch an Fantasie. Er mag ein guter Geschäftsmann sein, aber die Konkurrenz ist groß. Um sich durchzusetzen, muss man seinen Gästen etwas Besonderes bieten. Und genau das mache ich, indem ich Künstler wie Mr. Mackintosh und Mr. Walton beauftrage.«

Olivia hatte sich beruhigt und wagte, ihre Meinung zu äußern. »Ich glaube, dass es für alle von Vorteil ist. Die Gäste essen in einer schönen Umgebung, Sie verdienen Geld, die Künstler auch. Und es ist auch Werbung für all jene, die nicht an den Teesalons mitgearbeitet haben.«

Miss Cranstons kleine dunkle Augen musterten sie erstaunt.

»Du bist ein kluges Mädchen, Olivia. Dann hoffen wir, dass auch du davon profitierst.« Sie sah auf ihre Taschenuhr. »Und nun geh wieder an die Arbeit.«

32

Die Entwürfe hatte Olivia Ende Oktober abgegeben, und Robinson war sie durchgegangen, während sie dabeisaß. Sie hatte versucht, in seiner Miene zu lesen, doch die leicht gerunzelte Stirn und der reglose Mund verrieten nichts. Dann hatte er alles zurück in die Mappe gelegt, sie zugeklappt und ihr sieben Pfund und zehn Shilling in einem Umschlag überreicht.

»Die zweite Hälfte erhalten Sie, wenn die Entwürfe angenommen werden.«

Olivia wusste nicht, ob das üblich war, und hatte nur genickt. Sie musste unbedingt mehr über finanzielle Gepflogenheiten lernen, wagte aber nicht, in der Schule danach zu fragen. Sie hatte beschlossen, sich bei de Courcy zu erkundigen, der sie ganz und gar vertraute. Und wenn ihre Freundin etwas erriet, war es nicht zu ändern.

Es war Mitte November, und sie saßen in Olivias Wohnung, wo der Regen wieder mal aufs Dachfenster prasselte.

»Wenn ich bei diesem Wetter jedes Mal ein Bild male, kann ich damit bald eine eigene Ausstellung bestreiten«, sagte Olivia lachend und blies auf ihren heißen Tee.

De Courcy hatte ein Skizzenheft auf den Knien und schaute unzufrieden auf das Blatt.

»Was ist los?«, fragte Olivia. »Du siehst aus wie sieben Tage Regenwetter.« Sie schaute zum Fenster hoch und musste abermals lachen.

De Courcy hielt ihr das Zeichenheft mit dem Entwurf hin. Es sollte wohl ein Rahmen für einen Spiegel werden, der mit Herzen und lang gezogenen Figuren verziert war. »Ich frage mich, ob ich mich zu sehr vom Stil der MacDonalds leiten lasse. Natürlich ist es inspirierend, mit Frauen wie ihnen zusammenzuarbeiten. Von Menschen umgeben zu sein, die voller Ideen stecken, die sie mit ihren Händen umsetzen. Aber …«

»Du siehst die Gefahr, dich zu verlieren, deinen eigenen Stil zu verwässern«, warf Olivia ein.

»Genau das«, sagte ihre Freundin.

»Ich finde den Entwurf nicht zu ähnlich. Bei dir sehe ich sofort, dass Metall *dein* Material ist. Niemand setzt Ideen so in Metall um wie du.«

Seufzend nahm de Courcy das Heft wieder auf die Knie und zeichnete weiter.

Olivia zögerte, sie zu unterbrechen, wagte es dann aber doch. »Kennst du dich mit der Bezahlung von Entwürfen aus?«

Ihre Freundin horchte auf, legte das Heft beiseite und nahm ihre Teetasse. »Erklär mir das genauer.«

»Na ja, mal angenommen, jemand bestellt bei mir einen Entwurf und sagt, du bekommst so und so viel Geld dafür. Du lieferst ihn ab. Erhältst du dann das ganze Honorar auf einmal, oder ist es üblich, einen Teil erst zu zahlen, wenn der Auftraggeber mit deiner Arbeit zufrieden ist?« Als sie de Courcys verblüfftes Gesicht sah, rutschte ihr das Herz in die Hose. War sie zu offen gewesen? Hatte sie zu viel verraten?

Ihre Freundin hob die Hand. »Augenblick, das geht mir zu schnell. Wenn du den Entwurf ablieferst, kann dir der Auftraggeber doch sofort sagen, ob er zufrieden ist, und dich vollständig bezahlen.«

»Und wenn der Auftrag durch jemand anderen vermittelt wurde?«

Olivia bereute schon, dass sie gefragt hatte, konnte es aber nicht ungeschehen machen.

De Courcy stellte die Tasse weg und verschränkte die Arme. Ihr ohnehin gerader Mund war wie ein Strich. Dann schaute sie sich nachdenklich im Zimmer um. »Sag mal, verschweigst du mir etwas?«

»Was meinst du?«

»Als ich dich im Sommer gefragt habe, ob du dir nicht ein eigenes Zimmer nehmen willst, hast du Nein gesagt, du könntest deine Mutter nicht allein lassen. Ich habe vermutet, dass du es dir vielleicht nicht leisten kannst. Und dann machst du es wenige Monate später urplötzlich doch.« Sie zog eine Augenbraue hoch. »Und jetzt fragst du mich nach Aufträgen und wie sie bezahlt werden.«

Olivia schämte sich, weil die Freundin sie so schnell durchschaut hatte. Und wünschte sich wieder einmal, sie könnte ihr die Wahrheit sagen. »De Courcy, ich würde es niemandem lieber erzählen als dir, aber das darf ich noch nicht. Man hat mich zur Verschwiegenheit verpflichtet.« Das klang ganz schön geschraubt, aber ihr fiel kein besserer Ausdruck ein. Dann erinnerte sie sich, was Robinson bei ihrer ersten Unterhaltung gesagt hatte. »Firmen wollen ihre Neuheiten schützen, wegen der Konkurrenz.«

De Courcy wirkte nicht völlig überzeugt, schien sich aber einen Ruck zu geben. »Ich habe bisher nur wenige Stücke an Privatleute verkauft, und die wurden sofort bezahlt. Wenn es um einen großen Auftrag von einer Firma geht, kann ich mir durchaus vorstellen, dass er in zwei Raten bezahlt wird. Das hängt sicher von der Summe ab.« Der letzte Satz klang wie eine Frage, und Olivia konnte nicht mehr an sich halten.

»Fünfzehn Pfund.«

De Courcy sprang abrupt auf, dass die Teetasse klirrte. »Was? Und das sagst du mir so nebenbei?«

Sie zuckte hilflos mit den Schultern.

De Courcy zog sie an den Händen hoch und tanzte ausgelassen mit ihr durchs Zimmer. »Kein Wunder, dass du dir die Wohnung leisten kannst! Na, sag schon, hat es mit dem Artikel in *The Studio* zu tun? Ich hab dir doch gesagt, der bringt dich groß raus!«

Olivia tanzte mit, war aber nicht mit dem Herzen dabei. Natürlich hatte es nichts mit dem Artikel zu tun, sondern mit einem Zeichenlehrer, der gute Verbindungen zu Firmen und eine, wie er fand, begabte Studentin hatte. Sie schwieg, um nicht zu lügen.

Ihre Freundin ließ sich lachend aufs Sofa fallen. »Weißt du, das macht mir richtig Mut. Du hast nach mir mit dem Studium angefangen und bist schon so erfolgreich.«

»Nein!« Olivias Stimme klang lauter als beabsichtigt. »Das ist Unsinn. Du bist vielseitig, arbeitest mit Metall und Emaille und zeichnest besser, als ich es je können werde.«

»Hör schon auf, sonst werde ich rot.«

Olivia lachte, wurde aber schnell wieder ernst. »Nur eins noch – bitte sag niemandem etwas von dem Auftrag. Ich verspreche dir, dass du als Erste erfährst, worum es geht, wenn ich offen darüber reden darf.«

»Ehrenwort.« De Courcy legte feierlich die Hand aufs Herz, und Olivia konnte endlich wieder durchatmen.

Olivia hatte auch in der Schule Fortschritte gemacht, im neuen Semester waren Kurse in Schraffur und Ornamentzeichnen hinzugekommen. Sie führte Hefte, in denen sie alles sammelte, was sie für ihre eigenen Entwürfe gebrauchen konnte. Als Designerin musste sie sich mit den verschiedenen Materialien auskennen und lernte daher nicht nur über Stoffe, sondern beschäftigte sich auch mit der Beschaffenheit von Metall und Porzellan. Sie wollte wissen, wie ihre Entwürfe auf das Material gelangten, welche Farben sich am besten eigneten, wie sie je nach Material wirkten, wie die Herstellungsprozesse in der Fabrik abliefen. Sie genoss es, sich nach den Tagen im Teesalon eine Suppe aufzuwärmen und dann im Lampenschein an ihrem Tisch zu sitzen, den sie unter das Dachfenster geschoben hatte, um das Licht zu nutzen.

Während sie sich vor einem Jahr mit Aufgaben geplagt hatte, die ihr sinnlos erschienen waren, hatte sie mittlerweile gelernt, dass fast alles, was an der School of Art unterrichtet wurde, irgendwie von Nutzen für sie war. Eine griechische Säule zu zeichnen erforderte Disziplin. Wenn sie unruhig und abgelenkt war, taten die Genauigkeit und Strenge, die sie dafür brauchte, einfach gut. Fühlte sie sich hingegen müde und erschöpft, zeichnete sie lieber Pflanzen nach der Natur, gepresste Blätter und Blumen, die sie den Sommer über gesammelt hatte.

Bei ihren Stickereien probierte sie Neues aus, mischte stilisierte Disteln mit natürlich wirkenden Gänseblümchen, trennte manches wieder auf, wenn es sich nicht zu einem Ganzen fügen wollte, und begann von Neuem.

Jessie Newbery lobte ihre Entwürfe, trieb sie jedoch mit sanfter Kritik dazu an, sich nie zufriedenzugeben. »Zufrieden zu sein ist gut. Zufrieden zu bleiben hemmt den Fortschritt.«

Neulich hatte sich eine Mitstudentin beklagt, man werde als Designerin nicht ernst genommen, weil die meisten Menschen bei Kunst nur an Gemälde und Skulpturen dachten, die in bedeutenden Museen gezeigt wurden. Ob das, was sie hier machten, nicht reine Gebrauchskunst sei, was abwertend klinge.

Doch da kannte sie ihre Lehrerin schlecht. Jessie Newbery hatte die Klasse gebeten, die Näharbeiten wegzulegen, und mit blitzenden Augen in die Runde geschaut.

»Lasst euch das von niemanden einreden. Eure Arbeit ist wichtig und nötig. Wir wollen doch auch im Alltag von Schönem umgeben sein und nicht nur, wenn wir ein Museum betreten. Wer kann sich schon ein Ölgemälde ins Wohnzimmer hängen oder eine Skulptur in den Hausflur stellen? Nur die wenigsten Leute. Aber schöne Wäsche oder Geschirr können sich viel mehr Menschen leisten, und ihr tragt dazu bei. Ich glaube, dass nichts gewöhnlich oder unrein ist: dass Design und Verzierung eines Pfefferstreuers auf ihre Weise ebenso bedeutend sind wie der Entwurf einer Kathedrale. Das klingt anmaßend? Keineswegs. Etwas, das Menschen täglich benutzen, so zu gestalten, dass es beglückend *und* nützlich zugleich ist, kann keine minderwertige Aufgabe sein. Einen Gegenstand zu entwerfen, den man berührt, den man auf der Haut spürt oder praktisch im Alltag verwenden kann, ist nicht weniger sinnvoll, als ein Bild zu malen, das oft nur als Wandschmuck dient.«

Die Worte über den Pfefferstreuer hatte Olivia mitgeschrieben und machte sich nun daran, sie auf einen Kissenbezug zu sticken. Er war als Geschenk für Jessie gedacht, die sie für den Dezember zu einer Feier bei sich zu Hause eingeladen hatte.

Es war ein hektischer Tag in der Buchanan Street; Olivia wusste kaum, wo ihr der Kopf stand. Die ersten Schneeflocken, die vom grau verhangenen Himmel schwebten, trieben die Menschen in Teestuben und Restaurants, in denen sie sich aufwärmen konnten. Der Eingang musste ständig gesäubert werden, weil die Gäste mit ihren nassen Schuhen hässliche Flecken hinterließen, und Olivia eilte unablässig zwischen Tischen und Küche hin und her, da man ihr ausgerechnet heute eine unerfahrene Läuferin zugeteilt hatte. Das arme Mädchen übermittelte Bestellungen falsch und ließ einmal sogar die Teekanne fallen. Natürlich gab es Tage, an denen einem alles misslang, die hatte sie selbst schon erlebt. Darum blieb sie freundlich und geduldig, spürte aber, wie es in ihr brodelte. Am frühen Nachmittag wurde es etwas entspannter, weil die Mittagsgäste gegangen waren, und sie konnte in Ruhe mit der Läuferin sprechen und ihr einige wichtige Handgriffe erklären.

Olivia war gerade dabei, einen Tisch neu einzudecken, als sie vom Eingang eine Männerstimme hörte. Sie hielt inne, die grünen Messer reglos in der Hand, und horchte. Wagte nicht, sich umzudrehen, weil sie fürchtete, sich zu irren. Und gleichzeitig auch, recht zu haben.

Dann hörte sie, wie Lucy, die alle Gäste an der Tür empfing und an ihre Tische führte, hinter ihr sagte: »Bitte sehr, meine Herren.«

Jetzt musste sie sich umdrehen.

Die langen dunkelbraunen Locken schauten unter dem Hut hervor, zu dem er einen dicken Schal trug, dessen Enden verwegen auf dem Rücken baumelten. Er kam in Gesellschaft von Direktor Newbery.

»Olivia, welch ein Vergnügen. Wie Sie sehen, beehrt Mr. Jones uns wieder einmal mit seinem Besuch.«

»Guten Tag, Mr. Jones«, sagte sie und hoffte, dass ihre Stimme ruhiger war als ihr Herzschlag.

Seine blaugrünen Augen blickten überrascht, als wunderte er sich über die förmliche Begrüßung, dann schien er zu begreifen. Dies war kein Atelierfest oder eine Führung durch Glasgow, hier waren sie Gast und Bedienung, und Direktor Newbery war auch dabei.

»Nehmen Sie bitte Platz. Was darf ich Ihnen bringen? Oder möchten Sie zuerst in die Karte schauen?«

Newbery winkte ab. »Nicht nötig. Bringen Sie uns Nachmittagstee mit allem, was dazugehört.« Er verhielt sich ihr gegenüber ganz ungezwungen. Es schien ihm keine Mühe zu bereiten, Studentin und Kellnerin miteinander zu verbinden, und er begegnete ihr in beiden Rollen gleichbleibend freundlich.

Olivia ging zu der unglückseligen Läuferin und gab die Bestellung weiter. Dann drehte sie sich zögernd um und schaute zu den beiden Männern, die bereits ins Gespräch vertieft waren. Newbery deutete auf die Wände und die Möbel, und sie ahnte, dass es um die elegante und neuartige Ausstattung des Teesalons ging.

Als sie den Tee brachte, schaute Fra Newbery zu ihr auf. »Ich habe Mr. Jones gerade von diesem Teesalon vorgeschwärmt. Wenn es erlaubt ist, würde ich ihn gern durchs Haus führen.«

»Ich möchte mir unbedingt die Wandgestaltung von Mr. Mackintosh ansehen, über die so viel berichtet wird«, sagte Gabriel.

Olivia strahlte. »Ja, die ist wunderbar! Ich schaue mir sie mir selbst oft an, wenn ich gerade nichts zu tun habe. Miss Cranston wird sich freuen, wenn Sie beide sich die Räume ansehen.«

Sie dachte an die Bilder, die in ihrer Wohnung hingen und für die sie sich noch immer nicht hatte bedanken können. Sie hätte gern etwas Persönliches zu Gabriel gesagt, doch der Direktor saß nun mal mit am Tisch. Also musste sie abwarten und hoffen, dass sie Gabriel einmal allein begegnete.

Da hörte sie hinter sich ein leises Klirren. Die Läuferin hielt mit zitternden Händen die Etagere, bemüht, die Sandwiches und Kuchen nicht fallen zu lassen. Olivia ging ihr entgegen und nahm sie ihr ab.

»Hier ist gerade nicht viel zu tun, Sally. Mach gern Pause. Trink eine Tasse Tee, und iss was. Danach geht es dir besser.«

Sie trug die Etagere zum Tisch. Einerseits war sie unsagbar aufgeregt und glücklich, Gabriel zu sehen, andererseits fühlte sie sich unbehaglich, weil sie ihm als Bedienung nicht so zwanglos begegnen konnte, wie sie es gern getan hätte. Beim letzten Mal waren sie als Gäste in der Ingram Street gewesen, heute brachte sie ihm Sandwiches und Törtchen.

»Kann ich noch etwas für Sie tun?«

Newbery schaute sie wohlwollend an. »Wenn ich mir diese Köstlichkeiten ansehe, sind wir wunschlos glücklich. Und vergessen Sie nicht unser kleines Fest nächste Woche. Sie haben die Einladung hoffentlich erhalten?«

Olivia war ohnehin aufgeregt deswegen und fragte sich nun, ob Gabriel dann noch da wäre. Newbery schien ihre Gedanken zu lesen.

»Du bleibst doch so lange, nicht wahr?«, fragte er über den Tisch, und Gabriel nickte.

»Als würde ich mir euer Fest entgehen lassen. Die neuen Designer aus Glasgow, allesamt bei euch zu Gast …« Er schaute zu Olivia. »O ja, auch ich lese *The Studio*.«

33

Für Gabriel war die Reise nach Glasgow auch eine Art Flucht gewesen. Seit dem Sommernachmittag unter der Linde, an dem Harry behauptet hatte, er habe sich verändert, war etwas zwischen ihnen anders geworden, kühler, ferner, unbehaglicher. Gabriel hatte all die Monate versucht, die Erinnerung an den Tag mit Livia MacLeod beiseitezuschieben, doch sie stahl sich immer dann hervor, wenn er sie am wenigsten gebrauchen konnte. Harry hatte es gemerkt, weil er Gabriel fast so gut kannte wie sich selbst. Er hatte sich immer öfter weggedreht, wenn Gabriel ihn küssen oder auch nur berühren wollte, und Anfang September hatten sie sich getrennt.

Harry hatte es nicht so genannt, er hatte nur gesagt: »Wir sollten uns eine Weile nicht sehen. Ich muss in Ruhe nachdenken.« Doch Gabriel hatte gespürt, dass etwas Endgültiges geschehen war, für das er keine Worte hatte.

Seither versuchte er, die hohlen Stellen in seinem Inneren zu füllen, vor allem mit Arbeit. Er hatte in einer Galerie in Chelsea ausgestellt und sogar drei Bilder verkauft, zu einem anständigen Preis. Er war oft ausgegangen, denn seine Freunde hatten stets etwas zu feiern, und wenn es nur die Tatsache war, dass man die nächste Monatsmiete zahlen konnte. Doch wenn er abends in seine Wohnung trat, den Mantel von den Schultern gleiten ließ und die Kälte in seine Knochen drang, wenn er sich vor den Kamin hockte und mit klammen Fingern versuchte, mit Zeitungspapier ein Scheit anzuzünden, war die Einsamkeit wieder da.

Natürlich hatten er und Harry nie zusammengewohnt, aber der Weg nach Limehouse war vertraut gewesen, die kleine Wohnung über der Praxis, das Gefühl, die Welt mithilfe der Vorhänge auszuschließen, auch wenn jederzeit ein Patient klingeln konnte. Er wusste nicht zu sagen, ob ihm Harry fehlte oder einfach die Nähe eines Menschen, irgendeines Menschen. Während sie ein Paar gewesen waren, hatte er nie darüber nachgedacht, wie ihre Zukunft aussehen würde. Für Menschen wie sie schien es unmöglich, einen festen, verlässlichen Plan zu fassen. Was zählte, war das Heute. Ihn kümmerte nur, was aus ihm als Maler werden sollte. Er machte sich Gedanken über seinen Ehrgeiz, seine Kompromisslosigkeit, die Hoffnung, dass es Menschen geben würde, die die Welt mit seinen Augen sahen.

In solchen Momenten dachte er an die junge Schottin, die ihn durch Glasgow geführt und der er sich nach wenigen Stunden so nahe gefühlt hatte. Es war anders gewesen als mit Harry, in den er sich Hals über Kopf verliebt hatte. Bei ihrer ersten Begegnung hatte er gewusst, dass er diesen Mann für sich gewinnen musste, und hatte ihn geradezu atemlos verfolgt. Und Harry hatte nur allzu gern nachgegeben und Gabriel in seine Welt gelassen, die sich von den Künstlerkreisen Chelseas ganz und gar unterschied. Eine Praxis in einem Armenviertel, gerade genug Geld, um über die Runden zu kommen, gepaart mit einem ungeheuren Stolz und der Weigerung, etwas von Gabriel anzunehmen. Es hatte Monate gedauert, bis Gabriel ihm klarmachen konnte, dass er ihm nur ab und zu eine Freude bereiten wollte.

Mit Livia wiederum war es eine Wärme gewesen, die sich langsam in ihm ausgebreitet hatte, kein Feuer, das ihn verzehrte. In ihrem Gesicht lag etwas Unbeugsames, keine Härte, aber eine innere Festigkeit, die ihn zu ihr hingezogen hatte. Sie hatte es schwerer als die anderen Studentinnen und ließ sich dennoch nicht auf ihrem Weg beirren. Das nötigte ihm Respekt ab. Aber er hatte auch die Verletzlichkeit gesehen. Sie war ein Mensch, der kämpfte und widerstand und erst, wenn er allein war, den Tränen freien Lauf ließ.

Darum hatte er ihr das Bild von Provand's Lordship geschenkt. Gelegentlich bereute er es, denn es war ein wichtiges Bild, mit dem er eine neue Richtung eingeschlagen hatte. Ein Realismus, der unter die Oberfläche blicken ließ, der nicht nur bei Menschen Verletzungen offenbarte, sondern auch bei einem Gegenstand wie einer Hauswand. Er wünschte sich, er könnte das Bild noch einmal sehen.

Und dann hatte er in den letzten Wochen mit Harry ein zweites Bild für Livia gemalt, aus dem Gedächtnis. Der Wunsch, die sonnenwarme Atmosphäre jenes Sommertags mit ihr zu teilen, war auf einmal überwältigend groß geworden.

Er hatte damit rechnen müssen, ihr in Glasgow wiederzubegegnen, so ehrlich war er schon mit sich. Und als Fra vorgeschlagen hatte, in den neuen Teesalon zu gehen, hatte Gabriel zugestimmt. Er wusste nicht, dass Livia dort arbeitete, hatte es aber insgeheim gehofft.

Als er sie in ihrer blütenweißen Schürze sah, war er dennoch unsicher geworden. Wie sollte er sich verhalten, wie an das anknüpfen, was in wenigen Stunden zwischen ihnen gewachsen war? Sollte er die Bilder erwähnen oder abwarten, ob sie es tat? Was würde Fra dazu sagen?

Doch als ihre Augen seine trafen, las er Wärme und Sehnsucht darin, die sich in seinem Inneren spiegelten. Sie hatte sich verändert in diesem Jahr, wirkte selbstbewusster und gewandter, obwohl es sicher nicht einfach war, dass sie zwischen ihren Rollen als Kellnerin und Studentin wechselte und zwei Leben lebte. Zum Glück war Fra unbekümmert wie stets und schien der jungen Frau damit die Scheu zu nehmen.

Als sie den Teesalon verließen und die Buchanan Street entlangschlenderten, schaute Fra ihn prüfend von der Seite an. »Du magst sie.«

Gabriel deutete auf ein Ladenlokal, dessen Fenster mit Papier verklebt waren. Darauf stand in hübsch kalligrafierter Schrift: *Demnächst mehr* … »Das klingt ja geheimnisvoll.«

Fra ließ sich nicht beirren. »Na sag schon, du magst sie.«

Gabriel zuckte mit den Schultern. »Ich habe ihr zwei Bilder gemalt. Zählt das?«

Sein Freund seufzte. »Ich denke schon. Aber tu mir einen Gefallen, mein Lieber. Sei behutsam. Sie hat einen langen Weg zurückgelegt und einen noch längeren vor sich. Bring sie nicht davon ab.«

Ärger stieg brennend heiß in Gabriel auf. »Was meinst du damit? Warum sollte ich sie davon abbringen?«

»Es wäre nicht das erste Mal, dass die Liebe eine Frau von ihrer künstlerischen Tätigkeit ablenkt. Wenn sie heiraten, geben sie die Kunst meist auf. Und wenn sie einen Künstler heiraten, widmen sie sich oft seiner Karriere und nicht mehr der ihren.«

Gabriel stieß mit dem Fuß ungehalten einen Stein beiseite. »Das ist bei dir und Jessie aber nicht so.«

»Jessie und ich sind eher die Ausnahme als die Regel. Ich habe oft genug erlebt, dass Frauen ihr Talent verschwenden, nachdem sie geheiratet haben. Sie widmen sich der Einrichtung ihres Hauses und stellen im schlimmsten Fall ihr eigenes, größeres Talent zurück, damit der Mann sein minderes Talent ausleben kann. Oder sie arbeiten weiter – und die Männer schmücken sich mit ihren Leistungen.«

Gabriel blieb stehen und sah den Freund verwundert an. »Ich wusste nicht, dass du dich so leidenschaftlich für deine Studentinnen einsetzt.«

»Ich setze mich für *Künstlerinnen* ein. Wir haben herausragende Frauen an unserer Schule, und ich möchte nicht, dass unsere Arbeit mit ihnen verschwendet ist.«

Gabriel war erleichtert, denn er hatte befürchtet, das Gespräch könnte eine andere Wendung nehmen. »Ich verspreche, ich werde Livia in ihrer künstlerischen Arbeit stärken und sie ermutigen, falls ich jemals die Gelegenheit dazu bekomme. Und ich erwarte nun wirklich nicht, dass mir eine Frau die Wohnung einrichtet und den roten Teppich als Künstler ausrollt.«

Fra zog die Augenbrauen hoch. »Na schön. Aber denk dran, Olivia MacLeod liegt mir am Herzen und Jessie auch. Tu ihr nicht weh.«

Gabriel schaute nach vorn, weil er den Blick des Freundes nicht ertragen konnte. »Niemals.«

Einige Tage später war Olivia mit de Courcy in der Stadt unterwegs.

»Augenblick, hier muss ich kurz rein«, sagte sie, als sie an einem Optikergeschäft vorbeikamen.

De Courcy sah sie verwundert an. »Brauchst du eine Brille?«

»Ich nicht, aber meine Mutter. Ich kann es nicht mit ansehen, dass sie sich immer tiefer über ihre Näharbeiten beugen muss. Sie hat im Januar Geburtstag, ich will ihr eine Brille schenken.«

De Courcy wartete draußen. Kurz darauf kam Olivia zurück und schwenkte den Bestellzettel. »Ich habe sie sogar schon bezahlt. Ma wird sich freuen. Sie selbst hat aus Sparsamkeit bisher darauf verzichtet.«

Sie gingen Arm in Arm weiter, und irgendwann fragte De Courcy: »Wie steht es eigentlich zwischen dir und deiner Mutter?«

Olivia lächelte. »Sie hat die Wohnung umgeräumt. Ich nehme das als Zeichen, dass sie sich mit meinem Auszug abgefunden hat. Sie hat sogar mein Schrankbett in der Küche in einen Abstellraum umgewandelt. Wenn ich wirklich mal bei ihr übernachten will, muss ich erst Kartons voller Kurzwaren und Stoffreste ausräumen.«

»Das ist eine gute Nachricht.«

»O ja. Jetzt haben wir beide genügend Platz zum Arbeiten. Und sie ist auch glücklich, weil sie sich auf ihr erstes Enkelkind freut.«

»Geht es Trudie gut?«

»Und wie. Sie und Jamie leben sehr zufrieden miteinander, wie mir scheint.« Olivia verstummte, weil sie an die Begegnung mit Gabriel im Teesalon denken musste. Der Gedanke an Jamie und Trudie versetzte ihr einen leisen Stich. Sie selbst dachte allerdings gar nicht an Kinder – nicht weil sie sich noch selbst wie ein Kind fühlen würde, ganz und gar nicht; sie kam sich immer erwachsener vor und hatte viele Pläne.

Sie konnte endlich tun, wovon sie schon als Mädchen geträumt hatte: schöne Dinge erschaffen, ihre eigenen Ideen von der Welt verwirklichen, etwas unter ihren Händen entstehen sehen. Irgendwann wollte sie ein eigenes Atelier haben wie die Macdonald-Schwestern und andere Frauen von der School of Art. Aber der Gedanke, mit einem Mann das zu finden, was Trudie bei Jamie gefunden hatte, ließ sie dennoch nicht ganz los.

Sie spürte, wie es in de Courcy arbeitete, deren prüfender Blick schien sich geradezu in Olivias Schläfe zu bohren schien. »Warum siehst du mich so an?«

»Du hast in den letzten Tagen so einen bestimmten Blick«, sagte ihre Freundin. »Na, sag schon, was steckt dahinter?«

Und dann erzählte Olivia ihr von der Begegnung im Teesalon.

»Das ist doch schön. Oder?« Die Frage klang zögernd, als wäre sie sich nicht sicher, wie Olivia darüber dachte.

»Ja. Aber – ich hätte gern allein mit ihm gesprochen. Er hat mir die Bilder geschickt, und ich konnte mich noch gar nicht dafür bedanken. Newbery war dabei, da wollte ich nicht von privaten Dingen anfangen. Das würde Miss Cranston auch nicht gutheißen.«

»Bei dem Fest der Newberys bekommst du sicher Gelegenheit dazu. Ich nehme an, Mr. Jones kommt auch?«

»Ja, das tut er.« Sie schaute de Courcy an, die leicht die Stirn gerunzelt hatte.

»Was ist denn los?«

»Ach, wie soll ich es sagen? Pass auf, dass du dich nicht zu sehr ablenken lässt. Du bist auf einem so guten Weg, Olivia, und ein Mann kann …« Sie zuckte mit den Schultern und wechselte rasch das Thema. »Vergiss, was ich gesagt habe. Ich freue mich so auf das Fest, du auch? Ich habe ein sehr hübsches Kleid schneidern lassen, dunkelgrau mit Perlenstickerei. Meine Schwester sagt, es passt zu meinen Augen. Was wirst du denn anziehen?«

»Ma näht mir ein Kleid.« Sie waren fast bei Olivias Wohnung angekommen. »Komm, ich zeig es dir.«

Oben in ihrer Wohnung holte sie ein Stoffbündel hervor, schüttelte es aus und hielt es de Courcy hin. »Ich habe es selbst entworfen und aus billigem Stoff vorgenäht. Bei dem teuren Stoff möchte ich nicht riskieren, es zu ruinieren. Kannst du dir vorstellen, wie es in lavendelfarbenem Halbleinen aussieht? Ich habe da etwas sehr Schönes gefunden.«

De Courcy nahm das Kleid an den Schultern und hielt es ihr vor. »Ja, das könnte richtig gut werden. Die Taille würde ich ein bisschen tiefer ansetzen, dann passt es besser an der Brust. Aber das ist ein wirklich guter Entwurf.«

Olivia seufzte. »Ma hat mich gefragt, ob es für eine ganz besondere Gelegenheit ist. Ob dieses Fest wichtiger als andere sei.« Sie zuckte mit den Schultern.

De Courcy ließ sich aufs Sofa fallen. »Und, was hast du gesagt?«

»Dass der Engländer, den ich durch die Stadt geführt habe, wieder in Glasgow ist und ich ihn auf dem Fest sehe. Sie hat nicht weitergefragt.«

Ihre Freundin schwieg, doch ihr Blick verriet Olivia, dass sie verstand, was sie bewegte.

»Dann hoffe ich, Mr. Jones mag Lavendel.«

34

Es war ein weiter Weg zur Buckingham Street in Hillhead, wo die Newberys wohnten. Olivia war mit der Straßenbahn gefahren und musste dann noch ein ganzes Stück zu Fuß laufen.

Sie freute sich auf das Fest, freute sich auf Gabriel und war dennoch angespannt. Wie würden sie einander in privater Umgebung begegnen? Was immer geschehen mochte, sie konnte sich endlich für die Bilder bedanken.

Die Gegend war ganz anders als Dennistoun, elegante Häuser aus hellbraunem und rötlichem Stein, mit gepflegten Vorgärten und hohen Bäumen. Wem das nicht grün genug war, konnte in den nahen Kelvingrove Park gehen. Den kannte Olivia, seit sie mit Pa die große Ausstellung besucht hatte. Aber sie hätte sich nie vorstellen können, dass sie einmal hierher eingeladen wurde, in eines dieser schönen Häuser mit den hellen, sauberen Fassaden und den alten Bäumen ringsum.

Olivia hätte nicht sagen können, ob sie gern in einem dieser Häuser leben würde. Sie war ein Mädchen aus Dennistoun und hatte schon einen großen Schritt gemacht, in ihre kleine Dachwohnung. Ihr kam der Gedanke, dass Garnethill zwischen Hillhead und Dennistoun lag, und das war wohl ein gutes Bild für ihren Weg und den Punkt, an dem sie gerade stand. Dennoch lockte sie der Gedanke, in einem solchen Haus zu leben, mit genug Platz, um Freunde einladen zu können, und so selbstsicher und großzügig wie die Newberys zu sein.

Nun war sie vor der Nummer 6 angekommen und hielt einen Moment inne. Die Fenster waren hell erleuchtet, man hörte Stimmen und Musik. Auf den Stufen, die zur Tür hinaufführten, waren Glasschalen mit Kerzen aufgestellt, die die Fassade in ein flackerndes Licht tauchten.

Olivia strich über ihren Mantel und dachte an das lavendelfarbene Kleid, das sie darunter trug. Sie hatte den Rock knapp unter der Brust angesetzt und mit einer bestickten Borte vom Oberteil getrennt. Der Ausschnitt war eckig und ebenfalls mit einer verzierten Borte versehen, deren Muster sich an Ärmeln und Rocksaum wiederholte. Sie hatte die Borte mit lila Astern bestickt, passend zur kalten Jahreszeit. Es gab kein enges Mieder, der Stoff floss lose und weich an ihr hinab.

Sie hoffte, dass Jessie das Kleid bemerken würde, denn Olivia wollte den Abend auch nutzen, um ihre Arbeit vorzuführen. In diesen Kreisen verschmolzen Kunst und Alltagsleben miteinander, man bewunderte offen das Tischtuch oder eine Vase und sprach ungezwungen darüber, was gekauft und selbst entworfen war.

Sie ging die Stufen hinauf und klingelte. Fra Newbery öffnete ihr persönlich die Tür, das freundliche Gesicht mit dem dichten Schnurrbart vergnügt gerötet. Er ließ sie eintreten und deutete eine Verbeugung an.

»Guten Abend, Olivia. Welch ein Vergnügen, dass ich *Sie* heute bewirten darf.« Die Anspielung auf ihre Arbeit hätte bei jedem anderen unpassend oder gar unhöflich gewirkt, doch bei ihm klang es so ehrlich erfreut, dass sie eine forsche Antwort wagte.

»Dann hoffe ich, dass die Bewirtung auch so exzellent ist wie bei Miss Cranston.«

Er nahm ihr den Mantel ab und lachte gutmütig. »Das dürfte schwierig werden, ihre Küche ist in ganz Glasgow bekannt.«

»Was macht ihr denn im Flur?«, fragte Jessie, die dazugekommen war. »Lass unseren Gast doch nicht hier herumstehen, sie ist völlig durchgefroren.«

Dann musterte sie Olivia von Kopf bis Fuß. »Großartige Arbeit, dieses Kleid! Bring es mal mit in die Schule, ich möchte es mir näher ansehen.« Im nächsten Moment schlug sie sich vor die Stirn. »Was rede ich? Hier gibt es jemanden, der es noch viel dringender ansehen muss. Komm mit.«

Sie führte Olivia in ein großes Wohnzimmer, in dem ein Kaminfeuer prasselte. Überall standen Kerzen, auf einem Tisch war ein Büfett aufgebaut, von dem köstliche Gerüche herüberzogen. Vor den Fenstern zeichneten sich schemenhaft die Bäume des Gartens ab. Sie erkannte sofort, dass sämtliche Kissen von Jessie Newbery bestickt waren und an den Wänden Gemälde ihres Mannes hingen.

Olivia blieb keine Zeit, nach Gabriel Ausschau zu halten, da Jessie sie zu einer Dame führte. »Dies ist Frau Anna Muthesius. Sie ist in Deutschland eine angesehene Modedesignerin.«

Die Frau war etwas älter als Olivia, vielleicht Mitte zwanzig. Sie hatte dunkle, wellige Haare und große, dunkle Augen. Ihr breiter Mund und die ausgeprägten Wangenknochen fügten sich zu einem harmonischen Ganzen. Eine wunderschöne Frau, dachte Olivia und bemerkte dann erst das Kleid, das ihrem eigenen nicht unähnlich war. Es besaß ebenfalls kein eng anliegendes Mieder und war aus kostbarem Taft geschneidert. Er war schwarz und mit goldenen Fäden durchwirkt und passte wunderbar zu dem schwarzen Haar der Frau. Sie streckte Olivia herzlich die Hand entgegen.

»Ich freue mich sehr«, sagte sie in gutem Englisch, aber mit einem deutlich hörbaren Akzent.

»Miss Olivia MacLeod«, sagte Jessie Newbery. »Eine meiner begabtesten Studentinnen. Frau Muthesius ist sehr an Reformmode interessiert, vor allem an ihrer künstlerischen Gestaltung.« Sie zwinkerte Olivia zu. »Ich glaube, ich kann euch beide euch selbst überlassen.«

Dann verschwand sie inmitten der Gäste, und Olivia stand der schönen, unbekannten Frau allein gegenüber. Bevor sie etwas sagen konnte, berührte Frau Muthesius sie am Arm. »Wollen wir uns setzen?«

Sie nahmen in zwei Sesseln Platz, die etwas abgeschieden an einem Fenster standen.

»Wie lange studieren Sie schon an der School of Art, wenn ich fragen darf?«

»Ich bin jetzt im zweiten Jahr«, sagte Olivia nicht ohne Stolz. Es war ein schönes Gefühl, keine blutige Anfängerin mehr zu sein.

»Ich habe nur Gutes von der Schule gehört.«

»Nicht ohne Grund. Wir lernen sehr viel und umfassend. Man kann sich an allem ausprobieren.«

»Und Sie sind auch an Modegestaltung interessiert?«, erkundigte sich Frau Muthesius. »Ich denke, es gibt vieles zu verändern, was Frauenkleidung angeht.«

Olivia war es, als schaute sie in einen Spiegel. Sie sahen einander gar nicht ähnlich, aber ihre Kleider glichen sich durchaus. Sie wies ein wenig schüchtern auf ihr Gegenüber. »Haben Sie das selbst entworfen?«

Anna Muthesius nickte. »Ja, aber ich stehe bei meinen Bemühungen noch ganz am Anfang. Im vergangenen Jahr fand in Berlin ein internationaler Kongress statt, bei dem man auch über die Weiterentwicklung der Frauenkleidung diskutierte. Aber«, ihre Stimme klang bedauernd, »selbst fortschrittlich denkende Frauen finden die neue Kleidung nicht schön. Sie bezeichnen die Kleider als Säcke, in denen sie keinesfalls gesehen werden wollen.«

Olivia hatte in der Bibliothek der School of Art einige Reformkleider gesehen und fand sie auch nicht sonderlich gelungen. Manche wirkten hausbacken und unförmig, wie zu groß geratene Kinderkleider, doch die Ideen dahinter gefielen ihr. Die Kleider, die sie und Anna Muthesius trugen, waren anders, leichter, eleganter, schöner verziert. »Ihres ist aber kein Sack«, sagte sie vorsichtig.

»Ihres auch nicht. Auch ein eigener Entwurf?«

»Ja, der Schnitt und die Stickerei.«

»Ein reizendes Modell, Sie sind auf dem richtigen Weg, Miss MacLeod. Es gibt viel zu tun. Wir müssen bequeme Kleider auch schön gestalten, um mehr Frauen damit anzusprechen. Ich unterhalte Verbindungen zu Künstlern, die sich mit einer neuen Frauenmode beschäftigen.«

»Das klingt sehr aufregend«, sagte Olivia.

»Mein Mann Hermann ist seit letztem Jahr technischer und Kultur-Attaché an der deutschen Botschaft. Als Architekt reist er umher, um sich mit dem englischen Häuserbau vertraut zu machen. Er plant ein Buch darüber.«

»Vielleicht schaut er sich auch einmal in Schottland um«, sagte Olivia. »Bei uns gibt es große Mietshäuser aus rotem oder hellem Sandstein, die sind wohl typisch für Glasgow. Und auch, dass wir die Betten im Schrank verstecken.« Sie verstummte, weil sie sich dieser eleganten, gewandten Frau gegenüber noch ein wenig schüchtern fühlte.

»Die wird sich Hermann sicher begeistert anschauen«, sagte Frau Muthesius und holte eine kleine Karte aus der Tasche ihres Kleides.

»Unsere Adresse in London. Wenn wir nicht auf Reisen sind, würde ich Sie gern dort empfangen. Und Sie können mir jederzeit dorthin schreiben. Wir haben bisher noch keine Verbindungen nach Schottland, doch das könnte sich ändern. Ihre Schule hat einen ausgezeichneten Ruf, auch bei uns in Deutschland.«

Stolz und beeindruckt schob Olivia die Karte in ihre Tasche.

»Da stecken Sie also.«

Sie hatte gar nicht gemerkt, dass jemand zu ihnen getreten war. Doch bevor sie Frau Muthesius mit Gabriel Jones bekannt machen konnte, war diese mit einem verschmitzten Lächeln verschwunden.

Olivia stand auf und gab ihm die Hand. Auf einmal glitten Stimmen und Gelächter in den Hintergrund, als hätte sich der Rest des Wohnzimmers von ihnen entfernt. »Ich muss mich – ich möchte mich bedanken. Für die Bilder. Sie haben mir bisher keine Gelegenheit dazu gegeben.«

Gabriel hielt ihre Hand fest und zog sie sanft zum Fenster, wo er sich mit der Schulter an die Wand lehnte. »Gefallen sie Ihnen?«

Olivia spürte, wie ihr Gesicht heiß wurde. Sie hatte oft daran gedacht, wie sie ihren Dank formulieren sollte, doch nun, da sie Gabriel gegenüberstand und ihm alles sagen konnte, wollten die richtigen Worte nicht kommen. »Ja. Sie sind beide auf ihre Art außergewöhnlich. Das mit Provand's Lordship ist wie eine … Erforschung, eine Ausgrabung. Mehrere Schichten, alt und neu, die sich überlagern und die Sie beim Malen aufdecken.« Sie fuhr sich mit der Hand über die Wange. »Und das andere – ich mag Lindenblüten sehr. Sie duften nach Sommer. Leider wachsen hier kaum Linden. Um viele zu sehen, müsste ich wohl nach England fahren.«

Sie schaute Gabriel nicht an, weil sie sich vor seinem Gesichtsausdruck fürchtete. Vielleicht klang es lächerlich, wenn sie über seine Kunst sprach. Es war schwer, Dinge in Worte zu fassen, die so sehr von Gefühlen geprägt waren. Sie konnte auch ihre eigenen Entwürfe nicht gut erklären, weil ihr viele Ideen spontan kamen und dann richtig und einzig denkbar erschienen.

Er berührte ihren Arm. »Sie haben nichts Falsches gesagt, ganz im Gegenteil. Es kommt dem, was ich mit den Bildern ausdrücken wollte, ziemlich nah.« Er zog eine Augenbraue hoch, und sie bemerkte die alte spöttische Art. »Allerdings hatte ich mehr Freude darüber erwartet, dass ich Sie auf dem ersten Bild verewigt habe. War Ihnen das Porträt zu klein?«

Olivia lachte verlegen. »Ganz und gar nicht. Ich habe es erst beim zweiten Hinsehen entdeckt und mich dann umso mehr gefreut. Es hat etwas – Privates. Als wäre das Bild nur für mich bestimmt.« Erst als sie es ausgesprochen hatte, begriff sie, wie vertraulich ihre Worte klangen.

Gabriel schien das nicht zu kümmern. »Sollten Sie einmal im Sommer nach England kommen, zeige ich Ihnen die Stelle, an der ich das zweite Bild gemalt habe. Am besten zur Zeit der Lindenblüte.«

Sie schwiegen beide, und Olivia merkte, dass es ihr nicht unangenehm war. Mit manchen Menschen konnte man schweigen, das war früher auch mit Allie so gewesen. Dann trat Newbery zu ihnen, und der stille Moment war vorbei.

»Hier sind Sie ja, Olivia. Hat Gabriel Sie etwa festgehalten und daran gehindert, unsere anderen Gäste kennenzulernen? Und, schlimmer noch, ich sehe weder ein Glas noch einen Teller in Ihren Händen! Also wirklich, du willst unseren Gast wohl darben lassen!«

Sie folgte Newbery zum Büffet, aber nicht, ohne einen langen Blick über die Schulter zu werfen. Gabriel war am Fenster stehen geblieben, und als sich ihre Blicke trafen, wurde das, was sie seit letztem Jahr geahnt hatte, zur Gewissheit.

35

»Valentina erwartet ein Kind«, sagte Allie und wurde ein bisschen rot.

»Herzlichen Glückwunsch«, erwiderte Olivia spontan und drückte seine Hand. »Ich freue mich für euch.«

Sie saßen in Allies und Valentinas Wohnzimmer. Die beiden hatten eine kleine Wohnung im zweiten Stock über dem Restaurant bezogen, während Giovanni und seine Mutter in der Etage darunter lebten. Sie hatten wenig Platz, aber alles war liebevoll eingerichtet. In einer Ecke gab es ein kleines Regal, auf dem eine bunte Gipsmadonna mit Kind stand, darunter hing ein Weihwasserbecken. Valentina hatte Olivia höflich begrüßt, sich dann aber in die Küche zurückgezogen. Sie wirkte immer noch schüchtern, und Olivia fragte sich manchmal, ob sie ahnte oder sogar wusste, dass sie nicht Allies erste Liebe war. Bei der Hochzeit im September war es fröhlich zugegangen, und Valentina hatte als Braut gestrahlt, war bei Olivias Anblick aber unweigerlich still geworden. Und das war bis heute so geblieben.

Olivia war froh, dass ihre Freundschaft mit Allie die dunklen Zeiten überstanden hatte. Sie glichen wieder dem Mädchen und dem Jungen, die als Kinder miteinander gespielt und kleine Geheimnisse geteilt hatten, und die Erinnerungen an Dennistoun würden sie immer verbinden.

Auf dem Tisch standen kleine Tassen mit Espresso, Mandelgebäck und eine Karaffe mit süßem Likörwein. Damit musste sie vorsichtig sein, schließlich hatte sie morgen früh pünktlich im Teesalon zu erscheinen.

Sie sah Allie prüfend an. Er hatte die roten Haare sorgfältig gekämmt, und sie roch ein Eau de Cologne, das nach Zitrus duftete. Eine Sekunde lang fragte sie sich, ob Valentina die besondere Sorgfalt bemerkt hatte, mit der er sich für ihren Besuch hergerichtet hatte.

»Worum geht es denn?«, fragte sie ihren alten Freund.

Allie schaute sie überrascht an. »Warum sollte es um etwas gehen?«

Olivia stützte den Kopf in die Hand und trank von ihrem bitter aromatischen Espresso. »Du hast mich mitten in der Woche eingeladen, um eine Zeit, zu der du dich eigentlich vom Tag im Restaurant ausruhen müsstest. Also heraus mit der Sprache.«

Er lachte verlegen. »Ich – ich wollte dich um einen Rat bitten. Ich habe dir doch erzählt, dass wir ein Café eröffnen wollen, Giovanni und ich.«

»Aber ihr wolltet euch damit noch Zeit lassen, oder?«

Er legte die Hände flach auf den Tisch und beugte sich eifrig vor. »Das dachte ich auch, aber das Restaurant läuft wirklich gut. Es hat sich herumgesprochen, dass man bei uns echtes italienisches Essen bekommt. Bis vor wenigen Jahren verkauften Italiener gewöhnlich Fish and Chips oder Eis, aber damit geben wir uns nicht zufrieden. In Glasgow leben viele arme Leute, aber auch eine ganze Menge, die sich gutes Essen leisten können. Also haben wir überlegt, das Café schon im nächsten Jahr zu eröffnen.«

»Und was kann ich dabei tun?«

Allie hob die Schultern. »Ich bin ein bisschen ins Grübeln gekommen. An jeder Ecke eröffnen neue Teesalons, und ich frage mich, ob die Konkurrenz für uns zu groß sein könnte.«

Nun verstand sie, warum er ihren Rat einholen wollte. Immerhin arbeitete sie seit Jahren für Miss Cranston und war in die Familie der Teesalons hineingewachsen.

»Ein italienisches Café ist nicht das Gleiche wie ein britischer Teesalon. Ihr werdet ihn doch sicher anders einrichten und eher Kaffee statt Tee anbieten, richtig? Und auch italienisches Gebäck und belegte Brote nach Rezepten von Giovannis Mutter?«

Er nickte. »Genau das haben wir vor. Ich habe mich gefragt, ob die Leute sich für so etwas interessieren oder ob sie so begeistert von den Teesalons sind, dass es zu riskant wäre, ein Café zu eröffnen.«

»Darüber würde ich mir keine Sorgen machen.« Alle drei Teesalons waren täglich gut besucht, und Olivia wusste, dass auch Miss Cranston längst neue Pläne schmiedete. »Wichtig ist, dass ihr etwas Besonderes bietet, dass es einen Grund gibt, aus dem Leute zu euch und nicht in ein anderes Lokal gehen. Bei uns sind es das hervorragende Essen und der gute Tee, aber die Gäste kommen natürlich auch, weil die Einrichtung so schön ist. Vor allem in der Buchanan Street. Die Zeitungen schreiben darüber, es kommen Besucher aus London und dem Ausland, um sich die Möbel und Wandgemälde anzusehen. Ihr solltet euch überlegen, was *euer* Café einzigartig machen kann.« Sie hielt inne, erstaunt, dass sie eine so lange Rede gehalten hatte. Allie wirkte beeindruckt.

»Das hast du gut gesagt, Livvy. Ich rede mit Giovanni drüber.« Er zögerte und schaute auf seine Hände. »Vielleicht hast du ja eine Idee, wie wir es gestalten könnten.«

Die hatte sie tatsächlich. »Obst, Gemüse und andere Lebensmittel, die typisch für Italien sind. Die könntet ihr auf den Servietten und Speisekarten zeigen, das gefällt den Leuten. Dazu Weingläser und Kaffeetassen. An der Wand einige Bilder, die an italienische Landschaften erinnern, blaues Meer, Sonne, das eine oder andere typische Gebäude. Dadurch würden sich die Gäste nach Italien versetzt fühlen, selbst wenn sie nie dorthin reisen können.«

Allie schaute sie an, und Olivia las etwas in seinen Augen, das sie zurückweichen ließ. Eine Hitze, die sie fast spüren, einen Hunger, den kein Essen der Welt stillen konnte.

»Mit dir ist es so einfach«, sagte er unvermittelt, und sie wusste nicht, wie sie darauf antworten sollte. Am besten gar nicht.

»Du verstehst sofort, was ich meine, das war schon immer so.«

In diesem Moment hörte sie ein leises Geräusch hinter sich, und sah, wie sich Allies Augen weiteten. Als sie sich umdrehte, stand Valentina in der Küchentür, die metallene Espressokanne in der Hand. Sie sagte nichts, doch ihr Blick verriet, dass sie zwar nicht seine genauen Worte verstanden haben mochte, wohl aber die Gefühle, die darin mitschwangen.

36

Als Olivia an einem trüben Dezembertag um zwei Uhr in den Handarbeitsraum kam, hielt Jessie sie an der Tür zurück. »Ich soll dir von Mr. Jones ausrichten, dass er nach dem Unterricht in der Rose Street auf dich wartet.«

Sie schaute ihre Lehrerin überrascht an. Jessie lächelte, doch ihre Augen blieben ernst, und Olivia fragte sich flüchtig, woran das liegen mochte. Gefiel es ihr nicht, dass Gabriel einfach voraussetzte, dass Olivia Zeit hatte? Oder dass sie sich überhaupt trafen? Machte sie sich zu viele Gedanken? Ihr Herz schlug jedenfalls schneller.

Gabriel kannte ihre neue Adresse nicht, dachte Olivia, während sie sich an ihren Platz setzte und die Stickutensilien auspackte. Sie ordnete Nadeln und Garne ordentlich auf dem Tisch an und holte den Stickrahmen hervor, in den sie schon ein Mustertuch eingespannt hatte. Regelmäßig übte sie kompliziertere Techniken wie den französischen Knoten oder den Wickelstich, um ihr Repertoire zu erweitern. Während ihre Hände arbeiteten, konnten ihre Gedanken frei umherziehen.

Sie hatte Gabriel bei den Newberys nicht erzählt, dass sie zu Hause ausgezogen war. Sollte sie es heute tun? Oder würde es wie eine – vielleicht unangemessene – Einladung aussehen? Als wollte sie ihn in ihre kleine Wohnung bitten, wo sie dann zu zweit und ungestört wären?

Aber nein, Gabriel war kein Mann, der in solch engen Schubladen dachte. Als Künstler kannte er sicher viele Frauen, die sich nicht an überholte Anstandsregeln hielten – außerdem galten diese Regeln vor allem für junge Frauen aus wohlhabenden Familien.

Da rutschte ihr die Nadel ab und landete in ihrem Finger. Olivia hob sie unwillkürlich zum Mund und leckte den Blutstropfen ab, der hervorquollen war. Als sie aufblickte, begegnete sie Jessies Augen, und wieder las sie darin etwas, das sie nicht deuten konnte.

Sie stickte weiter, doch so sehr sie sich bemühte, sich auf den französischen Knoten zu konzentrieren, wanderten ihre Gedanken wieder zu Gabriel.

Um vier Uhr räumte sie ihre Sachen zusammen, verabschiedete sich von Jessie und den anderen Studentinnen und eilte zur Treppe. Es zog sie mit aller Macht zum Eingang, vor dem Gabriel auf sie warten wollte.

Doch das tat er nicht. Er stand vielmehr unten im Flur, an die Wand gelehnt, die Arme verschränkt, um den Hals den dicken Strickschal, aber ohne Hut. Seine Wangen waren von der Kälte gerötet, und auf Locken und Umhang glitzerten Wassertropfen. Sie wusste selbst nicht, warum ihr das als Erstes auffiel.

Er reichte ihr die Hand. »Guten Tag, Livia. Ich gebe zu, es war unverschämt, Ihnen diese Verabredung aufzuzwingen. Und nun lauere ich Ihnen auch noch im Gebäude auf und nehme Ihnen damit die Gelegenheit, mir aus dem Weg zu gehen. Es könnte ja gut sein, dass Sie heute Abend schon vergeben sind oder gar keine Lust haben, mit mir auszugehen. Natürlich hätte ich Ihnen einen höflichen Brief schreiben können, aber ich fand es so irgendwie … interessanter.« Das alles kam ein wenig atemlos hervor, und Olivia fragte sich, ob er die Worte einstudiert hatte.

Sie musste lachen. »Ich bin nicht ›vergeben‹. Und ich freue mich, Sie zu sehen.« Aus dem Augenwinkel bemerkte sie, dass einige Kommilitoninnen, mit denen sie vorhin im Handarbeitsraum gesessen hatte, Gabriel neugierig anschauten und dann rasch weitereilten. Sie konnte sich ungefähr vorstellen, welcher Klatsch sich gleich verbreiten würde.

»Sie sehen aus, als wäre Ihnen kalt.«

Er zog die Schultern hoch. »Ich vergesse immer, dass das Wetter in Schottland noch scheußlicher als in London sein kann. Und wenn ich dann herkomme, trifft es mich umso heftiger.«

»Also diesmal kein langer Spaziergang?«

»Heute ist es zu allem Übel auch noch nass.« Er runzelte nachdenklich die Stirn. »Schlagen Sie doch mal was Verrücktes vor.«

Olivia lehnte sich neben ihm an die Wand und überlegte. Dann kam ihr eine Idee. »Wir könnten ins Garden Restaurant gehen. Das ist von hier aus nur eine Viertelstunde.«

»Und was daran ist verrückt?«

»Eigentlich wollte ich Sie überraschen, aber ich warne Sie lieber vor. Es ist ein vegetarisches Restaurant. Man bekommt dort kein Fleisch.«

Gabriel schlug sich theatralisch mit der Hand vor die Stirn. »Kein Fleisch? Das könnte ich keinen Tag lang ertragen.« Dann lachte er und hielt ihr den Arm hin, damit sie sich unterhaken konnte. »Wollen wir?«

Kurz bevor sie den Ausgang erreicht hatten, ertönte hinter ihnen eine Stimme.

»So sieht man sich wieder, Mr. Jones. Wollen Sie Ihre Studien etwa bei uns in Glasgow fortsetzen?«

Olivia und Gabriel drehten sich um, und sie bemerkte, wie ein harter Zug in sein Gesicht trat.

»Mr. Robinson! Ich hatte gehört, dass Sie jetzt hier unterrichten.« Gabriels Tonfall war knapp, fast unhöflich.

»Die Zeit vergeht. Sie sind auch schon länger nicht mehr an der Slade. Wann war doch gleich ihr Abschluss?«

»Vor drei Jahren. Aber das ist Ihnen sicher nicht entfallen.«

Olivia spürte eine Spannung zwischen den Männern, die tiefer ging als die leicht spöttischen Worte. Sie hatte nicht geahnt, dass die beiden einander kannten; andererseits war es nicht undenkbar, da Robinson in London unterrichtet und Gabriel dort studiert hatte.

»Ich hoffe, Ihre Karriere entwickelt sich wie erhofft«, sagte Robinson betont gleichgültig.

»Das tut sie. Auch wenn es nicht immer danach ausgesehen hat.«

Robinsons Blick wanderte zu Olivia. »Dann wünsche ich Ihnen beiden einen angenehmen Abend.« Auch jetzt schwang etwas in seinen Worten mit, eine verborgene Botschaft, die sie nicht verstand. Sie fühlte sich unbehaglich und legte die Hand auf Gabriels Arm.

Er nickte knapp zum Abschied, und sie traten hinaus in die Rose Street, die im Regen glänzte. Olivia öffnete ihren Schirm und reichte ihn Gabriel, damit er ihn über sie beide halten konnte. Es bedeutete, dass sie eng beieinander gehen mussten, und sie glaubte, die Wärme seines Körpers unter dem Umhang zu spüren. Sie bogen nach links in die Sauchiehall Street und gingen ein Stück, bis ihr auffiel, dass Gabriel kein Wort mehr gesprochen hatte.

»Was ist los?« Sie musste ihre Stimme erheben, weil gerade ein Pferdeomnibus an ihnen vorbeiklapperte. »Ich habe das Gefühl, dass Sie und Robinson sich nicht mögen.«

Er lachte auf, doch es klang nicht belustigt, sondern bitter. »›Nicht mögen‹ ist gut! Sie sollten ihm mit Vorsicht begegnen. Ich habe – wie soll ich sagen – unschöne Erfahrungen mit ihm gemacht. Mag sein, dass er sich seither geändert hat, aber ich würde ihm nicht blind vertrauen.« Dann verstummte er abrupt, als hätte er bereits zu viel gesagt.

»Nun, er kann recht herrisch sein«, sagte Olivia. »Ich bin gleich am ersten Tag unangenehm aufgefallen, weil ich eine Hortensie nicht so gezeichnet habe, wie er es sich vorstellte, aber inzwischen komme ich ganz gut mit ihm zurecht.« Sie kam sich unaufrichtig vor, weil sie Gabriel nicht von den Aufträgen erzählen konnte, die Robinson ihr verschafft hatte. Dass er sie vor Robinson warnte, behagte ihr nicht, doch er wollte offenbar nicht mehr preisgeben. Sie schob die Gedanken beiseite.

Gabriel drückte leicht ihren Arm. »Das ist doch wunderbar, Livia. Und ich bin ihn los. Jetzt lassen Sie uns den Abend genießen.«

Sie hatte noch nie im Garden Restaurant gegessen, doch Gabriel hatte sich etwas Verrücktes gewünscht, und es war das Ungewöhnlichste, was ihr eingefallen war. Mr. Moffat erkannte sie sofort und begrüßte sie herzlich, bevor er ihnen seinen besten Tisch anbot. Das Restaurant war einfach eingerichtet, mit hübschen Bildern an den Wänden und schlichten Möbeln, und sie zeigte Gabriel stolz die Speisekarte. »Ich weiß allerdings nicht, ob Ihnen das Essen schmecken wird«, gestand sie.

Er studierte aufmerksam die Karte und wählte mit Bedacht die Gerichte aus, die er probieren wollte. »Die werden mir allein schon deshalb schmecken, weil Sie die Karte gezeichnet haben.«

Olivia fand, dass es so ziemlich das Schönste war, das ein Mensch zu ihr gesagt hatte.

Gabriel erzählte während des Essens von seiner Malerei, dass er Kinder aus dem Londoner Eastend gemalt und damit Aufsehen erregt hatte, weil es manchen Leuten vollkommen unerhört erschien, arme Kinder mit derselben Sorgfalt darzustellen wie die Söhne und Töchter der Reichen. Olivia wiederum zeichnete Muster in ihr Notizbuch, um zu zeigen, wie sie ihre Pflanzendarstellungen weiterentwickelt hatte. Sie waren so vertieft, dass Mr. Moffat schließlich leicht verlegen an ihrem Tisch auftauchte und ihnen die Rechnung hinlegte. Gabriel sah auf seine Taschenuhr. »Oh, es ist schon halb neun.«

Olivia schaute ihn ungläubig an. »Aber Sie haben mich um vier Uhr abgeholt! Wie kann das sein?«

Er bezahlte für sie beide und fügte, bevor sie etwas sagen konnte, hinzu: »Ich habe Sie eingeladen, also bezahle ich. Glauben Sie nicht, ich wollte Sie bevormunden. Das würde ich gar nicht wagen.«

Sein Humor löste eine wohlige Wärme in ihr aus, die auch noch anhielt, als sie auf die Straße traten. Es hatte aufgehört zu regnen, dafür wehte jetzt ein ungestümer Wind. Gabriel wollte gerade die Hand heben, um eine Droschke zu rufen, als Olivia ihre Chance erkannte.

»Ich bin umgezogen«, sagte sie rasch. »Mein Heimweg ist nicht lang.«

Er sah sie überrascht an. »Und das sagen Sie mir erst jetzt?«

Sie zog den Mantel enger um sich und rückte ihre Mütze zurecht. »Na ja, ich wollte nicht mit der Tür ins Haus fallen.«

Gabriel hatte die Hände in den Taschen vergraben und die Schultern hochgezogen und stemmte sich gegen den Wind, der seine Locken zerzauste. »Aber wir haben fast vier Stunden in diesem Restaurant gesessen, und Sie haben es nicht erwähnt.«

Also platzte sie einfach mit der Wahrheit heraus. »Ich dachte, Sie könnten es falsch verstehen. Ich meine, wenn eine Frau einem Mann erzählt, dass sie eine eigene Wohnung hat …«

Er blieb stehen, sodass sie nicht anders konnte, als dasselbe zu tun. Er stand dicht vor ihr und schaute auf sie herunter. »Sie haben ja eine ausgezeichnete Meinung von mir«, sagte er belustigt. »Ich kenne mittlerweile Ihre ganze Familiengeschichte und weiß von Ihrem Freund Alistair, der mit einem Italiener ein Restaurant betreibt. Und dass Sie bald Tante werden und eine Freundin mit dem ungewöhnlichen Vornamen de Courcy haben. Aber dass Sie eine eigene Wohnung haben, war nicht der Rede wert?«

Olivia drehte sich um und ging weiter. Sie schämte sich ein bisschen, weil sie ihm unfeine Absichten unterstellt hatte. »Es tut mir leid.«

Er holte sie ein und sagte, während er geradeaus schaute: »Es würde mich freuen, wenn ich mir Ihre Wohnung gelegentlich ansehen dürfte. Bei Tageslicht und, wenn Sie möchten, auch in Gegenwart einer dritten Person.« Es klang steif und amüsiert zugleich.

Olivia verfluchte sich. »Sie *wollen* mich falsch verstehen, oder? Ich brauche keine Anstandsdame, um Ihnen meine Wohnung zu zeigen.«

Die Sauchiehall Street war ziemlich verlassen, ganz anders als tagsüber, wenn sich die Fuhrwerke auf der Straße drängten und die Menschen in die Geschäfte strömten. Straßenlaternen spiegelten sich als gelbe Teiche auf dem Pflaster, und man hörte nur dann und wann ein leises Zischen, wenn ein einsamer

Wagen durch eine Pfütze rollte. Jemand sang in der Ferne betrunken vor sich hin, ansonsten war alles still.

»Verzeihen Sie, meine ironische Art geht manchmal mit mir durch«, sagte Gabriel reumütig. »Ich erwarte Ihre Einladung und freue mich darauf. Darf ich fragen, warum Sie umgezogen sind?«

Sie war froh, dass er von dem heiklen Thema abließ, und schwärmte von dem großen Dachfenster, das ihr viel Licht beim Arbeiten bot. Sie erzählte, wie frei sie sich fühlte, wenn sie aus dem Teesalon oder der School of Art abends in ihr kleines Reich heimkehrte. Gabriel fragte nicht, wie sie sich die Wohnung leisten konnte, und darüber war sie ebenfalls froh, denn die Begegnung mit Robinson spukte ihr noch im Hinterkopf herum.

Als sie die Hill Street erreichten und vor dem Haus stehen blieben, gab Gabriel ihr die Hand. Einen Moment lang schwiegen sie beide. Olivia verspürte den überwältigenden Wunsch, ihn ins Haus zu bitten, doch er beugte leicht den Kopf und küsste sie auf die Stirn.

»Ich wünsche Ihnen eine gute Nacht, Livia. Sie erreichen mich bei den Newberys.«

Mit diesen Worten drehte er sich um und verschwand in der Dunkelheit.

37

In diesen Dezembertagen gab es im Teesalon so viel zu tun, dass Olivia abends einfach zu müde war, um Gabriel einzuladen. Sie dachte jeden Tag an ihn, spürte seine Lippen auf ihrer Stirn, aber ihre nächste Begegnung sollte so perfekt wie möglich sein und sie selbst ausgeruht und frisch.

Nach einigem Zögern fasste sie sich ein Herz und fragte Jessie Newbery, ob Gabriel diesmal wohl bis ins neue Jahr in Glasgow bleibe, was diese bejahte.

Gabriel hatte den ersten Schritt getan, nun war sie an der Reihe. Aber es musste sich richtig anfühlen. Und dann kam ihr eine Idee – sie würde eine kleine Party ausrichten, und zwar an Hogmanay, als verspätete Einweihungsfeier, und das Jahr 1898 gemeinsam mit ihren künstlerischen Weggefährten begrüßen. Ihre Wohnung war nicht groß, aber die Leute kamen an diesem Tag meist nicht alle gleichzeitig, sondern schwärmten durch die Stadt und suchten nacheinander Freunde und Familie auf, um ein gutes neues Jahr zu wünschen. Wenn sie ein bisschen zusammenrückten, konnte es sehr nett werden.

Olivia hätte gern auch die Newberys, die Macdonald-Schwestern und Charles Rennie Mackintosh dabeigehabt, traute sich aber nicht so recht, weil sie älter waren als sie selbst, in eleganten Häusern wohnten und es künstlerisch schon weit gebracht hatten. Andererseits könnte es unhöflich aussehen, wenn sie Gabriel einlud, seine Gastgeber aber nicht.

Nach zwei Tagen Kopfzerbrechen traf Olivia eine Entscheidung und schickte allen eine hübsch gezeichnete Einladung. Ihre Hände zitterten, als sie die Briefe einwarf. Zu Hause schob sie den Tisch beiseite, legte sich unter dem Dachfenster auf den Boden und versuchte, ihren Atem zu beruhigen. Sie kam sich lächerlich vor, weil sie sich solche Sorgen machte, und fürchtete sich gleichzeitig vor ihrer eigenen Courage, weil sie, Olivia MacLeod aus Dennistoun, es gewagt hatte, diese angesehenen Leute einzuladen. Schließlich setzte sie sich kerzengerade auf und sagte sich, dass auch sie eine Künstlerin und es ihr gutes Recht war, andere Künstlerinnen und Künstler einzuladen.

Am 31. Dezember schlief sie aus, um sich auf den langen Abend vorzubereiten. Danach putzte sie, wie es Tradition war, gründlich ihre Wohnung. Sie begann mit dem Treppenabsatz, polierte sogar das Geländer, sodass sich Mrs. Burns aus dem Stockwerk unter ihr staunend den Hals verrenkte und zahnlos grinsend fragte, ob Olivia das auch bei ihr machen könne. Sie schrubbte das Spülbecken, kehrte dem Kamin aus, fegte und wischte die Dielen und rückte die Möbel zurecht, sodass möglichst viel Platz im Zimmer war.

Sie stellte Kerzen hinter kleinen Schirmen aus buntem Seidenpapier auf und hängte eine Girlande über die Tür. Man hatte ihre Entwürfe angenommen, und Mr. Robinson hatte ihr vor wenigen Tagen die zweite Hälfte ihres Honorars übergeben. So konnte sie Bier, Wein und Sandwiches anbieten. Es war Tradition, dass die Gäste an Hogmanay selbst Kuchen und Getränke mitbrachten, doch Olivia wollte nicht mit leeren Händen dastehen, wenn sie eintrafen.

Olivia baute das Büffet auf einem kleinen Schrank auf. Besteck und Teller hatte sie sich von ihrer Mutter geliehen.

Am frühen Abend unternahm sie einen langen Spaziergang, weil sie zu aufgeregt war, um noch länger in der Wohnung zu sitzen. Überall in der Stadt hörte man Gesang, die Fenster waren erleuchtet, alle bereiteten sich auf das größte Fest des Jahres vor.

Als sie zurück war, zog sie die Bluse an, die Ma ihr im letzten Jahr zu Weihnachten geschenkt hatte, und dazu ihren besten Rock. Sie band sich ein blaues Band in die Haare, das zum Stoff der Bluse passte, und betrachtete sich in dem kleinen Spiegel, der neben dem Bett hing. Ihre Wangen waren gerötet, als hätte sie Rouge aufgelegt. Sie strich noch einmal über ihre Haare, griff nach einem Buch und setzte sich.

Doch ihre Gedanken wollten nicht bei den Buchstaben bleiben. Alle hatten zugesagt, nur von Gabriel hatte sie nichts gehört, und er hatte ihr auch nichts ausrichten lassen. War er gekränkt, weil sie ihn noch nicht zu sich eingeladen hatte? War es falsch gewesen, auf den perfekten Anlass zu warten? Als ihre Stimmung trübe zu werden drohte, klopfte es.

De Courcy stand mit Brot und Salz vor der Tür. »Guten Abend!« Sie reichte ihr die Gaben. »Nicht viel, aber es kommt von Herzen.«

Olivia legte das Brot aufs Büfett und stellte das Salz dazu.

»Möchtest du Wein?«

»Gern, aber erst muss ich dein Reich bestaunen. Das sieht ja reizend aus, sehr festlich.«

Sie schlenderte umher, und Olivia goss ihr ein Glas Rotwein ein. Dann stießen sie miteinander an. Als de Courcy hörte, dass sie auch die Newberys, Mackintosh und die Macdonald-Schwestern eingeladen hatte, nickte sie anerkennend. »Bravo, immer mutig voran. Ich hatte mich gefragt, ob du dich traust.«

Schon waren Olivias Zweifel zurück. »Meinst du, ich habe sie in Verlegenheit gebracht?«

»Unsinn. Du bist seit über einem Jahr an der Schule, wir haben zusammen deinen Geburtstag gefeiert. Du warst bei Margaret und Frances im Atelier und bei den Newberys zu Hause. Mach dir keine Sorgen.«

Um kurz vor Mitternacht erschienen die Newberys, die Mackintosh mitbrachten. Bald darauf kam Margaret Macdonald, die augenzwinkernd erklärte, ihre Schwester hätte leider nicht mitkommen können, da sie bei Herbert McNair eingeladen sei. Olivia begrüßte ihre Gäste herzlich und war stolz, dass sie an diesem Abend bei ihr daheim zusammengefunden hatten. Alle redeten durcheinander, es wurde gelacht und getrunken, die Kerzen warfen flackernde Lichter an die Decke, während der Regen auf dem Dachfenster sein prasselndes Lied sang.

Alle waren gekommen – bis auf ihn.

Olivia versuchte, nicht enttäuscht zu sein. Dann eben nicht, dachte sie trotzig. Gabriel Jones war offenbar ein Mensch, der unberechenbar blieb, der etwas von sich gab und es wieder entzog.

Als es Mitternacht schlug, bildeten alle einen Kreis und fassten sich an den Händen, bevor sie »Auld Lang Syne« anstimmten. Olivias Augen begegneten de Courcys, und die Freundin schien etwas in ihrem Gesicht zu lesen, sie hob fragend eine Augenbraue. Olivia wandte sich ab, wollte in diesem Moment nicht durchschaut werden. Sie schluckte und sang tapfer weiter.

Als die Glocken verklangen, kreuzten alle die Hände vor der Brust, ohne die anderen loszulassen, und drängten sich in der Mitte zusammen, sangen die letzten Töne und wünschten einander ein frohes neues Jahr.

Da klopfte es.

Olivia öffnete die Tür. Gabriel stand davor, in der Hand einen Black Bun, den er ihr lächelnd entgegenstreckte.

»Alles Gute fürs neue Jahr, Livia.« Er küsste sie auf die Stirn, wie er es schon einmal getan hatte, und trat in die Wohnung.

Sie stand wie betäubt mit dem Früchtekuchen in der Hand da und hörte, wie Mackintosh rief: »Sie werden dieses Jahr eine Menge Glück haben mit diesem First Footer!«

»O ja«, stimmte Margaret ihm zu. »Wenn ein großer, dunkelhaariger Mann im neuen Jahr als Erster die Schwelle überschreitet, bringt er Glück. Unser englischer Freund muss sich etwas dabei gedacht haben, der Zeitpunkt ist wohl kaum zufällig gewählt.«

Olivia hatte den alten Brauch ganz vergessen und musste lachen. »Sie haben mich ganz schön warten lassen, Gabriel.«

Er nahm sich ein Glas von dem Whisky, den die Newberys mitgebracht hatten, und hob es ihr entgegen. »Ich trinke auf unsere Gastgeberin und auf ein fabelhaftes Jahr 1898. Möge es uns allen bescheren, was wir verdienen und erhoffen.«

Die anderen stießen mit ihm an.

Nacheinander verabschiedeten sich dann die Gäste, um weitere Freunde und Nachbarn aufzusuchen, wie es die Tradition verlangte. Wenn man Hogmanay richtig feierte, war man bis in die frühen Morgenstunden unterwegs.

Mackintosh und Margaret gingen zusammen.

De Courcy, die viel länger geblieben war als vorgesehen, zog Olivia beim Abschied beiseite. »Dein First Footer ist ja wie aus dem Bilderbuch«, bemerkte sie mit einem seltsamen Unterton in der Stimme.

Olivia wurde rot. »Ja, das stimmt«, sagte sie nur.

De Courcy knöpfte den Mantel zu und schaute von ihr zu

Gabriel. »Ich lasse euch dann auch allein. Alles Gute fürs neue Jahr!«, rief sie laut und verschwand im Treppenhaus.

»Da waren es nur noch zwei.« Gabriel war neben sie getreten und hielt ihr ein Weinglas hin. »Oder möchten Sie lieber *uisge beatha,* das Wasser des Lebens?«

Olivia schüttelte lachend den Kopf. »Sie sprechen Gälisch?«

Er verzog reumütig das Gesicht. »Ich kann nur das und *slàinte.*«

»Damit kommen Sie in Schottland schon recht weit. Allerdings bin ich keine Whiskytrinkerin. Er schmeckt und bekommt mir nicht.«

»Und Sie wollen eine echte Schottin sein?«

Gabriel machte keine Anstalten, die Wohnung zu verlassen, und so schloss sie die Tür und lehnte sich dagegen. Er stellte sein Glas ab und legte sich auf den Boden unter das Fenster, wie sie es schon oft getan hatte.

Sie hatte nicht viel getrunken, und doch war ihr, als schwebte sie ein Stück über dem Boden. Ihre Füße schienen selbst zu entscheiden, wohin sie gehen wollten, und trugen sie dorthin, wo Gabriel lag. Sie streckte sich neben ihm aus, natürlich mit gebührendem Abstand, und schaute nach oben.

»Jetzt weiß ich, warum Sie hier liegen. So sternenklar ist es in Glasgow selten.«

Der Himmel war ein Tuch aus dunklem Samt, bestickt mit goldenen Sternen. Er schwieg, sie horchte auf seinen Atem. Falls die Menschen auf den Straßen lautstark feierten, drang der Lärm nicht bis zu ihnen herauf.

Es war so still, dass Olivia glaubte, ihr eigenes Herz zu hören. Seine Finger berührten ihre rechte Hand. Kaum merklich schob sie ihre näher, und dann umfasste seine Hand die ihre, ohne Druck, ganz sanft.

Auf einmal überkam sie jene Kühnheit, die immer in ihr steckte, aber nur selten an die Oberfläche drang. Sie drehte sich auf die Seite und berührte mit der Linken seine lockigen Haare. Gabriel ergriff sie und drückte behutsam die Lippen darauf.

»Auf 1898. Wie sagt man frohes neues Jahr auf Schottisch?«

»*Bliadhna Mhath* Ùr.«

Er lachte leise. »Bleiben wir lieber bei Englisch.«

38

Die ersten Januartage waren kalt und regnerisch wie in fast jedem Winter, doch das Wetter konnte Olivia nichts anhaben. Für sie schien die Sonne, wenn sie morgens aufstand, begleitete sie während der Arbeit im Teesalon – die School of Art war bis ins neue Jahr hinein noch geschlossen – und ging erst unter, wenn sie sich mit Gabriel traf. Dann brauchte sie keine Sonne mehr. Sie erkundeten gemeinsam die Stadt, und Olivia stellte fest, dass sie Glasgow bei Weitem nicht gut genug kannte, wenn sie bedachte, dass sie hier geboren war.

Dann plötzlich regnete es nicht mehr, und die Wolken rissen auf. Ein geradezu unglaubliches Blau lag über der Stadt. Gabriel erschien morgens um neun vor ihrer Tür. »Heute ist unser letzter Tag«, murmelte er bedauernd.

Er hatte Olivia gesagt, wie lange er in Glasgow bleiben und

dass er diesmal nicht ohne Abschied verschwinden würde. Und er hatte ihr seine Londoner Adresse gegeben, damit sie einander schreiben konnten.

Doch Gabriel zu durchschauen fiel ihr immer noch schwer. Seine Laune änderte sich bisweilen unversehens, dann wurde er ernst und schien nicht mehr zu hören, was sie sagte. Kurz darauf entschuldigte er sich und war umso witziger und liebenswürdiger, aber sie konnte diese dunklen Momente nicht vergessen. Er erzählte wenig von sich, sprach lieber von seiner Malerei und dass er in einer Galerie in Chelsea arbeitete, weil er mit seiner Kunst noch nicht genug verdiente.

Sie waren sich körperlich nähergekommen; er hatte auf der Straße den Arm um sie gelegt, nicht ohne vorsichtig zu fragen, ob es unpassend sei. Olivia war gar nicht auf den Gedanken gekommen, dass es unpassend sein könnte, und hatte statt einer Antwort den Kopf an seine Schulter gelegt.

Gabriel setzte sich aufs Sofa, trommelte aber ungeduldig mit der Hand auf seinem Knie.

»Du kannst es ja gar nicht erwarten«, sagte Olivia belustigt. »Wohin wollen wir denn?«

»An einen Ort, den du mir nicht gezeigt hast. Daher vermute ich, dass du selbst noch nicht dort gewesen bist. Er ist nämlich wunderschön und sehenswert, du hättest mich sonst sicher hingeführt.«

Sie musste lachen. »Das klingt ganz schön wirr.«

Gabriel stand auf und schob die Hände in die Hosentaschen. »Lass dich überraschen.«

Die kalte Luft nahm Olivia den Atem, als sie auf die schmale Straße traten, doch das Himmelsblau entschädigte sie dafür. Sie hatte ihre wärmsten Strümpfe und Schuhe angezogen, und dann nahm Gabriel auch noch ihre Hand. Von seiner Berührung ging so viel Wärme aus, dass sie in jeden Winkel ihres Körpers drang.

Sie kamen an der Synagoge mit der hübschen Fensterrosette und der hebräischen Schrift über der Tür vorbei. An diesem Morgen sah Garnethill mit seinen schmalen Straßen und Sandsteinhäusern, die braun, rot und gelb in der Sonne glühten, ein wenig verschlafen aus, als hätte selbst die Sonne die meisten Bewohner noch nicht hervorgelockt.

»Wohnen hier zufällig viele Künstler?«, fragte Gabriel amüsiert. »Die lassen sich nämlich auch vom einzigen schönen Wintertag nicht aus dem Bett holen.«

»Sind wir etwa keine?«, fragte Olivia.

»Wir sind Künstler, die ihren letzten Tag miteinander verbringen.«

Danach gingen sie eine Weile schweigend durch die Straßen. Olivia spürte, dass eine Frage zwischen ihnen stand, die sie beide fürchteten. Sie wollte den Zauber der letzten Tage nicht zerstören, und vielleicht ging es Gabriel genauso. Er würde wieder nach London fahren, und sie bliebe in Glasgow. Sie würden einander schreiben, das war ein guter Schritt, und doch kam es ihr vor, als bewegten sie sich damit zurück, hinter die Nähe, die seit Hogmanay zwischen ihnen gewachsen war.

Aber sie hatten beide ihr eigenes Leben und wohnten nun einmal Hunderte Meilen voneinander entfernt. Vielleicht konnte sie etwas Geld beiseitelegen und Gabriel irgendwann in London besuchen, sich seine Welt ansehen, so wie er ihre kennengelernt hatte.

»Einen Penny für deine Gedanken.«

»Das musst du gerade sagen«, rutschte es ihr heraus. »Tut mir leid. Ich dachte nur an …«

Der Griff um ihre Hand wurde fester, als hätte er Angst, sie könne ihm entgleiten. »An morgen, ich weiß. Ich denke auch daran, Livia. Aber diesmal ist es anders. Wir werden einander nie mehr wirklich fern sein.«

Sie atmete tief ein, ließ die Worte durch ihren Körper strömen und erlaubte ihnen, ihr Mut zu machen.

»Jetzt will ich aber endlich wissen, wohin wir gehen.«

Sie überquerten den River Kelvin, hinter dem der Kelvingrove Park lag. Gabriel blieb auf der Brücke stehen und deutete auf einen großen Glockenturm, der zwischen den kahlen Baumwipfeln zu sehen war.

»Zur Universität nach Gilmorehill? Da war ich tatsächlich noch nie. Ich meine, ich habe sie von Weitem gesehen, war aber noch nie drinnen.«

Sie gingen durch den Park, und der Teppich aus welkem Laub verschluckte ihre Schritte. Niemand außer ihnen war um diese Zeit hier unterwegs.

Sie gelangten auf eine große Wiese, die im Sommer saftig grün sein musste, jetzt aber gelblich braun aussah. Auf einer Anhöhe über dem Park ragte das Sandsteingebäude der Universität empor. Es sah gewaltig aus mit dem hohen viereckigen Turm, dessen Spitze sich in den Himmel bohrte und der von vier kleineren Türmchen umgeben war. Mit den zahllosen Bogenfenstern und verzierten Erkern erinnerte der Bau an ein riesiges Kloster oder Märchenschloss.

»Es ist wunderschön«, sagte Olivia staunend und bereute, dass sie nicht schon früher hergekommen war.

Sie blieb vor dem Haupteingang stehen und schaute am Glockenturm empor. Dann deutete sie auf die Inschrift über der Tür: *Via, Veritas, Vita.*

»Was heißt das? Du kannst doch sicher Latein.«

Gabriel war neben sie getreten. Weißer Atem wolkte aus

seinem Mund, als er antwortete. »Der Weg, die Wahrheit, das Leben.«

»Ein schönes Motto.«

Sie wollte hineingehen, doch Gabriel bog nach rechts ab und trat durch einen Torbogen.

»Du kennst dich wirklich aus«, sagte Olivia erstaunt. »Hast du dich gründlich vorbereitet, damit du für mich den Reiseführer spielen kannst?«

Er zuckte nur lächelnd mit den Schultern und deutete nach vorn. Durch den steinernen Torbogen gelangten sie in einen Innenhof, der auf allen vier Seiten von mit Erkern und Türmchen verzierten Sandsteinfassaden eingerahmt wurde. In der Mitte leuchtete eine Rasenfläche geradezu unerhört grün für die Jahreszeit. Sie war von einem Weg aus großen Steinplatten umgeben.

Es war kaum jemand unterwegs an diesem Sonntagmorgen, und sie schlenderten langsam um das grüne Viereck. Olivia reckte den Hals und schaute an den großen Sprossenfenstern und den Mauern empor, die wie Mosaike aus rötlichen, hellbraunen und cremefarbenen Sandsteinblöcken zusammengefügt waren.

»Hier ist etwas besonders Schönes«, sagte Gabriel und führte sie in einen Kreuzgang, der sie an Bilder mittelalterlicher Klöster erinnerte. Zwei Reihen dicker Säulen an den Außenseiten, eine Doppelreihe zierlicherer Säulen innen, die sich nach oben wie Palmen entfalteten und anmutige Kreuzgewölbe bildeten. Der Boden war ganz schlicht gehalten, um nicht von der Pracht darüber abzulenken.

»Ich würde das am liebsten zeichnen, aber Architektur ist nicht meine Stärke«, sagte sie. »Trotzdem muss ich unbedingt noch einmal herkommen und es wenigstens versuchen.«

»Ja, es ist ein besonderer Ort, vor allem an einem stillen Tag wie diesem.«

Gabriel führte sie in den zweiten Innenhof und sah sich suchend um. »Ich habe es mir erklären lassen, aber wo war sie doch gleich?« Dann deutete er auf eine spitzbogige Holztür. »Komm mit.«

Der Raum dahinter war kühl und nicht besonders hell. Eine eiserne Wendeltreppe schraubte sich empor, doch Olivia sah nicht, wo sie endete. Gabriel ließ sie vorgehen. Sie hielt sich mit einer Hand am Geländer fest, und ihre Schritte hallten auf den Eisenstufen. Es ging immer höher und höher hinauf. Sie wusste, dass es in der Universität ein Museum gab, aber das erreichte man wohl kaum über diese enge Treppe. Und neben der Tür hatte auch kein Schild gehangen.

Sie war ein bisschen außer Atem, als sie auf einer metallenen Plattform mit einer hölzernen Tür ankamen.

»Nimm deine Mütze lieber in die Hand.«

Verwundert setzte Olivia die Wollmütze ab und folgte Gabriel durch die Tür.

»Oh«, hauchte sie. Sie standen jetzt auf dem Glockenturm der Universität, den sie von unten bestaunt hatte.

Der kalte Wind riss an ihren Haaren, doch sie spürte nicht die eisige Luft, die in ihre Wangen biss, denn unter ihr breitete sich ein unglaubliches Panorama aus. Dort floss der River Kelvin, gesäumt von den grünen Wiesen und kahlen Bäumen des Parks. Weiter rechts ragten die Schornsteine backsteinroter Fabriken empor. Staunend ging sie an der steinernen Balustrade entlang. In alle Richtungen erstreckte sich die Stadt, mächtige Vierecke aus Häusern, durchzogen von Straßen, auf denen sich Menschen und Fahrzeuge wie Spielsachen ausnahmen. Sie entdeckte die Ladekräne des Hafens am Clyde, die vielen Kirchtürme, die Kathedrale und dahinter den Hügel mit der Necropolis. Noch weiter westlich musste Dennistoun liegen, dessen gleichförmige Häuser sie nicht von allen anderen unterscheiden konnte.

Hier oben war nichts zu hören außer dem Tosen des Windes, der weiße Wolken wie Schafe über den Himmel jagte.

An diesem klaren Tag, wie sie in Glasgow so selten waren, entdeckte Olivia grüne Hügel und Berge in der Ferne, wo keine Stadt mehr war. Sie schaute hinunter auf die grünen Vierecke der Innenhöfe, wo ein schwarz gekleideter Professor dahineilte, klein wie eine Ameise.

Sie sagte nichts, nahm nur alles in sich auf.

Schließlich blieb sie stehen und drehte sich um, suchte nach den richtigen Worten. »Danke. Danke, dass du mich hergebracht hast. Es ist wie ein Geschenk.«

Ihre Augen brannten und das nicht nur vom Wind. Sie schaute an der Turmspitze empor, die aus filigranem Metall bestand und den Wind durchließ. Wie eiserne Brüsseler Spitze, dachte sie.

Gabriel trat dicht hinter sie und legte die Hände auf ihre Schultern, drückte die Lippen in ihre Haare. »Ich habe lange überlegt, was ich dir zum Abschied schenken könnte. Alles erschien mir zu banal oder beliebig, es waren Dinge, die dir jeder schenken könnte. Es sollte etwas sein, an das du dich erinnerst und das dich an mich erinnert, wann immer du es siehst. Und was gibt es Unübersehbareres in Glasgow als den Turm der Universität?«

Sie lehnte ihren Hinterkopf an seine Schulter. »Ich brauche nichts, um mich an dich zu erinnern. Aber das hier werde ich immer in mir tragen.«

Da drehte Gabriel sie sanft zu sich um, legte die Hände um ihr Gesicht. Ihre Lippen begegneten sich, und es fühlte sich vertraut an, aber auch neu und warm und erregend.

Sie blieben lange dort oben stehen, eng umschlungen, bis die Kälte unerträglich wurde. Auf der eisernen Treppe nach unten hielten sie einander untrennbar an der Hand.

39

In den folgenden Wochen ging Olivia mehrmals zur Universität. Die Wintertage in Glasgow waren dunkel, und wenn sie im Teesalon Feierabend machte, brannten längst die Straßenlaternen. Doch wenn freie Zeit und Tageslicht zusammenpassten, eilte sie mit ihrem Skizzenheft in Richtung Gilmorehill. Inzwischen kannte sie das Gebäude von allen Seiten, hatte es aus jeder Perspektive betrachtet, und dabei war ihr eine Idee gekommen.

Darum saß sie nun auf einer Bank im Kelvingrove Park, das Heft auf den Knien, den Stift in den Fingern, die trotz der Handschuhe kalt waren. Konzentriert schaute sie nach oben zu dem vertrauten Gebäude mit den vielen Fenstern und Türmen, zu den Sandsteinblöcken der Fassade, die sich wie ein vielfarbiges Puzzle zusammenfügten. Es war ihr ernst gewesen, als sie zu Gabriel gesagt hatte, sie verstünde sich nicht auf technisches Zeichnen.

Ihre Idee war eine andere – die Vereinfachung, die Zurückführung aufs Wesentliche, die sie mit den Pflanzen eingeübt hatte, auch bei anderen Gegenständen anzuwenden. Sie betrachtete das Gebäude immer wieder, um herauszufinden, was seine grundlegenden Merkmale waren, was genau es unverwechselbar machte. Und sobald sie es wusste, würde sie sich daranmachen, die Merkmale in eine Zeichnung zu übertragen.

Sie probierte, radierte und fing von Neuem an. Sie war so vertieft, dass sie die Kälte kaum noch spürte. Dann und wann ging jemand an ihr vorbei, schaute neugierig oder machte eine aufdringliche Bemerkung.

»Frier bloß nicht an der Bank fest«, sagte ein junger Mann in Arbeitskleidung, doch Olivia ließ sich nicht beirren und zeichnete ungerührt weiter.

Die Leute ahnten nicht, dass etwas Unsichtbares sie von innen wärmte. Wann immer sie zur Universität ging, war es, als wäre Gabriel an ihrer Seite oder schaute ihr beim Zeichnen über die Schulter. Sie schrieben einander einmal in der Woche. Seine Briefe waren zu einer Quelle des Glücks geworden, die sie auch durch Tage trug, an denen sie mit sich unzufrieden war oder mit der vielen Arbeit haderte. Miss Cranston hatte angedeutet, dass sie schon wieder neue Pläne hegte. Natürlich müsse in der Buchanan Street alles vollkommen reibungslos laufen, bevor sie ein neues Projekt in Angriff nahm, doch Olivia ahnte, dass sie bereits eine fest umrissene Idee hatte.

Zwar gab es im neuen Teesalon immer noch Kleinigkeiten zu verbessern, doch der Andrang war so groß, dass sie mitunter Gäste wegschicken mussten, weil kein einziger Platz mehr frei war. Was natürlich bedeutete, dass die Kellnerinnen ständig auf Trab waren. Olivia hatte eine kleine Gehaltserhöhung bekommen, weil sie mehr Verantwortung als früher übernahm.

Um ihre Miete bezahlen zu können, war das nützlich, aber sie war auch müder als zuvor, wenn sie von der Arbeit kam. Daher blieb ihr wenig Zeit, um Jamie und Trudie und den kleinen Robbie zu besuchen, der Anfang Februar zur Welt gekommen war – es war entgegen aller Vorhersagen doch kein Mädchen geworden.

Deshalb war sie auch nicht traurig, dass Mr. Robinson keinen neuen Auftrag für sie hatte. Einerseits wollte sie Erfahrungen sammeln, doch solange sie niemandem von ihren Entwürfen erzählen durfte, war ihr als Designerin nicht geholfen. Sie brauchte mehr Artikel wie den in *The Studio*, aber dazu musste die Welt auch wissen, was sie entworfen hatte.

Sie schrieb Gabriel, woran sie arbeitete, und er schickte ihr ermutigende Briefe und kleine Zeichnungen von Dingen, mit denen er sich gerade beschäftigte. Es war fast wie ein Gespräch, nur auf große Entfernung und mit viel Zeit zwischen den Antworten.

Olivia war ins Träumen geraten, zuckte nun aber zusammen und schaute auf ihre Zeichnung. *Große Entfernung!* Hatte sie endlich den richtigen Ansatz gefunden? Sie hatte bisher versucht, das Gebäude als Ganzes zu zeichnen und sich dabei verzettelt. Was aber sah man, wenn man es von Weitem erblickte? Natürlich den Glockenturm.

Sie fing noch einmal neu an, konzentrierte sich ganz auf die nach oben strebenden Linien, die eiserne Spitze und die vier kleinen Türmchen, die sie umgaben. Sie ließ alles Unnötige weg, und mit einem Mal entstand genau das Bild, nach dem sie gesucht hatte.

Sie sprang auf und trat von einem Fuß auf den anderen, um ihre halb gefrorenen Zehen aufzuwärmen. Jetzt konnte sie endlich nach Hause gehen und eine Tuschezeichnung oder ein Aquarell anfertigen. Und sie hatte eine Idee im Hinterkopf, gerade entstanden und noch unfertig, die sie unbedingt notieren wollte.

Wie immer, wenn die Inspiration sie überkam, bewegte sie sich schneller, schienen ihre Füße kaum den Boden zu berühren. Sie konnte es nicht abwarten, sich daheim einen warmen Tee zu kochen und an die Arbeit zu gehen.

In solchen Momenten spürte sie ein Glück, das mit nichts zu vergleichen war. Etwas zu erschaffen, etwas ganz Eigenes, noch nicht Dagewesenes in sich zu entdecken, machte sie zufrieden wie sonst nichts auf der Welt.

Und dann, wenn sie ihren Plan entworfen hatte, würde sie Gabriel davon schreiben.

»Das ist ganz hervorragend«, sagte Margaret Macdonald, wobei sie die Teetasse gefährlich auf der Untertasse balancierte. Sie klirrte leise, weil sie mit der anderen Hand gestikulierte. »Die Landmarken von Glasgow, in deinem Stil. Das gefällt mir.«

Auf dem Tisch lagen Olivias Tuschezeichnung und das Aquarell des Glockenturms, die sie den anderen Frauen gezeigt hatte.

Die Mitglieder der Glasgow Society of Lady Artists, die vor sechzehn Jahren gegründet worden war, trafen sich im Klubhaus am Blythswood Square, und diesmal war Olivia eingeladen. Sie war sehr aufgeregt gewesen, als sie vor einigen Tagen Margarets Zeilen erhalten hatte. Wieder ein Schritt in den inneren Kreis, wieder ein Zeichen, dass diese Frauen sie als ihresgleichen akzeptierten. Während der School of Art Club allen offenstand, waren hier nur Frauen zugelassen. Sie war unglaublich stolz, sich mit den älteren, erfahreneren Künstlerinnen zu treffen.

Frances nickte. »Und es eröffnet viele Möglichkeiten. Man könnte es für Postkarten verwenden oder für Andenken, auf Stoffe drucken oder auf Lesezeichen.«

Olivia hob die Hände. »Ihr denkt schon so weit! Im Augenblick plane ich vor allem Stickereien, das ist ja mein Hauptgebiet. Aber die Idee mit den Postkarten gefällt mir auch. Und Porzellan.«

De Courcy schob sich ein Stück Shortbread in den Mund, kaute und sagte: »Weißt du, was das Beste daran ist? Es ist neu.« Sie kehrte fast entschuldigend die Hände nach außen. »Wir alle erschaffen wunderbare Dinge, sind aber erkennbar geworden. Wir sind jetzt eine Stilrichtung. Ihr beide, Tosh, McNair, ich selbst – wir haben gewisse Markenzeichen entwickelt, die man von uns erwartet und denen wir uns nicht entziehen können.«

»Ich will mich ihnen gar nicht entziehen«, erwiderte Frances ein wenig pikiert. »Was könnte es Besseres geben als einen Kunststil, den die Welt mit Glasgow verbindet?«

De Courcy wiegte den Kopf. »Ich weiß, was du meinst, aber wir sollten vielseitig und unberechenbar bleiben. Und genau das ist Olivia. Ihre jetzigen Ideen sind völlig anders als die bisherigen Nadelarbeiten, sie hat sich von dem Motiv der Distel gelöst und arbeitet in verschiedenen Richtungen. Das finde ich gut.«

Margaret, die Älteste, lächelte beschwichtigend. »Gerade die Vielfalt ist es, die unsere School of Art und ihre Absolventen auszeichnet. Viele Maler arbeiten ganz und gar anders als wir, und für uns alle sollte Platz in dieser Welt sein.« Sie schaute Olivia an. »Was sagst du dazu?«

Genau diese Frage hatte sie befürchtet und räusperte sich verlegen. »Ich – muss gestehen, dass ich nicht viel über Theorie weiß. Ich entwerfe drauflos.«

»Unsinn!«, rief de Courcy dazwischen. »Du treibst dich doch seit Wochen an der Universität herum! Deine Entwürfe sind wohldurchdacht. Oder gibt es noch etwas anderes, das dich dort hinzieht?«

Die Macdonald-Schwestern beugten sich interessiert vor, als ahnten sie, dass de Courcy an einen empfindlichen Punkt gerührt hatte.

»Ja, gibt es«, sagte Olivia verlegen. »Die Erinnerung an einen besonderen Tag. Aber mehr verrate ich nicht.« Hoffentlich merkten die anderen nicht, dass ihre Hände plötzlich zitterten.

»Das musst du auch nicht.« Margaret legte ihr begütigend die Hand auf den Arm. »Lass dich nicht ärgern. Wir alle haben doch unsere Herzensfreunde.«

Dankbar ergriff Olivia die Chance, das Thema zu wechseln. »Wie gehen die Arbeiten am neuen Schulgebäude voran? Ich komme ständig daran vorbei, aber außer einer Baugrube ist nicht viel zu sehen.«

Am nächsten Nachmittag bestellte Miss Cranston Olivia zu sich. Mittlerweile war sie nicht mehr so nervös, wenn sie im Büro erscheinen musste; meist ging es um den Teesalon, manchmal wollte Miss Cranston auch wissen, ob ihr Studium Fortschritte machte und woran sie gerade arbeitete.

Sie trat in den winzigen Raum und schloss die Tür hinter sich. »Olivia, setz dich bitte.«

Sie fragte sich noch, ob sie in ihrer Eigenschaft als Kellnerin oder Kunststudentin hier war, als Miss Cranston auch schon weitersprach. »Ich habe vor, meinen ersten Teesalon in der Argyle Street vollständig zu renovieren. Er ist nicht mehr zeitgemäß. Es soll keine Kopie der Buchanan oder der Ingram Street werden, sondern wieder etwas Neues, das aber als Teil meiner Firma erkennbar ist.«

Olivia nickte, das war nicht schwer zu verstehen, doch sie fragte sich, was diese Pläne mit ihr zu tun hatten.

Miss Cranston verschränkte die Arme vor der straff geschnürten Brust. »Ich habe mir überlegt, es diesmal umgekehrt zu machen: Mr. Mackintosh wird die Möbel und Mr. Walton die Wände gestalten. Diesmal möchte ich aber auch Servietten und Tischtücher auf das Interieur abstimmen. Und dabei habe ich an dich gedacht.«

Olivia spürte, wie Aufregung in ihr aufstieg. Ein Auftrag für sie, für einen neuen, wunderbaren Teesalon!

Miss Cranston schien zu merken, dass Olivia ein bisschen überwältigt war, und beugte sich mit mildem Lächeln vor. »Du musst es nicht in diesem Augenblick entscheiden, es wird noch dauern, bis die Umbauarbeiten beginnen. Und ich weiß, dass du viel zu tun hast. Aber denk darüber nach. Es würde mich freuen, wenn du an der neuen Ausstattung beteiligt wärst.«

»Ich würde das sehr gern machen«, stieß Olivia rasch hervor, als könnte Miss Cranston es sich sonst anders überlegen. »Und danke für das große Vertrauen.«

40

Olivia schwebte beinahe durch die Tage. Gabriels Briefe, das Projekt mit dem Turm, die Anerkennung anderer Künstlerinnen, Miss Cranstons aufregendes Angebot – es kam ihr vor, als hätte jemand eine Tüte Glück über ihr ausgeschüttet. Sie hatte so viel Energie, dass ihr selbst die Arbeit im Teesalon leichter fiel.

Sie hatte gerade eine Kanne Tee serviert, als eine der beiden älteren Damen, die am Tisch saßen, sie freundlich zurückhielt.

»Meine Schwester ist aus Edinburgh zu Besuch und wüsste gern, was nebenan eröffnet wird, wo der Bauzaun steht. Vorhin haben wir gesehen, wie sie ein Schild daran gehängt haben, auf dem etwas von den vier Jahreszeiten steht. Wissen Sie mehr darüber?«

»Leider nicht«, sagte Olivia höflich. »Und das Schild habe ich noch gar nicht gesehen.«

Die Dame bedankte sich, obwohl sie keine Auskunft erhalten hatte, und Olivia verschwand eilig in Richtung Küche.

Vier Jahreszeiten? Konnte das ein Zufall sein? Natürlich, sagte sie sich, es *musste* ein Zufall sein. Offenbar hatte man die Idee kopiert, die Miss Cranston beim Umbau der Buchanan Street verwendet hatte: den eigentlich unansehnlichen Zaun als Reklametafel zu nutzen.

Nach Feierabend schaute Olivia nebenan vorbei, und tatsächlich, die ältere Dame hatte recht gehabt: *Four Seasons – demnächst für Sie da* stand auf einem Schild am Zaun, umrahmt von *ihren* Zeichnungen.

Es war, als zöge sich eine Schlinge um sie zusammen; sie stand wie angewurzelt da und schaute vom Zaun zum Teesalon und wieder zurück. Das konnte doch nicht wahr sein! Jetzt glaubte sie nicht mehr an einen Zufall.

»Im Erfolgsfall muss ich den Namen des Designers erfahren«, sagte Donald Cameron ungeduldig. Er war überraschend bei Robinson im Büro erschienen und stand vor dessen Schreibtisch, die Hände entschlossen aufgestützt. »Ihre Geheimnistuerei ist lächerlich. Sie bilden diese Leute aus, damit sie ihren Weg in der Industrie machen.«

Robinson nickte beflissen. »Sagen wir, ich betrachte mich als wohlwollender Vermittler.«

»Der für seine Vermittlung gut bezahlt wird.«

»Nun, ich übernehme Verantwortung«, entgegnete Robinson. »Wenn ich Ihnen ungeeignete Leute empfehle, fällt es auf mich zurück.«

»Dennoch möchte ich als Fabrikant gern wissen, mit wem ich es zu tun habe.«

»Gewiss, Mr. Cameron. Nur kann es auch durchaus schädlich sein, wenn eine junge Person allzu früh ihren Erfolg genießt. Unsere Studenten sind oft noch keine zwanzig Jahre alt. Sie können sich vorstellen, auf welche Gedanken sie kommen, wenn ihnen der Erfolg zu Kopf steigt.«

»Ich bin kein Pädagoge, sondern Unternehmer«, konterte Cameron. »Ich werde abwarten, wie das Projekt beim Glasgower Publikum ankommt. Wenn es sich als Erfolg erweist, brauche ich Namen und Adresse der Person, die mir die Entwürfe geliefert hat, um weitere Aufträge zu besprechen. Ich hoffe, wir haben uns verstanden.«

Nach einer Nacht, in der sie keinen Schlaf gefunden hatte, suchte Olivia das Gespräch mit de Courcy.

Die legte ihr Werkzeug beiseite und sah fragend zu Olivia. »Du zerbrichst dir den Kopf wegen eines Schilds an einem Bauzaun?«

»Ich habe Sorge, dass man dort ein Lokal eröffnen wird, gleich neben dem von Miss Cranston! Und die Zeichnungen auf dem Schild …« Sie hielt es einfach nicht mehr aus, die Tränen brannten in ihren Augen. »Die sind von mir!«

»Von dir?« De Courcy runzelte die Stirn, dann schien sie zu begreifen. »Hat es mit deiner Frage bezüglich der fünfzehn Pfund zu tun?«

Sie nickte. »Ich darf nicht darüber sprechen, aber ja.«

De Courcy wechselte die Punze und griff wieder zum Hammer. Sie zog die Augenbrauen zusammen, wie sie es immer tat, wenn sie sich tief konzentrierte, und hämmerte schnell und rhythmisch drauflos. Olivia bewunderte die stoische Ruhe, mit der ihre Freundin das Metallblech bearbeitete, das auf der Unterlage aus Treibkitt lag. Sie fertigte wieder einmal einen Spiegelrahmen an.

Sie glaubte schon, de Courcy werde nichts mehr sagen, als diese unvermittelt innehielt, sich mit dem Hammer am Kopf kratzte und sie nachdenklich ansah. »Mir fällt gerade etwas ein. Ich weiß nicht, ob es etwas zu bedeuten hat.«

»Na, sag schon.«

»Ich glaube, es war im Dezember. Zwei Lehrer kamen in die Werkstatt und haben sich unterhalten, während ich dort arbeitete. Sie erwähnten den Namen Cameron, irgendein Fabrikant aus Edinburgh. Und Teesalons. Ich habe mir nichts dabei gedacht, aber könnte es damit zu tun haben?«

Olivia schluckte mühsam und versuchte, klar zu denken,

doch es gelang ihr nicht. Sie stützte sich auf dem Tisch ab und schloss die Augen, in ihren Ohren rauschte es.

»Na, komm schon, Liebes.« Eine sanfte Stimme, ein Arm um ihre Schulter, sie wurde auf einen Hocker gedrückt.

Bilder und Worte zuckten durch ihren Kopf. Ein Umschlag mit Münzen darin. *Das ist für Sie, Miss MacLeod, von der Firma Cameron Potteries.* Erst das Teeservice, dann dazupassende Servietten, Tischdecken, Teppiche und Wandbilder.

Wie naiv sie doch gewesen war! Alles passte zusammen. Sie hatte eine Ausstattung entworfen, die sich wunderbar für einen Teesalon eignete. Und der gerade jetzt eröffnen würde, da Miss Cranston ihr den wunderbaren Auftrag geben wollte. Ihr bedingungslos vertraute.

De Courcy kniete sich vor sie und ergriff ihre Hände. »Mach dir keine Sorgen. Niemand weiß, dass du damit zu tun hast, oder?«

Olivia zog die Schultern hoch. »Es gibt jemanden, aber er wird es hoffentlich nicht weitertragen.«

41

Der Four-Seasons-Teesalon eröffnete im April. Olivia hatte wochenlang mit sich gerungen, ob sie zu Miss Cranston gehen und ihr alles gestehen sollte, aber nicht den Mut gefunden. Zu sehr fürchtete sie, was dann geschehen würde. Sie hatte sich halbwegs damit getröstet, dass niemand wusste, von wem die Ausstattung stammte. Mr. Robinson hatte großen Wert darauf gelegt, dass ihre Mitwirkung diskret behandelt wurde, und so würde es hoffentlich auch bleiben. Wohl fühlte sie sich dennoch nicht.

Als sie an diesem Tag die Buchanan Street entlangging, bemerkte sie sofort die Schlange, die sich vor dem neuen Teesalon gebildet hatte. Bei jedem Schritt wurde sie nervöser, und ihr Herz schlug bis zum Hals, als sie verstohlen einen Blick durchs Fenster warf. Viel war durch die Scheibe nicht zu erkennen, doch der flüchtige Moment reichte aus, um einen Tisch zu sehen, der mit ihrem Teeservice, ihren Servietten und ihrem Tischtuch gedeckt war.

Plötzlich schien die Aprilsonne zu verblassen, die eben noch ihre Schultern in zaghafte Wärme gehüllt hatte. Olivia löste sich zögernd von dem Anblick und ging mit schweren Schritten zur vertrauten Tür nebenan.

Bei Miss Cranston herrschte eine angespannte Stimmung, das spürte sie sofort. Die Kellnerinnen lächelten weniger als sonst, es wurde getuschelt, manche warfen besorgte Blicke zur Tür, als fürchteten sie, dass heute die Gäste ausbleiben würden.

Olivia band sich die Schürze, während Lucy danebenstand und sie besorgt ansah. »Hast du die Schlange nebenan gesehen?«, fragte die Kollegin.

Sie nickte und murmelte: »Das ist die Neugier, wie immer, wenn etwas Neues passiert. Das war bei uns im letzten Jahr nicht anders.«

Lucy wiegte den Kopf. »Ja, aber wir waren etwas Besonderes, so etwas hatte es damals noch nicht gegeben. Und nun eröffnet jemand ein Lokal, das auch künstlerisch gestaltet ist. Sie werben außerdem mit Sonderangeboten, habe ich gehört. Nachmittagstee zum Extrapreis.«

Olivia ging achselzuckend zur Tür. Es fiel ihr schwer, sich nach außen hin ruhig zu geben, wo sie doch innerlich beklommener war als alle anderen. Ihre Stimmung wechselte andauernd, sie schwankte zwischen Reue, Angst und Hoffnung.

Die Gäste kamen wie immer, doch beim Bedienen merkte Olivia, dass die Neueröffnung in aller Munde war. »Wir müssen einmal hingehen …« »Es soll alles aufeinander abgestimmt sein, noch extravaganter als hier.« »Natürlich fehlt Miss Cranstons Charme, aber es hat den Reiz des Neuen.«

So ging es den ganzen Tag. Gegen Mittag rief Miss Cranston alle Angestellten zusammen und hielt eine kleine Ansprache, nach der Konkurrenz das Geschäft belebe – immerhin sei auch ihr eigener Bruder unter den Rivalen – und sie sich keine Sorgen machen müssten. Ihre Teesalons seien weithin bekannt und hätten ständig etwas Neues zu bieten, sodass sie mit der Nachbarschaft gut leben könnten.

Auf dem Heimweg grübelte Olivia unablässig. Die Chance, mit Mr. Walton, vor allem aber mit Mackintosh zusammenzuarbeiten, ihnen, wenn auch nicht ebenbürtig, so doch ähnlich zu sein, war etwas, wovon sie geträumt hatte. Der Traum war in greifbare Nähe gerückt, und doch war sie getrieben von der Angst, alles zu verlieren, noch bevor sie es in Händen hielt.

Gut möglich, dass niemand je erfuhr, wer den Four-Seasons-Teesalon ausgestattet hatte, sagte sie sich wieder und wieder. Vielleicht war es dem Besitzer sogar lieber, wenn niemand wusste, dass eine Anfängerin und keine angesehene Designerin die Einrichtung entworfen hatte. Es war sogar wahrscheinlich, redete sie sich selbst gut zu.

Und doch ging sie immer schneller, als könnte sie so ihren Bedenken entfliehen.

Als Olivia am nächsten Tag in der School of Art die Treppe hinaufstieg, kam ihr Mr. Robinson entgegen. Sie nickte kurz und wollte weitergehen, doch er vertrat ihr den Weg.

»So bedrückt, Miss MacLeod?«, fragte er. »Ich hätte gedacht, dass Ihnen die jüngsten Ereignisse Freude bereiten. Sie sollten stolz auf sich sein. Der Four-Seasons-Teesalon ist eine Augenweide.«

Sie schaute langsam zu ihm hoch und sah seine selbstzufriedene Miene. Er schien überhaupt nicht zu begreifen, in welche Lage er sie gebracht hatte. Oder er wusste es doch, und es war ihm schlichtweg egal.

Plötzlich gewann ihre Wut die Oberhand, und sie sprach frei heraus, als gäbe es nichts mehr, das ihr Angst einjagen konnte. »Sie hätten es mir sagen müssen!«

Er zog die Augenbrauen hoch. »Was meinen Sie?«

»Das wissen Sie genau, Mr. Robinson.« Sie vergewisserte sich rasch, dass sie allein waren. »Sie hätten mir sagen müssen, wofür die Entwürfe sind. Sie wissen, dass ich für Miss Cranston arbeite, der ich sehr viel zu verdanken habe. Von der ich abhängig bin!«

»Aber, aber, nicht so dramatisch, meine Liebe«, erwiderte er seelenruhig. »Frauen neigen immer dazu, alles in ein Theaterstück zu verwandeln.«

»Sie haben mich in eine unmögliche Lage gebracht. Vielleicht habe ich einem Menschen geschadet, der viel für mich getan hat und immer noch tut. Der mir bedingungslos vertraut und an mich glaubt.«

Robinson zuckte mit den Schultern. »Auch ich habe viel für Sie getan. Das sollten Sie nicht vergessen.«

Mit diesen Worten ging er an ihr vorbei und ließ sie stehen.

Olivias Hände zitterten, eine Träne stahl sich aus ihrem

rechten Auge. Sie schloss kurz die Augen und presste die Lippen aufeinander, ballte die Fäuste, um sich in die Gewalt zu bekommen. Sie musste in den Werkraum gehen und sich ganz auf ihre Handarbeiten konzentrieren; nur so konnte sie das Herzweh und die Angst vorübergehend unterdrücken.

Jessie Newbery schaute sie besorgt an, als sie den Raum betrat. »Bist du krank? Du siehst mitgenommen aus.«

Olivia schüttelte den Kopf und setzte sich an ihren Platz. Dann packte sie die neuesten Entwürfe aus und fing an, sie auf Papier in ein Stickmuster zu verwandeln. Sie spürte den forschenden Blick der Lehrerin, ließ sich aber nicht davon beirren.

Dieser Zustand, in dem alles an ihr zu zerren und sie in entgegengesetzte Richtungen zu reißen schien, konnte nicht ewig dauern. Sie musste nur geduldig bleiben und ruhig, dann würde gewiss alles gut.

Als in den nächsten Tagen nichts Auffälliges geschah, wurde Olivias Herz allmählich leichter. Sie konnte wieder den Duft von Tee und Gebäck genießen, freute sich über die Gäste, die wie immer hereindrängten und die es nicht kümmerte, dass Miss Cranston Konkurrenz in der Buchanan Street bekommen hatte. Die Gedanken an ihre Entwürfe im Nachbarhaus waren noch da, aber sie konnte darüber hinweggehen wie über einen Schmerz, der sich nur bei einer falschen Bewegung bemerkbar machte.

In ihren freien Momenten überlegte sie sogar schon, wie sie die Räume in der Argyle Street verschönern könnte, fragte sich, welche Ideen Mackintosh und Mr. Walton für den Teesalon ersinnen würden und wie ihre eigenen dazu passen würden.

Eines Mittags bekam sie jedoch mit, wie sich zwei Damen unterhielten.

»Ja, ich finde die Ausstattung auch recht ansprechend. Der Tee ist nicht so gut wie hier, das muss ich sagen, aber alles auf die vier Jahreszeiten abzustimmen, ist eine hübsche Idee.«

Olivia hielt unwillkürlich inne und schaute die Frau an, die gesprochen hatte, nahm unbedeutende Kleinigkeiten an ihr wahr: die feinen Knitterfalten in ihren Wangen, in denen sich Puder gesammelt hatte, die kleine Warze am Mundwinkel, die blau geäderten Hände, die auf dem Tischtuch ruhten.

Ihre Bekannte nickte eifrig. »Da stimme ich dir zu. Und sie scheinen erfolgreich zu sein. Seit heute haben sie dieses Schild im Fenster.«

Die andere Frau lächelte. »Das habe ich vorhin auch gesehen. Geschickte Werbung, möchte ich meinen.«

»Aber nicht verwerflich, oder? Selbst wenn sich die Gäste bisher nicht für die Gestaltung interessiert haben, werden sie es jetzt tun. Und der Frau wird es sicher nützen.«

Olivia wurde bleich. Sie eilte zur Eingangstür und meldete sich bei ihrer Kollegin ab, die den Gästen die Tische zuwies. »Ich muss kurz raus, bin gleich zurück.«

Das Gedränge auf der Straße, der Lärm der Omnibusse und Pferdefuhrwerke, der frische Frühlingswind, all das schlug wie eine Welle über ihr zusammen. Die Unbeschwertheit von vorhin war verschwunden, Beklommenheit breitete sich in ihr aus. Sie lief eilig die wenigen Schritte zum Four-Seasons-Teesalon.

Auf einem Schild im Fenster, dessen Rand mit ihren Entwürfen verziert war, stand zu lesen:

Auf vielfachen Wunsch teilen wir Ihnen mit,
dass die Dekoration unseres Teesalons durch
Miss Olivia MacLeod
von der Glasgow School of Art gestaltet wurde.

Einen Moment lang stand sie wie betäubt da. Dann holte sie tief Luft und betrat entschlossen den Teesalon. Vielleicht war noch etwas zu retten.

Ein junger Mann begrüßte sie freundlich. »Ein Tisch für die Dame?«

Olivia schluckte und versuchte, sich so aufrecht wie möglich zu halten. »Nein danke. Ich würde gern den Geschäftsführer sprechen.«

Er zog verwundert die Augenbrauen hoch. »Ach, Sie wollen sich um eine Stelle bewerben?«

»Auch das nicht. Mein Name ist Olivia MacLeod.« Sie nickte mit dem Kopf in Richtung Fenster, in dem das Schild prangte, und sein Gesicht erhellte sich.

»Oh, Sie haben das alles entworfen, Miss MacLeod? Wie wunderbar. Einen Augenblick bitte, ich sage Mr. Dalgliesh sofort Bescheid.« Er eilte nach hinten in den Teesalon, was Olivia die Gelegenheit bot, sich vorsichtig umzusehen. Ihr Geschirr, die Servietten und Tischdecken waren wirklich schön geworden, und sie wäre so gern stolz darauf gewesen, fühlte sich aber ganz leer. Noch nie hatte sie so viele Gegenstände auf einmal gesehen, die nach ihren Entwürfen entstanden waren, doch sie konnte sich nicht darüber freuen.

»Miss MacLeod, welch ein Vergnügen!« Ein kleiner, rundlicher Mann, der die verbliebenen schwarzen Haare geschickt auf der Glatze verteilt hatte, reichte ihr die Hand. »Kommen Sie doch mit.«

Er führte sie in einen Raum an der Hinterseite des Gebäudes, der als Büro diente. »Bitte nehmen Sie Platz. Ihre Arbeiten sind ausgezeichnet, wir hören viel Lob dafür. Die Gäste sprechen uns ständig darauf an.«

»Haben Sie deswegen das Schild ins Fenster gestellt?«, fragte Olivia schnell und merkte, wie er einen Moment lang zögerte.

»Ja, gewiss. Wir wurden immer wieder gefragt, da war es am einfachsten, es öffentlich zu präsentieren.«

Olivia schaute zu Boden. Konnte sie jetzt noch sagen, warum sie eigentlich hergekommen war? »Wenn ich ehrlich bin, wollte ich Sie bitten, das Schild zu entfernen.«

»Aber warum denn?«, fragte Mr. Dalgliesh entgeistert. »Sicher wird es Ihnen neue Aufträge bringen, es ist ausgezeichnete Werbung für Sie. Nein, bedauere, es bleibt. Mr. Cameron sagt, was immer den Erfolg des Teesalons steigert, wird gemacht.«

Olivia spürte, wie ihre Schultern herabsanken. »Trotzdem danke, dass Sie mich empfangen haben.«

»Aber gern, Miss MacLeod. Sie sind uns jederzeit willkommen. Für Sie gibt es hier immer einen Gratis-Tee mit Gebäck.«

42

»Na ihr beiden, heute so stürmisch?«

Francis Newbery nahm seine Töchter Elsie und Mary bei der Hand und ging mit ihnen ins Wohnzimmer, wo Jessie über ihrem Stickrahmen saß. »Ihr führt euch ja auf, als hättet ihr mich seit Wochen nicht gesehen.«

Jessie schaute hoch und lächelte. »Du warst in letzter Zeit selten zu Hause. Wir beide begegnen uns in der Schule, aber die Mädchen vermissen dich.«

Er drückte Elsie einen Kuss auf die Stirn, strich Mary über den Kopf und sagte: »Ich muss etwas mit eurer Mama besprechen. Dafür erzähle ich euch danach eine besonders lustige Geschichte. Vielleicht finde ich auch einen Schokoladenkeks. Aber nur, wenn ihr uns jetzt in Ruhe lasst, verstanden?«

Die Mädchen überschlugen sich fast bei dem Versuch, als Erste die Treppe hinaufzustürmen.

Jessie sah ihren Mann fragend an und deutete auf den Sessel, der ihrem gegenüberstand. »Setz dich erst mal, Liebling. Was gibt es denn? Du siehst ein bisschen besorgt aus.«

Fra ließ sich in den Sessel fallen und streckte die Beine aus. Dann fuhr er sich mit einem Zeigefinger nachdenklich über den Schnurrbart. Jessie kannte den Gesichtsausdruck und die Geste und wusste, dass er etwas mit sich herumtrug, das ihm nicht behagte. Doch sie wusste auch, dass sie ihrem Mann Zeit geben musste, bis er von sich aus mit der Geschichte herausrückte.

»Du hast doch sicher von dem neuen Teesalon in der Buchanan Street gehört, neben dem von Miss Cranston.«

»Natürlich, der mit dem Jahreszeiten-Thema. Ich wollte einmal hingehen, bin aber noch nicht dazu gekommen.«

Fra seufzte. »Sie haben neuerdings ein Schild im Fenster, auf dem steht, wer die gesamte Dekoration entworfen hat: Porzellan, Tischwäsche, Bilder.«

Ein Schatten huschte über sein Gesicht, und Jessie fragte sich, was jetzt kommen würde.

»Es war Olivia MacLeod.«

Jessie zuckte zusammen, als sie den Namen hörte. Das musste ein Irrtum sein, undenkbar, dass Olivia einen solchen Auftrag übernommen hatte. »Willst du dich über mich lustig machen, Fra? Das kann doch nicht dein Ernst sein.«

Er wiegte den Kopf. »Ich war auch überrascht, und zwar aus zwei Gründen. Zum einen kann ich mir nicht vorstellen, dass sie Miss Cranston so hintergehen würde. Tosh hat mir erzählt, dass Olivia an der Neugestaltung der Argyle Street mitarbeiten soll. Warum also sollte sie das alles aufs Spiel setzen? Zudem bin ich mir nicht sicher, ob sie wirklich schon so weit ist. Ich habe mir den Salon kurz nach der Eröffnung angesehen, und die Dekorationen sind bestechend. Vielleicht nicht von der allerhöchsten künstlerischen Vollendung, aber äußerst originell.«

Jessie legte den Stickrahmen beiseite, als könnte sie so besser denken. »Nun, Olivia ist wirklich sehr begabt. Ich würde nicht ausschließen, dass sie so etwas entwerfen kann. Sie hat von Anfang an pflanzliche Motive bevorzugt, und nach allem, was ich gehört habe, passt das ziemlich genau zu den Entwürfen, die man in diesem Teesalon verwendet hat.«

Fra beugte sich vor, ließ die Hände zwischen den Knien hängen. »Wir haben doch beide einen guten Eindruck von ihr, du hast dich mit ihr angefreundet. Aber wenn die Geschichte stimmt … Ich hätte keinen Augenblick gedacht, dass sie Miss Cranston Großzügigkeit derart missbrauchen könnte.«

Jessie war aufgestanden und lief im Zimmer auf und ab. Jetzt blieb sie abrupt stehen und drehte sich zu ihm um. »Wir dürfen nicht über sie urteilen, bevor wir wissen, was passiert ist. Dieses Schild erklärt noch nichts. Du musst unbedingt persönlich mit ihr sprechen.«

Er atmete tief durch. »Du hast natürlich recht. Ich kann es mir ja selbst nicht erklären. Dieser Teesalon gehört angeblich einer Firma aus Edinburgh. Wie soll man dort überhaupt auf Olivia gekommen sein? Bei mir hat jedenfalls niemand angefragt.«

Jessie setzte sich auf die Armlehne des Sessels und lehnte den Kopf an seinen. »Siehst du, es gibt viele Fragen, die wir noch nicht beantworten können. Wir sollten ihr vertrauen, bis wir genau wissen, was geschehen ist.«

Kurz vor Feierabend sagte man Olivia, sie solle in Miss Cranston Büro kommen. Sie legte die Schürze ab, warf sie in den Wäschekorb, strich sich die Haare glatt und ging nach unten wie jemand, der sich dem Unausweichlichen ergibt. Die letzten Tage waren eine Galgenfrist gewesen, das hatte sie gewusst und doch nicht den Mut gefunden, Miss Cranston alles zu gestehen. Daher musste und würde sie hinnehmen, was jetzt geschah.

Die Besitzerin der Teesalons saß reglos hinter dem Schreibtisch und schaute Olivia entgegen. Diesmal bot sie ihr keinen Platz an. Das eisige Schweigen war schlimmer als jeder Zornesausbruch. Diese kalte Ruhe hatte Olivia noch nie an ihr erlebt.

»Du weißt, warum du hier bist?«

Olivia verschränkte die Hände vor sich und nickte. »Bitte lassen Sie es mich erklären.«

Das Gesicht der älteren Frau verdunkelte sich. »Das würde ich wirklich gern hören.«

Sie schluckte. Eine richtige Erklärung hatte sie ja gar nicht. »Ich … war naiv. Ich habe einfach nicht darüber nachgedacht, wofür die Entwürfe sein könnten.«

Miss Cranston zog die Augenbrauen hoch. »Nicht darüber nachgedacht? Du hast die Entwürfe geplant und angefertigt und verkauft, also wirst du wohl gewusst haben, was du tust. Und spätestens, als der Teesalon eröffnet hat, hättest du es mir sagen müssen. Ich nehme an, es waren auch deine Zeichnungen auf diesem Bauzaun. Und du hast es nicht für nötig befunden, mich zu warnen?«

Olivia wollte etwas sagen, doch Miss Cranston schnitt ihr das Wort ab. »Du hast abgewartet und mich ins offene Messer laufen lassen. Ich habe mich heute über die merkwürdigen Blicke meiner Kellnerinnen gewundert. Und auch die einiger Gäste.« Sie lachte freudlos. »Ich hatte zunächst geargwöhnt, dass ich es mir einbilde. Darum habe ich einen Spaziergang unternommen, um einen klaren Kopf zu bekommen – und dabei dieses Schild im Fenster nebenan entdeckt!«

Olivia schaute auf ihre Füße und ballte die Fäuste, dass sich die Nägel in ihre Handflächen gruben. »Darf ich es Ihnen in Ruhe erzählen?«

Miss Cranston schaute sie ungerührt an. »Was gibt es da zu erzählen? Hast du die Ausstattung für diesen Teesalon gemacht oder nicht?«

»Ja, aber …«

»Ich gehöre nicht zu den Menschen, die anderen ihre guten Taten unter die Nase reiben. Aber du weißt, was ich für dich getan habe und immer noch für dich tue. Dafür verlange ich keine großen Dankesbezeugungen, aber eins verlange ich: Loyalität. Ich habe dir dieses Studium ermöglicht, und du nutzt deine Fertigkeiten, um für die Konkurrenz zu arbeiten?« Sie schüttelte den Kopf. »Mehr noch, ich habe dir zugetraut, in der Argyle Street mitzuarbeiten, wollte dir einen Ort geben, an dem du deine Fähigkeiten beweisen kannst. Zusammen mit

Männern wie Mackintosh und Walton. Und was machst du?« Ihre Stimme bebte und diesmal nicht nur vor Zorn, und das war schlimmer, als wenn sie Olivia angeschrien hätte.

»Es war nicht meine Idee.«

Miss Cranston schlug mit der flachen Hand auf die Tischplatte. »Mich interessiert nicht, wessen Idee es war! Du hast dich darauf eingelassen und mich hintergangen. Ich glaube nicht, dass ich dir das verzeihen kann.«

Olivia musste sich an der Tür hinter ihr abstützen, weil ihre Knie auf einmal kraftlos wurden. Nur nicht zusammenbrechen, nicht jetzt, dann würde Miss Cranston glauben, sie wolle Mitleid erregen. Sie begriff, dass sie nichts erklären konnte, weil Miss Cranston es nicht hören wollte. Und dass sie in gewisser Weise sogar recht hatte, denn die Schuld lag letztlich bei ihr. Sie hatte sich auf die ganze Sache eingelassen, das konnte sie nicht bestreiten.

»Ich werde dir nicht deine Zukunft rauben, Olivia. Ich werde weiter für dein Studium aufkommen, damit du später deinen Lebensunterhalt verdienen kannst.« Sie legte eine Pause ein, als wollte sie die Worte wirken lassen. »Eines wirst du aber nicht mehr tun: in meinem Teesalon arbeiten. Weder in der Buchanan Street, noch in einem der anderen Salons. Du wirst ein gutes Zeugnis bekommen, das es dir ermöglicht, woanders eine Stelle zu finden. Du kannst es dir morgen abholen.«

Olivia hörte die Worte wie von Weitem. Es dauerte einen Moment, bis sie ganz erfasst hatte, was sie bedeuteten. Und dann plötzlich spürte sie, wie etwas in ihr zu flackern begann, das sie schon aus anderen Situationen kannte: ein winziges Flämmchen Trotz, das wuchs und immer höher loderte.

Miss Cranston glaubte ihr nicht, vertraute ihr nicht, wollte ihre Erklärung nicht anhören, entließ sie aus ihrer Stellung und wollte dennoch ihr Studium weiter bezahlen. Bisher war es eine Art Geschäft zwischen ihnen gewesen – sie arbeitete im Teesalon, ein Teil ihres Lohns trug zu den Kosten des Studiums bei. Doch wenn Olivia nicht mehr für Miss Cranston arbeitete, wäre es wie ein Almosen, wie eine Münze, die man einem armen Mädchen auf der Straße hinwarf.

Sie war keine Bettlerin.

Und dann machte sie den Mund auf, und ja, sie würde es vielleicht bereuen, doch in diesem Moment mussten die Worte heraus. »Vielen Dank, Miss Cranston, das ist sehr großzügig, aber das kann ich nicht annehmen. Von jetzt an bezahle ich selbst für mein Studium. Auf Wiedersehen.«

Nach diesen Worten öffnete sie die Tür und ging hinaus.

43

Vor zwei Tagen war Olivia in der Buchanan Street gewesen und hatte sich ihr Zeugnis und den ausstehenden Lohn abgeholt. Es war der schwerste Weg ihres Lebens, weil sie das Gefühl hatte, dass ihr alles zwischen den Händen zerrann, was sie glücklich gemacht und für das sie so viel riskiert und gearbeitet hatte.

Sie war früh am Morgen hingegangen, weil sie hoffte, so den Kolleginnen nicht zu begegnen. Doch Miss Cranston ließ auf sich warten, und so hatte sie an einem Tisch in einer Ecke gesessen, während um sie herum der Teesalon zum Leben erwachte.

Der wunderschöne Teesalon, auf den sie alle so stolz gewesen waren. Es war erst ein Jahr her, dass sie eröffnet hatten, und nun war sie womöglich zum allerletzten Mal hier. Sie konnte sich nicht vorstellen, als Gast hierher zurückzukehren, wo alles sie daran erinnerte, dass man gleichzeitig triumphieren und ganz und gar scheitern konnte.

Die anderen Mädchen machten einen Bogen um sie, als litte sie unter einer ansteckenden Krankheit, doch Olivia fing auch mitleidige Blicke auf und fragte sich, was schlimmer war. Lucy blieb kurz stehen und sagte leise, mit der Zeit werde sicher alles wieder besser. Sie solle nicht den Mut verlieren. Gut gemeinte, leere Worte.

Miss Cranston war höflich und kurz angebunden gewesen wie bei jeder anderen Kellnerin. Nichts war geblieben von der liebevollen Strenge, der Ermutigung und Herausforderung, die Olivia bei ihr erlebt hatte.

Als sie endlich Geld und Zeugnis in Empfang genommen hatte, war sie hinausgegangen, ohne sich noch einmal umzudrehen. Das war auch nicht nötig: Olivia hatte so viele Stunden hier verbracht, dass jede Serviette, jeder einzelne violette Messergriff und jede Einzelheit von Mackintoshs Wandbildern in ihr Gedächtnis eingebrannt war. Die würde sie nicht vergessen, selbst wenn sie den Teesalon nie wieder betrat.

Nun saß sie seit zwei Tagen in ihrer Wohnung und versuchte zu zeichnen. Geld war ihre geringste Sorge; sie wusste, dass sie rasch eine neue Stelle finden konnte, die Ausbildung bei Miss Cranston war in ganz Glasgow angesehen.

Olivia hatte sich in der School of Art als krank entschuldigt. Es war ihr schwergefallen, Direktor Newbery anzulügen, und sie fürchtete auch, dass er wahrscheinlich schon von ihrem Zerwürfnis mit Miss Cranston erfahren hatte, brachte es aber nicht über sich, Mr. Robinson und den Newberys gegenüberzutreten. Am 11. Juni ging das Semester zu Ende – danach läge ein freier Sommer vor ihr, in dem sie nach einem neuen Weg suchen konnte.

Doch sie brachte nichts zustande. Das Blatt vor ihr blieb hartnäckig weiß, und wenn sie versuchte, ihre Glasgow-Reihe fortzusetzen, die mit dem Universitätsturm begonnen hatte, erschienen nur leblose Striche auf dem Papier. Genau das, was sie als ihre Stärke empfunden hatte – das Wesen der Dinge mit wenigen Linien einzufangen –, wollte ihr nicht mehr gelingen.

Kein Wunder, dass angesichts ihrer derzeitigen Verfassung die Inspiration ausblieb. Doch die Angst, nie mehr etwas Gutes zu entwerfen, diese ganz besondere Gabe verloren zu haben, ließ sich nicht vertreiben.

Olivia hatte es nicht über sich gebracht, Gabriel von alldem zu berichten. Es war nichts, das sie einem Blatt Papier anvertrauen wollte. Was sie letztlich schrieb, kam ihr seltsam sachlich und trocken vor, weil sie sich bemüht hatte, nichts von ihren aufgewühlten Gefühlen preiszugeben. Sie hatte den Brief dennoch abgeschickt, um wenigstens eine kleine Aufgabe geschafft zu haben.

Ein Klopfen an der Wohnungstür schreckte sie auf. Olivia spielte mit dem Gedanken, nicht zu öffnen. Sie hatte sich vor der Welt verkrochen, war nicht einmal bei ihrer Mutter in Dennistoun gewesen. Es klopfte erneut, dann hörte sie de Courcys Stimme.

»Wenn du zu Hause bist, mach bitte auf.«

Sie erhob sich seufzend und ging zur Tür. De Courcy marschierte energisch an ihr vorbei und setzte sich aufs Sofa. Verschränkte die Arme, presste die geraden Lippen aufeinander. »Würdest du mir bitte erklären, was los ist?«

»Wie meinst du das?«, fragte Olivia, obwohl sie genau wusste, was die Frage bedeutete. Sie war ja offensichtlich nicht krank.

»Warum bist du nicht in der Schule? Jessie hat gesagt, du hättest dich krankgemeldet, sah aber alles andere als überzeugt aus. Sie sorgt sich. Was ist denn nur los?« De Courcys Stimme klang so mitfühlend, dass Olivia die Tränen, die sie seit Tagen zurückgehalten hatte, nicht länger hinunterschlucken konnte.

De Courcy zog sie neben sich aufs Sofa und legte den Arm um sie. Sie war kleiner als die Freundin, doch Olivia ließ sich zur Seite sinken und bettete den Kopf auf ihre Schulter.

Stockend und von Schluchzen unterbrochen, erzählte sie die ganze Geschichte. Es tat gut, und sie merkte, wie sich etwas in ihrem Inneren löste. Sie berichtete von Mr. Robinson und den beiden Aufträgen, von ihrer Angst, als sie von dem neuen Teesalon erfahren hatte, von Miss Cranstons Enttäuschung und ihrem Entschluss, sich ganz von ihr zu lösen und kein Geld mehr anzunehmen. Wie weh es getan hatte, sich vom Teesalon zu verabschieden, und dass sie es nicht gewagt hatte, sich in der School of Art zu zeigen.

»Robinson?«, fragte de Courcy, als sie fertig war, mit großen Augen. »Wie ist er denn auf dich gekommen?«

Olivia zuckte mit den Schultern. »Ich weiß es nicht. Es hat mich auch gewundert, er hat mich anfangs ständig kritisiert, meine Zeichnungen waren ihm nie gut genug. Aber irgendetwas an meinen Entwürfen muss ihm wohl gefallen haben.«

»Oder er hat erkannt, dass sie verkäuflich sind«, sagte de Courcy.

Olivia nickte beschämt. Ihre Freundin hatte recht, vermutlich war dies Robinsons einziger Antrieb gewesen. Sie hatte sich zu leicht von der vermeintlichen Anerkennung blenden lassen. Die Aufträge anzunehmen, war vielleicht kein Fehler gewesen, wohl aber, sie vor allen geheim zu halten. Sie hätte wachsamer sein müssen, ihm nicht vertrauen dürfen. Doch sie konnte es nicht ungeschehen machen.

De Courcy drehte sich behutsam um, sodass Olivia den Kopf von ihrer Schulter nehmen musste. »Hör zu, du musst auf jeden Fall mit Newbery sprechen, er muss davon erfahren. Ich habe Jessie angemerkt, dass sie irgendetwas wissen oder zumindest ahnen. Sie kennen Miss Cranston, haben vielleicht schon von eurem Zerwürfnis gehört. Selbst wenn es nicht verboten sein sollte, was Robinson getan hat, ist es zumindest fragwürdig.«

Einerseits tat es gut, dass ihre Freundin sie in Schutz nehmen wollte, andererseits ärgerte Olivia sich über sich selbst, weil sie so arglos gewesen war. Sie biss sich auf die Unterlippe.

»Ich habe Vorteile gehabt, er hat mir einen Gefallen getan«, stieß sie mühsam hervor. Etwas in de Courcys Blick ließ sie innehalten. »Was ist los? Woran denkst du?«

Ihre Freundin wiegte den Kopf. »Überleg doch mal. Du sagst, er habe dir einen Gefallen getan. Aber warum hätte er das tun sollen? Ist er dir je als großer Menschenfreund erschienen?«

Das nun nicht, dachte Olivia, eher im Gegenteil. Dann kam ihr ein Gedanke. »Du meinst, er hat selbst davon profitiert?«

De Courcy zuckte mit den Schultern. »Natürlich dürfte es schwer zu beweisen sein. Aber ich kann mir nicht vorstellen, dass er von deinem Auftraggeber nur einen Schlag auf die Schulter und ein Dankeschön bekommen hat. Das würde auch erklären, weshalb er dich zum Stillschweigen verpflichtet hat.«

Olivia holte tief Luft. »Du hast recht. Ich muss in Ruhe darüber nachdenken, aber ja, die Newberys sollten es erfahren.« Sie ergriff de Courcys Hände. »Ich bin so froh, dass du gekommen bist! Und dich zur Freundin zu haben.« Sie konnte jetzt leichter atmen.

De Courcy stand auf und umarmte sie. »Alles wird gut. Es dauert vielleicht ein bisschen, aber ich glaube ganz fest an dich.«

Kurz darauf war sie durch die Tür verschwunden, und ihre leichten Schritte verklangen auf den Stufen.

Nachdem de Courcy gegangen war, gelangen Olivia einige Zeichnungen. Es war, als hätte sie die Mauer durchbrochen, die zwischen ihr und dem weißen Blatt emporgewachsen war. Sie wusste noch nicht genau, wie sie mit den Bildern vom Universitätsturm weiterarbeiten würde, spürte aber, dass sie auf einem guten Weg war. Etwas zeichnete sich in ihrem Hinterkopf ab, noch vage, sie musste ihm nur genügend Zeit geben.

Olivia war de Courcy zutiefst dankbar. Sie konnte wieder nach vorn schauen. Mit Direktor Newbery zu sprechen und ihm alles zu erzählen, wäre der richtig Weg, um sich aus dieser Lage zu befreien. Wenn sie mit ihm alles geklärt hatte, würde sie sich nach einer neuen Stelle umsehen. Irgendwie würde sie schon Geld aufbringen – zum Leben und für die Schule. Das Studium aufzugeben war undenkbar.

44

Am nächsten Tag ging Olivia zur Post, wo sie einen Brief an Mr. Newbery aufgab. Es erschien ihr unpassend, einfach an seine Bürotür zu klopfen; sie wusste ja nicht, wie viel schon bis zu ihm durchgedrungen war und wie er zu der Angelegenheit stand. Daher hatte sie ein paar höfliche, aber unverbindliche Zeilen geschrieben und ihn um eine Unterredung gebeten.

Das Wetter war unfreundlich geworden, der Sonnenschein der letzten Tage einem trüben Nieselregen gewichen, doch Olivia versuchte, ihre leichtere Stimmung durch das Grau zu retten. Als sie wieder in die Hill Street einbog, blieb Olivia abrupt stehen. Vor ihrer Haustür saß jemand, zusammengesunken und mit hängendem Kopf. Obwohl sie noch nicht erkennen konnte, wer es war, spürte sie, dass dieser Mensch zu ihr wollte.

Beim Näherkommen erkannte sie dann den vertrauten roten Schopf, der nass vom Regen war.

»Allie? Was ist denn los?« Olivia eilte auf ihn zu, beugte sich vor und berührte seine Schulter.

Er zuckte zusammen und schaute hoch. Seine Augen waren gerötet, seine Wangen nass und fleckig. Sie ergriff seine Hand, wie sie es als Kind getan hatte, und zog ihn von der Haustürstufe hoch. »Du bist ja eiskalt. Wie lange sitzt du schon hier?«

Er antwortete nicht.

Olivia öffnete die Tür, schob ihn in den Flur und ging vor ihm die Treppe hinauf.

Nachdem sie ihn in einen Sessel gedrückt, Teewasser aufgesetzt und ihm ein Glas Wasser gegeben hatte, kniete sie sich vor ihn auf den Boden. »Erzähl mir, was passiert ist.«

Allies Schultern hoben und senkten sich, als er tief durchatmete. Er trank das Wasser in einem Zug aus und stellte das Glas auf den Boden, dann schaute er sie an. In seinen Augen lag so viel Elend, dass sie es kaum ertragen konnte. Doch sie spürte, dass sie Geduld haben musste. Er würde reden, sobald er dazu in der Lage war.

Und schließlich begann er, erst stockend, dann schneller.

»Sie ist – sie sollte etwas aus dem Keller holen. Ich hätte selbst gehen müssen. Aber … Giovanni ist krank, und es war so viel zu tun. Also hab ich Valentina geschickt.«

Noch verstand Olivia nicht, was seine zusammenhanglosen Worte bedeuteten, und doch strichen schon eisige Finger über ihren Nacken.

Allie schluckte mühsam. »Ich hab nur das Poltern gehört und bin sofort hingelaufen. Das Geländer ist nicht mehr das Beste, das wusste ich, aber wir hatten keine Zeit, es zu reparieren. Es ist durchgebrochen … und sie ist die ganze Treppe rückwärts …«

Entsetzt begriff Olivia, wovon er da sprach. Valentina, die ein Kind erwartete – sie rechnete rasch im Kopf, die Geburt musste kurz bevorstehen –, war rückwärts die Kellertreppe hinuntergestürzt! Sie schlug die Hand vor den Mund und sah Allie aus großen Augen an. »Wie geht es ihr? Wo ist sie?«

»Im Krankenhaus. Sie haben mich weggeschickt … einfach so. Ich könne nichts tun. Ich solle später wiederkommen.« Er schlug die Hände vors Gesicht und schluchzte so heftig, dass sein ganzer Körper bebte. »Ich weiß nichts – von ihr – von unserem Kind –«

Olivia erinnerte sich an die Flasche Whisky, die sie an

Hogmanay geschenkt bekommen hatte. Sie stand auf und holte zwei Gläser, goss in beide einen Finger breit der bernsteinfarbenen Flüssigkeit und hielt Allie ein Glas hin. »Trink.«

Dann kippte sie ihren Whisky in einem Zug hinunter.

Alle Gedanken an ihr eigenes Unglück waren weggefegt. Der Kummer ihres Freundes Allie, mit dem sie seit Kindertagen verbunden war, überdeckte alles andere.

Giovanni und seine Mutter waren völlig aufgelöst, versuchten aber dennoch, dass Restaurant offen zu halten, weil sie das Geld brauchten und die Gäste nicht verärgern wollten. Olivia sprang kurz entschlossen ein. Die Arbeit war ihr vertraut, und sie hatte ohnehin immer abends gezeichnet.

Allie verbrachte viel Zeit im Krankenhaus, darauf bestand sie. Er saß an Valentinas Bett und wartete, dass sich ihr Schicksal in die eine oder andere Richtung bewegte. Das Kind, einen Jungen, hatte man auf die Welt geholt, einen Monat zu früh, und die Ärzte konnten noch nicht sagen, ob er überleben und gesund sein würde.

Olivia entwickelte eine Kraft, die sie nicht in sich vermutet hatte, und so gelang es ihr, das Leben dieser Menschen drei Tage lang zusammenzuhalten. Sie kümmerte sich um die Einkäufe für das Restaurant, deckte die Tische, bediente und half sogar beim Spülen. Die Gäste freuten sich, ein neues Gesicht zu sehen, und drücken ihr Mitgefühl aus, als sie von den Sorgen der Familie hörten. Sie schlief wenig, merkte aber die Erschöpfung kaum. Es war, als hätte sich Allies Leid wie eine schützende Schicht über ihre eigenen Sorgen gelegt. Sie spürte keine Müdigkeit, keinen Hunger, keine Angst.

Wenn sie nach Hause kam, zeichnete sie noch und fiel dann in einen tiefen Schlaf.

Am vierten Morgen kam ein Brief von Mr. Newbery, der sie für diesen Tag um drei Uhr in die School of Art bat. Olivia stand da und starrte auf das Blatt, als käme es aus einer anderen Welt. Sie musste sich einen Ruck geben und sich daran erinnern, dass es noch etwas anderes gab als Allies großes Unglück. Ihr eigenes Leben, ihre Zukunft.

Olivia wusste, dass sie sich auf brüchigem Eis bewegte, das jeden Moment unter ihr nachgeben und sie in die Tiefe reißen konnte, dass sie sich mehr zumutete, als gut für sie war. Aber sie wusste auch, dass Allie sie brauchte.

Und ganz tief in ihr lauerte ein Gedanke, der gefährlich war und den sie dennoch nicht ganz verdrängen konnte: Hätte sie Allie nicht abgewiesen, wäre Valentina niemals seine Frau geworden. Dann wäre all das Furchtbare nie geschehen.

Natürlich wusste Olivia, dass es nicht rational war, dass man nicht das eine Leben gegen ein anderes tauschen konnte, als wäre es eine Handvoll Murmeln. Es war unmöglich, seine Entscheidungen rückgängig zu machen, und wenn sie ehrlich mit sich war, hatte sie es auch nie bereut, dass sie Allie abgewiesen hatte. Sie war ihren Weg gegangen und er seinen, und das war gut und richtig.

Sie würde im Restaurant das Mittagsgeschäft erledigen und danach in die School of Art gehen. Sie durfte sich selbst nicht verlieren, auch wenn sie hier gebraucht wurde und Ablenkung fand.

»Schön, dass Sie endlich gekommen sind, Olivia«, sagte Francis Newbery. Sie konnte seinen Ton nicht richtig deuten. Freute er sich wirklich? Das Wort »endlich« ließ anklingen, dass er ungeduldig und ihr Besuch bei ihm überfällig gewesen war. Er bot ihr einen Platz an und setzte sich hinter den Schreibtisch, strich über seinen dichten Schnurrbart und lehnte sich zurück. »Sie brauchen mir nicht alles zu erzählen, ich weiß, dass Sie nicht mehr im Teesalon arbeiten. Und von den Entwürfen für den Four-Seasons-Salon weiß ich auch. Verraten Sie mir also lieber, was Sie sich dabei gedacht haben.«

Olivia schluckte, ihre Kehle war plötzlich furchtbar trocken. Dann erzählte sie Newbery, was geschehen war, ließ nichts aus. Als sie fertig war, schaute sie hoffnungsvoll auf und zuckte zusammen, als sie seinen Gesichtsausdruck bemerkte. Er wirkte nicht zornig, aber auch nicht verständnisvoll oder entgegenkommend. Vor allem sah er nicht aus, als hätte sie seine Frage wirklich beantwortet. »Meine liebe Olivia, leider muss ich Ihnen sagen, dass Mr. Robinson die Sache etwas anders darstellt.«

Ihr Herz setzte für einen Schlag aus. Damit hatte sie nicht gerechnet. Sie war davon ausgegangen, dass der Direktor die Geschichte aus ihrem Mund zum ersten Mal hörte, und musste nun erkennen, dass die Männer bereits miteinander gesprochen hatten. Sie fühlte sich getäuscht.

Aber nein, *sie* hatte das Gespräch hinausgezögert, sich krankgemeldet, sich nicht in die Schule gewagt. Kein Wunder, dass Newbery seine Erkundigungen woanders eingezogen hatte.

Newbery räusperte sich. »Mr. Robinson sagt, er sei anfangs mit Ihren Fortschritten nicht zufrieden gewesen und habe Sie vor der Klasse offen kritisiert.« Was natürlich stimmte. Oh, der Mann war gerissen, dachte sie beinahe bewundernd. »Sie seien verzweifelt gewesen, weil für Sie so viel von diesem Studium abhängt, und hätten ihn geradezu angefleht, Ihnen eine Chance zu geben.« Eine Aussage, die nicht der Wahrheit entsprach, die sie aber auch nicht widerlegen konnte, dachte Olivia. Wem würde der Direktor eher glauben? »Es sei Ihnen zum einen darum gegangen, Geld zu verdienen, zum anderen, schon während des Studiums professionell arbeiten und Reputation erlangen zu können. Er sei anfänglich zurückhaltend gewesen, weil Sie Ihre Ausbildung gerade erst begonnen hatten, habe dann aber Ihr ganz eigenes Talent erkannt und nachgegeben.«

Olivia saß da und konnte sich nicht rühren. Newberys freundliches Gesicht wirkte düsterer als sonst. So wie er es sagte, klang es schlüssig, wie etwas, das eine mittellose Studentin, für die alles vom Erfolg des Studiums abhing, durchaus tun würde. Und dennoch. »Ich – ich – das habe ich nie gemacht ...«

Er räusperte sich und setzte sich aufrechter hin. »Olivia, ich sage es Ihnen ganz offen – ich habe keinen Grund, Mr. Robinson nicht zu glauben. Er ist von sich aus zu mir gekommen und hat alles dargelegt, es klang überzeugend. Warum also sollte ich ihm nicht glauben, zumal Sie sich mit Ihrem Besuch hier Zeit gelassen haben?«

Olivia suchte nach einer überzeugenden Antwort, spürte aber, dass ihr keine einfallen würde. Robinson war sehr geschickt gewesen, hatte eine Geschichte gewoben, deren Fäden fest gefügt waren, die sich nicht leicht auflösen ließ. Und wenn Mr. Newbery sie glaubte und Mr. Robinsons Wort über das ihre stellte, konnte sie nichts ausrichten.

»Meine Frau ...«, Newbery seufzte leise, »hat sich sehr für Sie eingesetzt und Sie in Schutz genommen. Streng betrachtet haben Sie nicht gegen die Regeln unserer Schule verstoßen. Niemand verbietet Ihnen, während des Studiums bereits Aufträge anzunehmen. Allerdings haben Sie durch Ihr Verhalten die Fortsetzung Ihres Studiums gefährdet. Miss Cranston hat mir mitgeteilt, dass Sie künftig kein Geld mehr von ihr annehmen und die Gebühren allein aufbringen werden. Sehen Sie sich überhaupt dazu in der Lage, wenn ich fragen darf?«

»Ich werde mir eine neue Stelle suchen«, sagte sie leise und spürte, dass es nicht allzu überzeugend klang.

Newbery wiegte den Kopf. »Sie müssten dann Ihren Lebensunterhalt *und* die Studiengebühren davon bestreiten.« Er klang mitfühlend, aber auch skeptisch.

Olivia wollte schon aufstehen und zur Tür gehen, gab sich dann aber einen Ruck.

Ja, sie hatte Fehler gemacht, kein Zweifel. Sie hatte Bedenken beiseitegeschoben, als sie besser auf ihre innere Stimme gehört hätte. Aber das hier war ungerecht. »Bitte geben Sie mir die Gelegenheit, alles aufzuklären, Mr. Newbery. Ich werde mit Mr. Robinson sprechen, es muss sich um ein Missverständnis handeln.«

Seine Miene blieb regungslos. Olivia durchschoss ein Gedanke, der ihr einen schmerzhaften Stich versetzte – glaubte er ihr etwa auch deshalb nicht, weil sie ein Mädchen aus Dennistoun war? Weil sie nicht aus einer Familie stammte, die ihr eine künstlerische Vorbildung bieten konnte? Weil Mr. Robinson weltgewandt und erfahren war, aus London kam und an der Slade School unterrichtet hatte?

Falls ja, wäre sie tief enttäuscht. Aber nicht verwundert.

Immerhin hatte Jessie sie in Schutz genommen, aber das half nicht, wenn der Direktor …

»Es ist Ihr gutes Recht, jederzeit mit Mr. Robinson zu sprechen. Und ich höre mir danach gern an, was bei der Unterredung herausgekommen ist. Es betrübt mich, wenn es zu Zerwürfnissen zwischen Lehrer und Studentin kommt und ich hoffe, dass die unerfreuliche Angelegenheit bereinigt werden kann. Vorzugsweise vor Beginn des neuen Studienjahres.«

Olivia nickte und stand auf. »Danke, Mr. Newbery, ich werde mich darum kümmern. Und die Studiengebühren werden pünktlich bezahlt«, fügte sie mit leicht verzweifeltem Stolz hinzu.

»Gut. Dann wünsche ich Ihnen einen angenehmen Tag.«

Olivia wollte einfach nur nach draußen, durchatmen und drauflosl aufen, die School of Art so weit wie möglich hinter sich lassen. Sie hätte nie geglaubt, dass sie einmal so empfinden würde. In ihr kämpften Scham und Wut miteinander.

Sie konnte unmöglich sofort mit Mr. Robinson sprechen. Erst einmal musste sie sich beruhigen und genau überlegen, wie sie ihm gegenübertreten wollte.

»Miss MacLeod!« Olivia war schon an der Tür zur Straße, als sie die Stimme hörte. Sie blieb stehen, schloss resigniert die Augen und drehte sich um.

Mr. Robinson stand mitten im Korridor, eine Hand in der Tasche des Jacketts. »Wie schön, Sie zu sehen. Ich war schon in Sorge, Sie hätten sich von der kleinen Unannehmlichkeit einschüchtern lassen.«

Olivias erste Empfindung war Angst gewesen, doch nun hatte er Worte gewählt, die ihre Furcht verdrängten und ihren Zorn entfachten. »Die *kleine Unannehmlichkeit*, wie Sie es nennen, hat mich meine Stelle gekostet, die Wertschätzung meiner Arbeitgeberin, vielleicht sogar meine Zukunft!«

Hinter ihm kamen einige Studenten die Treppe herunter und schlängelten sich mit neugierigen Blicken an ihnen vorbei. Als die Tür hinter ihnen zugefallen war, sagte Robinson: »Ich hoffe sehr, Sie bleiben uns dennoch erhalten.«

Olivia hob den Kopf und sah ihm in die Augen. »Das ist meine feste Absicht. Alles andere wäre eine Schande, nicht wahr? Wenn man den Erfolg meiner Arbeiten betrachtet.«

Er zog die Augenbrauen hoch. »Nun, nun, Miss MacLeod. Ein wenig mehr Bescheidenheit stünde Ihnen gut zu Gesicht.«

Seine Herablassung machte sie nur noch wütender. »Die kann ich aber nicht gebrauchen, wenn ich auf mich allein gestellt das Studium bewältigen möchte. Ich weiß, was ich leiste, und verberge es nicht. Und falls ich im September wider Erwarten nicht hierher zurückkann, weil es mir an den nötigen Mitteln fehlt, tragen auch Sie die Schuld daran.«

Sie merkte kaum, wie laut sie geworden war.

Robinson hob abwehrend die Hände und sagte im selben aufreizend beschwichtigenden Ton: »Meine liebe Miss MacLeod, das ist nun wirklich undankbar von Ihnen.«

»Undankbar? Wie können Sie so von Dankbarkeit reden? Sie waren bei Mr. Newbery und haben ihn belogen. Ich habe Sie nie um etwas angefleht, das wissen Sie genau! Nein, dankbar bin ich Ihnen nicht. Nicht mehr.«

Sie wandte sich zur Tür, ihre Brust hob und senkte sich heftig. Dann fiel ihr noch etwas ein. »Im Übrigen vermute ich, dass Sie mich nicht aus selbstloser Menschenliebe an Ihren Auftraggeber vermittelt haben. Ich weiß nicht, was Sie dafür bekommen haben, aber *dass* Sie etwas bekommen haben, steht wohl außer Frage.«

Mit diesen Worten machte sie endgültig auf dem Absatz kehrt und eilte hinaus auf die Rose Street.

45

Olivia ging nicht nach rechts in Richtung Sauchiehall Street, sondern nach links die Rose Street hinauf. Nach einigen Metern blieb sie stehen und atmete tief durch. Der warme Juniregen legte sich wie ein Schleier auf ihr Gesicht und die Haare. Sie wollte noch nicht zurück ins Restaurant, auch wenn sie dort gebraucht wurde. Die Begegnungen mit Newbery und Robinson hatten sie derart aufgewühlt, dass sie sich erst beruhigen musste.

Sie ging langsam weiter. Einerseits wäre sie gern allein gewesen, andererseits sehnte sie sich geradezu fiebrig danach, jemanden zu sehen, der sie verstand. Hätte sie Gabriel jetzt an ihrer Seite gehabt, wäre es leichter gewesen, doch er war weit weg.

Sie fürchtete einerseits, dass sie allen guten Willen verloren hatte, den ihr die Newberys entgegengebracht hatten. Der Direktor war deutlich reservierter gewesen als sonst, und nachdem sie Robinsons gelogene Geschichte gehört hatte, wunderte es sie nicht. In seinen – und auch Jessies – Augen war sie überehrgeizig, rücksichtslos und undankbar obendrein. Ein Mensch, mit dem man sich nicht gern abgab.

Andererseits war sie stolz, dass sie Robinson entschieden entgegengetreten war. Ihre Wut war ausnahmsweise ein guter Lehrmeister gewesen und hatte verhindert, dass Olivia sich vor ihm klein machte. Ob es Folgen für sie hatte, würde sie sehen. Viel konnte er ihr wohl nicht mehr anhaben.

Von der nächsten Straßenecke drangen Hämmern und lautes Rufen in Olivias Gedanken. Sie blickte auf und fand sich vor der großen Baustelle an der Renfrew Street wieder. Sie hielt unwillkürlich inne.

In letzter Zeit war sie so mit sich und ihren Sorgen beschäftigt gewesen, dass sie gar nicht mehr auf die Baustelle geachtet hatte. Dort, wo vor Kurzem noch ein gewaltiges rechteckiges Loch im Boden geklafft hatte, waren Mauern aus gelbem und grauem Sandstein emporgewachsen. Riesige viereckige Löcher in den Außenmauern warteten auf Fensterscheiben, die einmal viel Tageslicht in die Räume dahinter lassen würden. Es gab noch kein Dach, aber das Ganze wirkte so fortschrittlich, aufregend und neuartig, dass Olivia einen Moment lang die Ereignisse der letzten Stunde vergaß.

Hier entstand die neue School of Art, entworfen von Charles Rennie Mackintosh, und Olivia war sicher, dass die ganze Stadt und das ganze Land bald davon sprechen würden. Sie hatte gehört, wie kühn seine Entwürfe waren und wie eigensinnig er darauf bestanden hatte, das Gebäude nach seinen Vorstellungen zu formen. Ein Haus für Künstler, erschaffen von einem Künstler.

Sie ging langsam weiter und schaute aus den Augenwinkeln immer wieder zur Baustelle hinüber, hörte die rauen Stimmen der Arbeiter, dachte sich Kräne und Gerüste weg, um zu erahnen, wie der Bau einmal aussehen würde.

Und dann kam ihr ein Gedanke, der ihre Augen brennen ließ. Würde sie selbst noch hier studieren, in den großzügigen Ateliers arbeiten, in einem Gebäude lernen, das nur für einen Zweck gebaut war, nämlich Künstlern einen angemessenen Raum zu geben? Es sollte großzügig sein, nicht beengt wie die jetzige Schule, und im zweiten Bauabschnitt, für den noch nicht genügend Geld vorhanden war, würde eine Bibliothek entstehen, die ihren Namen verdiente.

In diesem Augenblick brach die Sonne durch die Wolken, und über dem Rohbau spannte sich ein Regenbogen wie ein Geschenk, um ihren Tag ein bisschen bunter zu machen. Noch im Hochschauen ging sie weiter und …

»Passen Sie doch auf, wohin Sie laufen!«

Sie blickte auf, sah den Mann, mit dem sie zusammengestoßen war, und es war, als hätte jemand mit einer Kurbel die Zeit zurückgedreht zu jenem regnerischen Tag im März 1892, als sie mit demselben Mann zusammengeprallt und ihr Zeichenheft im Schmutz gelandet war.

»Ach, Sie sind das, Olivia«, sagte Charles Rennie Mackintosh, der mit einer prall gefüllten Zeichenmappe unter dem Arm vor ihr stand. »Ich wollte gerade auf die Baustelle und – ist Ihnen nicht wohl?«

Sie zuckte mit den Schultern und wischte sich den Regen aus dem Gesicht. »Nein, es geht schon.«

Er blieb stehen und ließ sie nicht aus den Augen. »Wie ich hörte, werden wir nun doch nicht bei der Renovierung der Argyle Street zusammenarbeiten. Das bedauere ich sehr.«

Olivia sah ihn überrascht an. Wusste etwa ganz Glasgow, dass Miss Cranston sie entlassen hatte?

»Danke. Es hätte mich auch gefreut«, sagte sie.

Er schaute sie immer noch forschend an. »Der Grund ist dieser neue Teesalon, nicht wahr?«

Olivia nickte. »Ich habe Miss Cranston enttäuscht und auch Mr. Newbery. Ich war gerade bei ihm. Ich wollte ihm alles erklären, aber Mr. Robinson war mir schon zuvorgekommen. Gegen seine Geschichte konnte ich nicht bestehen.« Sie schluckte und wandte den Kopf ab.

Mackintosh räusperte sich und schien etwas verlegen. »Ich kann Ihnen leider nicht helfen, hoffe aber sehr, dass sich …«

Jemand rief ihm von der Baustelle etwas zu, und er sagte rasch: »Ich muss los. Alles Gute, Olivia.«

Dann eilte er über die Straße, so schnell es sein verkrüppelter Fuß zuließ.

Olivia ging langsam weiter. Die kurze Begegnung hatte ihr gutgetan, und das neue Schulgebäude emporwachsen zu sehen, machte ihr ein bisschen Mut. Irgendwie wanderten ihre Gedanken von der School of Art zur Universität, und sie dachte an die Zeichnungen des Glockenturms, die in ihrer Wohnung auf dem Tisch lagen.

Plötzlich kam ihr eine Idee. Glasgow hatte so viele Türme – könnte das vielleicht der Beginn einer Serie sein, mit der sie einen neuen Weg beschritt, weg von den Pflanzen und hin zu neuen Motiven? Sie wurde ganz aufgeregt und nahm sich fest vor, gleich morgen eine Tour durch die Stadt unternehmen.

Es musste weitergehen.

Olivia war gerade dabei, im Restaurant die Tische fürs Abendessen zu decken, als die Türglocke ging. Sie schaute überrascht auf, es war eigentlich noch zu früh für Gäste, und dann sah sie Allie, der auf der Schwelle stand, reglos, die Hand am Türgriff.

In seinen Augen lag tiefer Schmerz. Sie zog ihn behutsam am Arm ins Restaurant, hängte das Geschlossen-Schild von innen an die Tür und drückte ihn auf einen Stuhl. Dann holte sie eine Flasche Grappa, schenkte ihm das Glas voll und stellte es auf den Tisch. »Trink.«

Er kippte es in einem Zug hinunter und drehte sich zur Küche um. »Valentina ist tot. Ich muss es Giovanni und Mamma sagen.«

Er zog sich mühsam am Tisch hoch und verschwand in der Küche. Kurz darauf erklang ein lang gezogener Schrei, dann lautes Schluchzen.

Olivia ging von Tisch zu Tisch, rückte alles zurecht, was ohnehin schon gerade lag, wollte sich irgendwie beschäftigen, obgleich es nichts zu tun gab. Hier würde heute Abend niemand essen.

Sie überlegte, ob sie gehen sollte, brachte es aber nicht über sich, die Familie allein zu lassen. Also setzte sie sich hin und wartete, bis Giovanni seine Mutter aus der Küche führte und mit ihr in Richtung Wohnung verschwand. Dann kam Allie mit schleppendem Schritt zu ihr und setzte sich.

»Es tut mir so leid.« Olivia legte ihre Hand auf seine. »Ich bleibe vorerst bei euch. Wenn ihr wieder öffnet, helfe ich, bis ihr – eine Lösung gefunden habt.« Das Wort Ersatz hätte zu grausam geklungen. Als ob es einen Ersatz für Valentina gäbe …

Allie sagte leise: »Ich habe ihn Vincenzo genannt. Er darf bald nach Hause.« Seine Stimme brach. »Auch wenn ich nicht weiß, wie ich Vater *und* Mutter für ihn sein soll.«

Olivia drückte seine Hand. »Aber das ist wunderbar, Allie, du hast ein Kind, einen Sohn, der dich mit Valentina verbindet! Nimm ihn als Geschenk. Du wirst Hilfe bekommen.«

Als hätten ihre sanften Worte die Mauer in seinen Inneren durchdrungen, legte er den Kopf auf ihre Hände und weinte, während Olivia ihm tröstend über die Haare strich.

46

Olivia stand neben der Wiege und schaute auf den kleinen Vincenzo hinunter, dessen Gesicht im Schlaf ganz ruhig war. Vorhin hatte er noch geweint und sich mit seinen winzigen Fingern das Gesicht zerkratzt, als könnte er die Verzweiflung in seiner Umgebung spüren. Doch dann hatte seine Großmutter ihm mit einer Flasche Milch eingeflößt, und er hatte gierig getrunken.

Irgendwie war es Giovanni gelungen, eine stillende Mutter ausfindig zu machen, die bereit war, einen Teil ihrer Milch abzugeben. Für Notfälle hatte er auch Mellin's Säuglingsnahrung besorgt, die jedoch mit Kuhmilch angerührt werden musste. Im Krankenhaus hatte man ihnen dringend geraten, es erst einmal mit richtiger Muttermilch zu versuchen, weil diese für ein Baby besser verträglich sei.

Allie hatte den Kleinen Vincenzo genannt, weil der Name im Englischen und Italienischen ähnlich klang, und das sollte seinen Sohn später daran erinnern, dass er in Liebe gezeugt worden war, von einem schottischen Mann und einer italienischen Frau. Außerdem bedeutete der Name »der Siegreiche«, was Allie als ein gutes Omen erschien.

Olivia strich dem Baby, dessen Haarflaum schwarz wie die Haare seiner Mutter war, sanft mit dem Finger über die Wange und ging zur Tür des Kinderzimmers. Sie wusste noch, wie Allie ihr erzählt hatte, dass sie das Zimmer hellgelb streichen würden, weil in Glasgow so selten die Sonne schien. Valentina hatte die blauen Möbel selbst lackiert – blau und gelb, hatte sie damals lächelnd gesagt, wie die Meeresküste in Italien und die Sonne darüber.

Olivias Herz zog sich zusammen, als sie daran dachte, dass Valentina womöglich einmal eifersüchtig auf sie gewesen war. Immer wieder erinnerte sie sich an den Blick, mit dem die junge Frau sie angesehen hatte, als sie im Restaurant so vertraut mit Allie gesprochen hatte. Olivia traf keine Schuld, sie war immer aufrichtig gewesen, und doch tat der Gedanke weh, dass Valentina, die Allie so geliebt hatte, womöglich an seinen Gefühlen für sie gezweifelt hatte. Wenn sie ihn jetzt hätte sehen können, hätte sie nie wieder an ihm gezweifelt.

Allie schien in diesen wenigen Tagen um Jahre gealtert zu sein. Sein Gesicht war schmal geworden, zwei Falten hatten sich neben dem Mund eingegraben, die zuvor nicht da gewesen waren.

Nur wenn sie allein war, dachte Olivia an ihre eigenen Sorgen, die ja nicht verschwunden waren, und erlaubte sich die Frage, ob es gut war, ihre ganze Kraft für Allie und die Seinen aufzuwenden. Was war mit ihrer eigenen Zukunft?

Heute fand die Beerdigung statt. Katholische Kirchen waren Olivia fremd, und es waren so viele italienische Trauergäste da, dass sie gut im Hintergrund bleiben konnte. Als sie Ma in der Kirche in einer der hinteren Bänke bemerkte, wurde Olivia bewusst, wie lange sie einander nicht gesehen hatten. Ma wusste nicht einmal, dass ihre Tochter den Teesalon verlassen hatte, geschweige denn, was ihr sonst noch zugestoßen war. Olivias schlechtes Gewissen meldete sich, und sie nahm sich vor, ihrer Mutter alles zu erzählen.

Ma drückte ihre Hand und berichtete flüsternd, dass Lorna Campbell, Allies Mutter, zutiefst betrübt sei, obwohl sie die italienische Schwiegertochter nicht gerade mit offenen Armen aufgenommen hatte. Doch nachdem sich das Enkelkind angekündigt hatte, war sie weicher geworden, und nun hatte sie angeboten, sich um den kleinen Vincenzo zu kümmern, wenn Vater, Onkel und Großmutter arbeiteten.

Olivia nickte erleichtert. Und als die Orgel einsetzte, sagte sie leise: »Ma, ich komme heute Abend zu dir, ich muss dir auch einiges erzählen.«

Olivia steckte den Kopf ins Restaurant. Die Familie und ihre Freunde hatten nach der Beerdigung hier gegessen, doch nun war nur noch Allie da. Giovanni kümmerte sich um seine Mutter, die ihre letzte Kraft für das Beisammensein zusammengenommen hatte und jetzt nur noch im Bett liegen und weinen wollte. Der kleine Vincenzo schlief, nicht ahnend, was er verloren hatte.

»Ich gehe jetzt.«

Allie saß an einem Tisch, den Kopf in den Händen vergraben. Olivia bemerkte das Whiskyglas, das vor ihm stand. Daneben eine halb leere Flasche.

»Hoffentlich hast du das nicht alles auf einmal getrunken.«

Er blickte mit geröteten Augen auf und lachte bitter. »Und wenn schon? Das kümmert doch niemanden.«

»Deinen Sohn kümmert es, auch wenn er es dir nicht sagen kann.« Als die Worte heraus waren, schlug sie die Hand vor den Mund. »Verzeih mir, das war gemein. Aber es ist mir ernst. Du hast ein Kind, einen wunderbaren kleinen Jungen, der dich braucht. Lass dir helfen, Allie.«

Sie sah, wie ein seltsamer Ausdruck in sein Gesicht trat.

»Deine Mutter wird euch unterstützen, das hat sie meiner Ma gesagt. Du hast Menschen, auf die du dich verlassen kannst.«

Der Ausdruck verschwand so schnell, wie er gekommen war, und Olivia fragte sich schon, ob sie ihn sich eingebildet hatte.

Allie nickte langsam. »Ich weiß. Ich bin ihr dankbar. Aber im Augenblick ist alles so – ach, was soll ich sagen …«

»Gar nichts.« Olivia zögerte kurz und drückte seine Schulter. Dann drehte sie sich um und verließ das Restaurant.

»Der arme Mann, so jung und schon Witwer, mit einem kleinen Kind! Die arme Lorna! Und Valentinas Familie. Ich wusste gar nicht, was ich bei der Beerdigung zu ihnen sagen sollte.« Ma hielt inne und schaute Olivia forschend an. »Aber du bist nicht gekommen, um darüber mit mir zu reden, oder? Dir liegt was anderes auf der Seele.«

Olivia stützte den Kopf in die Hand und schaute in ihre Tasse. »Ja. Es … es hat sich vieles geändert.« Sie erkannte jetzt, dass sie sich davor gefürchtet hatte, ihrer Mutter von ihren Schwierigkeiten zu erzählen, weil sie mit einem »Ich habe es dir ja gesagt« rechnete. Doch es musste raus. Also berichtete sie von Anfang an, von Mr. Robinson und den Aufträgen und dem Geld, das sie gelockt hatte. Dass es aber nicht nur um das Geld gegangen war, sondern auch um die Anerkennung, den Stolz darauf, dass jemand ihre Fähigkeiten schätzte, dass man sie für eine Künstlerin hielt. Als sie zu Ende gesprochen hatte, wagte sie nicht, ihrer Mutter ins Gesicht zu sehen.

Eine Hand legte sich über ihre, abgearbeitet, ein bisschen rau und doch tröstlich und vertraut. »Du hast nichts Böses getan, Livvy.«

»Vielleicht war es nicht böse, aber falsch.«

Sie spürte geradezu, wie Ma den Kopf schüttelte. »Falsch? Ich weiß nicht, es ist wohl menschlich, wenn man sich von so etwas den Kopf verdrehen lässt. Und du hast ja nicht gewusst, was sie mit deinen Entwürfen machen.«

Es tat gut, die Worte zu hören, selbst wenn Olivia tief im Inneren klar war, dass Ma ihr keine Absolution erteilen konnte. Sie hätte fragen können, wozu man die Entwürfe verwenden würde, und hatte es nicht getan. Hatte sie etwa schon geahnt, dass etwas nicht stimmte? Und doch machte es ihr Herz ein bisschen leichter, mit jemandem darüber zu sprechen, der es von außen betrachten konnte.

»Was wirst du jetzt tun?«, fragte Ma.

Olivia atmete tief durch. »Ich habe Geld zurückgelegt und suche mir eine neue Stelle, sobald Allie und Giovanni ohne mich zurechtkommen. Ich will im September unbedingt zurück an die School of Art. Ich – ich lasse mir das nicht nehmen, verstehst du?« Ihre verzweifelte Hingabe spiegelte sich im Gesicht ihrer Mutter. »Ideen habe ich auch. Ich möchte als Designerin schöne Dinge erschaffen, wie die Einrichtung in diesem verfluchten Teesalon. Darauf bin ich stolz, auch wenn er mir Unglück gebracht hat. Es gibt Leute, die mich für begabt halten, die meine Entwürfe haben wollen. Das kann ich nicht aufgeben, niemals.«

Ma schaute sie an, überrascht, beinahe staunend, als sähe sie ihre Tochter mit ganz neuen Augen.

»Dann musst du das tun. Und du schaffst es auch.« Sie strich ihr noch einmal über die Hand und stand dann auf. »Und jetzt musst du was essen, Kind.« Sie stellte Brot und einen Teller Suppe hin, setzte sich wieder und sah zu, wie Olivia es sich schmecken ließ.

Als sie aufgegessen hatte, schenkte Ma ihr noch einen Becher Tee ein und legte eine Münze daneben. Als Olivia fragend aufsah, sagte sie nur: »Du läufst um diese Zeit nicht den langen Weg zurück.«

Am nächsten Tag ging Olivia gegen Mittag zum Restaurant. Allie deckte gerade die Tische. Sie blieb einen Moment draußen stehen und schaute zwischen den karierten Vorhängen hindurch, sah seine roten Haare aufblitzen. Er war nicht so flink wie sonst; es war, als hätte Valentinas Tod ein Loch in ihn gebohrt und seine Lebenskraft hinausgelassen. Und doch war sie froh, ihn bei der Arbeit zu sehen. Sie wusste nur zu gut, dass man sich damit ablenken konnte.

Allie blickte auf, als sie hereinkam. Bis auf sein Hemd war er schwarz gekleidet, und es versetzte ihr einen Stich, sein vertrautes Gesicht so schmal und traurig zu sehen. Und doch leuchtete es ein wenig auf, als er ihr entgegeneilte.

»Ich dachte schon, du kommst nicht mehr.«

Sie sah ihn überrascht an. »Warum denn das?«

Er zuckte verlegen mit den Schultern. »Du warst gestern – ach, ich weiß nicht. Jedenfalls danke, dass du hier bist.«

»Ich habe versprochen, euch zu helfen, bis ihr einen anderen Weg gefunden habt.«

Allie zog die Augenbrauen hoch und stützte sich mit der Hand auf eine Stuhllehne. »Aber – was ist mit dem Teesalon?«

Erst da begriff sie, dass er gar nicht wusste, was geschehen war. Sie fasste es rasch zusammen, ohne die ganze Geschichte mit Robinson auszubreiten. Er nickte. »Aber wir können nicht viel zahlen.«

»Das macht nichts. Ich – ich habe ein bisschen gespart und kann vielleicht einige Entwürfe verkaufen. Es wird schon gehen.«

Allie nickte erneut und deutete auf den Tellerstapel, der auf der Theke wartete. »Dann gehe ich in die Küche. Für Elisabetta wird das alles zu viel.«

Olivia hängte ihren Sommermantel auf und machte sich an die Arbeit.

47

Giovanni und Allie arbeiteten in der Küche, Olivia deckte die Tische, bediente und räumte ab. Die Arbeit ging ihr mühelos von der Hand, war sogar weniger aufwendig als im Teesalon, weil das Restaurant klein und die Wege kürzer waren. Wenn die letzten Gäste gegangen waren, holte Allie den kleinen Vincenzo herunter, trug ihn durch den Raum, zeigte ihm jeden Winkel und sprach leise auf ihn ein. An drei Tagen passte seine Mutter auf das Kind auf, an den anderen übernahm das Großmutter Elisabetta.

Allie sah immer noch blass und mitgenommen aus, hatte morgens verweinte Augen, schien sich aber einigermaßen gefangen zu haben. Olivia war immer froh, ihn durch die Arbeit abgelenkt oder mit seinem Kind beschäftigt zu sehen. Es gab nur eine Sache, die ihr bisweilen nicht behagte und die sie sich womöglich nur einbildete.

Denn wann immer Allie ihr begegnete, schaute er sie mit einem Blick an, den sie nicht recht verstand. Es war dann, als flackerte tief in seinen Augen eine kleine Flamme.

Sie schob den Gedanken beiseite und war einfach nur dankbar, dass sie eine neue Arbeit gefunden hatte. Abends half sie noch beim Putzen und Aufräumen und war danach meist so müde, dass sie kaum den Heimweg schaffte und schwer ins Bett fiel, statt sich noch an den Tisch zu setzen und zu zeichnen.

Doch im Traum kehrte alles, was in den letzten Wochen über sie hereingebrochen war, zurück. Dann schien sie auf einem Karussell zu sitzen, das sich rasend schnell drehte, so schnell, dass Menschen und Dinge nur verschwommen an ihr vorbeizogen: Miss Cranston, Allie, Valentina, Gabriel, ihre Mutter, Mr. Robinson, die Newberys, Allie – alle, die sie liebten oder gestorben oder von ihr enttäuscht worden waren.

Am Morgen tauchte sie das Gesicht dann in kaltes Wasser, um die Fetzen dieser Träume zu vertreiben. Warf einen Blick auf ihre Zeichensachen, die seit Tagen unberührt dalagen. Demnächst, dachte sie, demnächst …

Als Olivia an diesem Abend das Restaurant verließ, zuckte sie zusammen. An der nächsten Straßenlaterne lehnte de Courcy und sah ihr streng entgegen. Da wurde ihr klar, wie lange sie nicht mit ihrer Freundin gesprochen hatte.

»Ich muss dir wohl hier auflauern, damit ich dich überhaupt noch zu Gesicht bekomme«, sagte de Courcy.

Olivia hielt überrascht inne. »Woher weißt du, dass ich hier bin?«

»Stell dir vor, ich habe deine Mutter gefragt. Ja, ich bin eigens nach Dennistoun gefahren und habe mich erkundigt, was mit dir los ist.«

Sie gingen nebeneinanderher. Olivia betreten und schweigend, de Courcy energisch und gesprächig. »Ich verstehe ja, dass du deinen Kindheitsfreund unterstützen möchtest, weil ihm Schlimmes zugestoßen ist. Aber was ist mit dir, Olivia? Was ist mit deinen Entwürfen, deinem Studium, deinen Freundinnen? Willst du das alles aufgeben?«

Olivia vergrub die Hände in den Taschen ihres Sommermantels und schüttelte kaum merklich den Kopf. »Natürlich nicht. Aber – Newbery hat mir deutlich zu verstehen gegeben, dass er Robinson mehr Glauben schenkt als mir. Wie soll ich ihm je beweisen, dass ich Miss Cranston nicht absichtlich schaden wollte, wenn Robinson mich darstellt wie eine …« Sie setzte neu an. »Ich hätte ihn angefleht, mir Aufträge zu beschaffen, behauptet er, das musst du dir vorstellen! Ich habe mich so geschämt, obwohl eigentlich *er* sich schämen müsste.« Allmählich redete sie sich in Rage. »Ich bin eben aus Dennistoun, und das lässt man mich nicht vergessen, sosehr ich mich bemühe.«

»Bitte kein Selbstmitleid«, warf de Courcy ein, »das steht dir nicht.«

Olivia sah ihre Freundin an. Ihre Worte waren schroff, die Stimme aber sanft.

»Ich meine es ernst, Wut ist wichtig. Die hilft dir vielleicht aus dieser Lage heraus. Aber …« Sie zögerte. »Du siehst sehr müde aus. Du darfst dich nicht aufgeben, nur um Allie zu helfen.«

Es war, als würde sie unsanft aus einem Traum geweckt. Sie erinnerte sich an das schlechte Gewissen, mit dem sie auf ihre Zeichensachen blickte, bevor sie morgens aus dem Haus ging.

Sie blieb stehen und legte de Courcy die Hand auf den Arm. »Du hast recht. Danke, dass du mir den Kopf zurechtgerückt hast. Manchmal braucht man jemanden, der einem zeigt, was man selbst nicht sehen kann.«

De Courcy umarmte sie. »Dafür sind Freundinnen da.«

Gabriel hatte sich in seinem letzten Brief besorgt erkundigt, ob es ihr nicht gut gehe – also hatte er zwischen den Zeilen gelesen. An diesem Abend schrieb Olivia ihm endlich einen ausführlichen Brief und berichtete, was in den letzten Wochen geschehen war. Sie war schonungslos mit sich selbst und hielt nichts zurück. Dabei verspürte sie eine geradezu schmerzhafte Sehnsucht nach ihm, nach seiner Nähe, und stellte sich vor, sie könnte sich einfach an ihn lehnen und die Augen schließen und ihn sanft über ihre Haare streichen lassen.

Olivia klebte den Brief zu und unternahm noch einen Spaziergang, um ihn einzuwerfen. Es war ein milder Abend, aus vielen Fenstern drang Gelächter, jemand zupfte auf einer Gitarre, sie hörte Gläser klirren und sah Zigarettenrauch, der sich in den Abend kräuselte. Sie erinnerte sich, wie sie Hogmanay gefeiert hatten und Gabriel als First Footer gekommen war. An jenem Abend war sie glücklich gewesen. Sie hatte nicht geahnt, was das neue Jahr an Dunklem bringen würde.

Sie blieb stehen und schaute in den Juniabend, der nicht enden wollte, sog die noch warme Luft ein und schloss einen Moment die Augen. Zum ersten Mal seit Tagen verspürte sie ein bisschen Frieden.

Am nächsten Morgen ging sie ins Restaurant, um Allie zu sagen, dass sie erst abends arbeiten würde. Er schaute etwas unzufrieden, worauf Olivia ihm deutlich erklärte, dass sie sich auch wieder um ihre künstlerische Arbeit kümmern müsse.

Er nickte, doch sie spürte, dass er es vorgezogen hätte, wenn sie weiterhin ganz für ihn und das Restaurant da gewesen wäre. Sie hörte de Courcys warnende Worte *Du darfst dich nicht aufgeben, nur um Allie zu helfen.* Und erinnerte sich an das Unbehagen, das sie spürte, wenn Allie sie mit jenem Blick ansah, für den sie keine Worte fand.

Doch sie schob diese Gedanken energisch beiseite, denn sie wollte in den nächsten Stunden durch ihre Stadt wandern und nach weiteren Motiven für die Serie mit den Türmen suchen. Sie hatte eine Bluse angezogen, die sie selbst bestickt hatte, und ihren besten Rock, wie um die besondere Gelegenheit zu feiern, sich endlich wieder als Künstlerin zu fühlen. In ihrer Umhängetasche befanden sich Skizzenheft und Stift, ganz wie früher.

Meist hatte Olivia ein Ziel, doch diesmal stellte sie sich vor, sie wäre fremd und ließe sich durch Glasgow treiben, ohne festen Plan, ohne Verpflichtungen. Sie betrachtete die Sauchiehall Street mit frischem Blick, die Markisen der Geschäfte, die hohen Gebäude, die Pferdeomnibusse und Fuhrwerke und Droschken, die sich auf der Straße drängten. Das alles bot ein großartiges Motiv, aber nicht für ihre Zwecke; das vielfältige Durcheinander ließ sich nicht auf etwas Einfaches reduzieren, wie es ihr beim Glockenturm gelungen war.

Dennoch genoss Olivia das wimmelnde Leben auf der Straße, kaufte sich an einem Stand eine Handvoll Erdbeeren und aß sie im Gehen. Eine Erdbeere ist schön, dachte sie und ertappte sich dabei, wie sie sich einen Teller oder eine Tasse mit diesem Muster vorstellte. Nein, sagte sie sich entschieden, mit solchen Motiven wollte sie sich derzeit nicht beschäftigen. Sie erinnerten zu sehr an die »Jahreszeiten«, die ihr so viel Unglück gebracht hatten.

Als sie auf den Royal Exchange Square kam, schaute sie am Gebäude der Börse hoch und überlegte. Nein, das war die falsche Perspektive. Sie bog in die Ingram Street, ging ein Stück und drehte sich um.

Ja, so war es besser! Das klassizistische Gebäude der Royal Exchange mit seinen geometrischen Formen ließ sich wunderbar aufs Wesentliche beschränken. Fast wie Bauklötze, dachte sie belustigt, acht Säulen, darüber ein Dreiecksgiebel, gekrönt von einer steinernen Laterne mit runder Kuppel. Das würde ausgezeichnet funktionieren.

Olivia zog ihr Skizzenheft hervor und warf rasch die Umrisse aufs Papier. Sie achtete nicht darauf, dass einige Passanten sie komisch ansahen, sogar anrempelten, weil sie nichts Besseres zu tun hatte, als mit Papier und Stift auf dem Gehweg herumzustehen.

Und während sie prüfend zwischen der Royal Exchange und ihrer Zeichnung hin- und herschaute, kamen ihr weitere Ideen. Der Tolbooth Steeple durfte auf keinen Fall fehlen, und sie würde auch hinunter an den Clyde gehen und den Turm des Seemannsheims zeichnen, der weithin bekannt und unverwechselbar war.

Ihr Herz schlug heftig, aber es war eine angenehme Aufregung. In diesem Moment gehörte sie nur sich selbst, war Olivia MacLeod, die Künstlerin.

48

In den nächsten Tagen arbeitete Olivia weiterhin im Restaurant. Sie hoffte, von dem wenigen Geld, dass sie dort bekam, etwas zurücklegen zu können, da sie sich im Herbst wieder auf ihr Studium konzentrieren wollte. Sie war froh, dass das Restaurant florierte. Es hatte sich herumgesprochen, dass man bei Giovanni und Allie authentische italienische Küche bekam, wie man sie sonst nirgendwo in Glasgow fand. Die Trauer über Valentina hing wie ein dunkler Schleier über der Familie, doch der kleine Vincenzo machte allen viel Freude, und so wagten sie, ein wenig optimistischer in die Zukunft zu schauen.

Olivia nutzte jede freie Minute, um an ihren Türmen zu arbeiten. Sie zeichnete sie wieder und wieder, aus dem Gedächtnis wie auch vor Ort, lief mit dem Skizzenblock unter dem Arm durch die Straßen und wurde von manchen Verkäufern schon gegrüßt, als wäre sie eine alte Bekannte.

»Na, schon wieder der Tolbooth?«, fragte eine alte Frau, die in der High Street einen kleinen Obststand betrieb. »Ich hätte nicht gedacht, dass der so viel hergibt.«

Olivia lächelte und nahm die Kirschen entgegen, die ihr die Verkäuferin entgegenhielt.

Besonders gern ging sie an den Clyde hinunter, eine eher raue Gegend, in der sie den Turm des Seemannsheims nicht nur gezeichnet, sondern auch bestiegen hatte. Von dort oben blickte man über den Fluss und auf die vielen Brücken, während sich rechts der hohe, spitze Turm der Gorbals Parish Church in den Himmel bohrte. Sie hatte an einen anderen Tag auf einem anderen Turm denken müssen und war danach rasch hinuntergestiegen.

Wenn sie an solchen Tagen nach Hause kam, taten ihr die Füße weh, und sie badete sie in heißem Seifenwasser. Dennoch fühlte es sich gut an, denn ihre schmerzenden Füße waren Zeugen ihrer Arbeit.

Manchmal konnte Olivia ihre Sorgen ganz vergessen – wenn sie im Restaurant so viel zu tun hatte, dass sie kaum wusste, wo ihr der Kopf stand, aber auch, wenn sie beim Zeichnen saß und merkte, wie sie mit jeder Überarbeitung dem, was sie darstellen wollte, näher kam. Sie war dazu übergegangen, ihren Türmen dicke Umrisse zu geben, sie nicht zart hinzuwerfen, sondern fest und entschlossen darzustellen. Das Bild vom Turm der Universität hatte sie auf eine kleine Staffelei gestellt, weil es das einzige Motiv war, mit dem sie bisher ganz zufrieden war, aber auch, weil es sie an Gabriel erinnerte.

Sie sehnte sich nach ihm und konnte die Sehnsucht nur beiseiteschieben, nicht auslöschen. Diesmal hatte sie mit einer schnellen Antwort auf ihren Brief gerechnet und fragte sich, ob ihre Offenheit ihn schockiert hatte, ob er von ihr enttäuscht war, weil sie ihren Ehrgeiz so freimütig eingestanden hatte.

Und es gab noch mehr, das ihr durch den Kopf ging: Sie konnte den Gedanken nicht ertragen, im September an die School of Art zurückzukehren und wieder in Mr. Robinsons Unterricht zu sitzen. Von den Newberys hatte sie nichts mehr gehört und fühlte sich manchmal, als schwebte sie frei im Raum, ohne festen Anker. Selbst wenn sie das Geld aufbrachte, würde sie doch kaum ihr Studium weiterführen können, als wäre nichts geschehen. Die Einzige, mit der sie sich regelmäßig traf, war de Courcy, die ihr unerschütterlich Mut zusprach und beteuerte, kein vernünftiger Mensch werde Robinson glauben.

Aber so gut die Freundin es auch meinte, stimmte das natürlich nicht. Denn die Newberys schienen ihm zu glauben, und auch Mackintosh und die Macdonald-Schwestern bemühten sich nicht, mit ihr in Kontakt zu treten. Natürlich nicht, Mackintosh war ein bekannter und viel beschäftigter Mann und hatte Besseres zu tun, als sich um das Wohl einer Studentin zu kümmern, und doch …

»Livvy, nun träum nicht vor dich hin!«

Sie schrak zusammen und drehte sich zu Allie um, der mit einem dampfenden Teller an der Durchreiche stand. Sie nahm ihn rasch entgegen und brachte ihn an den Tisch.

»Tut mir leid, wenn ich vorhin unwirsch war«, sagte Allie, als sie das Restaurant geschlossen hatten und er mit einem Glas

Wein aus der Küche kam. »Aber du hast wirklich dagestanden und in die Luft geschaut.«

Olivia wischte sich lächelnd über die Stirn. »Schon gut. Ich war in Gedanken.«

Er betrachtete sie und reichte ihr das Glas. »Der vertreibt die Sorgen.«

Sie zuckte mit den Schultern. »Manche Sorgen vertreibt selbst der beste italienische Rotwein nicht.« Sie trank trotzdem. »Aber er schadet auch nicht.«

Als sie mit allem fertig war, legte sie die Schürze ab, zog ihren leichten Mantel über und strich sich die Haare glatt. »Ich wünsche dir einen schönen Abend. Gib Vincenzo einen Kuss von mir, wenn du ihn bei deiner Mutter abholst.« Sie hatte den kleinen Jungen liebgewonnen.

Allie lächelte. »Das mache ich.«

»Ich bin sehr froh, dass es ihm bei seinen Großmüttern so gut geht.«

Olivia verabschiedete sich und wollte sich zum Gehen wenden, als Allie schnell ihre Hand ergriff und sie einen Augenblick festhielt. »Ohne dich würde ich das alles nicht schaffen. Dafür wollte ich noch mal Danke sagen.«

Seine Worte waren nicht ungewöhnlich, solche Dinge hatte er schon öfter zu ihr gesagt, doch seine Augen und seine Hand schienen noch etwas anderes, Tieferes ausdrücken zu wollen, vor dem Olivia zurückschrak. Sie wich einen Schritt nach hinten, sodass er ihre Hand loslassen musste. Dann lächelte sie, winkte noch einmal und trat auf die abendliche Straße.

Das Wetter war mild, und sie genoss den Spaziergang, wollte daheim noch an ihren Türmen arbeiten. Doch dann drängten sich der Druck der Hand und die sehnsüchtigen Augen in ihre Gedanken, und sie ging schneller, als könnte sie mit wachsender Distanz zum Restaurant auch ihr Unbehagen hinter sich lassen.

In Garnethill war noch Betrieb, Leute schlenderten über die Straße, aus offenen Fenstern drangen Gelächter und Musik. An einem anderen Tag hätte Olivia sich gewünscht, Teil der Fröhlichkeit zu sein, doch heute wollte sie nur nach Hause.

Sie war so in Gedanken, dass sie den Mann erst bemerkte, als sie fast vor ihm stand. Er lehnte an der Straßenlaterne gegenüber ihrer Haustür, ohne Hut, die Locken wild in der Stirn, und sah ihr lächelnd entgegen.

Eine Sekunde lang blieb Olivia reglos stehen. Ihr Herz schlug so heftig, dass sie es bis in die Ohren spürte. Dann stürzte sie nach vorn und ließ sich von Gabriels Armen fest umschließen.

Als sie in ihrer Wohnung waren, musste Olivia ihn immer wieder ansehen und berühren, damit sie wirklich glauben konnte, dass Gabriel hier bei ihr war. Ein halbes Jahr, dachte sie immer wieder, ein halbes Jahr haben wir uns nicht gesehen.

»Ich habe sehr viel über deinen letzten Brief nachgedacht. Verzeih, dass ich nicht geantwortet habe, aber ich wollte dich unbedingt sehen und mit dir darüber sprechen«, sagte er zögernd und trank von seinem Tee.

»Und ich dachte schon, du willst vielleicht nichts mehr mit mir zu tun haben. Wegen allem, was ich geschrieben habe. Weil ich nicht vorsichtiger war und an meinen Vorteil gedacht habe«, brach es aus Olivia heraus.«

Gabriel zog sie an sich. »Hör auf mit dem Unsinn. Du hast getan, was jeder Mensch tun würde, der gesunden Ehrgeiz besitzt.«

Sie lehnte sich zurück und sah ihm in die Augen, deren

Farbe von Blau zu Grün und wieder zurück zu wechseln schien. »Aber ich muss mit den Folgen leben.«

»Du musst versuchen, deinen Ruf zu retten. Du darfst dich nicht damit abfinden, was Robinson getan hat. Und du musst es auch nicht allein tun.« Als sie den Kopf senken wollte, legte er einen Finger unter ihr Kinn und hob es behutsam an, sodass sie ihm in die Augen sehen musste.

»Ich wäre gleich am nächsten Tag gekommen, aber das Geld, du weißt schon.« Gabriel zuckte mit den Schultern. »Ich arbeite gerade an einer Reihe über das Londoner Eastend, eine Fortsetzung meiner frühen Arbeiten. Im Herbst kann ich ausstellen, eine Galerie hat es mir zugesagt, und da gab es noch einiges zu klären. Danach bin ich sofort losgefahren.«

Olivia setzte sich vor ihn auf den Boden und bettete den Kopf auf seine Knie. Seine Hose roch schwach nach Lavendel und Sandelholz, vielleicht ein Eau de Toilette, das er benutzte. Jedenfalls duftete er wunderbar. Sie drückte ihr Gesicht in das raue Leinen.

Gabriel legte sanft die Hand in ihren Nacken, ohne sie zu bewegen, ließ sie einfach dort ruhen. »Du hast mir so gefehlt, Livia.« Wie hatte sie diese Anrede vermisst, mit dem Namen, den niemand außer ihm verwendete!

»Du mir auch. Manchmal konnte ich kaum atmen, weil ich mich so nach dir gesehnt habe.« So offen hatte sie noch nie mit ihm gesprochen, doch ihr Herz war übervoll. »Ich wusste, dass du mich verstehen würdest, aber du warst weit weg. Am schlimmsten ist, dass ich das Vertrauen von Menschen verloren habe, die ich bewundere, von denen ich so viel lernen kann.« Olivia atmete tief durch. »Ich fürchte mich davor, im September wieder in die Schule zu gehen und ihnen gegenüberzutreten. Bis dahin muss ich einen Weg finden, um alles wiedergutzumachen.«

Gabriel strich ihr über die Haare, leicht wie ein Windhauch. »Es geht nicht nur um dich«, sagte er dann. »Nicht nur du hast etwas wiedergutzumachen, es geht auch um Robinson. Vor allen Dingen um ihn. Denn es überrascht mich nicht, wie er mit dir umgegangen ist. Wie er dich benutzt hat. Und du hast den Verdacht, er könne Geld für seine Dienste genommen haben? Auch das würde mich nicht überraschen.«

Sie sah ihn prüfend an. »Wie kannst du dir da so sicher sein?«

»Du erinnerst dich, wie Robinson und ich uns in der School of Art begegnet sind?«

Und ob sie sich erinnerte. Die Spannung zwischen den Männern war greifbar gewesen.

»Kurz vor Ende meines Studiums habe ich in einer Londoner Galerie eine Entdeckung gemacht. Ich kam zufällig dort entlang und war schon fast am Schaufenster vorbei, als etwas meinen Blick fesselte – zwei Zeichnungen, die eindeutig von mir stammten. Glaub mir, ich kenne meine Arbeiten. Also bin ich hineingegangen und habe sie mir zeigen lassen. Jemand hatte meine Signatur ausradiert und durch seine eigene ersetzt. F. W. Robinson.«

»Wie bitte? Das kann doch nicht wahr sein! Woher hatte er die Zeichnungen?«, fragte Olivia empört.

»Ich hatte sie im Jahr zuvor in der Slade angefertigt und bei ihm zur Benotung eingereicht. Er war nicht verpflichtet, sie zurückzugeben, darum hatte ich auch nicht danach gefragt. Die Noten war hervorragend.« Gabriel lachte bitter. »Was er mit dir gemacht hat, ist verwerflich, denn ich bin mir absolut sicher, dass er davon profitiert hat.«

»Hast du dich damals gewehrt?«, fragte Olivia.

Er schwieg eine Weile. »Mein Wort stand gegen seines, er war mein Lehrer. Und die Zeichnungen waren schnell verkauft. Der Galerist hatte kein Interesse daran, die Sache aufzuklären.« Mehr schien er nicht sagen zu wollen, und so beließ sie es dabei.

Gabriel ging spät am Abend, da ihn die Newberys erwarteten, bei denen er wie üblich untergekommen war. »Alles wird gut«, sagte er, bevor er sie zum Abschied küsste.

Als sie allein war, setzte Olivia sich an den Tisch, schaute nach oben in den Himmel und stellte sich vor, dass Gabriels Worte wahr würden.

49

Am nächsten Morgen besuchte Olivia ihre Mutter und erzählte ihr von Gabriels Besuch. Ma ließ sie reden und nickte zwischendurch, während ihre geschickten Finger die Nadel durch den Stoff einer zerrissenen Hose führten. Schließlich schaute Ma auf. »Lerne ich den jungen Mann eigentlich mal kennen?«

Olivia wurde rot.

»Ich weiß, du bist, was sie eine moderne junge Frau nennen, aber der Mann scheint dir viel zu bedeuten. Und er ist den weiten Weg gekommen, um dir zur Seite zu stehen. Da würde ich ihn gern in meinem Haus begrüßen.«

Olivia nickte »Ja, natürlich. Ich stelle ihn dir vor, sowie

diese Angelegenheit geklärt ist und ich wieder klar denken kann.«

Ma ließ die Hand mit der Nadel in den Schoß sinken und sah sie prüfend an. »Lorna hat erzählt, Allie gehe es mit jedem Tag besser. Ich habe ihn neulich gesehen, er sah auch gesünder aus. Aber das weißt du ja sicher, wenn du jeden Tag mit ihm zusammenarbeitest.«

Olivia ahnte, worauf ihre Mutter hinauswollte, zog es aber vor, sie absichtlich misszuverstehen. »Das Restaurant läuft sehr gut, das ist ihm wohl ein kleiner Trost. Und auch dass Vincenzo so gut gedeiht und sich bei seinen Großmüttern wohlfühlt. Der Kleine kann sich glücklich schätzen, dass es so viele liebe Menschen gibt, die sich um ihn kümmern.«

Ma verschränkte die Arme vor der Brust. »Meine liebe Livvy, du weißt genau, wovon ich spreche. Sicher, Valentina ist noch nicht lange unter der Erde, aber ein Mann wie Allie muss nach vorn schauen. Du stehst ihm zur Seite, er kann sich auf dich verlassen, das finde ich lobenswert.« Sie zögerte. »Aber ich möchte nicht, dass er sich Hoffnungen macht, die dann enttäuscht werden.«

Olivia stand auf und lief im Zimmer auf und ab. Gerade noch hatte ihre Mutter gesagt, sie wolle Gabriel kennenlernen, und nun versuchte sie, das Gespräch wieder auf Allie zu bringen. Wollte sie denn nicht verstehen, dass Allie immer ihr bester Freund sein würde – aber eben nichts anderes? »Wenn er sich Hoffnungen macht, dann ist das allein seine Sache. Ich mache ihm keine.« Es klang barscher als beabsichtigt, und Ma zog verwundert die Augenbrauen hoch.

»Das kann man sicher netter ausdrücken, aber gut, dass du so ehrlich bist.«

Olivia dachte daran, wie Allie gestern ihre Hand ergriffen

und festgehalten hatte. Sie hatte sich unwohl gefühlt, hatte ihm nicht wehtun, ihn aber auch auf keinen Fall glauben lassen wollen, sie habe ihre Meinung geändert. Jetzt wurde ihr bewusst, was sie schon lange geahnt hatte – dass Allie wohl nie aufgehört hatte, sie zu lieben, trotz seiner Zuneigung zu Valentina und seiner ehrlichen Trauer.

Sie zog die Schultern hoch und ließ sie wieder sinken. »Ma, ich bemühe mich wirklich, freundlich zu Allie zu sein und ihm zu helfen, ohne falsche Hoffnungen in ihm zu wecken.«

»Das weiß ich. Es ist nur manchmal nicht leicht, wenn ich mit Lorna spreche. Sie wünscht sich, ihren Sohn sobald wie möglich wieder mit einer Frau zu sehen. Und ich habe Allie sehr gern, fast wie einen zweiten Sohn. Ich kenne ihn seit seiner Geburt, er hat immer auch zu uns gehört.«

Olivia seufzte. »Das verstehe ich doch, ich habe ihn ja auch sehr gern.« Sie wusste nicht, was sie noch dazu sagen sollte, und wechselte deshalb rasch das Thema. »Ma, eigentlich wollte ich dir etwas zeigen.« Sie griff nach ihrer Tasche und holte ihr Skizzenheft hervor, in dem einige lose Blätter lagen, die sie nun auf dem Tisch ausbreitete.

»Oh, das sind ja lauter Türme aus Glasgow«, sagte Ma sofort und deutete nacheinander darauf: »Das Seemannsheim, der Tolbooth, der Glockenturm der Universität, die Börse. Die erkennt kann man ja sofort.«

Olivia strahlte. »Das hatte ich gehofft.«

»Was hast du damit vor? Sind sie auch für Geschirr gedacht? Oder als Andenken?«

Olivia beugte sich über den Tisch und schaute sich die Bilder noch einmal an. Ihr war eine Idee gekommen, und sie wollte die Meinung ihrer Mutter hören, bevor sie sich an die Umsetzung machte. »Im Augenblick steht mir nicht der Sinn nach Geschirr. Und Andenken damit zu gestalten, ist eine schöne Idee, aber ich habe zuerst einmal etwas anderes vor.«

Sie blätterte in dem Skizzenheft, bis sie die Zeichnung eines Kleides gefunden hatte. Es war einfach geschnitten, fast wie ein Kittel, mit weiten Ärmeln und einem eckigen Ausschnitt. Es besaß keinerlei Zierrat wie Knöpfe, Schleifen oder Bänder, doch der Rock war über und über mit ihren Türmen verziert.

Ma betrachtete die Zeichnung und nickte bedächtig. »Du weißt, wie verrückt dieses Kleid aussieht, oder?«

Olivia wusste nicht, ob das die Antwort war, die sie erwartet oder erhofft hatte, sagte aber: »Ja. Und gerade das gefällt mir. Was sagst du dazu?«

Ma sah sie an und schüttelte lächelnd den Kopf. »Wie gesagt, es ist völlig verrückt. Aber wenn du das machst, sieht es sicherlich großartig aus!«

Olivia küsste sie auf die Wange, packte ihre Sachen in die Tasche und wollte zur Tür.

»Du gehst schon wieder?«

»Ja, ich muss ins Restaurant.«

Auf der Straße hörte sie noch, wie ihre Mutter ihr nachrief: »Ich hoffe, dein Gabriel kommt bald mal her!«

50

Als Olivia heimkehrte, erwartete sie eine Nachricht von Gabriel. Sie solle bitte am nächsten Tag um fünf Uhr zu den Newberys kommen. Sie wurde ganz kribbelig und fragte sich, was die Einladung zu bedeuten hatte. In dieser Nacht schlief sie unruhig und hatte wirre Träume, in denen die Gesichter von Gabriel, Direktor Newbery und Mr. Robinson ineinanderflossen.

Bei der Arbeit spürte sie, wie Allies Blicke auf ihr ruhten, und sie bemühte sich, ihre Gedanken beisammenzuhalten. Immer wieder musste sie an das Gespräch mit ihrer Mutter denken und fragte sich, wie lange sie noch guten Gewissens hier arbeiten konnte, ohne Allie falsche Hoffnungen zu machen.

Am Nachmittag eilte sie nach Hause, richtete ihre Haare und zog die hellblaue Bluse an, die ihr vor so langer Zeit Glück gebracht hatte. Als sie vor dem Spiegel stand, musste sie daran denken, dass Miss Cranston durch diese Bluse auf ihre Begabung aufmerksam geworden war. Und Mackintosh hatte sie als wunderbare Arbeit bezeichnet. Olivia war eigentlich nicht abergläubisch, und doch tat es gut, sich an das Glück von damals zu erinnern.

Es war ein warmer Julitag, die Bluse klebte ihr bald am Rücken, obwohl sie so luftig war. Als Olivia das Haus der Newberys erreichte, hielt sie inne, schloss kurz die Augen und atmete tief ein und aus. Was immer sie erwartete, sie würde es durchstehen, denn Gabriel wäre bei ihr. Und wenn er dabei war, konnte es nicht gar so schlimm werden, oder?

Das Hausmädchen öffnete die Tür und ließ sie ein. Dann trat Jessie in den Flur, lächelte ein wenig verlegen und drückte Olivias Arm. »Ich freue mich so, dich zu sehen! Komm herein.«

Olivia folgte ihr in das geräumige Wohnzimmer, in dem Fra Newbery aus dem Sessel aufstand und ihr die Hand schüttelte. »Sehr schön, Olivia, gut, dass Sie so kurzfristig kommen konnten. Gabriel kennen Sie ja.«

Er lehnte in einem dunkelvioletten Anzug am Kaminsims und lächelte ihr entgegen. »Du warst ausgeflogen, also habe ich die Nachricht hinterlassen.« Dann schaute er zögernd zur Tür, als wartete er auf etwas oder noch jemanden.

Das Mädchen trug das Teetablett herein und stellte es auf einen niedrigen Tisch.

»Wir wollen heute nicht so förmlich sein, bitte bedient euch«, sagte Jessie und deutete auf Teller mit Kuchen und Sandwiches, bevor sie allen Tee einschenkte. Dann setzte sie sich mit ihrer eigenen Tasse in einen Lehnstuhl und musterte Olivia.

»Oh, die wunderbare Bluse. Arbeitest du an etwas Neuem?«

Olivia zögerte kurz, ob sie davon erzählen sollte, doch Jessies Interesse wirkte so aufrichtig, dass sie damit herausrückte.

»Wie aufregend! Hast du das Skizzenbuch dabei?«

»Leider nicht.«

»Macht nichts, dann zeigst du mir die Türme bei nächster Gelegenheit.« Sie sprach, als wäre dies ein ganz normaler Höflichkeitsbesuch. Olivia schöpfte Hoffnung, fragte sich aber verwirrt, was hier eigentlich stattfinden sollte. »Ich finde die Idee sehr interessant. Du erinnerst dich doch an Frau Muthesius, mit der du über die Idee des Künstlerkleides …«

In diesem Moment klingelte es an der Tür, und Olivia sah, wie Gabriels Augen in diese Richtung wanderten. Darauf hatte er also gewartet.

Wer mochte noch dazukommen? Vielleicht Mackintosh oder Margaret Macdonald oder beide zusammen? Das wäre schön, dachte Olivia, doch dann hörte sie, wie das Hausmädchen öffnete und eine Stimme ertönte, und die Leichtigkeit in ihr zerplatzte wie eine Seifenblase.

Mr. Robinson betrat das Wohnzimmer. Er begrüßte zuerst

die Dame des Hauses, dann ihren Mann, und als er Olivia bemerkte, wich er kaum merklich zurück, hatte sich aber sofort wieder in der Gewalt. »Miss MacLeod, welch eine Freude. Und Mr. Jones, wie immer ein Vergnügen«, sagte er in einem Ton zu Gabriel, der seine Worte Lügen strafte.

Er nahm im angebotenen Sessel Platz und bekam eine Tasse Tee.

Eine Zeit lang hörte man nur das Klirren von Löffeln und das leise Knuspern, mit dem der Kuchen gegessen wurde. So stellte Olivia sich ein Theaterstück vor, das in der feinen Gesellschaft spielte – fünf Leute mit Teetassen in den Händen, die nicht wussten, worüber sie sich unterhalten sollten.

Sie bemerkte, dass Mr. Robinson sich verstohlen umsah. Auch er schien sich zu fragen, was es mit dieser Teegesellschaft auf sich hatte. Schließlich stellte Newbery die Tasse ab und lehnte sich zurück.

»Olivia, Mr. Robinson, Sie wundern sich vielleicht, warum wir uns hier versammelt haben. Die Antwort ist recht einfach. Ich möchte heute ein für alle Mal aufklären, was es mit den Entwürfen für den Four-Seasons-Teesalon auf sich hat.«

Robinson wurde ein bisschen blass. »Was gibt es denn da noch zu klären?«, fragte er nervös. »Ich habe Ihnen alles gesagt, was ich zu sagen habe, und bin davon ausgegangen, dass die Angelegenheit längst erledigt ist.«

Gabriel, der immer noch am Kamin lehnte, schob die Hände in die Hosentaschen und räusperte sich vernehmlich. »Für Sie mag das gelten, Mr. Robinson, aber Miss MacLeod hat deswegen ihre Stelle bei Miss Cranston und die Wertschätzung ihrer Kolleginnen verloren. Und nicht nur das, sie hätte auch die Chance gehabt, mit Mr. Mackintosh an der Neugestaltung des Salons in der Argyle Street zusammenzuarbeiten, was ihrer Karriere sehr zuträglich gewesen wäre. Auch diese Gelegenheit hat sich zerschlagen. Und Sie sind daran nicht unschuldig.«

Robinson war rot angelaufen. »Mr. Jones, mir ist nichts über Ihre persönliche Beziehung zu Miss MacLeod bekannt, und die geht mich auch nichts an. Daher frage ich nicht, wie Sie dazu kommen, mir Vorwürfe zu machen. Aber ich habe alles mit Mr. Newbery geklärt. Ich habe einer Studentin, die mich um Hilfe gebeten hat, einen Gefallen getan und beschlossen, sie zu fördern. Diese Freundlichkeit wirft man mir nun vor.«

Olivia spürte, wie sie das starke Bedürfnis überkam, für sich selbst einzustehen, ihm ihren Stolz und ihre Wut entgegenzuschleudern. »Ich danke dir, Gabriel, du hast es sehr gut in Worte gefasst. Und ja, Mr. Robinson, ich stimme Mr. Jones in allem zu. Ich mag einen Auftrag gewonnen haben, doch das wiegt die Verluste nicht auf. Und ich möchte endlich ganz klar und deutlich erklären, dass ich Sie nie um Aufträge gebeten habe. *Sie* sind an *mich* herangetreten, nicht einmal, sondern zweimal. Und *Sie* haben mich dazu verpflichtet, die Sache für mich zu behalten. Wie gern hätte ich mit anderen über meine Arbeit gesprochen, aber ich habe es nicht gewagt.« Sie sprach jetzt ganz klar und ruhig. »Da wäre noch etwas. Sie hätten mir sagen müssen, wofür meine Entwürfe verwendet werden. Ich war Anfängerin, das wussten Sie. Ich konnte nicht überblicken, welche Folgen die Aufträge haben würden. Ich habe das Gefühl, Sie haben meine Unerfahrenheit ausgenutzt.«

Robinson stellte die Tasse mit lautem Klirren auf den Tisch. »Das muss ich mir nicht anhören.«

»Wenn Ihnen Ihre Stelle lieb ist, schon«, sagte Fra Newbery in einem schneidenden Ton, den Olivia noch nie bei ihm gehört hatte. »Gabriel, du hast Erkundigungen eingezogen, richtig?«

Gabriel schritt langsam vor dem Kamin auf und ab, die Hände noch immer in den Taschen, den dunklen Kopf gesenkt, sodass ihm die Locken in die Stirn fielen. Er schaute Olivia nicht an, doch sie spürte, dass er ihr ganz nah war.

»Ich habe bei der Firma Cameron in Edinburgh angerufen und mich als Journalist ausgegeben. Als man dort hörte, dass ich über den neuen Teesalon in Glasgow berichten will, wurde Mr. Cameron sehr gesprächig. Er hat mir erzählt, dass Sie, Mr. Robinson, sich vor einer Weile unaufgefordert an ihn gewandt und gegen ein Honorar angeboten hätten, begabte Studenten zu vermitteln, die Entwürfe für ihn anfertigen. Es war von Anfang an Ihre Idee, nicht wahr?«

Robinson schluckte und wand sich zunächst ein wenig, ehe er murmelte: »Das ist kein Verbrechen. Und verboten ist es auch nicht.«

»Das behauptet niemand«, sagte Newbery. »Allerdings ist es eine fragwürdige Vorgehensweise, für die es an unserer Schule kein Vorbild gibt, und zwar aus gutem Grund. Wenn unsere Studenten Entwürfe anfertigen – was wir durchaus begrüßen –, sollte es offen dargestellt werden. Es ist für sie und unsere Institution eine gute Werbung, wenn solche Erfolge erzielt werden.«

Olivia räusperte sich. »Mr. Robinson wusste übrigens, dass ich für Miss Cranston arbeite und von ihr gefördert wurde.« Sie holte tief Luft. »Er hat in Kauf genommen, dass ich Schwierigkeiten bekomme und meine Stelle verliere. Er hat verlangt, dass ich schweige, und dann hat er selbst dafür gesorgt, dass mein Name bekannt wird, worauf sich Miss Cranston zu Recht hintergangen fühlte. Das alles ist sehr schwer für mich.«

Sie zitterte ein wenig und hoffte inständig, dass Mr. Newbery ihr glaubte. Im nächsten Augenblick huschte ein Gedanke durch ihren Kopf. Vielleicht würden die Vorwürfe ja sogar ausreichen, dass er Robinson entließ? Gewiss wäre die School of Art ein besserer Ort ohne ihn, selbst wenn man auf die Schnelle über den Sommer einen Ersatz finden müsste. Doch der Direktor schien noch unschlüssig.

»Die Firma Cameron will expandieren«, erklärte Robinson in einschmeichelndem Ton. »Sie werden sicher großen Bedarf an Designern haben, und wir können bestimmt noch mehr Leute aus der Schule dort unterbringen. Das ist doch eine hervorragende Chance für alle, die wir uns nicht entgehen lassen sollten.«

»Seien Sie ehrlich, Mr. Robinson, Sie sind vor allem an Ihrem eigenen Vorteil interessiert und nicht an den Erfolgen der School of Art«, sagte Gabriel abschätzig. »Miss MacLeods Zukunft steht auf dem Spiel, aber das hat Sie nicht gekümmert, nicht wahr? Das tut es ja nie.«

Robinson schien nach Worten zu suchen, doch Newbery war hellhörig geworden. »Was meinst du damit, Gabriel? Gibt es noch etwas über Mr. Robinson, das ich wissen sollte?«

Er zuckte mit den Schultern. »Gewiss. Livia weiß es schon, und ich erzähle es gern allen, die es angeht. Mr. Robinson war mein Lehrer an der Slade. Er hat einige meiner Zeichnungen, die ich bei ihm eingereicht hatte, als seine ausgegeben und in einer Galerie zum Verkauf angeboten. Ich habe sie zufällig entdeckt und sie mir genau angesehen. Es waren eindeutig meine, er hatte lediglich die Signatur geändert. Auf seinen Namen.«

Newberys Gesicht verriet, dass ihm die Geschichte neu war. »Gabriel, was du Mr. Robinson vorwirfst, ist Betrug«, sagte er mahnend.

»In der Tat, und dazu stehe ich.« Er fuhr sich durch die Haare, sodass sie in alle Richtungen abstanden. »Ich habe es damals auf sich beruhen lassen, weil die Zeichnungen schnell verkauft wurden und ich es nicht beweisen konnte. Robinson hat bald darauf gekündigt und ist nach Glasgow gegangen, um diese Stelle hier anzutreten. Ich hätte die Angelegenheit nie wieder erwähnt, aber jetzt ist Livia betroffen.« Er schaute sie eindringlich an. »Und andere, bei denen er womöglich das Gleiche versucht. Dieser Mann kennt keine Skrupel, wenn es darum geht, junge Talente auszunutzen. Das solltest du wissen, Fra.«

Newbery erhob sich beinahe feierlich. »Mr. Robinson, ich erwarte bis nächste Woche einen Brief, in dem Sie Ihre Stelle an der Glasgow School of Art aus persönlichen Gründen kündigen.«

Robinson erhob sich und ging langsam Richtung Tür. Dort drehte er sich noch einmal um und sah Gabriel an, ihn und niemanden sonst. »Das war unklug, Mr. Jones.«

Mit diesen Worten verließ er den Raum, und im Wohnzimmer löste sich die Atmosphäre spürbar.

»Du hast dich gut behauptet«, sagte Jessie lächelnd an Olivia gewandt. »Und es tut mir sehr leid, dass wir an dir gezweifelt haben, nicht wahr, Fra?«

Ihr Mann nickte, ein wenig verlegen, wie es schien.

Und als Gabriel sich auf die Armlehne von Olivias Sessels setzte und ihr einen Kuss auf die Haare hauchte, war sie zum ersten Mal seit Wochen wirklich glücklich.

51

Zwei Tage später begab sich Olivia in die Buchanan Street. Sie ging hocherhobenen Hauptes am Four-Seasons-Teesalon vorbei und betrat Miss Cranstons Etablissement. Die vertrauten Geräusche und Gerüche versetzten ihr einen leisen Stich, der aber eher angenehm als schmerzlich war. Am Empfang stand eine neue Bedienung, die ihr schon einen Tisch zuweisen wollte, doch Olivia lächelte entschlossen und bat um eine Unterredung mit Miss Cranston. Die junge Frau wirkte etwas überrascht, bat sie dann aber höflich, zu warten, und entschwand in die hinteren Räume des Salons.

»Kommen Sie bitte mit«, sagte sie, als sie kurz darauf zurückkehrte.

»Danke, aber ich kenne den Weg«, antwortete Olivia und ging mit festem Schritt in Richtung des Büros, ohne auf die erstaunten Blicke ihrer ehemaligen Kolleginnen zu achten.

Miss Cranston gab ihr die Hand und deutete auf den Besucherstuhl. »Bitte, Olivia. Was führt dich zu mir?« In ihrer Stimme schwang leise Neugier mit.

Und dann berichtete Olivia, was geschehen war, seit sie den Teesalon verlassen hatte. Sie ließ nichts aus, stellte sich nicht besser dar, als sie war, verschwieg auch ihre Zweifel und die Traurigkeit nicht, die sie seit der Entlassung empfunden hatte. »Mr. Robinson hat gestern seine Kündigung eingereicht. Die Newberys haben sich sogar entschuldigt, weil sie an mir gezweifelt haben. Sie wissen jetzt, dass Robinson mich ausgenutzt hat. Ich werde ab September wieder in die School of Art gehen.«

Miss Cranstons Miene war schwer zu deuten. »Das freut mich, Olivia, sehr sogar. Nur ist es leider so, dass ich zurzeit keine Stelle freihabe, sonst würde ich dich umgehend wieder beschäftigen.«

Olivia sagte rasch: »Darum bin ich nicht hier, Miss Cranston. Sie sollen nur wissen, dass ich Sie nie absichtlich hintergangen habe. Der Gedanke, dass Sie das von mir glauben könnten, hat mich am meisten gequält.«

Die ältere Frau neigte den Kopf. »Dann kannst du beruhigt sein. Aber was fängst du jetzt an? Hast du eine neue Arbeit gefunden?«

»Ich helfe zurzeit einem Freund in seinem Restaurant. Viel verdiene ich dort nicht, aber ich hatte etwas zurückgelegt.« Dann holte sie tief Luft. Es gab etwas, das Miss Cranston für sie tun konnte, das sie sich mehr wünschte als jede Anstellung in einem Teesalon, aber es war ein großer Schritt, darum zu bitten. »Ich habe einen Vorschlag.«

Sie wurde sehr plötzlich nervös, als Miss Cranston sie fragend ansah und eine auffordernde Handbewegung folgen ließ. »Nur zu.«

Olivia hatte sich auf diesen Moment vorbereitet, und doch fiel es ihr nicht leicht, die Worte über die Lippen zu bringen. »Könnten Sie sich vorstellen, mich doch an der Argyle Street mitwirken zu lassen? Ich würde sehr gern mit Mr. Mackintosh zusammenarbeiten, wie Sie es mir angeboten hatten, bevor all das hier passiert ist.« Sie wagte kaum zu atmen, weil sie ein Nein fürchtete. Doch sie drückte die Schultern durch und schaute Miss Cranston in die Augen, wohl wissend, dass diese Mut zu schätzen wusste.

Miss Cranston überlegte kurz und nickte dann. »Es wäre mir eine Freude, deine Arbeiten in der Argyle Street zu sehen.

Und so wie ich Mr. Mackintosh kenne, teilt er diese Freude. Er hält große Stücke auf dich und war betrübt, als er von unserem Zerwürfnis erfuhr.«

Olivia wäre am liebsten aufgesprungen und hätte sie umarmt. In diesen wenigen Minuten war es ihr gelungen, die Last von Wochen abzuschütteln, und es schien, als würde nun alles, alles gut.

»Ich gebe dir Bescheid, sobald du anfangen kannst, dann sprechen wir auch über dein Honorar. Und noch etwas – ich würde gern die Kosten für dein Studium wieder übernehmen, falls es dir recht ist. Natürlich nur, damit du dich ganz auf die Entwürfe für die Argyle Street konzentrieren kannst.«

Olivia lächelte, dankbar, dass Miss Cranston ihr diesen Ausweg ließ, um die Zuwendung nicht wie ein Almosen aussehen zu lassen. Und sie hatte recht, es wäre eine ungeheure Erleichterung, wenn sie die Schule nicht selbst bezahlen musste. »Das nehme ich gern an. Ganz herzlichen Dank.«

»Gut.« Miss Cranston erhob sich. »Dann hätten wir für heute alles besprochen, nicht wahr?«

Als Gabriel später an ihre Wohnungstür klopfte, warf Olivia sich in seine Arme, zog ihn ungestüm ins Zimmer und drückte ihn aufs Sofa, bevor sie ihm die guten Neuigkeiten überbrachte. Der Stein in ihrer Brust war zu Staub zerfallen.

Sie ließ sich neben Gabriel aufs Sofa fallen und bettete den Kopf auf seinen Schoß. »Ich bin ja so froh! Nun, da alles geklärt ist, kann ich sogar die Arbeiten für Cameron guten Gewissens als Referenz verwenden. Endlich darf ich auf diese Entwürfe stolz sein. Und der Teesalon in der Argyle Street – das wird herrlich! Natürlich werde ich fürs Erste weiter im Restaurant arbeiten, Allie und Giovanni können noch nicht auf mich verzichten.« Sie drehte sich auf den Rücken und sah ihn von unten an. War da etwas Dunkles in seiner Miene, oder kam es ihr nur so vor?

»Was ist denn los?«

Gabriel hob langsam die Schultern. »Allie ist ein guter Freund von dir, nicht wahr? Und er ist jetzt frei?«

Sie stutzte, dann begriff sie. »Oh, Gabriel, ja, das ist er, und er wird sicher irgendwann wieder heiraten. Allie wird immer mein Freund bleiben, aber – ich habe ihm mehr als einmal gesagt, dass ich niemals … dass ich ihn niemals heiraten werde. Ich empfinde nicht für ihn nicht so wie … für dich.«

Sie setzte sich auf und nahm sein Gesicht in die Hände. »Du hast keinen Grund, eifersüchtig zu sein.« Sie küsste ihn behutsam auf die Lippen und legte dann den Kopf auf seine Schulter.

Gabriel strich ihr über die Haare. »Letztlich bin ich wie alle Männer und kann nicht aus meiner Haut, verzeih mir bitte.« Er zögerte kurz, drehte sich zu ihr und sah sie aus seinen blaugrünen Augen an. »Ich liebe dich wirklich sehr, Livia, das musst du mir glauben.« Er sagte es so ernst und feierlich, dass sie sich einen Augenblick lang wunderte. Doch dann vergaß sie seinen Ausdruck und dachte nur noch an das, was er gesagt hatte. Sie schmiegte sich eng an seine Brust und murmelte in sein Hemd hinein: »Ich liebe dich auch.«

Eine Weile lang saßen sie ganz still da, so still, dass man ihre Herzen hören konnte.

»Würdest du morgen mit zu meiner Mutter kommen?«, fragte sie dann. »Sie will dich unbedingt kennenlernen.«

Sie spürte, wie er ein wenig erstarrte, doch dann sagte er: »Natürlich, ich würde mich freuen.«

Am nächsten Tag musste Olivia über Mittag im Restaurant arbeiten. Danach wollte sie mit Gabriel nach Dennistoun fahren, bevor sie abends wieder ins Restaurant zurückkehren würde. Sie hoffte sehr, dass Allie bald einen Ersatz für sie fand, denn es war anstrengend, zweimal am Tag dort zu arbeiten, und würde auch nicht mehr möglich sein, sobald sie wieder in die School of Art ging und mit den Entwürfen für Miss Cranston begann.

Sie hatte sich mit Gabriel um halb drei in ihrer Wohnung verabredet, war aber etwas früher dort. Als sie die Wohnungstür öffnete, bemerkte sie einen Briefumschlag auf dem Boden und schaute sich verwundert um. Warum sollte jemand heraufkommen und einen Brief unter der Tür hindurchschieben, statt ihn in den Briefkasten zu werfen? Dann sah sie, dass er weder den Namen des Absenders noch ihren eigenen trug.

Olivia riss den Umschlag achtlos auf und zog ein gefaltetes Blatt heraus. Viel stand nicht darauf.

Fragen Sie Mr. Jones doch einmal, wie es Harry Adams geht.

Verwundert drehte sie das Blatt herum, die Rückseite war leer. Sie spürte, wie ihr Herz heftiger schlug, ihre Kehle zu pulsieren schien. Sie konnte nicht richtig atmen. Auch wenn sie die Schrift nicht auf Anhieb erkannte, ahnte sie, dass die Nachricht von Robinson stammte. Er war derjenige, den eine Fehde mit Gabriel verband. Olivia erinnerte sich, wie Gabriel und er einander in der School of Art begegnet waren, wie sie sofort die eisige Anspannung zwischen ihnen bemerkt hatte. Inzwischen kannte sie die Geschichte, die die Männer verband, fragte sich nun aber, ob Gabriel ihr ein wichtiges Detail seines Lebens verschwiegen hatte.

Olivia stand noch reglos da, das Blatt in der Hand, als sie Schritte auf der Treppe hörte. Gabriel klopfte und trat durch die Tür, die sie nur angelehnt hatte. Er hielt einen Blumenstrauß in der Hand und sagte fröhlich: »Ich hoffe, deine Mutter mag Wildblumen.«

Sie schaute hoch und sah, wie sein Blick auf den Zettel in ihrer Hand fiel. »Was ist? Hast du schlechte Nachrichten bekommen?«

Gabriel trat auf sie zu, die freie Hand ausgestreckt, doch Olivia sah ihn nur verwirrt und fragend an. Der Satz hatte sich tief in ihren Kopf gebrannt. *Fragen Sie Mr. Jones doch einmal, wie es Harry Adams geht. Wie es Harry Adams geht. Wie es Harry Adams geht.*

»Wer ist Harry Adams?«, fragte sie tonlos.

Sein Gesicht verbarg nichts, die Gefühle huschten darüber hinweg wie Wolkenschatten über einen Sommertag. Überraschung, Verzweiflung, Resignation. Die Resignation war am schlimmsten, sie las sie in den Falten, die plötzlich seinen Mund umrahmten, und in seinen Schultern, die kraftlos herabsanken. Er legte den Blumenstrauß behutsam auf den Tisch.

»Gabriel, bitte sag mir, wer das ist.«

Er blieb am Tisch stehen, den Kopf gesenkt. Seine Stimme war leise und stockend, und ihr Klang machte Olivia Angst. »Ich wollte es dir erzählen, schon lange, aber ich war so glücklich mit dir und hab mich nicht getraut.« Er lachte bitter. »Ich hatte Angst, dass ich das, was zwischen uns ist, damit zerstöre. Und jetzt habe ich es vielleicht zerstört, gerade weil ich es dir nicht erzählt habe.«

Olivia stand da, wartete ab, dass er weitersprach und hoffte zugleich, dass er es nicht tat.

»Harry ist ein guter Freund von mir.« Er zögerte, nahm einen neuen Anlauf. »Mehr als das. Bis zum vergangenen Sommer war er mein Geliebter.«

Sie wusste nicht, was sie erwartet hatte. In letzter Zeit war viel geschehen, und sie hatte geglaubt, auf fast alles gefasst zu sein. Aber nicht auf das hier.

»Wie meinst du das?«, fragte sie langsam, obwohl er sich klar und deutlich ausgedrückt hatte.

Gabriel drehte sich um und schob sich die Locken aus der Stirn. Sie sah, wie viel Kraft es ihn kostete, ihr in die Augen zu schauen. »Es ist so: Ich … ich fühle mich zu Frauen und zu Männern hingezogen, schon immer. Das weiß ich, seit ich in der Schule war. Harry ist Arzt in London, im Eastend. Wir haben uns bei einer Versammlung kennengelernt. Ich … ich wollte dort zeichnen, und er hat mich herumgeführt. Und dabei …« Er zog die Schultern hoch und ließ sie wieder sinken.

Olivia wusste nicht, was sie sagen sollte. Sie verstand nicht, was gerade geschehen war, merkte nicht, wie ihr das Blatt aus der Hand fiel und zu Boden segelte. Gabriel bückte sich und hob es auf, warf einen Blick darauf und lachte leise. »Robinson und ich hatten eine Abmachung, und ich habe sie gebrochen.«

Olivia wachte mit einem Ruck aus der Betäubung auf. »Was für eine Abmachung? Wovon redest du?«

Gabriel reichte ihr das Blatt und ging zur Tür. Dort legte er die Hand an den Rahmen und blieb mit gesenktem Kopf stehen. »Robinson muss uns einmal gesehen haben, Harry und mich, als wir uns geküsst haben. Als ich ihn darauf ansprach, dass er meine Zeichnungen als seine verkauft hatte, sagte er: ›Sie kennen doch sicher das Sprichwort von dem, der im Glashaus sitzt, nicht wahr? Dieser Arzt, mit dem Sie da *befreundet* sind, ist ein angesehener Mann. Was würden seine Patienten sagen, wenn sie davon erführen? Und Ihre künftigen Auftraggeber?«

Olivia war wie erstarrt, sie konnte das alles gar nicht fassen. Und während sie noch so dastand und nichts sagte, trat Gabriel hinaus und zog leise die Tür hinter sich zu.

52

Olivia ging zu Ma nach Dennistoun, natürlich allein, und nahm die Blumen trotzdem mit. Sie hatte es nicht über sich gebracht, sie wegzuwerfen, wollte sie aber auch nicht bei sich zu Hause haben. Sie entschuldigte Gabriel, ihm sei etwas dazwischengekommen, kämpfte aber die ganze Zeit über mit den Tränen. Ma sah sie eindringlich und fragend an, doch Olivia konnte einfach nicht mit ihr darüber sprechen.

»Dann stellst du ihn mir eben ein anderes Mal vor«, sagte sie beschwichtigend. »Und danke ihm für die schönen Blumen.« Danach plauderte sie von Allie, wie entzückend doch der kleine Vincenzo sei, den sie gestern bei Lorna auf dem Arm getragen hatte, und Olivia ließ sich von ihrer Stimme berieseln, als wäre sie ein sanfter Sommerregen.

Sie verabschiedete sich bald und ging früher als geplant zum Restaurant. Auf dem Weg dorthin bewegte sie sich wie in Zuckerwatte eingehüllt. Die Geräusche der Straße drangen wie durch einen dichten Nebel zu ihr, obwohl es ein ungewöhnlich klarer Sommertag war, und als sie die Hand nach der Klinke der Restauranttür ausstreckte, kam es ihr vor, als gehörten die Finger gar nicht zu ihr.

Die Arbeit ging ihr an diesem Abend nicht so leicht von der Hand wie sonst. Sie konnte nur an Gabriel denken und wünschte, der Tag wäre vorbei. Zuerst fiel ihr ein Glas hin, dann verwechselte sie zwei Gerichte. Allie warf ihr einen prüfenden Blick zu, als sie die richtige Bestellung abholte, und sie versuchte, sich zusammenzureißen.

Als die Gäste gegangen und die Tische aufgeräumt waren und Olivia gerade nach Hause gehen wollte, kam Allie mit zwei Gläsern Limoncello aus der Küche und hielt ihr wortlos eins hin.

Sie ließ sich auf einen Stuhl fallen und trank das Glas in einem Zug aus.

»Was ist denn los?«, fragte er besorgt.

»Ach, ich habe nur Kopfschmerzen. Und bin müde.«

Sie spürte, dass er ihr nicht glaubte, doch um nichts in der Welt würde sie Allie erzählen, was geschehen war.

Er setzte sich ihr gegenüber. »Vielleicht kann ich dich aufmuntern. Stell dir vor, ich habe gehört, dass drei Häuser weiter ein Lokal zu vermieten ist. Du erinnerst dich doch an unserem Traum von dem italienischen Café?«

Es ist dein und Giovannis Traum, dachte Olivia, nicht unserer. Doch sie sagte nichts, weil sie zu erschöpft und zu traurig war, um mit ihrem alten Freund zu streiten.

»Was hältst du davon, wenn wir es mieten und du dort die Geschäfte führst? Du könntest selbstständig arbeiten, wärst verantwortlich, könntest die Bedienungen aussuchen. Du könntest sogar die Einrichtung entwerfen.« Er strahlte so glücklich, wie sie es seit Valentinas Tod nicht gesehen hatte.

Der Vorschlag kam völlig unerwartet, und Olivia hatte

eigentlich keine Kraft, um auch nur eine Sekunde darüber nachzudenken. Es war ein Angebot, wie man es vielleicht nur einmal im Leben bekam, und doch empfand sie keine Freude dabei. »Allie, ich danke dir sehr für diesen Vorschlag. Er ist großzügig und wunderbar, aber …« Sie sah, wie sein Gesicht sich verdüsterte, und legte die Hand auf seinen Arm. »Aber ich bin heute einfach nicht in der Stimmung, um Pläne zu schmieden. Und wenn ich ehrlich bin – kann ich das nicht annehmen. Ich werde im September wieder zur School of Art gehen. Mir bleibt keine Zeit, ein Café zu führen. Ich möchte eine Designerin sein, das wünsche ich mir mehr als alles andere.«

Sie las die Enttäuschung in seinem Gesicht und sah dann, wie er sich zusammenriss. »Natürlich. Dann geh jetzt nach Hause.«

Auf dem Heimweg fiel es Olivia schwer, einen Fuß vor den anderen zu setzen. Es war, als hätte sie alle Kraft verloren. Allies Vorschlag und seine Enttäuschung waren einfach zu viel, mehr, als ihr Herz gerade verkraften konnte. Die Sorgen der letzten Wochen, dann das plötzliche Glück, als Gabriel nach Glasgow gekommen war, als Robinson gekündigt und Miss Cranston sich mit ihr versöhnt und sie sich den Auftrag für die Argyle Street zurückerobert hatte. Und dann dieser eine Satz von Robinson, der alles erschüttert hatte.

Sie würde ins Bett gehen und hoffentlich schlafen und morgen mit de Courcy sprechen. Sie musste sich dringend jemandem anvertrauen.

Zum Glück war de Courcy noch nicht in die Berge gefahren, eine Reise, die sie mit ihrer Schwester geplant hatte. Koffer und Staffelei standen schon im Flur, doch ein Blick auf Olivia genügte ihr, um sie ins Wohnzimmer zu ziehen und energisch die Tür hinter ihnen zu schließen.

»Was ist denn mit dir los?«, fragte sie besorgt. »Erzähl.«

Ohne sich lange zu zieren, erzählte Olivia, was sie von und über Gabriel erfahren hatte. Sie behielt de Courcy aufmerksam im Auge, um zu sehen, wie sie reagierte. Die Freundin blieb erstaunlich gelassen. Olivia zitterte, während sie sprach, und erkannte erst jetzt, dass sie sich vor de Courcys Reaktion fürchtete.

Diese ließ sich Zeit, als sie geendet hatte, und sagte dann nachdenklich: »Davon habe ich schon mal gehört. Es kommt wohl gar nicht so selten vor. Manche Männer lieben nur Männer, und bei Frauen gibt es das ja auch. Und andere lieben beide.«

Olivia nickte. »Aber bei Gabriel – ich verstehe es nicht. Ich habe wirklich geglaubt, dass er mich liebt. Es hat sich so angefühlt, bei allem was wir ...« Sie hielt inne und schaute verlegen auf ihre Hände.

»Wer sagt denn, dass er dich nicht liebt?«, fragte de Courcy. »Ich finde das alles nicht weiter tragisch, solange man ehrlich zueinander ist.«

Sie musste wohl etwas in Olivias Gesicht gelesen haben, denn sie fügte rasch hinzu: »Gabriel wollte dich sicher nicht belügen. Ich nehme an, er hatte Angst, es dir zu sagen, weil er fürchtete, dich zu verlieren. Mit ›ehrlich‹ meine ich, dass man nicht gleichzeitig mit zwei Menschen zusammen ist. Das gilt natürlich immer und für jeden.«

Sie stand auf und holte eine Whiskykaraffe, schenkte zwei kleine Gläser ein. Als Olivia überrascht aufsah, sagte sie lächelnd: »Medizin.« Sie trank. »Was hat Gabriel denn über seine Gefühle gesagt?«

Da wurde Olivia plötzlich klar, dass sie gar nicht mit ihm darüber gesprochen hatte. Er hatte von seinem Zwist mit Robinson erzählt, der ihn offensichtlich erpresst hatte. Sie wusste, dass dieser Harry Adams Arzt und ihre Liebesbeziehung offenbar vorbei war. Das war alles.

»Er … ist gegangen, bevor wir darüber sprechen konnten«, sagte sie langsam, als wäre jedes Wort bleischwer. »Vielleicht war es meine Schuld. Ich habe überhaupt nicht nachgefragt.«

De Courcy legte ihr die Hand auf den Arm. »Das ist verständlich, Liebes. So etwas kann einen stumm werden lassen. Aber wenn du wirklich glaubst, dass er dich liebt … Ich meine ja nur …«

Olivia verstand nicht, worauf ihre Freundin hinauswollte. »Was meinst du?«

»Nun ja, vielleicht sollte man akzeptieren, dass manche Menschen wirklich Männer und Frauen lieben. Das kann doch sein. Dann solltest du ihm womöglich eine Chance geben.«

Olivia schluckte. »Glaubst du, ich kann Gabriel danach fragen? Ihn bitten, dass er mir das alles erklärt, damit ich es besser verstehe?«

De Courcy zuckte mit den Schultern. »Das musst du selbst wissen, aber ich könnte mir vorstellen, dass du es irgendwann bereust, wenn du ihn einfach gehen lässt.«

Als Olivia schwieg, fügte sie hinzu: »Wenn du Gabriel wirklich so gern hast, solltest du ihm die Gelegenheit geben, dir alles zu erzählen. Wenn du ihn danach nicht mehr sehen möchtest, gut. Aber so hättest du wenigstens das Gefühl, alles zu wissen und danach zu entscheiden. Bis jetzt weißt du ja sehr wenig.«

Da kam Olivia noch ein Gedanke. »Sag mal, ist es nicht – verboten? Dass zwei Männer sich lieben, meine ich. Da war doch die Geschichte mit diesem Schriftsteller vor ein paar Jahren …«

De Courcy zog eine Augenbraue hoch. »Oscar Wilde? O ja, da hast du recht. Sie haben ihn ins Zuchthaus gesteckt.« Als sie Olivias entsetzten Blick sah, sagte sie rasch: »Er war allerdings sehr leichtsinnig und hat sich mit dem Vater seines Freundes angelegt. Aber ja, diese Männer müssen äußerst vorsichtig sein.«

Olivia blieb noch eine Weile mit de Courcy sitzen und überlegte, was sie jetzt tun wollte. Sie war hin- und hergerissen zwischen der Liebe zu Gabriel und der Sorge und Angst und dem Unverständnis, die seine Worte in ihr ausgelöst hatten. Konnte sie ihm vertrauen? Konnte sie ihm glauben, dass er sie liebte und nicht irgendwann zu diesem Harry Adams zurückkehren würde?

Irgendwann atmete sie tief durch. »Morgen gehe ich als Erstes zu Gabriel und rede mit ihm. Oder besser, ich lasse ihn reden.«

53

Wieder einmal stand Olivia vor dem Haus der Newberys in der Buckingham Street, wo Gabriel wie üblich das Gästezimmer bezogen hatte, doch ihre Stimmung war anders als bei den früheren Besuchen. Sie war nicht mehr die unbekümmerte, Olivia, die aufgeregt dem Fest im Haus des Direktors entgegengesehen hatte. Aber auch nicht nervös und angespannt wie neulich, vor der Aussprache mit Robinson. Diesmal fühlte sie sich traurig und hoffnungsvoll zugleich.

Das Hausmädchen öffnete und führte sie zu Jessie ins Wohnzimmer.

»Guten Morgen. Verzeih, dass ich so früh und unangemeldet komme, aber ich muss unbedingt mit Gabriel sprechen«, sprudelte es aus Olivia hervor.

Als sie Jessies Gesicht sah, zog sich etwas in ihr zusammen. »Er ist doch hier, oder?«

»Bitte setz dich.«

Sie gehorchte und bemerkte dann erst die ausgestreckte Hand, die ihr einen Brief entgegenhielt. »Der ist für dich. Du musst ihn nicht in meinem Beisein lesen. Falls du einen Moment allein sein möchtest, kann ich gern so lange hinausgehen.«

Olivias Kehle wurde eng. Sie hörte die Freundlichkeit in Jessies Stimme und auch etwas wie Mitleid. »Nein, bleib ruhig.« Sie öffnete mit zitternden Händen den Umschlag.

Meine liebste Livia,
du hättest auf anderem Weg davon erfahren sollen, nämlich durch mich und niemanden sonst. Das habe ich versäumt und, glaub mir, ich könnte es nicht mehr bereuen.

Eines aber sollst du wissen: Ich habe dich nie betrogen und auch Harry nicht. Als ich merkte, dass ich mich in dich verliebt hatte, habe ich es ihm gesagt. Das war letztes Jahr im Sommer, um die Zeit, in der ich das Lindenbild für dich gemalt habe. Ich hatte es schon geahnt – und in jenen Monaten deutlich gespürt –, dass ich nicht länger mit Harry zusammen sein konnte, ohne dich und ihn zu hintergehen.

Doch genau das wirst du jetzt empfinden: dass ich dich hintergangen habe, und damit hast du nicht unrecht. Es war dumm von mir, Robinson die Oberhand zu lassen. Ich hätte wissen müssen, wozu er fähig ist, dass er keine Skrupel hätte, es dir zu sagen.

Du hast geschwiegen, als wir in deiner Wohnung standen, und ich verstehe, dass es nichts zu sagen gab. Jedenfalls nicht für dich.

Vielleicht kann ein Mensch wie ich niemals ehrlich und aufrichtig mit einem anderen zusammen sein. Nicht, weil ich nicht treu sein kann, sondern weil der oder die andere immer glauben wird, dass ich irgendwann das Neue suchen werde, das Gegenteil seiner oder ihrer selbst.

Ich kehre nach London zurück, damit du zur Ruhe kommen und mich vergessen kannst. Deine Zukunft an der School of Art ist gesichert. Deine Zukunft als Künstlerin ist es auch.

Glaube immer an dich.

Ich liebe dich.
Gabriel

Olivia ließ den Brief in ihren Schoß sinken und weinte lautlos. Sie spürte, wie sich ein Arm um ihre Schultern legte und Jessies vertraute Stimme sagte: »Er liebt dich wirklich, er war ganz außer sich. Als ihr euch kennengelernt habt, war ich besorgt, das gebe ich zu. Mein Mann und ich wussten immer, was mit Gabriel ist. Wie immer man das nennen möchte. Und wir wussten auch, dass er Harry Adams liebte. Er sprach manchmal von ihm, war voller Bewunderung für seine Arbeit in den Armenvierteln Londons. Er hat uns Porträts gezeigt, die er von ihm gezeichnet hatte. Und dann kamst du.«

»Warum ist er so schnell abgereist?«, fragte Olivia schluchzend.

Jessie zuckte mit den Schultern. »Aus Angst, denke ich, dass du dich von ihm abwenden, ihn vielleicht verachten würdest. Gut möglich, dass er den Gedanken nicht ertragen konnte.

Ich habe wenig Erfahrung damit, aber wenn man eine Neigung hat, die von der Gesellschaft derart missbilligt und verboten wird, ist diese Angst vielleicht verständlich.«

Olivia saß da und betrachtete benommen den Brief.

»Du solltest wirklich in Ruhe nachdenken. Es ist nicht leicht, einen anderen Menschen zu verstehen, selbst wenn man ihn liebt. Und Gabriel zu verstehen, ist vielleicht noch schwieriger. Doch er ist es wert, da bin ich mir sicher. Aber ob du eine Beziehung mit ihm eingehen möchtest, kannst nur du entscheiden. Die Welt verändert sich, das merkst du sicher auch. Und ich bin davon überzeugt, dass man immer mehr Verständnis für Menschen aufbringen wird, die anders sind. Aber der Weg dorthin ist lang. Fürs Erste musst du selbst erkennen, ob du einen Mann wie Gabriel lieben kannst.«

Olivia schaute Jessie an und umarmte sie dann. Sie war älter als sie und de Courcy, nicht wie eine Mutter, eher wie eine ältere Schwester, die Lebensklugheit besaß. Sie hatte gute Worte gefunden, die ihr vielleicht den Weg weisen konnten. Dann faltete Olivia den Brief zusammen und stand auf. »Ich danke dir sehr, für alles. Und du hast recht, ich muss nachdenken.«

Jessie drückte ihre Hand und führte sie zur Tür. »Wie immer es ausgeht, ich freue mich, dich im September wieder in der Schule zu sehen. Und auf dein Kleid mit den Türmen.«

Jessies letzte Worte begleiteten Olivia den ganzen Tag, und am Abend wusste sie, was sie tun würde. Doch bevor sie damit anfing, gab es etwas zu erledigen, das sie nicht aufschieben konnte, weil es Allie gegenüber ungerecht gewesen wäre.

Am nächsten Tag teilte sie ihm mit, dass sie Ende August das Restaurant verlassen würde. Da Miss Cranston wieder die

Gebühren für die School of Art übernehmen und Olivia ein Honorar für die neuen Entwürfe zahlen würde, könnte sie sich einige Monate ganz dem Studium und der künstlerischen Arbeit widmen. Das war ein Luxus, den sie noch nie gekannt hatte und auf den sie sich unbändig freute.

Allie schien nun endgültig zu begreifen, dass sie nicht mit ihm zusammenarbeiten würde.

»Warum?«, fragte er dennoch.

Sie seufzte leise. »Allie, es geht um mich. Ich muss meinen Weg gehen und tun, was ich für richtig halte. Wenn ich Fehler mache, sollen es meine eigenen sein. Und ich habe das Gefühl …« Sie hielt inne und suchte nach Worten, die ihn nicht verletzen würden, was nicht einfach war. »Ich habe das Gefühl, dass dies hier nicht mein Leben ist. Dein Angebot ist wunderbar und großzügig. Aber ich habe andere Pläne. Ich wünsche dir nur das Allerbeste, lieber Allie. Bitte lass uns Freunde bleiben.«

Sie hoffte, dass er darauf eingehen würde, denn ein Leben ohne Allie Campbell wäre ihr ziemlich traurig vorgekommen. Und dennoch bereute Olivia nicht, dass sie so offen zu ihm gewesen war.

Allie nickte nur. Sie sah ihm die Enttäuschung an, las sie in den dunklen Schatten unter seinen Augen. Aber er musste endlich ganz und gar verstehen, dass es keine gemeinsame Zukunft für sie gab.

54

Olivia hatte das Material besonders sorgfältig in der angesehensten Stoffhandlung Glasgows ausgesucht. Es sollte sich für ein locker geschlungenes Halstuch eignen, durfte aber nicht zu dünn sein, weil sie etwas ganz Neues ausprobieren wollte. Sie hatte sich mit Modeldruck beschäftigt und von de Courcy einen passenden Model anfertigen lassen, mit dem sie den Stoff verzieren konnte.

Sich für eine Stofffarbe zu entscheiden, war schwieriger gewesen. Die Verkäuferin wollte wissen, für wen das Halstuch bestimmt sei, und das wollte Olivia nicht verraten.

Als sämtliche Muster auf der Theke ausgebreitet lagen, tippte sie spontan auf einen blaugrünen Stoff. »Der hier ist genau richtig«, sagte sie und ließ das Material durch die Finger gleiten. Angenehm weich, aber nicht zu glatt, sodass es die Farbe gut aufnehmen würde. Sie ließ sich ein Stück passend von der Rolle abschneiden, bezahlte und verließ die Stoffhandlung.

Die Idee war ihr gekommen, während sie bei Jessie gewesen war. Und nachdem sie mit Allie gesprochen und sich danach wie befreit gefühlt hatte, war der Entwurf einfach aus dem Stift aufs Papier geflossen. Ein Halstuch, bedruckt mit ihrer eigenen Version des Glockenturms der Universität. Nicht als Einfassung am Rand, sondern über den Stoff verteilt, mit dicken Umrissen aus schwarzer Textilfarbe, die sich vom andersfarbigen Stoff abhoben. Es würde ein Unikat für einen ganz besonderen Menschen werden.

Olivia arbeitete jeden Tag daran, wenn sie aus dem Restaurant kam. Das Sommerwetter war ungewöhnlich schön für Glasgow, und sie erhielt überschwängliche Nachrichten von de Courcy, die mit ihrer Schwester in den Highlands wanderte und in jeder freien Minute zeichnete.

Sie aber brauchte keine Sonne, weil die Flamme in ihrem Inneren sie wärmte. Mit jedem Tag wuchsen neue Glockentürme auf dem Stoff, und Olivia trat zwischendurch kritisch zurück, um zu prüfen, ob sie sich harmonisch verteilten. Dann und wann legte sie sich das Tuch um und zupfte daran, um sich zu vergewissern, dass das Motiv gut zu erkennen war.

Vier Tage später war das Tuch in Seidenpapier gehüllt und in einer Tasche verstaut. Sie hatte überlegt, es mit der Post zu schicken und abzuwarten, ob sie eine Antwort bekäme und wie sie ausfallen würde, doch tief im Herzen wusste sie, dass das nicht der richtige Weg für sie war.

Olivia hatte genügend Zeit gehabt, um nachzudenken, hatte sich immer wieder durch den Kopf gehen lassen, was Jessie und de Courcy ihr gesagt hatten. Vor allem aber hatte sie jede Sekunde mit Gabriel noch einmal durchlebt, von jener ersten Begegnung beim Atelierfest bis zu dem Augenblick, da er zum letzten Mal ihre Wohnung verlassen hatte. Und ihr war klar geworden, dass sie es wagen musste. Es war riskant, sie hatte viel zu verlieren, konnte tief verletzt werden – aber wenn sie es nicht wagte, würde sie es bereuen.

Olivia kannte die Glasgow Central Station nur von außen, hatte das Gebäude aber nie betreten. Als sie jetzt mit ihrem kleinen Koffer darauf zuging, wurde ihr schmerzhaft bewusst, dass sie ihre Heimatstadt noch nie wirklich verlassen hatte.

Sicher, sie hatte einige Ausflüge in die Umgebung unternommen und auch die Dampferfahrt auf dem Clyde mit de Courcy, an die sie gern zurückdachte, aber richtige Reisen waren das nicht gewesen.

Ihr fiel ein, was de Courcy geschrieben hatte, nachdem Olivia ihre Entscheidung angekündigt hatte, und sie spürte neuen Mut. »Du machst keine halben Sachen. Das hast du nie getan. Du hast dich nicht mit Zeichenstunden am Abend zufriedengegeben, du wolltest die beste Ausbildung, die man in Schottland als Künstlerin bekommen kann. Und darum ist es auch angemessen, dass deine erste große Reise dich gleich nach London führt.«

Dennoch war Olivia nervös, als sie die riesige Halle betrat, in der es von Menschen wimmelte, in der Gepäckträger Koffer schleppten und Wagen schoben, auf denen sich Kisten und Hutschachteln türmten. Von überall drangen Essensgerüche auf sie ein und vermischten sich mit dem Geruch der Menschen und Maschinen. Es war laut, lauter als alles, was sie bis jetzt gehört hatte. Die menschlichen Stimmen verbanden sich zu einem Summen, das wie ein Teppich über der Halle schwebte und von den blechernen Lautsprecherdurchsagen unterbrochen wurde.

Olivia holte tief Luft und sah sich suchend nach den Schaltern um. Ihre Hand am Koffergriff war feucht, und das lag nicht nur an der sommerlichen Wärme. Doch als sie erst die Fahrkarte gekauft hatte und sich nach dem richtigen der neun Gleise umsah, spürte sie ein Kribbeln, das in ihren Händen und Füßen anfing und sich dann in ihrem ganzen Körper ausbreitete. Ich verlasse Glasgow!, dachte sie. Ich mache eine Reise!

Olivia wurde wach, als sie durch die Vororte von London fuhren. Glasgow war ihr immer groß vorgekommen, doch diese Stadt war gewaltig. Endlose Häuserreihen, die für ihren Zug Spalier zu stehen schienen. Qualmende Schornsteine, Fabriken und prächtige Gebäude, ein Menschengewimmel in den Straßen, dazwischen Parks, die sich weit und grün erstreckten. Noch nie hatte sie etwas so Überwältigendes gesehen, und nun überkam sie doch eine leise Furcht, denn wie sollte sie sich hier zurechtfinden?

Euston Station. Endstation.

Sie griff nach ihrem Koffer, zog den Mantel über und verließ das Abteil. Auf dem Bahnsteig war es noch lauter und voller als in Glasgow, und sie hielt den Koffer fest an sich gedrückt, die Arme am Körper, als könnte sie so besser durch die flutende Menge gleiten.

Ich bin in London, dachte sie und konnte es selbst noch nicht glauben.

55

Er stand in Hemdsärmeln vor ihr, in der Hand einen Lappen, der durchdringend nach Terpentin roch. Die lockigen Haare, in denen Farbspritzer klebten, fielen ihm in die Augen, und er schob sie mit dem Unterarm beiseite. Sie bemerkte, dass er müde aussah.

»Livia!«

»Darf ich reinkommen?«

Gabriel trat beiseite und schloss die Tür hinter ihr. Seine Miene war schwer zu deuten, ganz unterschiedliche Gefühle kämpften offenbar miteinander. Überraschung, Freude, aber auch Angst. Glaubte er, sie sei gekommen, um ihm Vorwürfe zu machen? Dass sie nur dafür die weite Reise auf sich genommen hatte?

»Hier entlang.« Er führte sie durch einen Flur, der über und über mit Bildern und Zeichnungen dekoriert war. Dann trat sie in einen Raum mit großen Fenstern und hielt unwillkürlich den Atem an. Überall lehnten Leinwände, stapelten sich Skizzenbücher, auf einem Arbeitstisch waren Gläser und Pinsel, Farbtuben, Aquarellkästen, Lappen und anderes Zubehör aufgereiht. In einer Ecke stand ein Sessel mit einem bunten Überwurf, daneben ein kleiner Beistelltisch mit einer Teekanne.

Sie drehte sich einmal im Kreis, um alles zu betrachten. »Du hast ein wunderbares Atelier.«

Gabriel legte den Lappen beiseite und wischte sich die Hände an der Hose ab. »Du bist aber nicht gekommen, um mir das zu sagen, oder?« Es klang beinahe abweisend, doch sein Tonfall verriet auch, dass er sich schützen wollte.

»Nein. Ich bin hier, um mit dir zu reden. Du hast mir in Glasgow keine Gelegenheit dazu gegeben. Ich war bei den Newberys, aber da warst du schon abgereist.«

»Bitte.« Er deutete auf den Sessel.

»Ich bleibe lieber stehen«, sagte Olivia; sie war so aufgewühlt, dass sie unmöglich ruhig dasitzen konnte.

»Gut. Was willst du mir sagen?«

»Meinst du nicht, *du* solltest anfangen?« Sie hatte keine Angst mehr, weil sie nichts zu verlieren hatte.

Gabriel schaute auf seine Hände, und sie spürte, wie angespannt er war. Seine langen Wimpern senkten sich. Sein Mund bewegte sich, als setzte er mehrfach an zu sprechen, und dann sagte er: »Du verachtest mich nicht?«

Mit dieser Frage hatte sie nicht gerechnet, und doch fiel ihr die Antwort leicht. »Wäre ich dann hier?«

Er zog kaum merklich die Schultern hoch. »Wohl nicht. Aber es war ein Schock, als du mir Robinsons Brief gezeigt hast. Ich wusste mir keinen Rat. Ich habe erwartet, dass du wütend wirst, mich beschimpfst, mir zumindest Fragen stellst, aber du hast gar nichts gesagt. Und – und da habe ich geglaubt, dass es am besten ist, wenn ich gehe. Um es dir einfacher zu machen.«

»Ich will es nicht einfach haben«, brach es aus Olivia hervor. Sie hatte nicht darüber nachgedacht, erkannte jetzt aber, dass es stimmte. Sie hatte es in ihrem Leben nie einfach haben wollen, sonst hätte sie einen Weg gewählt, der für ein Mädchen aus Dennistoun üblich war. Eine ungelernte Arbeit, ein Ehemann, Kinder. Versorgt sein. Die Erwartungen erfüllen. Doch das hatte sie nicht getan.

»Ich weiß. Du hast eine lange Strecke hinter dir und noch viel vor dir, und dafür bewundere ich dich. Aber du hast auf deinem künstlerischen Weg so viele Schwierigkeiten zu überwinden, da wollte ich es dir nicht zusätzlich schwer machen.«

Olivia spürte, dass er ihr zu entgleiten drohte, sich hinter eine Mauer zurückzog, und wurde so energisch wie noch nie in ihrem Leben. »Gabriel, ich habe zehn Stunden im Zug gesessen und bin danach eine halbe Ewigkeit in einer Droschke durch London gefahren. Das habe ich nicht getan, um von dir zu hören, dass du es mir leicht machen willst! Ich will von dir hören, was du für mich empfindest. Jetzt sofort. Du kannst mir gern von Harry Adams erzählen und was er dir bedeutet hat.

Aber ich will auch, dass du ehrlich mit mir bist und mir sagst, ob du wirklich …« Sie verstummte.

Gabriel atmete tief durch, trat vor sie hin und senkte den Kopf. »Ja, ich liebe dich, Livia. Schon lange. Ich war nicht ehrlich zu dir, habe nicht von meiner … Veranlagung gesprochen. Aber ich habe schon bei unserem ersten Spaziergang damals im Winter gespürt, dass ich zu dir gehören möchte. Und mir war klar, dass es dann keinen Platz mehr für jemand anderen gibt. Auch nicht für Harry. Ich habe eine Weile gebraucht, um Mut zu fassen und es ihm zu sagen.« Er hob die Schultern. »Es ist nicht leicht, einem vertrauten Menschen zu sagen, dass man ihn nicht mehr liebt. Dass er einem immer der beste Freund sein wird, aber dass man nicht mehr … auf diese Weise mit ihm zusammen sein kann. Es hat ihn sehr getroffen. Wir haben uns lange nicht gesehen. Vor zwei Monaten hat er mir dann geschrieben. Danach haben wir uns zweimal verabredet. Es fühlt sich noch brüchig an, aber ich glaube, wir können unsere Freundschaft retten.«

Olivia sagte nichts, weil sie spürte, dass er noch nicht fertig war.

»Ich erzähle es dir, damit nichts zwischen uns steht, Livia. Falls du mir verzeihen kannst und mir eine zweite Chance gibst.«

Sie hatte so viele Fragen, wollte mehr über seine Vergangenheit wissen und sein Leben und was es bedeutete, dass er sich zu Männern und Frauen hingezogen fühlte. Ob er sich deshalb nicht mit seinem Vater verstand. All das wollte sie erfahren, *musste* sie erfahren, aber in diesem Moment war es nicht wichtig, schien zu verblassen wie der verwaschene Hintergrund des Aquarells, das dort an der Wand lehnte. Sie hatte in Glasgow lange überlegt, ob sie den Sprung von der hohen

Klippe wagen oder kehrtmachen und den breiten, ebenen Weg zurückgehen sollte – und ihre Entscheidung getroffen.

Und natürlich wusste sie, wie sie ihm zeigen konnte, dass sie bereit war für den Sprung. Sie zog das Päckchen in Seidenpapier aus der Tasche und hielt es Gabriel hin. »Für dich.«

Er nahm es überrascht entgegen. »Für mich? Du hast …?«

»Nun sieh schon rein«, sagte sie ein bisschen ungeduldig.

Gabriel öffnete das Papier und zog das Halstuch heraus, fasste eine Ecke und schüttelte es, sodass sich der weiche, bedruckte Stoff über seine Hände ergoss. Er fuhr mit dem Tuch über seine Haut, und als er Olivia dann ansah, schimmerten seine Augen. »Das … hast du für mich gemacht? Mit unserem Turm?«

Olivia nickte. »Du hast mir so viel geschenkt, da war es an der Zeit, dir etwas zurückzugeben.«

Er legte das Tuch um, und es war wie für ihn gemacht, was ja auch stimmte. Die Hoffnung in seinen Augen war beinahe unerträglich.

»Gabriel«, sagte Olivia so hastig, als wollte sie sich selbst zuvorkommen. »Ich verzeihe dir, falls es etwas zu verzeihen gibt. Und ja, ich gebe dir eine zweite Chance.« Sie streckte die Hand aus und legte sie an seine Wange, fuhr mit dem Daumen über seine Lippen und wanderte dann hoch zu den dunklen Schatten unter seinen Augen. Er neigte sich vor, lehnte seine Stirn an ihre, umfasste sanft ihren Hinterkopf. Dann schlang er die Arme um sie und zog sie so fest an sich, als könnte sie sich jeden Moment als Trugbild erweisen und in seinen Händen auflösen.

Olivia genoss die Umarmung und seine Nähe und die Gewissheit, dass ihr Leben mit ihm nicht einfacher werden würde. Nicht einfacher, aber wärmer und liebevoller und aufregender.

EPILOG

Olivia hatte sich von Jamie ein Regal bauen lassen, in dem sie nun Zeichenhefte, Farben, Stifte, Stickgarn, Stoffe und alle anderen Materialien aufbewahrte. Es stand im rechten Winkel zum Tisch, sodass ihr Arbeitsplatz jetzt eine abgetrennte Ecke bildete. Vielleicht würde sie eines Tages ein eigenes Atelier haben, aber das hier war schon mal ein Stückchen Freiraum, in dem sie ungestört arbeiten konnte.

Auf dem Tisch hatte sie mehrere Zeichenblätter ausgebreitet. Daneben lag Mackintoshs erster Entwurf für die Stühle, die im Teesalon in der Argyle Street stehen sollten.

Sein Design war geradezu unerhört – so etwas hatte Olivia noch nie gesehen. Die Rückenlehnen waren beinahe übertrieben hoch und würden selbst die Köpfe groß gewachsener Männer überragen, wenn sie darauf saßen. Alles war in rechten Winkeln und geraden Linien gehalten, bis auf die ovale Verzierung am oberen Rand der Rückenlehnen. Es waren eher Skulpturen als Stühle, und Miss Cranston war sofort davon angetan gewesen.

Olivia beugte sich über den Tisch und begann zu zeichnen. Ihre Muster für die Tischtücher und Servietten, die aus feinstem Leinen gefertigt werden würden, sollten Mackintoshs gerade Linien aufnehmen. Sie probierte etwas aus, kniff kritisch die Augen zusammen, zerknüllte das Blatt und begann wieder von vorn.

Dann kam ihr eine Idee. Sie faltete ein Blatt Papier so, dass es die Größe einer zusammengelegten Serviette hatte, und machte sich erneut ans Werk. Diesmal schienen die Linien aus ihrem Stift zu fließen, und als sie fertig war und einen Schritt zurücktrat, nickte sie zufrieden.

Zwei parallele senkrechte Linien rechts und links, die jeweils in eine stilisierte Blume mündeten. Sie erinnerte an das Oval, das die Stuhllehnen krönte, war aber keine Kopie von Mackintoshs Entwurf. Eine Blume, die in der Wirklichkeit nicht existierte, eher die Essenz einer Blume. Das gefiel ihr. Über die Farben wollte sie sich in Kürze mit Miss Cranston austauschen, Schwarz oder dunkles Lila auf fliederfarbenem Leinengrund konnte sie sich perfekt vorstellen.

Ja, sie würde dabei sein, wenn Miss Cranstons jüngste Vision Gestalt annahm, wenn zusammen mit Mackintosh etwas ganz Neues entstand. Olivia als Künstlerin würde dazugehören.

Und damit fing es an …

EINIGE WORTE ZUM SCHLUSS

Wie so oft entstand auch dieser Roman aus einer eher abstrakten Idee – über die Glasgow School of Art in den 1890er-Jahren zu schreiben, einer Zeit, in der dort der bis heute berühmte und prägende Glasgow Style entstand. Der Name, an dem man dabei spontan und vor allen anderen denkt, ist natürlich Charles Rennie Mackintosh. Doch ich merkte schnell, wie bedeutend die Künstlerinnen waren, die zu jener Zeit in Glasgow studierten, lehrten und arbeiteten, nicht zuletzt Margaret Macdonald, die man in erster Linie als Künstlerin und dann erst als Mackintoshs Ehefrau betrachten sollte.

Die Glasgow School of Art (oder GSA) bot Frauen schon früh Gestaltungsmöglichkeiten, auch durch den entschiedenen Einsatz ihres Direktors Francis Newbery, dessen Frau Jessie selbst an der Schule lehrte. Allerdings stammten die meisten dieser Frauen aus gut situierten Familien, hatten oft schon als Kinder und Jugendliche Zeichenunterricht erhalten und wurden von ihren Eltern gefördert und finanziell unterstützt.

Ich stellte mir die Frage, wie es wohl für ein junges Mädchen aus der Arbeiterklasse gewesen sein musste, das nötige Talent und tiefe Leidenschaft zu besitzen und sich gleichzeitig sozialen Hindernissen gegenüberzusehen, die unüberwindlich groß erschienen.

Aus dieser Frage entstand der Roman. Olivia MacLeod hat kein historisches Vorbild, eben weil Mädchen wie sie gewöhnlich nicht die GSA besuchten. Was jedoch nicht heißt, dass es für eine so begabte und entschlossene junge Frau nicht denkbar gewesen wäre, dort zu bestehen. Wichtig war mir auch der Zusammenhalt unter den Frauen. Warum sollte eine erfolgreiche Unternehmerin wie Miss Cranston nur den berühmten Mackintosh fördern und nicht auch ihre talentierte Kellnerin?

Natürlich gibt es weitere Themen: den vermeintlichen Gegensatz zwischen Kunst und Design; ob und wie eine Frau in jener Zeit eine künstlerische Karriere und eine Liebesbeziehung miteinander vereinbaren konnte; wie Olivia sich zwischen ihrer Herkunft und ihrer neuen Welt bewegt; den Umgang mit Bisexualität in der damaligen Gesellschaft und nicht zuletzt die Stadt Glasgow, die mehr als bloßer Hintergrund des Romans ist, sondern eine eigenständige Figur.

Eine wichtige Anmerkung: Die Frauen der GSA haben sich selbst nie als Glasgow Girls bezeichnet. Der Ausdruck wurde von Jude Burkhauser in ihrem Katalog zur bahnbrechenden gleichnamigen Ausstellung geprägt, die 1990 im Glasgower Kelvingrove Museum gezeigt wurde. Für mich aber ist Olivia MacLeod im doppelten Sinn ein Glasgow Girl und der Name wie für sie gemacht.

Ich hoffe sehr, es hat Spaß gemacht, Olivia auf ihrem Weg zu begleiten.

Die folgenden Figuren, die im Roman auftreten oder genannt werden, sind historisch:

- Nell Paxton Brown
- Miss Cranston
- De Courcy Lewthwaite Dewar
- Annie French
- Frances Macdonald
- Margaret Macdonald
- Charles Rennie Mackintosh
- Herbert McNair
- A. J. Moffat
- Anna Muthesius
- Hermann Muthesius
- Francis Newbery
- Jessie Newbery
- Gleeson White
- Oscar Wilde

LITERATUR

Die folgenden Bücher waren für meine Recherche von unschätzbarem Wert:

Liz Arthur, Glasgow Girls. Artists and Designers 1890–1930, Kirkcudbright 2010

Roger Billcliffe, Charles Rennie Mackintosh and the Four, London 2017

Jude Burkhauser (Hg.), Glasgow Girls. Women in Art and Design 1880-1920, Edinburgh 1990

Elizabeth Cumming, Glasgow 1900. Art and Design, Amsterdam 1992

Ina Ewers-Schulz/Magdalena Holzhey (Hg.), Auf Freiheit zugeschnitten. Das Künstlerkleid um 1900 in Mode, Kunst und Gesellschaft, Krefeld 2018

Hugh Ferguson, The Glasgow School of Art. The History, Glasgow 1995

Charlotte & Peter Fiell, Charles Rennie Mackintosh. 1968–1928, Köln 2017

Perilla Kinchin, Taking Tea with Mackintosh. The Story of Miss Cranston's Tea Rooms, Fullbridge/Essex 1998

Perilla Kinchin, Miss Cranston. Patron of Charles Rennie Mackintosh, Edinburgh 1999

Gerald and Celia Larner, The Glasgow Style, Glasgow 1979

Ray McKenzie (Hg.), The Flower and the Green Leaf. Glasgow School of Art in the time of Charles Rennie Mackintosh, Glasgow 2009

sowie diverse Fotobände über das alte Glasgow. Wer selbst ein bisschen mehr über die Glasgow Girls und den Glasgow Style erfahren möchte, wird hier fündig.

DANK

Ein Roman ist nie das Werk einer einzelnen Person. Darum gilt mein Dank vor allem:

- Britta Müther für die Distel
- Tonya Cox Willis
- Ani Steinhauer
- meinen wunderbaren Lektorinnen Hanna Bauer, Britta Hansen und Gisela Klemt
- Lauren und Abby vom American Duchess Podcast auf YouTube
- Dr. Robyne Calvert
- dem Vitra Design Museum in Weil am Rhein, in dem ich völlig unverhofft Mackintosh-Stühle entdeckte
- und wie immer meiner Familie für ihre Geduld und Inspiration